Les Ogres

Du même auteur

Les Fossoyeurs, Fayard, 2022 ; J'ai lu, 2023.

Victor Castanet

Les Ogres

Flammarion

ISBN : 978-2-0804-2562-1

Prologue

Le tout premier mail d'alerte date du 7 février 2022, quelques jours seulement après la publication de mon livre *Les Fossoyeurs*.

> Bonjour,
>
> À la lecture de votre livre, je trouve énormément de parallèles avec les crèches gérées par de grands groupes tels que People&Baby…
> 3 couches par jour
> Des repas commandés en moins…

À l'époque, je suis submergé de lettres et de courriels. Jamais je n'aurais imaginé que cette enquête sur les Ehpad produise un tel impact. Dans ces milliers de messages, les lecteurs remercient ceux qui m'ont aidé à faire surgir la douloureuse vérité, demandent de l'aide… Surtout, ils alertent sur l'existence de graves dysfonctionnements dans d'autres secteurs : le handicap, la psychiatrie, la protection de l'enfance, l'accueil des migrants… Autant de sujets sur lesquels des familles, mais aussi des salariés, se disent prêts à témoigner.

Je me lance dans l'examen de ces messages en forme de bouteilles à la mer, bien que je ne sois pas encore certain de vouloir repartir aussi rapidement dans un travail d'investigation au long cours. Les répercussions de ces plongées en eaux troubles affectent nécessairement votre humeur, votre équilibre familial, le temps que vous consacrez à vos proches…

Pourquoi écrit-on un livre ? Ou, plus précisément, pourquoi écrit-on un livre d'enquête ? Je discute souvent de cette question avec mon éditrice, Sophie de Closets, patronne des éditions Flammarion, devenue, au fil des ans, une amie. Nous avons réfléchi à plusieurs projets, à la suite de prises de contacts ou après que j'ai reçu des documents. Un cadre dirigeant m'a transmis, par exemple, des éléments laissant craindre un scandale financier d'ampleur au sein d'une société du CAC 40. Je n'ai pas donné suite… Pourquoi écrit-on un livre ? Parce qu'il s'impose à vous. Parce que le sujet vous occupe l'esprit, du matin au soir. Ce que j'ai vécu avec *Les Fossoyeurs*, je vais le vivre avec *Les Ogres*. Pour l'un comme l'autre, j'y suis allé au départ à reculons, ne sachant pas vraiment s'il y avait matière à, si le scandale était celui qu'on voulait bien me décrire.

Pour ce qui est des crèches, ma première réaction a été identique : comment est-il possible que des dysfonctionnements d'ampleur et des situations de maltraitance graves frappent le secteur de la petite enfance, alors même que les parents se rendent deux fois par jour dans ces établissements déposer et récupérer leur progéniture ? Il me faudra plusieurs mois pour élucider cette énigme.

C'est à la fin du printemps 2022, peu avant le drame de Lyon – une fillette empoisonnée dans une crèche du groupe People&Baby –, que j'ai véritablement débuté mon travail d'enquête. À la rentrée suivante, j'avais accumulé assez d'éléments pour pouvoir le proposer à ma maison d'édition, qui a immédiatement accepté ce projet. Très tôt, j'ai appris que d'autres ouvrages étaient en préparation.

Deux options s'ouvraient alors à nous. Soit faire la course au scoop afin d'être les premiers à traiter ce scandale à travers un livre. Soit prendre le temps nécessaire pour être certains de pouvoir aller au bout du sujet. Nous avons opté pour la seconde, sans beaucoup d'hésitations.

Selon moi, lorsque vous faites face à un scandale de cette nature, il est impératif de s'en saisir de l'intérieur. En d'autres termes, s'il est évidemment indispensable de recueillir les témoignages des victimes, des familles, des salariés de terrain tels que les auxiliaires de puériculture, cela n'est pas suffisant. Pour mettre au jour toutes les facettes d'un système, il faut aller au contact de ceux qui ont participé à sa construction et à son fonctionnement : les salariés du siège. Or, pour lister ces témoins de premier ordre, remonter l'échelle décisionnelle, convaincre ces cadres et ces dirigeants de parler, il faut du temps. Beaucoup de temps. D'après mon expérience, entre deux et trois ans. C'est sans nul doute un pari, une prise de risques. Il peut se passer beaucoup de choses pendant ce laps de temps. Mais c'est la condition sine qua non à la réalisation d'une enquête probante.

La problématique des crèches m'a saisi de manière aussi brutale que celle des Ehpad. Parce qu'elle raconte, une fois encore, la manière dont notre société traite les plus vulnérables d'entre nous. Nos bébés sont les miroirs de nos aînés. Et inversement. Si je ne pouvais accepter que mon grand-père Antoine, décédé depuis la publication des *Fossoyeurs*, puisse vivre un jour le sort réservé à certains pensionnaires des Ehpad d'Orpéa, je ne peux pas davantage me résoudre à ce que des nourrissons aient à endurer des situations de maltraitance.

J'ai le bonheur d'être le père d'une fille de six ans, Izia. Au cours des deux premières années de sa vie, elle a eu la chance d'être accueillie dans une crèche municipale du 20e arrondissement de Paris. Les femmes qui ont pris soin d'elle avec tant de bienveillance et de professionnalisme ont participé à sa construction intellectuelle, psychique et morale. Sûrement Claire, Fariza, Mme Guimese (la directrice) et leurs collègues ont-elles permis qu'elle se sente, aujourd'hui, si bien dans sa peau. Je n'oublie pas Patrick et sa guitare qui, chaque semaine, jouait des comptines à ces enfants choyés. Cette première expérience en collectivité s'est déroulée de manière particulièrement harmonieuse. Même si, à plusieurs reprises, des salariées se sont plaintes de leurs conditions de travail, de leurs faibles salaires ou encore de la gestion municipale.

C'est lorsque ma fille a eu deux ans et que nous sommes partis, avec ma femme, nous installer à Marseille que j'ai pu entre-apercevoir pour la première fois certaines des failles de ce secteur. La directrice d'une crèche municipale du centre-ville nous a quasi déconseillé d'y mettre notre enfant, expliquant qu'il faudrait la préparer à faire face à des sections turbulentes difficiles à canaliser, faute de professionnels qualifiés. Optant finalement pour une microcrèche privée, nous avons été saisis par l'amateurisme qui se dégageait de la structure : personnel peu expérimenté, manque d'informations, factures incompréhensibles, turnover… Il m'est arrivé de quitter la crèche avec une boule au ventre, après avoir laissé ma fille entre les mains d'une jeune femme à peine majeure, que je voyais pour la première fois, qui ne m'avait pas été présentée, et manifestement dépassée par les événements.

Quelques mois plus tard, au pic de la crise des Ehpad, j'ai été auditionné par la commission des affaires sociales de l'Assemblée nationale afin de décrypter le scandale Orpéa. Lorsque les députés m'ont interrogé sur la pertinence du modèle privé lucratif au sein du secteur de la dépendance, j'ai spontanément pensé aux crèches en me rappelant une discussion familiale. En pleine enquête, alors que mon avis n'était pas tranché, ma mère m'avait interpellé ainsi : « Est-ce que tu mettrais ta fille de deux ans dans une crèche cotée en Bourse ? » Non, je ne le ferais pas. À mon sens, peu importe notre positionnement politique, nous comprenons tous intimement les dangers qu'il y aurait à ce qu'un établissement gérant des tout-petits soit dépendant des évolutions du cours de la Bourse et de la gourmandise des actionnaires. Il m'est alors apparu que ces deux sujets – le grand âge et la petite enfance – se répondaient. Que ce qui valait pour l'un valait pour l'autre.

Très vite après avoir commencé ce travail, mes investigations se sont concentrées sur un acteur en particulier, People&Baby. Il est vrai que la plupart des mails d'alerte que j'ai reçus de familles et de salariés de la petite enfance pointaient ce groupe du doigt. C'est aussi la société qui, et de loin, accumule le plus de procès.

Au sein du secteur des crèches, combien d'interlocuteurs m'ont évoqué les dérives du « système Durieux », du nom du patron de People&Baby… Dans le monde de la finance, nombre de banquiers et d'investisseurs refusent désormais tout dossier lié à cet acteur, de peur d'être embarqués dans un scandale incontrôlable. Même chose du côté des fournisseurs qui, les uns après les autres, mettent fin à leurs contrats. L'État, lui aussi, au plus haut niveau, est sensibilisé sur le sujet. Lorsque j'ai demandé à l'ex-ministre des Solidarités, Jean-Christophe Combe, si les inspecteurs de l'IGAS (Inspection générale des affaires sociales) avaient reçu plus de signalements à propos d'un acteur en particulier, sa réponse a été sans ambiguïté : « Oui… People&Baby. » Quelques années plus tôt, c'est le bras financier de l'État français, la Caisse des dépôts, qui a pris la décision de se retirer de l'actionnariat de l'empire Durieux, inquiète de l'opacité de sa gestion.

People&Baby, c'est le grand méchant loup, l'effrayant monstre des contes pour enfants. Pour autant, il serait erroné de le qualifier de « mouton noir ». Car ce groupe, c'est surtout à la fois le symbole et le symptôme d'un système à la dérive, l'exemple le plus caricatural des ravages que peuvent provoquer la privatisation et la financiarisation à outrance d'un secteur, en l'occurrence celui de la petite enfance.

Je pensais qu'Orpéa était un acteur à part dans le monde de la santé, que je n'aurais pas l'occasion de retrouver au cours de mes futures enquêtes un « système » aussi élaboré et maltraitant, des fautes de gestion si graves et des victimes si nombreuses. J'avais tort.

Pendant plus de deux ans et demi, je me suis plongé dans les entrailles de la machine People&Baby, de son utilisation hasardeuse de l'argent public à sa gestion des repas des nourrissons, de son patrimoine immobilier insoupçonnable à sa holding aux ramifications luxembourgeoises.

Cette enquête m'a également permis de mettre au jour les dérives de certains des géants de la Fédération française des entreprises de crèches qui ont manié avec légèreté les règles de ratios de personnel ainsi que la facturation des heures de présence des enfants. Le tout, une fois de plus, dans un secteur largement subventionné.

L'État et les collectivités ont une responsabilité immense dans ce système délétère. L'administration, via ses systèmes de financement, a poussé l'ensemble du secteur à aller vers toujours plus d'optimisation, à remplir les berceaux au forceps, sans tenir compte des besoins des bébés et en négligeant le projet éducatif porté par les professionnels. Certaines de nos villes ont participé à la dégradation continue de leurs conditions de travail et de l'accueil de nos enfants en choisissant la solution du low cost !

Face à ce système pernicieux, de plus en plus de voix s'élèvent. Nombre d'entre elles ont accepté de participer à cette enquête. Parmi ces lanceurs d'alerte, certains profils que je ne pensais jamais trouver à mes côtés : en plus des salariés de terrain et des cadres du siège, des députés, d'anciens ministres, des communicants influents, des banquiers d'affaires ou encore des directeurs de CAF. Ils ont pris tous les risques pour que cette crise ne soit pas traitée en surface, effacée par ce que j'ai appelé le « pacte des loups », étouffée par des intérêts politiques et financiers, mais qu'elle permette, enfin, de revoir les fondements de ce secteur. Parce qu'il en va de la sécurité et de l'avenir de nos enfants.

Partie 1

Les loups ne se mangent pas entre eux

Où l'on découvre que les géants
des crèches privées chassent en meute…

Chapitre 1

Les rois du monde

Visioconférence au sommet, ce 30 août 2023.

Rodolphe Carle, le fondateur de Babilou, le leader européen des crèches privées, vient de rejoindre la réunion virtuelle : « Salut Elsa ! Salut Jean-Emmanuel ! Bonjour Sylvain ! » Ces derniers de s'exclamer en chœur : « Salut Rodolphe ! » Barbe de trois jours, tee-shirt vert lagon, l'homme d'affaires marque une pause impromptue au beau milieu de ses vacances. C'est que l'heure est grave : le monde de la petite enfance se prépare à la publication de plusieurs livres d'enquête. Chacun derrière son écran, les principaux responsables du secteur ont répondu à l'appel, parmi lesquels Elsa Hervy, la pugnace déléguée générale de la Fédération française des entreprises de crèches (FFEC), Jean-Emmanuel Rodocanachi, le pionnier des crèches d'entreprises, fondateur des Petits Chaperons Rouges, ou encore Sylvain Forestier, propriétaire de La Maison Bleue. Ces deux opérateurs et Babilou totalisent à eux seuls plus de 100 000 berceaux dans le monde pour un chiffre d'affaires de près de 2 milliards d'euros. Ne manque qu'un homme : Christophe Durieux, le créateur de People&Baby, persona non grata depuis 2011 quand il fut exclu de la fédération pour pratiques déloyales. Une accusation démentie par l'intéressé qui à l'époque dénonça des propos confus et diffamatoires et accusa à son tour la fédération de porter une vision « essentiellement financière » des métiers de la petite enfance.

La réunion du jour rassemble les membres de la FFEC ainsi qu'une partie de leurs lobbyistes. Le patron des Petits Chaperons Rouges lance les hostilités. « Bon, lâche d'emblée Jean-Emmanuel Rodocanachi, il faut absolument qu'on rédige des éléments de langage d'ici ce soir et qu'on les diffuse dès demain, attaque-t-il, remonté comme une pendule. C'est le début d'une crise qui va aller crescendo jusqu'au bouquin de Castanet. Et, au-delà de notre concurrence et de nos différences, on va avoir besoin d'une solidarité totale entre nous tous. Voilà les messages à faire passer : Un : les crèches n'ont rien à voir avec les Ehpad et l'affaire Orpéa ! Deux : le parti pris de ces bouquins est clairement anti-privé ! Trois : tout a déjà été traité dans le rapport de l'IGAS. Il n'y a rien de nouveau ! »

Rien de nouveau ? Publiés le 7 septembre 2023, *Le Prix du berceau*[1], de Daphné Gastaldi et Mathieu Périsse, et *Babyzness*[2], de Bérangère Lepetit et Elsa Marnette, vont tout de même provoquer la création d'une commission d'enquête parlementaire – nous y reviendrons…

Rodocanachi est un fort en gueule. Depuis ses quartiers parisiens, il déroule l'offensive et compte bien s'appuyer sur son armée mexicaine pour « travailler » l'information. « Je pense qu'on a un coup à jouer, affirme-t-il, sûr de lui. Pourquoi ? Parce qu'on a les meilleures agences à nos côtés : On a Publicis ! On a No Com ! On a Taddeo ! On a Image 7 ! On a Plead ! On a ESL ! People a Havas !

1. Seuil.
2. Robert Laffont.

Si on fait passer tous ensemble les mêmes messages, ça fait fois dix. Et avec tous ces lobbyistes et ces boîtes de com, on peut toucher n'importe qui en France. »

« Le fait d'attaquer les auteurs et les maisons d'édition, ça va quand même les calmer »

Effectivement, la liste a de quoi impressionner même les journalistes les plus aguerris. C'est simple, la crème des agences de communication, de gestion de crise et d'intelligence économique a été missionnée. L'idée n'est pas seulement de faire passer des messages aux Français, mais de toucher les maires, les députés et, plus encore, le gouvernement. « Ce que je veux dire par là, poursuit-il, c'est qu'on a les moyens pour que les politiques, dans quelques jours, comme ils vont entendre ces mêmes éléments de langage de dix canaux différents, en fassent leurs propres vérités. »

La chemise déboutonnée, le corps en avant, massif, bouillonnant, le crâne chauve plongé contre l'écran de son ordinateur, Rodocanachi peine à masquer sa fureur. Il est clair qu'il n'hésitera pas à utiliser toutes les armes qu'il a entre les mains pour remettre les choses d'équerre, quitte à porter plainte contre les journalistes un peu trop curieux. « Autre point : il faut qu'on étudie le pénal. Comme une posture ! Pas pour gagner de l'argent dans quelques années. Mais pour pouvoir montrer qu'il y a une ligne rouge et qu'il y a des choses qu'on ne tolère pas. » Puis de poursuivre, haletant : « Le fait d'attaquer les auteurs et les maisons d'édition, ça va quand même les calmer. Ça va faire retomber un peu la poussière. Et ça va nous donner des éléments de com en interne pour pouvoir dire à nos salariés : on vous protège ! » Quelques minutes plus tard, il conclut, sans sourciller : « Faudra qu'on voie si on a des éléments suffisants. Mais en vrai, peu importe. On pourra toujours retirer la plainte, ensuite. » Silence embarrassé de la fédération…

Sylvain Forestier, l'homme à l'origine de La Maison Bleue, prend alors le relais. Le doyen de la bande à l'allure d'expert-comptable – lunettes carrées, veste anthracite, chemise sans pli – parle d'un ton plus posé. Fin stratège, il entend tourner la situation à son avantage. « Il faut faire de cette crise une opportunité, assène-t-il. Jean-Emmanuel, tes points sont pertinents. Mais il faut dissocier la réaction vis-à-vis des médias et une posture nouvelle vis-à-vis des politiques. Il faut davantage parler vrai. À mon sens, il faudrait préciser que la grande majorité des problèmes que l'on a vient d'une pénurie de personnels diplômés et qu'elle est organisée par le politique. Certes, il y a une crise médiatique. Mais ceux qui vont prendre les décisions qui peuvent ou non nous plaire, ce sont les politiques. Donc il faut qu'on leur parle de façon plus volontariste. » Et le patron des Petits Chaperons Rouges d'abonder : « Tu as raison Sylvain ! C'est le dernier point que j'ai oublié de préciser. En parallèle de ces éléments de langage, on doit obtenir un rendez-vous de travail au ministère et à la CNAF[1]. »

Entre alors dans la danse Elsa Hervy, le visage de la FFEC. Une femme tonique, à l'imposante chevelure dorée, qui défend avec détermination les intérêts du secteur et se meut avec aisance dans la sphère politique. « Pour votre information, débute-t-elle, j'ai déjeuné hier avec un membre du cabinet d'Aurore Bergé. Je confirme qu'ils souhaitent qu'on ne la joue pas règlement de comptes à OK Corral, qu'on assume et qu'on soit tout de suite sur une posture constructive. Ils nous demandent d'être vigilants

1. Caisse nationale d'allocations familiales.

sur le fait qu'il ne faut surtout pas qu'on se défausse sur le gouvernement, qu'on ne soit pas dans une logique : "Ce n'est pas de ma faute, c'est de la faute des autres. C'est parce qu'il n'y a pas de cadre national, etc." Pour eux, c'est vraiment fondamental ! »

La patronne de la fédération se félicite d'avoir passé un pacte de non-agression avec le cabinet de celle qui était de juillet 2023 à janvier 2024 la ministre des Solidarités et des Familles, un accord gagnant-gagnant à la sauce macroniste : les géants du secteur se gardent de taper sur le gouvernement et de mettre en cause la politique petite enfance suivie ces dernières années, en échange de quoi le gouvernement saura faire preuve de mansuétude. « Le cabinet me dit qu'ils sont OK pour qu'on mette en place des rencontres en off pour qu'on se parle », annonce-t-elle, satisfaite.

« Pourquoi tout d'un coup on a peur ? »

Autre exemple illustrant ce surprenant mélange des genres, je découvre qu'Elsa Hervy discute en direct sur l'application Telegram avec la ministre. « Aurore me confirme qu'elle a bien l'intention de prendre la main sur Charlotte Caubel (alors secrétaire d'État chargée de l'enfance) et de ne pas la laisser s'exprimer. Aurore, c'est une jeune femme susceptible. Et je pense qu'il faut qu'on choisisse notre camp. Ou au moins qu'on se répartisse les rôles… Peut-être qu'il faut que la fédération gère Aurore. Et que Charlotte, ce ne soit pas moi qui la traite. » Jean-Emmanuel Rodocanachi saisit la balle au bond. « Elsa, pour que tout le monde ait l'info : Caubel, on la connaît très bien ! Je ne suis pas inquiet. C'est une fille rationnelle. Une ancienne juriste. Aurore Bergé, c'est différent : elle aime les coups médiatiques donc effectivement, il faut bien l'encapsuler pour éviter qu'elle ne sorte des conneries. »

La déléguée générale de la fédération répète alors à ses membres qu'il est dans leur intérêt de préserver l'image de la ministre et d'adopter une démarche de « co-construction », tout en les préparant à ce que la communication gouvernementale de crise ne soit pas des plus plaisantes. « Il y a le fond et il y a la posture médiatique, expose-t-elle. Aurore va avoir besoin de vous convoquer pour montrer qu'elle agit et qu'elle n'a pas peur des gros, et que les gros, ils répondent quand on les appelle. Parce que c'est elle la ministre ! » Et le président de la fédération, patron de Rigolo comme la vie, de poursuivre, le plus sérieusement du monde : « Il va falloir qu'on nourrisse sa séquence médiatique, mais dans le sens qu'on veut. La ministre aura besoin de faire des annonces. Et si elle peut reprendre trois éléments qu'on va lui proposer : des contrôles annuels, de la transparence financière, une exigence de qualité, alors je pense qu'on s'en sortira par le haut. » Un autre intervenant approuve : « En effet, il faut qu'on profite de cette crise pour passer à la ministre ces éléments de langage qui sont dans son intérêt à elle, qui serviront le secteur, et qu'elle pourra annoncer avec tambour et trompette, si elle en a besoin. Mais copilotés par nous. »

Alors que les interventions s'enchaînent et que les propositions de ripostes fleurissent, Rodolphe Carle, le fondateur de Babilou, reprend la main en apportant une voix dissonante sur la stratégie à tenir. « Quand je vous entends, j'ai l'impression que vous êtes en panique. Qu'est-ce qu'il y a de nouveau dans ces deux bouquins ? demande-t-il à ses interlocuteurs. Pourquoi tout d'un coup on a peur ? Pourquoi le gouvernement s'excite ? » La déléguée générale de la fédération tente d'avancer quelques explications. « Il ne faut pas oublier qu'on est dans un contexte post-Orpéa, qu'il y a eu le rapport de l'IGAS, et qu'une réforme du système d'inspection-contrôle a été annoncée, détaille-t-elle. En plus, on est face à une nouvelle ministre qui, malgré la sympathie personnelle qu'elle peut avoir pour chacun d'entre nous et sa sympathie originelle pour le privé, a un vrai besoin personnel d'exister, de montrer sa marque, d'avoir un avenir politique. » Un autre interlocuteur, qui a pris connaissance du contenu de l'un des livres au moins une semaine avant sa parution, poursuit : « J'ai lu le premier bouquin, comme certains d'entre vous, de manière très détaillée. Rodolphe, pour répondre à ta question, il n'y a rien. Aucune pièce à conviction. Ils ne citent que des dysfonctionnements isolés. »

Le fondateur de Babilou reprend : « Pardon, je vais être un peu direct : mais vous avez peur de révélations ? Vous avez peur qu'il y ait des trucs de chez vous qui se sachent et qui soient explosifs ? » Après un silence suspendu, Rodocanachi est le premier à répondre, d'un ton assuré : « Non, chez Les Petits Chaperons Rouges, non ! » Le patron de La Maison Bleue d'embrayer : « Non ! » Rodocanachi se fait alors plus loquace : « Le vrai sujet, attendez ! on va se dire les choses, hein ! C'est le bouquin de Castanet. S'il fait un vrai travail d'investigation et qu'il trouve qu'il y en a un parmi nous qui a grugé sur les heures facturées en crèche, bah c'est ça qui sortira et ça nous ramènera à l'affaire Orpéa. Donc voilà, le risque, il est là ! »

Bien vu.

Chapitre 2

Aurore Bergé, ministre de… la com

Elle débarque dans le studio de BFMTV/RMC le sourire aux lèvres.

Il est un peu plus de 8 h 30, ce jeudi 7 septembre 2023, et Aurore Bergé s'apprête à répondre aux questions d'Apolline de Malherbe. La ministre des Solidarités et des Familles est à l'aise, le terrain médiatique, c'est un peu son aire de jeu à elle. Ce matin, elle connaît sa mission : désamorcer la polémique créée par la publication des deux ouvrages de mes confrères.

L'ambitieuse Aurore Bergé fait sa première rentrée politique en tant que « Madame la ministre ». Fidèle parmi les fidèles du clan Macron, qui avait rejoint son équipe de campagne en 2017 après avoir fait ses premières armes au sein de l'UMP ; elle attendait depuis son heure, gravissant un à un les échelons d'une redoutable ascension politique. En mai 2017, elle est élue sans difficulté députée de la 10e circonscription des Yvelines. Un mois plus tard, la voilà porte-parole du groupe La République En Marche à l'Assemblée nationale. En juin 2022, nouvelle étape cruciale : elle emporte la direction du groupe parlementaire Renaissance. Avant, donc, d'obtenir, le 20 juillet 2023, le poste tant convoité de ministre des Solidarités et des Familles.

Cette jeune maman prend la place de l'éphémère Jean-Christophe Combe (4 juillet 2022 – 20 juillet 2023), lui-même venu remplacer en urgence le fugace Damien Abad (20 mai – 4 juillet 2022), contraint au départ à la suite d'accusations de viols qu'il conteste. Une valse des ministres qui, pour bon nombre d'acteurs de la petite enfance, en dit long sur le peu d'intérêt que la Macronie porterait à ce sujet. De la même manière que le grand âge, il nous concerne pourtant tous. La vulnérabilité serait-elle l'angle mort des « Marcheurs » ?

« Est-ce que l'État a abandonné les enfants au privé ? »

La nomination d'Aurore Bergé semble avoir suscité chez certains professionnels du secteur un regain d'espoir. Son arrivée, espèrent-ils, pourrait signer un tournant : son poids politique devrait lui permettre d'imposer un rapport de force avec Bercy (l'un des nœuds du problème). Et son aisance médiatique donnera de la visibilité aux problématiques du monde des crèches, l'ambition qu'elle porte en étendard ruissellera jusqu'à nos enfants et à ceux qui en ont la charge…

Depuis trop longtemps, le secteur manque de cap, de lisibilité et d'une vision. L'administration, pour ne pas dire la CNAF (Caisse nationale des allocations familiales, organisme public), l'a verrouillé tout autant techniquement qu'administrativement et financièrement. La plupart des politiques qui se sont essayés, jusque-là, à modifier en profondeur son fonctionnement s'y sont cassé les dents. Sûrement n'ont-ils même pas eu le temps de saisir la complexité de la réglementation et des modes de financement. L'animal politique Bergé entre donc en scène, au milieu du fracas provoqué par les deux ouvrages qui pointent du doigt les pratiques des principaux gestionnaires de crèches privées, en pleine expansion depuis le début des années 2000. On parle rationnement, privatisation, optimisation, financiarisation… L'expression « l'Orpéa des tout-petits » est sur toutes les lèvres. Le drame de Lyon, qui a coûté la vie, en juin 2022, à un nourrisson de onze mois, est encore dans tous les esprits. Le rapport de l'IGAS – particulièrement sévère – qui en a découlé a marqué les professionnels du secteur. C'est peu dire que les mots de la ministre sont attendus par les leaders de Babilou, La Maison Bleue, Les Petits Chaperons Rouges, People&Baby et compagnie, à qui on a vendu, en off, un pacte de non-agression. La ministre sera-t-elle au rendez-vous ?

Soyez attentifs ! Chaque mot compte.

Pour ce grand saut périlleux, son cabinet a choisi BFMTV, et plus précisément l'interview *Face-à-Face*, menée par une autre femme à poigne. Aurore Bergé a conscience de l'extrême sensibilité du sujet. Elle donne ce matin l'impression d'avoir pesé jusqu'à sa tenue, moderne et sobre : une veste beige sans effet, un tee-shirt blanc, les cheveux lâches et une grosse paire de lunettes rondes à bords épais qui, au fil des années, est devenue sa marque de fabrique.

« Est-ce que l'État a abandonné les enfants au privé ? » attaque Apolline de Malherbe. Il en faut plus pour déstabiliser Aurore Bergé. « C'est un peu plus complexe que ça, rétorque la ministre. Déjà, aujourd'hui, il n'y a que 20 % des crèches qui sont privées. Donc on ne peut pas dire que tout d'un coup il y a eu un basculement. » 20 % ? Oui, mais surtout 90 % des nouvelles places, comme le précise la journaliste.

Aurore Bergé poursuit sans ciller, rappelant que « ce n'est pas l'État qui a fait des crèches, ce sont les municipalités. (…) La question qu'on doit se poser, elle est double. D'abord, il y a la question du contrôle. Concrètement, qui contrôle ? Comment on contrôle ? Est-ce qu'on contrôle assez ? Et c'est là-dessus qu'il faut changer la donne. Et la question des professionnelles de ces crèches qui aujourd'hui ne sont pas assez nombreuses ». La journaliste reprend : « Ce sont des entreprises dans lesquelles des fonds d'investissement sont rentrés. Peut-on confier les plus vulnérables de ce pays à ces groupes ? » La ministre rétorque : « La question, elle n'est pas juste celle du modèle économique. On a lancé une grande inspection de l'Inspection générale des affaires sociales. On a eu, il y a un an, le décès d'une petite fille dans une crèche qui a, je pense, bouleversé toute la France. (…) Une petite fille qui a été tuée. »

D'après la ministre, l'enquête de l'IGAS, « c'est 45 000 témoignages qui ont été recueillis, bien plus que tous les livres qui vont s'additionner (…). Ils ont démontré qu'il pouvait y avoir des cas de maltraitance quels que soient les modèles économiques des crèches, quels que soient les types de gestionnaires, et que la première, en vérité, des maltraitances, c'était la question de la pénurie de professionnels ». Aurore Bergé se veut rassurante : « C'est notre responsabilité qu'il y ait des contrôles. Ce que je dis, c'est qu'on va le faire main dans la main avec les départements pour garantir que ces contrôles existent, pour garantir que ces systèmes d'alerte existent. »

Questionnée enfin sur le nombre de personnes mobilisées en moyenne pour chaque bébé – un adulte pour six enfants –, elle promet des améliorations. « Je veux qu'on passe à un taux d'encadrement de un pour cinq », clame-t-elle. « Au 1er janvier 2024, l'État, mon gouvernement, met 200 millions d'euros sur la table chaque année pour revaloriser le personnel. Mais je ne donnerai pas un euro de cet argent aux groupes privés si dans le même temps, ils n'ont pas des conventions collectives qui sont enfin au niveau. »

Aurore Bergé vient de réaliser un sans-faute. En termes de communication et de gestion de crise, c'est de l'art. La ministre a, semble-t-il, tiré les leçons de la crise des Ehpad et des fautes de communication de l'ex-ministre Brigitte Bourguignon. Habilement, Aurore Bergé fait preuve d'empathie vis-à-vis des familles, de fermeté vis-à-vis des leaders du secteur, et de clairvoyance vis-à-vis du personnel. Elle prend soin, « en même temps », de ménager les principaux groupes privés, dont elle sait qu'elle ne peut se passer. Elle partait, c'est vrai, avec un avantage certain sur Mme Bourguignon : elle a été prévenue en amont de la publication des deux ouvrages. Selon mes informations, la ministre a même pu prendre connaissance de certains éléments en avant-première.

La ministre a ensuite fait comprendre aux principaux gestionnaires de crèches privées qu'il serait dans l'intérêt de tout le monde de la jouer profil bas. Elle connaît parfaitement le fonctionnement des journalistes, sait qu'en ripostant, bien souvent, on attise le feu médiatique. Là encore, l'épisode Orpéa a valeur d'exemple, ou plutôt de contre-exemple. Les dirigeants avaient pris le parti de nier catégoriquement, de menacer de plaintes en diffamation, d'intervenir sur les plateaux des chaînes d'infos et… de ne pas répondre aux questions des députés lors de leurs auditions. Bref, ils avaient à la fois agacé tout le monde et nourri le feuilleton. Double faute. Cette fois, les quatre principaux groupes vont suivre, sagement, les conseils de « leur » ministre : pas de vagues en attendant que la tempête passe…

Les échanges entre la fédération et le cabinet de Mme Bergé ont également permis à cette dernière de s'assurer que les acteurs du secteur ne s'attaqueraient pas à la politique gouvernementale de la petite enfance, alors même que certains étaient disposés à le faire. Plus problématiques encore, ces discussions auraient permis à Aurore Bergé d'élaborer des éléments de langage en co-construction avec les acteurs privés.

Lorsque j'écoute son interview sur RMC, je tiens entre les mains un document particulièrement sensible. Il s'agit d'une note de deux pages intitulée *Le Prix du berceau*, rédigée par la FFEC à destination de la ministre. Ces « EDL » – éléments de langage – ont été transmis le 1er septembre à son cabinet, soit moins d'une semaine avant l'interview. Et apparemment, le lobbying semble avoir porté ses fruits. Cette note insiste, à l'instar de Mme Bergé, sur le fait que « cette crise que traverse tout le secteur des crèches n'est en rien comparable au scandale soulevé par les pratiques accablantes d'un opérateur d'Ehpad : contrôle externe au moins deux fois par jour via les parents ». D'après ces éléments de langage issus de la fédération, « des dysfonctionnements humains existent dans les crèches de tous statuts juridiques ». La ministre ne dira pas mieux… Les principaux gestionnaires privés tiennent à souligner, de la même manière qu'Aurore Bergé, que la crise que traverse le secteur tient d'abord « à la pénurie de professionnels de la petite enfance ». S'agissant des solutions à apporter, là encore, la ministre et les groupes privés sont parfaitement alignés. La note mentionne que la première mesure à mettre en place est de « lutter contre la pénurie de professionnels afin de former en urgence absolue les 10 000 professionnels manquants ». Pour ce faire, il faudrait « créer des règles vertueuses de revalorisation des subventions publiques fondées sur les augmentations des coûts de fonctionnement des crèches ». L'enveloppe de 200 millions d'euros annuels proposée par la ministre, en contrepartie de conventions collectives améliorées, pourrait être une réponse à cette proposition.

Enfin, la fédération met en avant la nécessité de « mettre en place un contrôle annuel sur pièce » et de « renforcer les moyens des différentes autorités de contrôle (PMI[1], CAF[2], DDPP[3]…) ». Améliorer le système de contrôle, c'est bien l'un des axes principaux du plan de sortie de crise proposé par Aurore Bergé.

Le patron des Petits Chaperons Rouges, Jean-Emmanuel Rodocanachi, avait-il vu juste lorsqu'il se vantait d'avoir les moyens pour que les politiques transforment des éléments de langage de la fédération en « leurs propres vérités » ? Est-il parvenu, comme il l'avançait, à « nourrir la séquence médiatique de la ministre dans le sens voulu » ? Elsa Hervy, la déléguée générale de la fédération, a-t-elle bien apporté « son soutien à la ministre pour annoncer des contrôles renforcés » ?

Ce qui est factuel, c'est que des échanges étroits et nombreux ont eu lieu entre la fédération et le cabinet de la ministre ; qu'Aurore Bergé a conversé régulièrement, par téléphone et via l'application Telegram, avec Elsa Hervy ; qu'un accord de « co-construction » a été passé à la fin du mois d'août ; que cette note a été transmise le 1er septembre au cabinet de la ministre et qu'on retrouve dans cette interview du 7 septembre un certain nombre de messages et de propositions issus des éléments de langage de la fédération.

Quand je la sollicite en juin 2024, Mme Bergé, nommée entre-temps ministre déléguée chargée de l'Égalité entre

1. Protection maternelle et infantile.
2. Caisse d'allocations familiales.
3. Direction départementale de la protection des populations.

les femmes et les hommes, accepte de me recevoir pour s'expliquer sur la relation qu'elle aurait nouée avec le lobby des crèches privées. Je lui transmets cette note en lui demandant si elle confirme l'avoir reçue avant son interview sur BFM. Un silence… « Comment voulez-vous que je m'en souvienne ? me répond-elle. Vous imaginez combien de notes il y a par jour ? » Je lui indique alors que c'est un document notable rédigé par la FFEC et que certains opérateurs se sont vantés d'avoir un accès privilégié à son cabinet leur permettant de faire passer leurs éléments de langage. « En vrai, je ne peux ni dire que je l'ai eue. Ni dire que je ne l'ai pas eue. Je ne veux pas mentir. Très sincèrement, je n'en sais rien. »

Est-ce à dire que les acteurs privés font la politique du gouvernement ? Chacun en jugera. Ce qui est certain, c'est que lorsque les relations entre un ministère et un lobby deviennent à ce point étroites, lorsque les intérêts politiques et privés sont à ce point imbriqués, il peut être difficile de distinguer qui parle et au nom de qui. Dans les jours qui suivent cette interview, de nouveaux éléments vont me permettre de mesurer l'efficacité de ce lobbying et de prendre conscience du niveau de proximité existant entre la ministre des Solidarités et des Familles et la patronne de la FFEC. Je découvre qu'à plusieurs reprises elles ont échangé, comme de bonnes amies, sur le contenu de mon enquête, son potentiel impact.

Et la meilleure manière d'y parer.

Chapitre 3

Le mouton noir

Début septembre 2023, extraits d'une conversation enregistrée sur la messagerie sécurisée Telegram :

Aurore Bergé (ministre des Solidarités et des Familles) : Je vous déconseille de rentrer dans la stratégie du mouton noir.

Elsa Hervy (déléguée générale de la FFEC) : Attends, ce n'est pas une question de mouton noir. Le problème, c'est qu'on ne soit pas assimilé à des dérives qui peuvent être compliquées dans le bouquin de Castanet. Et, tu le verras…

Aurore Bergé : Ce que je dis, c'est surtout : attractivité du métier, professionnels pas assez nombreux, nécessité revalo. La balle est du côté des crèches privées. Je mets 200 millions d'euros sur la table. Mais on ne décaisse pas s'il n'y a pas de meilleure convention collective. Ce qui est dans votre intérêt, *anyway*.

Elsa Hervy : Il faut que tu mettes des ETP[1] en plus. Parce que nous, on ne peut pas faire tout seul tant qu'on n'a pas compris comment on doit augmenter.

1. Équivalents temps plein.

Aurore Bergé : Faut assumer qu'il y a eu des dérives et que ces dérives sont intolérables.

Elsa Hervy : Je n'assume pas les dérives de People. C'est notre ligne rouge !

Aurore Bergé : Je comprends. Mais t'es obligée, à un moment, de donner le sentiment que tu entends qu'il y a des trucs qui ont déconné. C'est notre mission commune collective de mettre en place des contrôles. Sinon, c'est inentendable.

Elsa Hervy : Mais attends, tu ne te rends pas compte. People, c'est pas comme les autres !

Aurore Bergé : Je comprends. Et je comprends que la stratégie soit de désigner un mouton noir. Mais à la fin, tes adhérents ont des LBO[1], des actionnaires, des marges à fournir. Et de facto, ces marges ont aussi été réalisées parce que surbooking, parce que qualité sans doute revue à la baisse. Si on ne veut pas partir dans une querelle idéologique, alors il faut tous être en capacité de reconnaître des erreurs. L'État, qui pendant des années n'en avait rien à faire de ce qui se passait dans les crèches. Et je peux te dire que j'ai secoué tout le monde depuis que je suis là pour comprendre pourquoi ça n'avait pas plus avancé depuis un an.

1. Entrée de nouveaux investisseurs.

Chapitre 4

Une bien aimable « convocation »

Aurore Bergé fait-elle preuve de courage en avouant à la déléguée générale de la fédération des crèches privées que « l'État n'en avait rien à faire » de la petite enfance et que « ça n'avait pas plus avancé » depuis un an, malgré le drame de Lyon ? Ou alors manque-t-elle de loyauté vis-à-vis du gouvernement et de son prédécesseur, Jean-Christophe Combe ? Surtout, un ministre peut-il entretenir une telle connivence avec un acteur privé ?

Combe a son avis, tranché, sur le sujet ; il a vécu son éviction brutale du ministère comme une gifle, il pense avoir été victime des agissements d'Aurore Bergé. Savez-vous quelle est la première phrase que la ministre des Solidarités et des Familles aurait prononcée en entrant dans son bureau alors qu'il était resté quelques instants pour assurer la passation des pouvoirs ? Elle lui aurait dit ceci : « Jean-Christophe, je te promets, je n'ai rien fait pour prendre ta place. » Ce qu'il a personnellement vécu comme un terrible et maladroit aveu. « Aurore Bergé voulait mon poste. Elle a fait ce qu'il faut pour l'obtenir », me résume-t-il, désabusé.

Nous nous sommes donné rendez-vous à La Marine, une brasserie remuante et désuète située le long du canal

Saint-Martin, à Paris. Ici, une podcasteuse de vulgarisation scientifique multiplie les coups de téléphone. Là, un couple s'écharpe sur la situation au Proche-Orient. La salle est bruyante, le service est sans façon. L'idée d'entraîner un ministre hors des sentiers battus me fait sourire.

Jean-Christophe Combe débarque moins guindé que lors de nos précédentes rencontres. Il a fait tomber la tenue habituelle du parfait ministre pour un pull à maille fine et un jean brut. Tout de go, il m'explique qu'il a, jusque-là, refusé toutes les demandes d'interview. S'il fait une exception, c'est parce qu'il a apprécié nos derniers échanges autour de la question du grand âge. Pourtant, ces confrontations ont été vives… Jean-Christophe Combe vient de la société civile – il était l'ancien DG de la Croix-Rouge française – et prévoit d'y retourner, passé cette parenthèse politique inattendue. « C'est bon, je suis vacciné », sourit-il.

D'après lui, les piques de l'actuelle ministre à son endroit sont particulièrement injustes. « La première chose que j'ai faite lorsque je suis arrivé, une semaine après le drame de Lyon, c'est de saisir l'IGAS, commence-t-il. Je suis quelqu'un de pragmatique. Comme je n'avais peut-être pas le poids politique d'Aurore Bergé, cette inspection me permettait d'avoir un levier pour mettre des sujets de qualité sur le devant de la scène. Ce que j'ai réussi à faire dans le cadre de la construction du service public de la petite enfance. Et je considère que j'ai obtenu une très bonne Convention d'objectifs et de gestion (COG) de la CNAF. »

L'ancien ministre estime surtout qu'on ne lui a pas laissé l'occasion d'aller au bout de ses dossiers. Et qu'Aurore Bergé n'est pas étrangère à son départ anticipé. Il lui reproche, notamment, d'avoir été impliquée dans les deux reports de la proposition de loi qu'il défendait, avec la députée Annie Vidal, sur un autre versant de son portefeuille : la société du « bien vieillir ». Des initiatives qui auraient eu pour effet à la fois de dévaloriser son « actif » politique et de permettre à la future ministre d'en tirer personnellement profit, en récupérant le travail réalisé.

« La seule manière pour eux de m'atteindre, c'était de me décrédibiliser »

Jean-Christophe Combe a eu le sentiment de ne pas avoir été soutenu par la majorité et d'avoir été instrumentalisé par le pouvoir alors en place. C'est le moment de l'interroger sur le niveau de relations qu'il entretenait avec les leaders du secteur des crèches privées ainsi qu'avec la fédération. Je lui fais part de certaines informations en ma possession liées aux échanges entre sa successeure et Elsa Hervy ainsi qu'au pacte de non-agression que cette dernière se vante d'avoir passé avec son ancien cabinet. « Ce dont vous pouvez être certain, confie-t-il, c'est que je n'avais pas du tout ce genre de relations avec la fédération. Et aucune ligne directe avec leur déléguée générale. Pour tout vous dire, elle me détestait. Et comme je n'avais pas de lien avec des boîtes de lobbying, que je n'envisageais pas de rejoindre leur secteur et que je ne compte pas faire carrière dans la politique, ils n'avaient pas de prise sur moi. La seule manière pour eux de m'atteindre, c'était de me décrédibiliser. C'est ce qui a été fait. Auprès de parlementaires, notamment. Certains ont été raconter que j'étais nul, que je n'avais pas compris tel ou tel sujet… »

Combe se montre ensuite plus incisif vis-à-vis de celle qui a pris sa place en m'expliquant qu'à son époque les boîtes de communication et de gestion de crise n'avaient pas leur place dans les discussions et qu'il n'aurait jamais accepté de mener ce type de marchandages politiques avec les gestionnaires privés. « Je ne travaillais ni contre eux, ni pour eux, résume-t-il. Mon sujet, c'étaient les enfants et les professionnels. En tant que ministre, on ne peut pas avoir le même agenda que les groupes privés. Mon objectif n'a jamais été d'éteindre telle ou telle crise médiatique. Parce que moi, je pense qu'on a besoin de faire bouger les choses en profondeur. »

L'ancien ministre prend alors l'exemple de la remise du rapport de l'IGAS, commandé à la suite du drame de Lyon. « À ce moment-là, on a subi des pressions de la part d'acteurs de la petite enfance pour ne pas le rendre public. Ils estimaient que ce n'était pas bon pour l'image du secteur, que ça allait contribuer à sa désaffection. » Jean-Christophe Combe ne cède pas. Sans pour autant cibler un acteur ou un modèle en particulier, il juge que cette inspection est d'intérêt général et que les témoignages obtenus par les membres de l'IGAS doivent être portés à la connaissance du grand public. Le rapport de plus de 100 pages sera bien publié et les médias s'en saisiront.

Le couple Bergé-Hervy continue son manège sur Telegram les semaines et les mois suivants. Aurore Bergé n'hésite pas à distiller des conseils en communication de crise à la déléguée générale de la fédération. Elle insiste sur le fait qu'il serait contre-productif d'incriminer un groupe en particulier, en l'occurrence People&Baby, et recommande à Elsa Hervy de reconnaître des erreurs. Cette dernière va suivre à la lettre les conseils de la ministre, qui sait y faire : elle a été communicante pendant plus de sept ans, chez Publicis notamment.

Sur ce point, Aurore Bergé s'est montrée tout aussi évasive lors de notre entrevue de juin 2024, admettant avoir communiqué en direct sur Telegram avec la représentante de la FFEC tout en niant lui avoir transmis la moindre consigne ou recommandation. « Est-ce qu'on échangeait avec Elsa Hervy au moment où j'étais ministre des Solidarités et des Familles ? Oui ! La réponse est oui. Je l'admets bien volontiers. Comme j'échangeais régulièrement avec une cinquantaine d'acteurs clés du secteur. Mais je ne lui disais pas quoi dire. Et je ne parlais pas de communication avec elle. »

Invitée à réagir à la crise (de septembre 2023) par de nombreux médias, Elsa Hervy ne remet jamais en cause la véracité des témoignages révélés dans les deux ouvrages. Au contraire, elle répond à France Info que « la fédération déplore ces dysfonctionnements » et assure que « les adhérents s'engagent à y mettre fin ». Elle va encore plus loin en annonçant que ces derniers sont « prêts à ouvrir leurs portes », estimant qu'« il est normal que nous rendions compte de la bonne utilisation des deniers publics et de la sécurité et de la qualité que nous apportons aux enfants ». On a rarement vu meilleure élève.

La déléguée générale de la fédération se permet tout de même de porter quelques coups bien sentis. Aux régions, qui seraient en partie responsables de ne pas avoir formé assez de personnels ces quinze dernières années, au moment même où le nombre de berceaux explosait. À la Cour des comptes, qui aurait contribué à « mettre en place la tarification à l'acte » au sein du secteur des crèches, de la même manière qu'à l'hôpital. Mais jamais Elsa Hervy ne se risque à mettre en défaut la ministre ainsi que le gouvernement.

Aurore Bergé, de son côté, joue sa partition en poursuivant ce délicat numéro d'équilibriste. L'un des faits les plus marquants concerne la convocation des quatre principaux leaders du secteur – Babilou, Les Petits Chaperons Rouges, La Maison Bleue, People&Baby. L'annonce est faite le 10 septembre 2023, sur le plateau du *Grand Rendez-vous* de

CNews/Europe 1/*Les Échos*. À la question : « Est-ce que vous réunissez ou vous convoquez, pour employer un autre mot, les principaux visés ? », la ministre répond, avec gravité : « Oui. Dès la semaine prochaine, ces quatre grands groupes seront convoqués dans mon bureau parce que je veux comprendre concrètement ce qui s'est passé. Et j'irai même plus loin : on va changer la loi pour le garantir. Aujourd'hui, on n'avait pas la possibilité d'aller au siège de ces grandes entreprises pour savoir ce qui s'y passait. Ça va changer. Je vais leur dire : ouvrez vos livres de comptes à l'Inspection générale des finances et à l'Inspection générale des affaires sociales. »

Aurore Bergé vient de prouver qu'elle sait taper du poing sur la table. Une dépêche de l'Agence France-Presse reprend immédiatement ses propos : « Crèches privées : quatre groupes convoqués par la ministre. » L'information est aussitôt relayée. Le message est clair : l'État ne plie pas face au secteur privé, le gouvernement ne transige pas avec la sécurité de nos enfants. Le hic, c'est qu'en coulisses les choses vont prendre une tout autre tournure.

J'ai mis la main sur la fameuse « convocation » envoyée par le cabinet d'Aurore Bergé aux quatre leaders des crèches privées. En copie de ce mail du 12 septembre, la directrice de cabinet, Constance Bensussan, son adjoint, David Blin, ainsi qu'une certaine Céline Montaner-Blancho, qui depuis août 2023 est cheffe de cabinet et conseillère politique d'Aurore Bergé.

Dès l'en-tête, les groupes privés comprennent que le ton des échanges sera plus cordial que celui employé devant les médias : « Invitation de Mme Aurore Bergé, ministre des Solidarités et des Familles, à participer à une réunion – vendredi 15 septembre 2023 de 12 h 00 à 13 h 00. » Il n'est plus du tout question d'une « convocation », mais d'une « invitation »… Dans le corps des mails, le secrétariat du cabinet indique d'ailleurs que la ministre « convie à un échange ». On a connu convocation moins aimable.

Les acteurs privés ainsi que les différentes agences de communication et d'influence qui les entourent ne s'y trompent pas. Ce mail d'invitation et les échanges qui ont eu lieu en parallèle signent pour la plupart d'entre eux la fin de la partie. C'est du moins ainsi qu'ils l'ont interprété. J'ai eu l'occasion d'échanger, en off, avec un salarié d'Image 7, l'une des agences les plus influentes du marché. « Les livres ont fait pschitt. Et puis la convocation, c'est une vraie fausse convocation », m'indique-t-il. Je le prie alors de préciser sa pensée. « On nous a dit de ne pas stresser, que l'État savait très bien qu'il avait besoin du privé, qu'il fallait bien que la ministre réagisse à la suite de la publication des bouquins et de l'écho médiatique, mais qu'il n'y aurait pas de suite, pas de sanctions à attendre. Tout ça, c'est histoire de faire un peu de cinéma. »

Image 7 défend, cette fois-ci, les intérêts de La Maison Bleue et de son fondateur, Sylvain Forestier. Un contrat anciennement supervisé par une certaine Julia Friedlander, passée depuis octobre 2022 à la concurrence, chez Taddeo, pour assurer les arrières de Rodocanachi, le tempétueux patron des Petits Chaperons Rouges. Désormais, c'est Fanny Auverny qui a la charge du secteur des crèches chez Image 7. C'est elle qui durant l'été 2023 a dû interroger les responsables de La Maison Bleue sur les dysfonctionnements dont ils pouvaient avoir connaissance, lister les incidents qui risqueraient d'être épinglés et préparer des éléments de langage à destination des médias, de la ministre et de la CNAF. Seriez-vous capable de deviner ce que faisait Mme Auverny jusqu'en novembre 2022, quelques jours seulement avant d'arriver chez Image 7 ?

Elle n'était autre que la directrice de la communication de la CNAF, membre de son comité exécutif.

Rien d'illégal, mais décidément l'influence est un petit monde… de gros intérêts.

Chapitre 5

La taupe

Ce matin, le patron des Petits Chaperons Rouges est d'humeur guillerette.

Pour Jean-Emmanuel Rodocanachi, la pression retombe enfin après des jours d'effervescence. Certains passages des ouvrages publiés la semaine précédente, mentionnant son groupe, l'avaient plongé dans une rage incontrôlable. Il avait de surcroît particulièrement mal vécu le fait d'être « sonné » dans la foulée par la ministre, comme on réprimande un mauvais élève. Fort heureusement, le changement de ton du cabinet, le « carton d'invitation » reçu la veille par mail ainsi que les discussions menées en coulisses avec un certain nombre de responsables politiques l'ont ramené à la raison. Il est comblé par Taddeo, qui effectue, d'après ses dires, un travail époustouflant. Auprès de plusieurs de ses connaissances, il vante les prouesses réalisées par cette agence de communication, cofondée par Raymond Soubie, ancien conseiller du président Nicolas Sarkozy. Rodocanachi est de ceux qui parlent beaucoup et qui parfois manquent de prudence.

Le pionnier du secteur des crèches privées se pique ainsi d'avoir l'oreille de la ministre via un membre de son cabinet qui lui transmettrait, depuis le début de la crise, des informations internes au pouvoir exécutif. Ce dernier permettrait également de faire passer des messages à la ministre des Solidarités et des Familles, voire de peser sur des décisions de premier plan.

Rodocanachi se serait même félicité d'être parvenu à faire annuler la participation d'Aurore Bergé à un reportage du JT de TF1. D'après les informations en ma possession, elle avait en effet donné son accord pour répondre à une interview dans le cadre d'un reportage prévu pour le 20 heures. Ce sujet devait être diffusé le 14 septembre 2023, la veille de la convocation de People&Baby, La Maison Bleue, Babilou et Les Petits Chaperons Rouges. L'interview n'a finalement jamais eu lieu ; le reportage a été déprogrammé. D'après les dires du fondateur de LPCR, c'est Taddeo, grâce à un contact au sein du cabinet, qui serait parvenu à faire changer d'avis la ministre. Ces éléments, s'ils se révèlent exacts, signifieraient qu'une agence de communication, sur demande d'une structure privée, a pu faire annuler la participation d'une ministre de la République au journal télévisé le plus regardé de France. Étonnant. Choquant. Dans les mois à venir, je vais m'efforcer de découvrir qui est cette personne et comment elle serait arrivée, avec d'autres, à réaliser ce coup de force inédit.

En attendant, Rodocanachi profite du moment en savourant sa force de frappe. Même si les équilibres penchent aujourd'hui en sa faveur, des réunions cruciales vont se jouer dans les prochaines semaines. La préparation du rendez-vous avec « Mme la ministre » est prise au sérieux. Depuis le début de la crise, les séances de travail confidentielles se succèdent entre les géants de la petite enfance. On y discute ratios de personnel, transparence financière, LBO, pénurie de diplômés, CAP bonifiés, taux de facturation,

PSU[1], systèmes de contrôle, PMI, bureaux de certification… Autant de sigles difficiles à appréhender – c'est bien là tout le drame.

« C'est du low cost, et il faut l'admettre ! »

Lors de ces échanges, parfois vifs – j'y ai eu accès –, des lignes de fracture menacent de s'ouvrir entre les trois leaders de la fédération. Des divergences apparaissent, notamment sur l'attitude à adopter vis-à-vis de la ministre et, donc, de l'État. Le patron des Petits Chaperons Rouges, fidèle à ses principes, ne compte faire aucune concession. « Je ne suis pas certain de vouloir commencer la réunion en disant : “On est accusés, on est coupables.” J'attends plutôt d'être applaudi », prévient-il.

En l'entendant, Carle, le patron de Babilou, s'agace : « Jean-Emmanuel, tu ne peux pas dire ça ! assène-t-il. Je suis désolé mais je ne suis pas d'accord. Il y a eu des erreurs et il faut les assumer. Il y a des acteurs qui ont fait très mal au marché en faisant croire à l'ensemble du public que ça tournait à 2 500 ou 3 000 euros par an sur des DSP. Ça a essoré les professionnels. Ça a complètement dévié les acheteurs publics. Ça a tiré tout le monde vers le bas. C'est du low cost, et il faut l'admettre ! Moi, je peux le dire très librement, parce qu'en 2010 j'ai arrêté ce marché des DSP. Parce que vous l'avez tué ! »

Les DSP, ou délégations de service public, on aura l'occasion d'en reparler à plusieurs reprises dans cet ouvrage. Depuis 2004, de plus en plus de mairies font le choix de déléguer, via un appel d'offres, la gestion de leurs

1. Prestation de service unique. Aide versée par la CAF aux crèches.

crèches à des opérateurs privés. Par souci d'efficacité mais surtout d'économie.

La question du prix des délégations de service public est une ligne de fracture majeure entre Babilou et ses concurrents directs, le réprouvé People&Baby, mais également La Maison Bleue et Les Petits Chaperons Rouges. En schématisant, un berceau coûte environ 20 000 euros par an. La moitié est réglée par les familles et la CAF. Les 10 000 euros restants sont payés par ce qu'on appelle un « réservataire », qui bloque des berceaux pour une ou plusieurs années. Il en existe deux principaux : les entreprises, qui réservent des places pour les enfants de leurs employés. Et les mairies, qui font de même pour les habitants de leurs communes, en remplacement ou en complément des crèches municipales.

Rodolphe Carle reproche à ses concurrents d'avoir tiré vers le bas les prix des berceaux vendus aux mairics afin de conquérir des parts de marché, abîmant ainsi durablement le secteur. Malgré ces tensions, la fédération tient bon. Du moins pour le moment. Le patron de Babilou a pris la décision de ronger son frein pour ne pas ajouter du désordre au fracas. Cette cohésion de façade permet également de se dissocier des pratiques du groupe controversé People&Baby. Même si s'agissant de la stratégie à mener vis-à-vis de ce « mouton noir », les avis divergent. Au début de cette crise, aucun des leaders de la fédération n'avait l'intention de se rendre à une réunion en compagnie du fondateur du groupe, Christophe Durieux, un homme avec lequel ils ont tous eu maille à partir.

Entre-temps, Elsa Hervy leur a fait part des conversations menées en off avec le cabinet d'Aurore Bergé et les a convaincus de l'intérêt de s'embarquer dans une démarche de « co-construction » avec la ministre. Cette dernière ayant demandé à rencontrer les fondateurs des quatre principaux groupes, ils ont tous fini par se plier aux règles du jeu. Il n'empêche, la fédération refuse d'être assimilée aux pratiques de cet acteur à part. Le patron de La Maison Bleue, Sylvain Forestier, estime d'ailleurs qu'ils auraient dû se dissocier de lui depuis bien longtemps et qu'ils portent une responsabilité collective à ne pas avoir alerté les pouvoirs publics plus tôt. « On récolte maintenant ce qu'on a semé, résume-t-il. Ça fait des lustres qu'on refuse de dire aux politiques, même en off, que People est différent des autres acteurs, que c'est un autre système. Eh bien voilà où on en est aujourd'hui. On se retrouve assimilés à lui. »

Le président de la fédération, le patron de Rigolo comme la vie, aimerait rattraper le coup en transmettant à la ministre quelques dossiers significatifs. « Est-ce que vous voulez que je demande à notre service juridique de faire un récapitulatif de tous les contentieux qu'on a avec People&Baby ? » propose-t-il à l'approche de la réunion.

« C'est comme Trump : plus on lui tape dessus, plus on lui fait sa com ! »

Rodolphe Carle interroge alors la visée d'une telle démarche. « Cela permettrait de montrer factuellement à la ministre que les difficultés sectorielles et les ennuis judiciaires se concentrent majoritairement sur cet acteur », lui répond Elsa Hervy, la déléguée générale de la fédération. L'argument ne convainc pas le patron de Babilou qui craint qu'une attaque aussi frontale ne soit contre-productive. « Moi je suis totalement contre ! annonce-t-il. Je vous le dis franchement. Je suis totalement contre parce que c'est comme Trump : plus on lui tape dessus, plus on lui fait sa com ! » Les membres de la fédération se rangent finalement à l'avis de Babilou en décidant de ne rien faire en l'état contre leur rival de toujours, de peur que le boomerang ne leur revienne en pleine figure. Tous se préparent néanmoins à ce que Christophe Durieux s'en prenne à eux, quoi qu'il advienne. Pour avoir le temps de riposter, ils proposent de le faire parler en premier.

Le patron des Petits Chaperons Rouges, qui connaît l'animal depuis près de vingt ans, se tient particulièrement sur ses gardes. « Vous verrez qu'il ne sera pas agressif, annonce-t-il. Il va être très malin, Durieux. Il va jouer la victime, c'est sûr. Il faudra qu'on s'adapte en temps réel. » La déléguée générale de la fédération partage la même prédiction. « À travers ses communiqués et sa posture, on comprend que ce type ne reconnaîtra jamais de dysfonctionnements, estime-t-elle. Il raconte qu'il est irréprochable, que chez lui il n'y a pas de pénurie de personnel, que c'est une invention de votre part. Il raconte que 100 % de ses postes sont pourvus et qu'il n'a pas de turnover. Il raconte n'importe quoi ! » Le patron des Petits Chaperons Rouges embraie, fataliste. « Et je vous parie qu'il va nous ressortir qu'il est le seul autour de la table à ne pas avoir d'actionnaires ! » Elsa Hervy comprend la lassitude des membres de sa fédération mais leur déconseille de réagir aux attaques ou aux sous-entendus de celui qu'ils ont exclu de leurs rangs il y a plus de dix ans. « Laissez-le s'enfoncer et dire n'importe quoi ! préconise-t-elle. Concentrons-nous sur nos réponses à la crise. »

Le jour J, une délégation d'une petite dizaine de personnes se retrouve dans le hall froid et vitré de l'imposant bâtiment du ministère de la Santé et de la Prévention, 14, avenue Duquesne, dans le 7ᵉ arrondissement de Paris. Les fondateurs de La Maison Bleue, des Petits Chaperons Rouges et de Babilou, accompagnés de leurs DG, discutent des derniers réglages de leurs interventions quand apparaît Christophe Durieux, accompagné de son bras droit, Raphaël Mailly. Les retrouvailles sont glaciales.

Les géants de la petite enfance sont ensuite conduits jusqu'à une salle de réunion occupée par une impressionnante table ovale. Un photographe officiel tente d'immortaliser la scène mais les intervenants n'ont guère l'intention de participer au plan de communication ministériel. Les cadors de la petite enfance s'inquiètent de la médiatisation de cette réunion. Leur plus grande angoisse est de se retrouver, à la sortie de ce rendez-vous, nez à nez avec un bataillon de journalistes.

Après une demi-heure d'attente, la ministre arrive enfin, accompagnée de son staff, notamment sa directrice de cabinet, Constance Bensussan, et l'adjoint de cette dernière, David Blin. Aurore Bergé prononce un discours introductif de quelques minutes pour expliciter les raisons de cette réunion, avant de laisser ses interlocuteurs s'exprimer. J'ai pu me procurer un enregistrement de ces échanges.

Rodocanachi se saisit d'un micro afin d'inviter Christophe Durieux, le patron de People&Baby, à réagir en premier. Celui-ci, qui n'est pas né de la dernière pluie, décline. Ce sont donc les membres de la fédération qui auront la primeur de se jeter à l'eau, les uns à la suite des autres. Claire Laot, la PDG de La Maison Bleue, met en avant l'expertise des membres de la fédération s'agissant des systèmes de contrôle et des procédures de remontées d'incidents. Sylvain Forestier, le fondateur de La Maison Bleue, met l'exécutif face à ses contradictions en insistant sur le fait que la promesse macroniste de créer 100 000 places supplémentaires d'ici à 2027 paraît irréaliste, sachant que des dizaines de villes, dont Paris, ferment actuellement des places, faute de personnel qualifié. Le fondateur de Babilou, Rodolphe Carle, pointe de son côté la responsabilité de l'administration dans la crise que traverse le secteur. Selon lui, c'est le système de tarification à l'heure, élaboré par la CNAF (organisme public, rappelons-le), qui a entraîné une dégradation simultanée des conditions de travail et de la qualité d'accueil des enfants. « La PSU est, pour moi, le principal problème, affirme-t-il. Elle ne s'applique pas qu'au privé mais à toutes les crèches de France. La PSU à l'heure a transformé nos crèches en halls de gare et nous a imposé de gérer les enfants comme si c'étaient des produits avec des codes-barres, en nous forçant à mettre des badgeuses pour pointer à la minute près leurs heures d'arrivée et de départ. »

Après l'annonce d'une série de propositions par la fédération, c'est désormais au tour du vilain petit canard, People&Baby, de faire entendre sa voix. Au moment où Christophe Durieux prend la parole, la salle retient son souffle. L'homme en impose : carrure de rugbyman, visage bonhomme, buste fier ; il ne semble pas le moins du monde impressionné. D'une voix calme, il commence en évoquant le drame de Lyon survenu dans l'une de ses crèches pour signifier à l'assistance que cela « aurait pu arriver dans n'importe quel établissement privé, public ou associatif ». Il prend ensuite le contrepied de tout ce qui a été dit précédemment, avec une assurance déconcertante.

Il affirme tout d'abord qu'après cette affaire, à sa demande, près de la moitié de ses 600 établissements ont fait l'objet d'une inspection, et que les PMI n'ont rien trouvé à redire. « On a eu plus de 300 contrôles qui se sont avérés tous positifs et qui nous ont permis, bien sûr, aussi, de recadrer certains éléments », détaille-t-il, non sans une certaine fierté. Puis il soutient que chez People&Baby « l'accueil en surnombre n'est pas accepté », qu'il applique « une tolérance zéro face aux comportements inadaptés », que son groupe propose des standards tels que les « conditions de travail y sont excellentes » et que depuis juin 2022, il a pris l'engagement d'avoir, au minimum, deux professionnelles tout au long de la journée, et ce dans 100 % de ses crèches. Voilà de quoi se réjouir !

Durieux va jusqu'à affirmer que son entreprise ne connaît pas la crise. « Paradoxalement, ce qu'on a trouvé curieux, et on n'a pas encore compris, c'est qu'on a une affluence de nouveaux CV spontanés chez nous depuis un an, de plus de 20 % par rapport à 2022. » Face à ces déclarations, les membres de la fédération s'étranglent. Alors que tous connaissent des difficultés de recrutement, People&Baby aurait vu, depuis l'accident de Lyon, la situation non pas se détériorer mais s'améliorer, au point de crouler aujourd'hui sous les candidatures.

« La mise en place de caméras de sécurité dans toutes les sections de toutes les crèches »

Comme la fédération l'avait anticipé, Christophe Durieux explique cette attractivité par « le côté familial et indépendant » de son entreprise, ce qui sous-entend que lui, contrairement à ses petits camarades, n'a pas de comptes à rendre à des fonds d'investissement trop voraces. Après l'exposé de ce constat particulièrement positif, Durieux passe aux propositions, prenant de court son auditoire. Le patron de People&Baby préconise tout d'abord l'instauration d'« un fichier de suivi des professionnels qui ont eu un comportement inadapté et qui ont fait l'objet d'une mise à pied » afin de s'assurer que les personnels non désirables ne passent pas d'un groupe à l'autre.

Plus surprenant encore, il plaide pour l'instauration d'un système de surveillance généralisé. « Ce que nous, on souhaiterait proposer, c'est quelque chose qui existe partout dans le monde, sauf en France... C'est la mise en place de caméras de sécurité dans toutes les sections de toutes les crèches. » Silence général... Même la ministre, effarée, se permet à la fin de son intervention de lui signifier que cette mesure n'est pas opportune. Durieux concède volontiers qu'elle n'est pas adaptée aux mentalités françaises et qu'il faudrait modifier la loi pour rendre ce dispositif légal. Mais, selon lui, installer à l'entrée de chaque crèche « une mosaïque de caméras », accessible aux parents, serait le meilleur moyen de rassurer l'opinion publique, et tant pis si ça choque.

Après tout, être disruptif, c'est sa marque de fabrique.

Chapitre 6

Les faux comptes font les faux avis

Ouf ! À la sortie de la réunion, aucun reporter en vue. Les mastodontes de la fédération se dirigent, soulagés, vers l'extérieur du bâtiment en faisant un brin de causette. Le proscrit Durieux est le seul à paraître plus crispé qu'à son arrivée. Il quitte les lieux la démarche lourde, l'œil inquiet. Personne n'est encore au courant mais d'autres rendez-vous, bien plus périlleux car financiers, attendent le fondateur de People&Baby. Deux « *Men in Black* », de ceux avec qui il vaut mieux ne pas jouer, réclament leur dû. Nous ferons leur connaissance un peu plus tard.

Les journalistes, eux, sont passés à autre chose. La crise médiatique n'aura pas duré une semaine. Le soufflé est retombé aussi vite qu'il était monté. Cela peut s'expliquer par la manière dont Aurore Bergé a géré la crise, en l'étouffant dans l'œuf. Les annonces étaient prêtes, claires, impactantes ; elles ont éteint instantanément le feu qui couvait. La démarche de cogestion de la crise négociée entre le cabinet de la ministre et les membres de la fédération des crèches privées a également offert la possibilité d'un deal : une sorte de pacte de non-agression permettant de préserver l'image du gouvernement et des acteurs privés.

Les deux ouvrages publiés ont eu l'immense mérite de replacer au cœur du débat public ce sujet majeur. Mais les leaders du privé comme la ministre et un certain nombre de responsables politiques ont vite compris que seules des révélations systémiques seraient susceptibles de mettre en cause les fondements structurels du monde de la petite enfance. C'est là mon objectif. Lorsque cette crise éclate, en septembre 2023, cela fait déjà près d'un an et demi que je travaille sur les crèches. La société People&Baby est devenue centrale dans mes investigations. Christophe Durieux est un dirigeant qui s'est construit dans l'adversité et qui apprécie les rapports de force. Les crises ne lui font pas peur. Il en a connu d'autres : plaintes à répétition, tentative de suicide d'un membre du personnel, problèmes financiers, enquêtes administratives et journalistiques, décès d'un nourrisson, condamnations au pénal… Régulièrement, ses concurrents le voient disparaître. Mais le phénix Durieux se relève toujours. Face à la ministre, on l'a entendu, Durieux a su conter une belle histoire : People&Baby se porte comme un charme ; les conditions de travail y sont excellentes ; le nombre des candidatures explose ; les comportements inadaptés sont sanctionnés ; les ratios de personnel constamment respectés…

Lorsque je prends connaissance de ces informations, en septembre 2023, j'ai déjà rencontré plus de 150 témoins, dont une cinquantaine d'anciens cadres de People&Baby. Leurs témoignages et les documents qu'ils m'ont transmis racontent une tout autre réalité. Ils sont DRH, contrôleurs de gestion, directeurs des achats, directeurs financiers, responsables commerciaux, membres des services informatiques ou encore responsables qualité… Tous parlent pour la première fois. Une bonne partie d'entre eux ont décidé de le faire sous leur nom afin de mettre un terme à un système qu'ils estiment maltraitant, tant pour le personnel que pour les enfants. Certains, craignant notamment pour leur emploi, ont exigé l'anonymat, mais nombre d'entre eux ont signé des engagements écrits pour témoigner officiellement si besoin était ; ils seront au rendez-vous de la justice, si jamais…

Leur obsession commune : éviter, à tout prix, de nouveaux drames.

En attendant, Christophe Durieux fait la promotion de son groupe. Et pas seulement face à la ministre. Sur les réseaux sociaux et dans les médias, un plan de communication massif est lancé. Des pages de pub présentées sous la forme de reportages sont notamment publiées sur le site Internet de CNews, comme celle-ci, datant de novembre 2023 : « People&Baby : bien-être, sécurité et éveil des enfants grâce à nos professionnels qualifiés et diplômés. »

L'opérateur met également en avant les résultats d'une enquête interne selon laquelle 98 % des parents ayant confié un enfant au groupe se déclarent satisfaits des prestations de l'entreprise.

« Pour rappel, les faux avis doivent être réalisés avec des faux comptes Gmail »

Hasard du calendrier, à la même période je reçois une série de mails d'un ancien directeur régional de People&Baby, que nous appellerons Sylvain Mathon*. Les informations qu'il prend le risque de me transmettre sont d'une extrême gravité. L'un des courriers rapporte, de manière documentée, une utilisation irrégulière de l'argent public – on y viendra. Un autre vient non seulement mettre en doute le niveau

* Les noms suivis d'un astérisque ont été modifiés.

de satisfaction des familles et des salariés du groupe, mais également questionner le rapport que la direction générale de People&Baby entretient avec la vérité.

Dans un courriel du 4 novembre 2022, la directrice de la communication s'adresse à une dizaine de cadres dirigeants de l'entreprise. Elle les met en garde, de manière relativement ferme, sur les agissements de certains salariés du groupe. Voici un extrait :

> Je souhaitais vous réalerter sur l'effet très nuisible des faux avis identifiés comme tels : lisez ci-dessous les commentaires de certaines fiches sur lesquelles des collaborateurs People&Baby ont laissé leur vrai nom :
>
> *Ouvrez les yeux et renseignez-vous sur les noms des auteurs des avis positifs : ils y ont tous des postes à responsabilité. People&Business !!!*
>
> *Je tenais à préciser de ne pas tenir compte de certains commentaires car ceux-ci sont des commentaires de responsables, direction ou autres.*
>
> *Méfiez-vous des avis laissés par les dirigeants pour redorer l'image du groupe.*

La directrice de la communication de People&Baby s'inquiète que des internautes aient découvert que des salariés de l'entreprise rédigeaient de faux avis sur Internet, notamment via « Google avis ». En lisant pour la première fois ce mail, je pense naïvement qu'elle va demander aux cadres dirigeants de l'entreprise de faire cesser cette pratique. Il n'en est rien ! En réalité, elle réclame précisément l'inverse. Ce qui la tracasse, ce ne sont pas les faux avis, mais qu'ils soient identifiés comme tels. Dans la suite du mail, cette dernière va jusqu'à brosser le manuel du parfait faussaire.

Pour rappel, les faux avis doivent :

Être réalisés avec des faux comptes Gmail créés pour l'occasion ou par des comptes où prénom et nom ne sont pas identifiables.
Un avis --> un compte.
Être disséminés dans le temps.
Avoir un contenu crédible.

Je reste à votre disposition si vous avez des questions.

C'est une chose que des salariés laissent de faux avis sur Internet, de manière spontanée, en défense de leur entreprise. C'en est une autre lorsque c'est la direction générale qui laisse ostensiblement cette pratique être mise en œuvre. Et que dire lorsque cela se passe dans un secteur aussi sensible que celui de la petite enfance…

Le directeur régional, Sylvain Mathon*, me précise que les équipes commerciales de People&Baby étaient nombreuses à rédiger ce type de faux avis pour contrecarrer des commentaires laissés par des parents en colère ou d'anciens salariés mécontents. Il ajoute qu'à la suite du drame de Lyon la pratique s'était encore accentuée, en réaction à la prédominance exponentielle des avis traduisant un mécontentement croissant.

Contacté à l'issue de cette enquête, Christophe Durieux nie en bloc : « Vous imaginez la honte, aller tricher en faisant des faux avis ! On n'a pas besoin de ça. En revanche, on demandait à nos directrices d'aller recueillir les avis des parents satisfaits. »

D'un côté, la communication à outrance, une parfaite symbiose entre ministre, fédération et crèches privées. Et de l'autre, des parents en détresse qui ne disposent, pour seule arme, que de la publication de quelques avis sur le web… vite noyés dans la masse.

Et pourtant, il y a péril en la demeure…

Il est temps de pousser la porte de certaines crèches pour comprendre les dangers qui guettent nos enfants.

Partie 2

Dans la gueule du loup

Où l'on découvre que, dans un réseau de crèches, les bébés sont maltraités…

Chapitre 7

« NON, PAPA, PAS LA CRÈCHE ! »

« Alia*, tu es prête ? On n'attend plus que toi. » Tout en pressant sa fille, Zohra* termine d'habiller les jumeaux, Sofiane* et Younès*. Ce dernier est fier d'être parvenu à mettre seul ses baskets à scratchs, comme un grand. Sofiane*, lui, émerge doucement de sa sieste.

Nous sommes au beau milieu du mois d'août, Alia* apparaît pimpante dans l'escalier. Dernière vérification du sac à langer : un stock de couches, un lot de tétines, trois biberons à moitié remplis, de la poudre de lait, l'indispensable sérum physiologique, un paquet de coton, un flacon de Doliprane accompagné de sa pipette, sans compter un assortiment de bodies. Tout y est !

De sa voiture garée en double file, Bilal*, le père de famille, voit d'abord bondir de la porte d'entrée l'aînée, puis les jumeaux accrochés à sa robe, et enfin sa femme qui les embrasse tous du regard. La famille Melti* prend la route, direction la banlieue est de Lille.

« J'entendais son souffle saccadé, derrière mon dos »

Alors qu'ils se dirigent vers leur ancienne maison, située à Villeneuve-d'Ascq, dans le quartier de la Haute-Borne, Zohra* et Bilal* se remémorent le chemin parcouru depuis leur rencontre à Amiens, en clinique. Une vie à cent à l'heure, rythmée de longues études, d'externat, d'internat, de naissances, de déménagements, d'opérations chirurgicales incroyablement complexes. Ils sont tous deux médecins. Zohra* s'est « contentée » d'une spécialisation en ophtalmologie, Bilal* a poursuivi trois années supplémentaires, avec une surspécialisation en chirurgie oculaire.

Leur premier enfant est décédé des suites d'un cancer. Si cette perte a laissé une marque indélébile, Zohra* et Bilal* ont fait le choix de la vie, en ne ménageant pas leurs efforts pour y parvenir. Zohra* a réussi l'exploit de traverser trois grossesses et quatre naissances pendant son internat. Bilal*, lui, est sorti major de sa promo à Bobigny, a affronté quatorze années d'études, avant d'obtenir un poste de chef de clinique. Il a depuis rejoint un centre de pointe où il enchaîne des opérations lourdes des yeux qui font suite à des décollements de rétine ou à des traumatismes. Si le couple s'est désormais largement hissé au-dessus de la classe moyenne en additionnant des revenus conséquents, les deux médecins ne comptent pas leurs heures.

Après une demi-heure de route, de paysages en souvenirs partagés, les voilà aux abords du quartier de la Haute-Borne qu'ils ont quitté au début de l'été, trois mois plus tôt. S'ils reviennent un bref instant en arrière, c'est pour clore ce chapitre : ils vont récupérer les derniers cartons laissés sur place.

« Non, papa, pas la crèche ! »

Les nouveaux propriétaires, des connaissances du couple, leur proposent un tour des travaux réalisés depuis leur départ avant de les convier à prendre le thé. Younès* et Alia* jouent au milieu du salon. Sofiane*, lui, a préféré rester dehors, assis silencieusement dans l'herbe du jardinet. « Je me souviens qu'il était réticent à entrer dans la maison, se remémore sa mère. Il ne voulait pas. Et puis finalement, après que j'ai lourdement insisté, il est venu dans le hall, à contrecœur, en titubant. Il ne faisait que répéter : “J'ai peur. J'ai peur.” Mais je ne comprenais pas de quoi il pouvait bien avoir peur. » Après avoir chargé leurs affaires dans le coffre, la famille Melti* quitte les lieux. Alors qu'ils rejoignent la route métropolitaine M952, la respiration de Sofiane* s'emballe brutalement, ses petites mains potelées se crispent, ses jambes se mettent à s'agiter. « Alors que je conduisais, j'ai senti que quelque chose n'allait pas, se souvient son père. J'entendais son souffle saccadé, derrière mon dos. Il paraissait gêné par quelque chose. »

En arrivant au premier rond-point qu'il connaît par cœur pour l'avoir emprunté des centaines de fois entre leur arrivée en 2018 et leur départ en juin 2021, Bilal* ralentit. Sofiane*, lui aussi, malgré son jeune âge, semble se rappeler les lieux, plus particulièrement le bâtiment familier qui se dresse sur sa gauche, derrière la rangée de peupliers. Sa respiration s'accélère encore. Il détourne brusquement le regard.

En larmes, il s'écrie : « Non, papa, pas la crèche ! »

Chapitre 8

« Vous venez chercher la crapule ? »

C'est le 31 décembre 2022, tout en me préparant pour la soirée du réveillon, que j'écris pour la première fois à Zohra*, via WhatsApp, sur les conseils de plusieurs familles.

Quasi instantanément, elle m'adresse un message vocal. « Merci pour votre prise de contact, dit-elle d'une voix posée. J'ai beaucoup hésité à vous écrire. Je suis ravie que vous le fassiez. On peut se voir le 3 janvier pour discuter de votre travail et des enjeux qui reposent sur mes épaules. Vous retrouverez beaucoup de similitudes avec l'affaire Orpéa. » Dans une seconde note, elle m'invite à écouter l'une de ses interventions, réalisée de manière anonyme, chez *Apolline Matin*, et l'appel qu'elle y a lancé. Aussitôt, je comprends que cette femme est engagée dans un combat qui a envahi toute sa vie.

Quelques jours plus tard, me voici en route pour Lille. Nous avons rendez-vous au Couvent des Minimes, un hôtel situé le long du bassin du Wault. Un lieu discret et confortable qui accueillera plusieurs de mes futures rencontres. J'aperçois, au centre d'un salon cathédrale nimbé de lumière, une jeune femme élégante qui affiche la trentaine épanouie.

Si Zohra* est disposée à tout raconter, certaines rencontres journalistiques l'ont, malgré tout, échaudée. « Après la médiatisation de mon affaire, j'ai été submergée de demandes. Ils sont allés jusqu'à appeler le centre médical pour lequel je travaille, me confie-t-elle, encore troublée. J'ai dit : c'est fini ! Je ne réponds plus à rien. » Sur les conseils de son avocat, elle me fait donc signer un accord de confidentialité en double exemplaire, tout en se réservant le droit de changer d'avis. Si elle a finalement décidé de ne pas apparaître, ce n'est pas par crainte d'assumer ce combat publiquement, mais pour une raison toute maternelle : Zohra* ne souhaite pas que le nom de son enfant soit associé pour toujours à la maltraitance qu'il a subie. Elle ne veut pas l'assigner à cette position de victime. Cela ne l'empêchera pas, pour autant, de jouer un rôle clé dans cette enquête.

Durant près de deux ans, nous échangerons régulièrement par téléphone, textos, vocaux, mails... Nous nous retrouverons à de nombreuses reprises à Lille. Zohra* me communiquera l'ensemble des documents financiers, judiciaires et médicaux relatifs à son combat, et me mettra en relation avec plusieurs témoins.

« Je peux vous avoir une place si vous prenez un berceau d'entreprise. C'est 14 000 euros par an ! »

L'histoire débute quatre ans plus tôt, à l'été 2018.

Zohra* convainc Bilal* de quitter Amiens pour s'installer encore plus au nord, au cœur de sa région natale. Ce dernier obtient sans délai un poste convoité dans une clinique de la région lilloise. Le couple n'a que quelques semaines pour organiser son emménagement. La priorité est de trouver une crèche pour leur fille, Alia*. Rapidement, ils constatent que les places sont chères. En gestion municipale, il n'y a d'autre choix que de se mettre sur liste d'attente. Il existe bien une option « crèche parentale » mais celle-ci se révèle peu compatible avec des emplois du temps de médecins. En pianotant sur Internet, Zohra* repère une crèche privée, située à quelques centaines de mètres seulement de leur future maison, à Villeneuve-d'Ascq.

L'établissement – Baby City – appartient au groupe People&Baby dont elle ne sait alors presque rien, si ce n'est qu'il s'agit de l'un des géants du secteur. « Je les ai immédiatement contactés. Lorsque vous appelez, vous ne tombez pas sur la crèche, mais sur une commerciale du siège, m'apprend-elle. Cette vendeuse a alors raconté que ça allait être très compliqué, qu'il n'y avait plus aucune place, que la crèche était complète. » Après avoir soufflé le froid, selon une technique bien rodée, la commerciale passe au chaud. « Elle nous demande ce qu'on fait dans la vie avec mon mari, poursuit Zohra*. Je lui explique qu'on est médecins libéraux. Et là, elle s'écrie : “J'ai peut-être une solution pour vous ! Je peux vous avoir une place si vous prenez un berceau d'entreprise. C'est 14 000 euros par an. Mais au final, ça ne vous coûtera presque rien. C'est défiscalisable via le crédit d'impôt famille.” »

La représentante de People&Baby profite d'une zone grise dans la réglementation. Normalement, comme leur nom l'indique, les « berceaux d'entreprise » sont financés par des entreprises au profit de leurs salariés. Celles-ci doivent être soumises à l'impôt sur les sociétés et pourront bénéficier, in fine, de déductions fiscales approchant les 80 % de la somme dépensée. En l'espèce, la situation est bien différente : Bilal* n'est pas salarié d'une entreprise mais associé d'un regroupement de médecins. Les parents Melti* se retrouveront à régler eux-mêmes la part famille (les heures de présence de l'enfant) et la part entreprise (la réservation du berceau). Plus problématique encore, ils ne pourront pas légalement bénéficier de l'ensemble des déductions fiscales promises par People&Baby.

28 000 euros sur deux ans, c'est une somme ! D'autant qu'à l'époque, Bilal* ne s'est pas encore installé à son compte. Il touche alors 3 000 euros brut pour son poste hospitalier, Zohra* tout juste 1 700. Mais ont-ils seulement le choix ? Le temps presse. Et les places de crèche – ils s'en sont rendu compte – sont une denrée rare. Et puis, ils ont fait des études de médecine, pas de comptabilité. Ils ne saisissent rien aux mécanismes fiscaux à l'œuvre, comme d'ailleurs la plupart des parents confrontés à ce genre de situation.

Après réflexion, le couple Melti* décide de faire confiance à People&Baby. Ils ne tardent pas à le regretter. « Vous savez ce qu'a fait cette commerciale, à peine nous avions donné notre accord par téléphone ? s'indigne Zohra*. On était encore à Amiens et Bilal* n'avait même pas signé son installation définitive. Elle a débarqué à la clinique et a obtenu une signature du gérant. Sans même nous prévenir ! » Le couple apprécie peu cette attitude cavalière. Mais il a alors bien d'autres préoccupations. Zohra* est enceinte des jumeaux, finalise une thèse… Et il faut aussi jongler entre un déménagement à organiser, une fillette à élever, les obligations professionnelles à assurer.

Quelques semaines plus tard, la famille Melti* s'installe dans le quartier de la Haute-Borne. Peu après avoir vidé les premiers cartons, ils prennent le chemin de la crèche afin de visiter les locaux. Ils découvrent un bâtiment de plain-pied en brique rouge, surmonté d'une toiture à quatre pans. L'intérieur est moderne, lumineux, bien fourni. Ils sont ravis d'y trouver une piscine à balles, un tipi ou encore un circuit de motricité. Voilà de quoi occuper Alia*. Le jour de la visite, les locaux sont étonnamment calmes. Ils en profitent pour discuter avec la directrice ; le courant passe instantanément. Laurie Renard leur laisse entendre qu'ils se sont vraisemblablement fait duper. « Elle ne comprend pas pourquoi on nous a obligés à prendre un berceau d'entreprise à 14 000 euros par an, rapporte Zohra*, dépitée. Elle nous dit : “Mais vous auriez dû m'appeler. Je vous aurais pris en direct. La crèche est en train de redémarrer. Elle est quasiment vide. On n'a personne pour le moment.” C'était très gentil de sa part. Mais j'avais envie de lui répondre : “Bah, on n'y peut rien si les appels sont dirigés automatiquement vers le siège.” »

Une fois sur le parking, les parents, sonnés, appellent immédiatement la commerciale pour lui faire part de leur incompréhension. Naïvement, ils imaginent un bref instant pouvoir rendre leur place. Mais c'est trop tard. Le contrat, ingénieusement ficelé, est signé depuis plusieurs semaines ; il n'y a pas de retour possible. Les voilà donc engagés pour deux ans. « J'étais très irrité, me confiera un jour Bilal*, un homme peu enclin aux grandes colères. J'avais l'impression d'avoir été trompé. Mais je n'ai pas voulu faire de scandale. Alors que ma clinique avait signé les papiers. Et que je venais juste de m'associer. J'ai préféré occulter tout ça… »

Si l'élaboration de ce contrat n'augurait rien de bon, les premiers mois d'Alia* se déroulent sans encombre. Mieux que ça : la famille se sent en confiance avec le personnel en place. « Ça s'est super bien passé, reconnaît Zohra*. Je trouvais l'équipe vraiment géniale. On avait le droit de rentrer dans la crèche, d'aller dans la salle de jeu et de déposer son enfant sur le tapis d'éveil. J'en profitais pour discuter avec les filles qui s'occupaient d'Alia* : Ludivine, Ophélie, Aurélie, Marine et Camille. Ça m'a permis de tisser de vraies relations avec plusieurs d'entre elles. » Les parents se souviennent d'un lieu ouvert et transparent.

Régulièrement, ils reçoivent des newsletters concernant l'actualité de la crèche ou des photos de leur fille. La directrice organise de sympathiques événements pour les fêtes de fin d'année. Des réunions sont mises en place pour présenter le projet pédagogique. Des cafés sont même instaurés afin que les parents nouent des liens. « Il y avait un super état d'esprit, poursuit Zohra*. C'était vraiment une atmosphère familiale. J'ai adoré ça ! »

En discutant avec l'équipe, Zohra* apprend que la crèche faisait précédemment partie du réseau 1,2,3 Soleil, avant d'être rachetée, peu avant leur arrivée, par le groupe People&Baby : « Ce n'était pas encore une crèche imprégnée par la mentalité People. Les filles venaient toutes de l'ancien groupe. Elles étaient habituées à un autre fonctionnement. » L'année 2018-2019 d'Alia* se passe donc dans une grande quiétude.

Lors de la seconde année (la dernière d'Alia* et la première des jumeaux), de septembre 2019 aux premiers mois de la crise du covid-19, en mars 2020, Zohra* constate que la situation se détériore légèrement. De nouvelles têtes font leur apparition. L'équipe en place semble fatiguée, de moins bonne humeur. Les newsletters s'espacent. Rien d'alarmant, mais un ensemble de petits grains de sable susceptibles d'émousser la subtile mécanique d'une crèche.

« Il y a eu une demi-douzaine de démissions en quelques mois »

Le 15 mars 2020 sonne le temps du confinement. La crèche ferme.

À la rentrée suivante, tout a changé. Une nouvelle directrice, Clémence Fournier*, a remplacé Mme Renard, sans que les parents soient tenus au courant. Pur produit

People&Baby, Mme Fournier* enchaîne depuis 2018 les postes de direction au sein du groupe, d'abord à Tourcoing, puis dans le Vieux-Lille. À Villeneuve-d'Ascq, elle ne tarde pas à imposer sa méthode. Alors que les restrictions d'accueil et de circulation dans les crèches sont levées pour toute la France en octobre 2020, elles se poursuivent pendant encore plusieurs mois dans cette structure. Au grand dam des parents. « Elle barricade totalement notre crèche, déplore Zohra*, qui n'y met plus que les jumeaux. On n'a plus le droit de rentrer dans l'espace de vie de nos enfants. On nous oblige à rester à l'extérieur de la barrière. » C'est d'autant plus problématique que le sas n'est accessible qu'à un parent à la fois. Alors, régulièrement, une file d'attente se forme à l'extérieur. Certains soirs, il faut patienter près d'une demi-heure, dans le froid, avec ses autres enfants sous le bras, avant de pouvoir récupérer son bébé. Un temps d'attente qui – il faut le préciser – est facturé aux familles.

Une fois à l'intérieur, les parents sont priés de se dépêcher. Et les échanges avec le personnel se réduisent à peau de chagrin. « C'est simple, les transmissions pour les jumeaux se résumaient à : "Ils ont bien mangé ! Ils ont bien dormi ! Ils ont bien fait pipi ou caca !" C'était tout, déplore Zohra*. Et c'était tous les jours la même chose : ils avaient toujours bien dormi et bien mangé. » Progressivement, les parents, dans la file d'attente, se mettent à échanger de plus en plus fréquemment pour partager leurs inquiétudes. « Je me souviens d'une maman qui me disait : "Je ne pige pas, ils font que me dire qu'il a bien mangé alors qu'à chaque fois que je le récupère, il est affamé", relate Zohra*. Et une autre qui ne comprenait pas qu'on lui dise que son fils avait bien dormi, alors que chez elle il n'avait jamais réussi à faire la sieste. »

La famille Melti* commence à avoir de sérieux doutes. « On ne recevait quasiment plus de newsletters, raconte encore Zohra*. Et puis l'ambiance avait changé. Les filles avaient l'air triste. Il n'y avait plus d'événements ou de cadeaux. C'est tout bête mais normalement, pour la fête des Mères ou Noël, on revenait toujours avec une bricole fabriquée par les enfants : un truc en pâte à sel ou en carton. Là, d'un coup, plus rien… » Je demande alors à Zohra* pourquoi elle n'a pas réclamé, à ce moment-là, des explications aux membres de l'équipe qu'elle appréciait. « Je l'ai fait, me répond-elle, légèrement piquée. Mais à l'époque, elles ne m'ont rien raconté de précis. Elles étaient jeunes et, je l'apprendrai plus tard, elles avaient peur. Et puis, tout cela se fait très progressivement. Les filles du début sont parties les unes après les autres. Il y a eu une demi-douzaine de démissions en quelques mois. Et à chaque départ, on a passé un palier. »

Les jumeaux, eux aussi, se mettent peu à peu à changer de comportement. « Younès* est de plus en plus effacé. Chacun son caractère, mais quand même. Il perd sa curiosité. Il joue moins. Il est trop sage, détaille sa mère. Pour ce qui est de Sofiane*, ça devient très compliqué parce qu'il commence à hurler la nuit, à faire des cauchemars. Il ne peut plus dormir dans sa chambre. Il reste accroché à moi tous les soirs. Et le matin, il se roule par terre lorsqu'on le dépose à la crèche. » Et puis Sofiane* a maigri. Elle l'emmène alors chez le médecin, qui lui recommande d'enrichir ses repas.

Les premières frictions avec la nouvelle direction ont lieu à la fin de l'hiver 2020-2021. « Un matin, je vais pour déposer mes enfants à la crèche, me raconte Zohra*, et là, il y a deux filles avec qui je m'entendais très bien qui sont au bout de leur vie. Elles pleurent et m'expliquent que tout le monde a la gastro, que la directrice n'est pas là, qu'elles ne sont que deux et qu'elles n'ont aucune visibilité sur le reste de la journée. Elles me supplient de reprendre mes enfants. » Zohra* s'exécute mais demande des explications à la directrice. Une première passe d'armes oppose les deux femmes, notamment à propos de la facturation. Mme Fournier* envisage, dans un premier temps, de lui comptabiliser la journée, arguant que la crèche était ouverte. Zohra* lui rétorque qu'il lui a été demandé expressément de retirer ses enfants et qu'il n'est pas question qu'elle paie pour des erreurs d'organisation du groupe. Peu après, sans qu'on puisse établir de lien de causalité, Zohra* se met à recevoir de plus en plus régulièrement des remarques à propos du comportement de Sofiane*, qui n'a pas encore deux ans. « La directrice commence à se plaindre de lui. Elle me dit qu'il embête d'autres petits, qu'il n'obéit pas, qu'il a du mal à dormir. Je ne suis pas là pour dire que c'est un ange. Mais on parle de bébés... »

« Mon fils, ce n'est pas la crapule. Il s'appelle Sofiane »*

Zohra* a le sentiment que la directrice a pris Sofiane* pour cible et qu'elle ne lui laisse rien passer. « Elle était dans son bureau vitré, avec un œil sur la salle de vie des enfants. Et un autre sur le sas des parents. Et dès que j'ouvrais la porte, elle me tombait dessus. » Un soir, Mme Fournier* l'accueille ainsi : « Alors, vous venez chercher la crapule ? » Un autre, elle l'aurait informée d'une récente punition : « Il a embêté l'un de ses petits copains. Alors du coup, je l'ai fait réfléchir dans mon bureau. » Une autre fois, la directrice serait allée jusqu'à mettre en cause l'éducation des jumeaux. « Elle me balance, avec mépris : "Vous savez, ce n'est pas notre rôle de faire de l'éducation. Ça se passe comment chez vous ? Il va peut-être falloir faire un petit travail familial." Je me souviens, c'était un vendredi. J'avais les larmes aux yeux. »

Pour Zohra*, c'est la fois de trop. Le lundi suivant, la scène est en passe de se reproduire, mais la mère du petit Sofiane* craque et se met à taper du poing sur la table. « Je lui dis : "Stop ! Je ne vous permets pas. D'abord, mon fils, ce n'est pas la crapule. Il s'appelle Sofiane*. C'est la dernière fois que vous l'appelez comme ça. Et maintenant, vous me recevez dans votre bureau. Parce qu'il y a dix personnes qui attendent derrière moi." Ce soir-là, j'ose enfin lui rentrer dedans. Je lui fais comprendre que c'est elle qui est en échec en tant qu'éducatrice de jeunes enfants. »

Les mesures de représailles ne vont pas tarder, si l'on se fie au récit livré par Zohra*. La semaine suivante, Marine, l'une des auxiliaires de la crèche, l'appelle en cachette pour lui raconter ce que prépare la directrice. « Ne dites à personne que je vous ai appelée, lui aurait-elle murmuré, mais sachez que la directrice a envoyé un mail en disant que toute l'équipe pense que votre fils est un gosse à problème et qu'on a demandé qu'un psychologue passe pour l'observer. Sachez que c'est totalement faux ! C'est elle qui en a fait la demande. » Au sein de la crèche, deux groupes se forment : l'un composé de la directrice, Clémence Fournier*, et d'une infirmière que nous appellerons Sandrine*, le second constitué de ce qu'il reste des auxiliaires issues d'1,2,3 Soleil, de plus en plus mal à l'aise avec les méthodes utilisées par le duo. Certaines d'entre elles choisissent de démissionner. D'autres commencent à exprimer leurs désaccords auprès de la direction, en vain.

En mai 2021, la situation au sein de la crèche Baby City se dégrade encore, jusqu'à atteindre un point de non-retour. Le 25, aux alentours de 18 h 30, Zohra* arrive pour récupérer ses jumeaux. L'infirmière, Sandrine*, l'entreprend vivement. « Elle semble être dans une colère noire et me fait comprendre, avec une voix chevrotante, que mon fils est ingérable et qu'elle a dû lui expliquer les choses à cinq reprises, mais qu'il ne veut rien entendre », rapporte Zohra*. Lors du dîner, elle constate des traces de griffures à la base du cou de Sofiane*, juste en dessous de ses boucles brunes. Rien d'alarmant, pense-t-elle malgré tout : il a dû se chamailler avec un petit camarade.

Deux jours plus tard, c'est au tour de Ludivine et Camille de lui faire un résumé de la journée. Comme à l'accoutumée, Sofiane* a bien dormi et bien mangé, s'entend-elle dire. Surprise par l'atmosphère pesante qui règne ce soir-là, elle demande : « Mais a-t-il été sage ? S'est-il fait réprimander ? » Les deux jeunes filles baissent alors les yeux, sans répondre. « Est-ce que Sofiane* s'est fait crier dessus aujourd'hui ? », insiste-t-elle, de plus en plus inquiète. Toujours pas de réponse. Cachée derrière son masque, Ludivine, qui vient de présenter sa démission, lui fait alors comprendre en un regard qu'il vaut mieux qu'elle cesse de poser des questions. Tremblante, Zohra* se tait, s'empresse d'habiller les jumeaux, avant de quitter la crèche, le souffle court. Un peu plus tard dans la soirée, en lui faisant prendre le bain, Bilal* découvre des traces de bleus et de griffures sur l'épaule, le haut du bras droit et la base du cou de Sofiane*. En observant attentivement le contour des marques, les deux parents médecins en arrivent à la même conclusion : « C'était la forme d'une main d'adulte, m'indique Zohra*. Et ça faisait penser à des lésions d'empoignement. »

Ce soir-là, elle reçoit une série de textos de Ludivine : « Bonsoir madame, désolée de ne pas avoir pu répondre à vos questions comme je l'aurais voulu. C'est très compliqué de pouvoir s'exprimer à la crèche de façon totalement libre et honnête… Je ne vais pas vous cacher que vous avez totalement raison de ne pas avoir confiance. C'est compliqué de faire remonter des choses, là-bas... J'ai parlé de comportements choquants que j'ai pu voir. Mais la directrice n'a pas relevé. Elle m'a juste dit que ça n'avait pas de rapport avec ce que je faisais. »

Le cœur de Zohra* s'emballe. Que s'est-il passé au sein de la crèche ? Qu'a-t-on fait à Sofiane* ? Qui est à l'origine de ces traces ? Les jours à venir vont lui permettre de comprendre que la situation est plus grave que ce qu'elle avait pu imaginer.

Et que son fils est loin d'être la seule victime.

Chapitre 9

« Retirez tout de suite vos enfants ! »

Cela fait plus d'une heure que Johanna Guilbert se livre.

Elle s'efforce de tout raconter, dans les moindres détails, comme je l'ai invitée à le faire. Elle dit tout de son retour précipité d'Australie en 2018, alors maman d'un bébé de moins d'un an, Neal, et enceinte de la petite Norah, de sa nouvelle vie de célibataire à Lille avec deux enfants à charge, des deux jobs en marketing digital qu'elle a gérés de front pour assurer le train de vie de la maisonnée, de la trentaine de crèches contactées en vain, avant d'obtenir une place à Villeneuve-d'Ascq. Elle dit tout des galères financières, des trois heures de voiture quotidiennes pour se rendre de la maison à la crèche, de la crèche à l'école, de l'école au travail, et inversement. Elle dit tout de ce que ses enfants ont vécu au sein de Baby City où elle a eu l'occasion de croiser Zohra*.

Elle fond en larmes. « Je ne sais pas encore tout ce que je vais apprendre concernant Norah, glisse-t-elle. J'aurais dû voir. Je ne comprends pas… » Cette culpabilité des mères, je l'ai souvent ressentie tout au long de ces deux années et demie d'enquête. La culpabilité de ne pas avoir vu, de ne pas avoir su interpréter des signes annonciateurs, d'avoir été détournée par un métier trop prenant, d'avoir été, en fin de compte, une mauvaise mère.

L'histoire des Guilbert rappelle, de façon troublante, celle vécue par la famille Melti*. En septembre 2019, lorsqu'elle découvre Baby City (Neal a alors deux ans et Norah trois mois), Johanna a le même avis que Zohra* au sujet des membres du personnel : « C'était une équipe formidable. Elles étaient là aussi bien pour parler des enfants que pour écouter », détaille-t-elle. Cette mère de bientôt quarante ans se souvient de la première directrice, Laurie Renard, qui fourmillait de projets.

Comme Zohra*, Johanna situe le moment de bascule à la rentrée 2020-2021, peu après l'arrivée de la nouvelle directrice. Pour la première fois, elle est témoin d'un comportement inapproprié de la part de l'infirmière, Sandrine* : « Je la vois qui soulève un enfant par un bras, au niveau du poignet, comme dans les reportages animaliers sur les orangs-outans ! » La mère de Neal et Norah constate dans les semaines qui suivent une dégradation nette de la qualité des informations transmises aux familles. Comme élément de preuve, elle me fait suivre des copies d'écran de sa boîte mail sur différentes périodes. En mars 2020, elle recevait quasiment un mail par jour en provenance de la crèche. Il s'agissait, pour la plupart, de plannings d'activités et de tutos (sur la danse, les jeux en papier ou encore le jardinage). Entre novembre 2020 et janvier 2021, à la suite du changement de direction, la moyenne tourne plutôt autour de deux par mois et presque à chaque fois, cela correspond à des envois de factures.

Johanna, tout comme Zohra*, me raconte encore que le comportement de son fils a commencé à être pointé du doigt par la nouvelle directrice. « Elle m'explique que Neal est de plus en plus difficile à gérer, qu'il est turbulent. La première fois qu'elle se plaint de lui, j'éprouve un sentiment étrange, parce que, quelques semaines plus tôt, à la fin de l'été, je l'avais entendue prononcer le même discours à propos d'un autre garçon, un copain de mon fils. » S'agissait-il de Sofiane* ? Non, d'après elle, le garçonnet s'appelait Sacha. Cela fait donc au moins trois bébés dont le comportement importunait la nouvelle directrice nommée par People&Baby.

Neal est, c'est vrai, un enfant particulier. Peu après ses deux ans, on lui a diagnostiqué d'importants problèmes d'audition qui ont nécessité une opération, des cours d'orthophonie et ont amené Johanna et même la petite Norah à se familiariser avec le langage des signes. Cette particularité n'induit pas d'excès de violence ou une modification profonde du caractère. En revanche, elle rend Neal, à certains égards, à la fois plus sensible et plus vulnérable. Sa surdité lui impose ce que les médecins appellent un « effet scaphandre ». Cela explique qu'il soit encore à la crèche à trois ans passés. Il a fait sa première rentrée à l'école en septembre 2020 mais, n'étant pas capable de suivre une journée entière de manière autonome, Johanna se démultiplie pour le récupérer chaque jour à l'heure du déjeuner afin de le déposer à la crèche pour l'après-midi.

La dérive se poursuit, progressivement.

Début 2021, en même temps que Sofiane*, sans que l'on puisse pour autant établir de lien entre les deux, le comportement de Neal se modifie. Le petit garçon est victime de crises. « Il se tétanisait, il rougissait, il se crispait. Il arrêtait tout ce qu'il faisait et se laissait tomber par terre », assure sa mère. À la crèche, ces troubles de l'humeur semblent très mal perçus par la nouvelle direction. Un soir, Mme Fournier* aurait expliqué à Johanna avoir été contrainte de mettre Neal dehors, à la suite d'une crise de frustration. « Je ne sais pas si elle a fait sortir mon fils dans le froid sans son manteau. Et peut-être que je ne le saurai jamais, dit-elle. Mais ce que je sais, c'est qu'après cet incident Neal a commencé à développer des TOC (troubles obsessionnels compulsifs), notamment avec son manteau. Il ne voulait plus le quitter, on avait un mal fou à le lui enlever. »

« Il n'y a plus personne pour surveiller les bébés »

Des crises et des larmes. Johanna se souvient que c'est à partir de cet hiver 2020-2021 qu'il est devenu de plus en plus compliqué de déposer Neal à Baby City. « Quand j'étais dans le sas d'entrée et que je lui enlevais ses chaussures pour mettre les chaussons, il se mettait à râler, dit-elle. Mais disons que ça allait quand il était accueilli par Marine ou Ophélie. En revanche, quand c'était Sandrine*, l'infirmière, limite elle devait le soulever, le traîner pour l'installer dans l'espace avec les autres. » Johanna met en avant un autre incident qui, à l'époque, ne lui avait pas paru signifiant : « Mes enfants étaient de gros mangeurs. Et souvent, ils rentraient de la crèche affamés. Un soir, alors que je viens les récupérer, je vois Neal glisser sa main dans la poche du gilet de Marine et chiper un biscuit. »

En mars 2021, Johanna prend la décision de retirer Neal de Baby City. « Je trouve une nounou qui veut bien le prendre, se rappelle-t-elle. Certes, c'est un peu plus loin, mais pour le bien-être de Neal, je le sors de cet engrenage. » L'effet est immédiat : « C'était toujours compliqué à l'école mais, du jour au lendemain, ses crises s'arrêtent à la maison. Il retrouve une certaine forme de sérénité. »

Neal sorti, ne reste que Norah à la crèche de Villeneuve-d'Ascq. Depuis que les problèmes d'audition de Neal ont été repérés, une bonne partie de l'attention de Johanna est tournée vers son fils. En parallèle, il lui faut assurer sur le plan professionnel. Elle sait qu'il lui faudra trouver une solution de repli pour Norah mais pense avoir un peu de temps devant elle. La suite des événements va lui donner tort.

Fin avril 2021, la situation au sein de Baby City prend une tournure alarmante. Johanna apprend la démission de plusieurs filles de la crèche, dont la fameuse Marine. Elle tente d'en discuter avec elle au moment de récupérer Norah, mais cette dernière se montre évasive, avant de lui indiquer du regard le bureau de la directrice. Johanna quitte la crèche, ébranlée, sans avoir obtenu plus d'explications. Alors qu'elle est sur le parking, en train d'attacher la ceinture des enfants, elle assiste à une scène improbable. « Là, je vois Marine passer par la fenêtre de la salle de repos du personnel. Elle avait fait semblant d'aller chercher un mouchoir. Elle saute de la fenêtre, se dirige vers moi de manière précipitée et une fois qu'elle est à ma hauteur, me lance : "Retirez tout de suite vos enfants !" » Johanna reste un instant interdite, avant de réagir. « Je lui dis : "Pardon !?" Et là, elle me répond : "Il n'y a plus personne pour surveiller les bébés. C'est une toute nouvelle équipe. Neal, vous l'avez déjà sorti. Et Norah, il faut que vous la retiriez, maintenant !" Marine me balance ça puis repart par la fenêtre, comme si de rien n'était. On sentait que les filles étaient surveillées… »

Sur le chemin du retour, le long de la M952, sans se connaître, si ce n'est de vue, Johanna et Zohra*, accrochées à leur volant, ressentent la même douleur intime, la même sensation nauséeuse. L'instinct commande à la mère de Norah de sortir immédiatement sa fille de là. Mais la réalité de son quotidien la rattrape aussitôt, implacable ! On ne retire pas son bébé de la crèche du jour au lendemain lorsqu'on est une femme célibataire avec deux enfants à charge et un métier qu'on ne peut risquer de perdre. Elle comprend qu'il faut, malgré tout, accélérer les choses et s'attelle, dès cet instant, à trouver une nourrice. En attendant, Johanna se voit contrainte de remettre Norah au sein de la crèche de Villeneuve-d'Ascq. Elle se rassure tant bien que mal en se disant qu'il reste encore Ludivine, en qui elle a confiance.

Le 24 mai, Johanna vient récupérer sa fille avec un peu d'appréhension. Tandis qu'une nouvelle auxiliaire lui parle, elle dit avoir remarqué une mèche de cheveux bizarrement aplatie à l'avant du crâne de Norah. Elle la soulève et découvre une vilaine marque. « C'était rouge bleu, affirme-t-elle. Ça faisait la taille d'une pièce de 2 euros. Il y avait des égratignures séchées dessus. Et ça se voyait que ça avait été nettoyé. » Alors que l'auxiliaire tente une explication, la directrice surgit. « Mme Guilbert, on pense que vous l'avez déposée comme ça ce matin ! » aurait-elle lancé, selon le récit de Johanna. Mme Fournier* aurait ajouté que la chute n'avait pu survenir à la crèche, sans quoi ils auraient entendu Norah pleurer. Johanna laisse exploser sa colère, elle rapporte la scène en ces termes : « Un peu que vous l'auriez entendue pleurer. Parce que, vu la taille du coup, ça a dû y aller sévère ! Ce que vous êtes en train de me dire, c'est que vous n'y avez pas prêté attention. Il y a déjà eu une petite griffure la semaine dernière. C'est le deuxième coup. Il n'y en aura pas trois ! »

La rupture entre la famille Guilbert et Baby City est consommée. Les jours suivants, Johanna récupère le numéro de Zohra* afin de partager leurs malheureuses expériences. Le 28 mai, Johanna vient, pour la dernière fois, récupérer sa fille à la crèche Baby City. Son ultime échange avec la directrice la laisse coite. « Elle change complètement de ton, ce soir-là. Elle ne m'appelle plus Mme Guilbert, mais Johanna ! » m'assure-t-elle. La directrice prend-elle conscience que la situation est en train de lui échapper ? Plusieurs filles ont démissionné. La veille, Zohra* a retiré son fils, en faisant un esclandre. De plus en plus de familles, inquiètes, réclament des explications. « Mme Fournier* tente clairement de me mettre de son côté, développe Johanna. Elle raconte qu'elle a dû pousser les anciennes vers la sortie parce que, soi-disant, elles n'avaient pas accepté les règles de sécurité et les nouveaux process qu'elle essayait de mettre en place pour le bien des enfants. Elle explique qu'à la suite de ça, elles se seraient retournées contre la crèche et auraient lancé une campagne de dénigrement. Puis, elle finit par me dire : "En tout cas, je compte sur vous ! Si jamais vous entendez quoi que ce soit, si elles essaient de vous contacter, vous devez nous prévenir. Parce que, pour vous protéger, on va porter plainte !" » Johanna prend alors le parti de laisser la directrice parler, sans exprimer le fond de sa pensée...

Juste avant de quitter les lieux, elle reçoit le dernier débrief de la journée de Norah. « Une fille, qui était arrivée il y a peu de temps, me raconte qu'elle a très bien dormi et que, pour la première fois cette semaine, elle a pu se lever à l'heure pour prendre son goûter. » L'ennui, c'est que cela ne correspond pas à la teneur des transmissions précédentes. « L'une de ses collègues m'avait donné une tout autre version en me racontant qu'elle avait pris son goûter tous les jours... D'un coup, toutes les pièces du puzzle se sont mises en place. J'ai revu Neal en train de voler des gâteaux. J'ai revu mes enfants en train de dévorer, le soir. J'ai tout revu ! Et j'ai commencé à comprendre. » Johanna se dirige vers le casier de sa fille et le vide entièrement. « Je ne voulais plus prendre de risque, d'autant qu'on n'avait pas eu de retour de Zohra*, à la suite de son rendez-vous. »

La mère de Sofiane* s'est en effet rendue quelques heures plus tôt chez son médecin généraliste. L'observation de ce dernier révèle un « hématome latéro-thoracique droit » ainsi que des « empreintes digitiformes au niveau de la clavicule droite, de l'épaule droite et du bras droit ». Ce vendredi 28 mai 2021, à 12 h 03 précisément, elle transmet le compte rendu médical à la crèche afin d'obtenir une réaction. La directrice régionale de People&Baby ainsi que la responsable opérationnelle du groupe sont en copie.

À 17 h 30, alors qu'elle est en consultation, Zohra* découvre, médusée, la réponse du groupe. Ni excuse, ni mot consolatoire, ni annonce d'ouverture d'enquête interne. People&Baby, par la voix de la directrice de la crèche, rappelle à la maman qu'elle accueille « un enfant particulier », prend la défense de son infirmière – « Sandrine* a de grandes qualités et les enfants l'adorent » – puis sous-entend que ces marques sont le fait d'un autre enfant. « Nous avons eu quelques morsures, des enfants qui se chamaillent, la vie en collectivité… », est-il écrit. Le médecin, averti de cette réponse, se montre formel : selon lui, seule la main d'un adulte a pu infliger de telles blessures à Sofiane*. Dans le même temps, il invite Zohra* à porter plainte. Cette dernière se rend aussitôt au commissariat central de Lille et demande à faire une déposition. Un procès-verbal pour signalement de faits de maltraitance physique et psychologique sur personne vulnérable est établi en fin de journée. Dans la foulée, une enquête est diligentée par la brigade des mineurs de Lille. Plusieurs familles sont entendues.

Les langues se délient. Enfin.

Chapitre 10

Coups et blessures

Yassine Bouachra se contorsionne pour glisser un pack d'eau entre les sièges de sa voiture.

Alors qu'il est en train de charger ses courses, dans l'un des Chronodrive de la banlieue lilloise, son téléphone sonne. « Bonjour monsieur, police judiciaire de Lille », entend-il à l'autre bout du fil. Surpris, il se demande pour quelle raison on le contacte. « Connaissez-vous la crèche People&Baby de Villeneuve-d'Ascq ? » interroge alors le policier. La surprise fait place à l'inquiétude. Nous sommes à l'automne 2021 ; son fils Sacha a quitté les lieux il y a déjà plus d'un an, en mars 2020. Mais il a entendu dire que des familles s'étaient plaintes depuis du fonctionnement de Baby City. « Vous êtes bien le père de Sacha ? » poursuit son interlocuteur. À l'énoncé du prénom de son fils, il prend peur. « Avez-vous remarqué quelque chose de particulier ? » insiste le policier. Les souvenirs de la crèche affluent. « De particulier par rapport à quoi ? » répond-il, déstabilisé. « Par rapport à Sacha », lui précise l'enquêteur. « Non, pas vraiment. Enfin, la seule chose que j'ai remarquée, c'est que le matin, il ne voulait jamais y aller, témoigne-t-il. Alors que les années précédentes, il était dans une autre crèche, publique, et on n'avait aucun problème pour l'emmener. » Le policier lui annonce alors avoir enregistré plusieurs dépositions et que l'une d'elles concerne Sacha. Yassine le prie d'être plus explicite, mais il se voit opposer une fin de non-recevoir. « Non, je ne peux pas en dire plus. Il y a une enquête en cours. On reviendra vers vous dès qu'on aura terminé. »

Une fois le téléphone raccroché, ce père de famille s'inquiète : qu'a-t-on fait à son enfant ? Cette interrogation est d'autant plus douloureuse qu'il n'a rien vu et que sans la plainte de Zohra*, il n'aurait sûrement jamais rien su…

Je fais la connaissance de Yassine et de sa femme Juliette en mai 2023, un an et demi après cet échange téléphonique, et plus de trois ans après leur départ de la crèche. Ce sont des gens discrets, courtois, qui se sont élevés par le travail. Yassine, bon élève, chemise Vichy impeccable, cheveux soignés, tient sous le bras un épais protège-documents contenant le dossier de son fils. Comptable de formation, il a gravi un à un les échelons jusqu'à devenir aujourd'hui responsable des investissements pour le groupe Auchan, dans la région Hauts-de-France. Juliette, jean et perfecto noirs en guise d'uniforme, est l'une des représentantes en vin les plus actives du coin. Le couple n'est pas du genre à faire des vagues, ce sont juste des parents qui cherchent des réponses.

Avant d'entrer dans le vif du sujet, Yassine évoque le modèle économique du groupe People&Baby, qu'il semble avoir sondé. « La vache à lait du dirigeant, Durieux, ce sont les crèches, affirme-t-il. Ses revenus ne passent pas forcément par la marge mais par le rendement locatif, analyse-t-il à travers ses lunettes de financier. Son activité, elle est équilibrée par les subventions publiques. Et je pense que pour lui, l'idéal, c'est d'être à zéro. Résultat :

zéro ! C'est parfait pour lui. Il touchera ailleurs. Mais faut voir comment il gère son endettement. »

Retenez bien ce témoignage : la suite de cette enquête, qui nous conduira au sommet de l'organigramme du groupe et jusque dans les coulisses d'un fonds de dette anglo-saxon, nous montrera qu'il avait tout compris.

Revenons au jeune Sacha. Après une première année auprès de sa mère, le bébé découvre Boule et Bill, l'une des crèches publiques de Villeneuve-d'Ascq. Il y connaît deux printemps réjouissants, tout se passe merveilleusement bien.

En septembre 2019, Sacha fait sa rentrée à l'école alors qu'il vient d'avoir trois ans. Ses parents décident de le laisser à la crèche pour le périscolaire, c'est-à-dire le mercredi et durant les vacances. « On a évité le centre aéré pour l'inscrire dans la crèche qu'on trouve à Villeneuve-d'Ascq, Baby City. » Sacha y reste jusqu'au début du covid, en mars 2020, soit environ six mois. Il ne rencontre pas la nouvelle directrice, Clémence Fournier*, mais a affaire à l'infirmière, Sandrine*, et expérimente le fonctionnement People&Baby qui, nous le savons, a pris la suite d'1,2,3 Soleil.

Les parents de Sacha ne remarquent pas de dysfonctionnements majeurs durant cette période mais se souviennent tout de même de quelques faits intrigants. « Je me rappelle qu'on le récupérait souvent avec une couche pleine, assure Yassine. Il fallait régulièrement le changer avant de quitter la crèche ou lui faire faire pipi. » Ce qui a encore plus frappé sa femme, Juliette, c'est le rapport de leur fils à la nourriture. « Chaque fois que je venais le chercher à la crèche, il était affamé, jure-t-elle. Il réclamait toujours des gâteaux. » Comme d'autres enfants à cet âge, Sacha a du mal à dormir. « Il nous dit qu'il a peur, mais on ne sait pas de quoi, poursuit Juliette. Et le noir, c'est impossible ! Il dort toujours avec la lumière allumée. Il fait beaucoup de cauchemars. »

« On se disait : mais qu'est-ce qu'ils ont fait à notre fils ? »

Plus problématique, durant cette période, Sacha, à l'image de Neal et de Sofiane*, se met à avoir de plus en plus de difficultés à maîtriser ses émotions. « Il gérait mal la frustration. Il faisait des crises de colère. Il frappait ses petits camarades. Il a même tapé sa maîtresse, révèle Yassine. C'était violent ! On a pensé que c'était dû à un problème psychologique, alors on l'a fait suivre par un professionnel. » Les parents se demandent si ce comportement peut s'expliquer par les épreuves vécues à l'école où il fut, un temps, moqué par une partie de ses camarades. Mais pas un instant ils ne s'interrogent sur l'éventuelle responsabilité de Baby City.

Même après le coup de fil de l'officier de police judiciaire, à l'automne 2021, ils espèrent encore que Sacha n'a pas été concerné par les actes de maltraitance dont sont suspectées l'infirmière et la directrice de la crèche. « Comme il n'y a pas eu de traces physiques, qu'on n'a pas vu de bleus, on s'est dit : peut-être qu'il n'a été que témoin. On va attendre les résultats de l'enquête », explique Yassine. Mais le temps passe, les mois défilent, et toujours aucun retour de la police.

En janvier 2023, ils reçoivent enfin un coup de fil. Cette fois, il ne s'agit plus de la police mais du tribunal. On leur annonce qu'une audience se tiendra au mois de mai, que deux anciennes salariées de Baby City sont convoquées pour répondre de comportements répréhensibles, que Sacha serait l'une des victimes et qu'il serait préférable de prendre contact avec un avocat ; leur enfant est cité dans une affaire de maltraitance infantile. Le coup est violent. Mais Yassine et Juliette n'ont pas le temps de se laisser abattre. Il s'agit désormais de mener ce combat judiciaire afin d'élucider les faits.

Ils font appel à une pointure locale, Me Méreau, bâtonnier de Lille. Ce dernier finit par récupérer le dossier d'instruction au printemps 2023. Le couple Bouachra, en vacances en Espagne, le reçoit par mail. « Notre cœur battait, racontent-ils. On se disait : mais qu'est-ce qu'ils ont fait à notre fils ? On a lu toutes les pièces du dossier. Parce qu'on ne savait pas comment c'était classé. On a découvert les histoires de ces enfants, les unes après les autres. C'était éprouvant. Puis on est arrivés à Sacha. C'est à ce moment-là qu'on apprend que l'infirmière l'a enfermé dans le noir. » Ils sont partagés. « D'un côté, on s'est dit : comparé à Sofiane* et à ce qu'ont vécu d'autres enfants, on s'en sort plutôt bien. Et puis, en même temps, on a quand même enfermé notre enfant dans le noir pour le punir. Sans tétine et sans doudou. Alors qu'il hurlait à la mort », développe Yassine. « On comprend mieux, maintenant, pourquoi il a si peur le soir, pourquoi il a tant de mal avec ses émotions, pourquoi il a développé ce rapport-là aux adultes », renchérit Juliette.

Grâce au dossier d'instruction, ils découvrent que l'infirmière, Sandrine*, avait même reçu un avertissement de la première directrice, Laurie Renard, pour avoir enfermé Sacha dans le noir. « Personne ne nous avait prévenus. Pourquoi l'a-t-on laissée travailler au sein de cette crèche ? » s'interrogent-ils.

Cette question, Johanna aussi se la pose depuis qu'elle a découvert l'envers du décor. Mi-juillet 2021, quelques semaines après la plainte de Zohra*, et plusieurs mois avant que la famille Bouachra ne soit contactée, elle est l'une des premières à être convoquée par la brigade des mineurs de Lille pour témoigner dans le cadre des maltraitances qu'aurait subies Sofiane*. Après avoir pris sa déposition, le brigadier la prévient que plusieurs anciennes salariées de la crèche ont fait état de comportements anormaux en lien avec ses enfants. « Là, ils me racontent que les filles ont vu Neal enfermé dans une pièce dans le noir, tout seul, qu'il était en panique, pleurait, se débattait en donnant des coups de pied. Et qu'à côté, il y avait l'infirmière qui attendait dans le couloir. »

Ces punitions, qui – faut-il le rappeler ? – sont totalement proscrites en crèche et plus globalement pour tous les modes de garde, n'auraient pas concerné le seul Neal, mais également sa petite sœur. « J'apprends que Norah s'est réveillée un après-midi d'une sieste un peu grincheuse, parce qu'elle était en train de faire ses dents, jure Johanna. Elle pleurait. Ça n'a pas plu à Mme Fournier* qui a pris la petite, l'a recouchée seule, sans doudou, alors qu'elle avait fini sa sieste, qu'elle n'avait plus envie de dormir. Elle l'a laissée hurler et hurler. »

L'enquête terminée, les deux employées de People&Baby reçoivent, en février 2022, une convocation du tribunal correctionnel de Lille pour une audience fixée un an plus tard. Au total, neufs enfants au moins auraient été victimes de comportements inappropriés. La directrice et l'infirmière sont poursuivies pour des « violences physiques ou psychologiques commises sur des enfants en bas âge » ainsi que des « privations d'aliments ou de soins au point de compromettre la santé d'un enfant ». Les faits signalés s'étalent sur une période allant de septembre 2019 à mai 2021. Les victimes supposées avaient entre quatre mois et trois ans.

J'ai pu prendre connaissance des attestations réalisées par quatre anciennes salariées de la crèche : Aurélie, Ludivine, Ophélie et l'intrépide Marine, la jeune femme qui était sortie par la fenêtre afin d'alerter Johanna. À leur demande, je ne donnerai pas leur nom de famille. Ce dont elles témoignent a dû choquer certains parents, tant les pratiques dénoncées rendent compte d'un univers hostile à l'égard des enfants. Le conte est d'autant plus effrayant que l'ogre avait, cette fois-ci, l'habit du protecteur.

« Elle lui a crié dessus puis l'a pris par le col de son tee-shirt »

Marine confirme tout d'abord certaines des accusations de Zohra* concernant la brutalité de la directrice, l'emploi répété du mot « crapule » pour désigner Sofiane* ou encore le recours abusif à un psychologue. « J'ai ressenti ceci comme un simple témoignage de sa puissance en tant que directrice de structure envers Mme Melti* », écrit-elle. La jeune auxiliaire s'indigne également du comportement de l'infirmière : « À plusieurs reprises, des enfants se sont plaints, à mes collègues et à moi-même, que Sandrine* leur avait fait bobo. »

Sa collègue, Aurélie, rapporte des anecdotes particulièrement éclairantes. « Un jour, j'étais en salle de change (...). Je voyais Sofiane* au niveau des tables de repas. Il grimpait sur les chaises, les tables. Sandrine* lui a dit plusieurs fois d'arrêter. Il a continué. Elle s'est énervée et l'a retiré brusquement. Au passage, il s'est cogné la tête et s'est mis à pleurer. Les filles ont demandé pourquoi il pleurait et Sandrine* a répondu : “Je l'ai disputé car il a fait des bêtises.” J'ai regardé mes collègues en faisant non de la tête pour leur faire comprendre que ce n'était pas juste une remontrance. »

Visiblement, la directrice partageait avec son infirmière le même rapport excédé aux enfants. « Un autre jour, j'étais encore en salle de change et, d'un coup, je vois

Clémence* arriver en furie dans la salle de vie. Je n'ai pas vu ce que Sofiane* avait fait. Elle lui a crié dessus puis l'a pris par le col de son tee-shirt pour l'emmener dans son bureau, en guise de punition. Sauf que les pieds de Sofiane* ne touchaient pas le sol. » Le récit d'une conversation entre l'auxiliaire et la directrice permet de mieux comprendre les emportements de cette dernière. « Pendant un entretien annuel, Mme Fournier* m'a confié ne pas aimer les enfants de la crèche et que lors de la formation du CAP petite enfance, on ne nous apprenait pas à les aimer mais à les accompagner. Elle m'a aussi avoué qu'elle ne supportait plus d'être sur le terrain. »

La suite du témoignage d'Aurélie – que je retranscris d'un seul bloc – permet de mesurer la violence psychologique qui a pu être imposée à des êtres particulièrement vulnérables. « Un bébé arrive. C'est son premier jour. Au bout de trente minutes, Clémence* le met au lit. Il hurle mais Clémence* décide de le laisser car "il doit s'habituer". Ce bébé était également allaité mais avait des difficultés à prendre le biberon. Un jour, il pleurait car il avait faim. Je décide de lui chauffer son biberon. Clémence* me demande ce que je fais car il avait déjà mangé auparavant et qu'il n'était pas encore "la bonne heure pour un autre repas". Sachant que, pour moi, le lait maternel est à la demande, je demande à Clémence* quel est le rythme du bébé à la maison. Sa réponse : "Je m'en fous de son rythme à la maison. Ici, c'est le rythme de la crèche !" Le biberon prêt, elle tente de le lui donner. Il hurle. Elle insiste. Puis met la tétine de force dans sa bouche en disant : "Il faut ouvrir la bouche. Je ne vais pas le faire passer par tes trous de nez !" Épuisé par ses pleurs, il se met à fermer les yeux, et là elle lance : "Il préfère dormir plutôt que manger." »

Les récits des autres auxiliaires, Ophélie et Ludivine, sont du même acabit. On y apprend que la directrice aurait fait tomber une petite fille d'une chaise sur laquelle elle était montée, afin de lui donner une leçon. Cette dernière se serait alors « tapé le front sur le sol ». Une autre fois, c'est l'infirmière qui aurait délibérément tiré la chaise d'une enfant pour la forcer à se lever, ce qui aurait eu comme effet de la faire tomber à la renverse… Les professionnelles racontent également que pendant un temps de chansons/histoires, Sandrine* aurait saisi violemment une petite fille qui n'était pas attentive. Peu de temps après, elles auraient découvert, en soulevant son tee-shirt, « des traces rouges et des griffures au niveau de ses côtes ». À plusieurs reprises, des enfants débarquent en pleurs en racontant que l'infirmière les aurait blessés en les sortant de la pièce d'activité ou encore « en envoyant de la terre dans leurs yeux quand elle les reprenait dans le jardin ».

On pourrait continuer à rendre compte, méthodiquement, de ces violences… Ce qui est frappant, c'est que cette crèche d'une trentaine de berceaux a pu être le théâtre de dérives graves pendant plus d'un an et demi, sans qu'aucune procédure interne donne l'alerte, sans que jamais le siège réagisse.

Rappelons, à cette étape de notre récit, que l'immense majorité des personnels de crèche font un travail remarquable, dans des conditions régulièrement dégradées, qu'ils sont, de la même manière qu'au sein des Ehpad, eux aussi les victimes des dysfonctionnements d'une organisation qui les dépasse. D'une enquête à l'autre, je constate à quel point la société sous-estime ce qu'elle doit aux professionnels de santé, ne sait ni les payer convenablement ni les valoriser à la hauteur de leur engagement.

Soyons clairs : il existe des « brebis galeuses », des personnes qui se sont trompées de voie, qui n'ont pas la patience nécessaire, les compétences requises, l'amour indispensable des enfants. Le risque zéro n'existe pas. Aucun groupe, aucune institution n'est capable de s'assurer que 100 % de son personnel est irréprochable. Mais le sujet n'est pas tant que ces « brebis galeuses » existent. Le tout est de savoir comment les groupes réagissent en leur présence.

En l'occurrence, lorsque des familles ou des salariées ont tenté d'alerter le siège de People&Baby, elles se sont heurtées à un mur de silence. Des auxiliaires ont notamment envoyé des mails à la responsable opérationnelle du groupe pour lui rendre compte de la situation. Sans jamais obtenir de réponse. Plus grave, les auxiliaires de puériculture qui ont tenté de tirer la sonnette d'alarme ont été sanctionnées. Je vous indiquais dans le chapitre précédent que le 28 mai 2021 à 12 h 03, à la suite notamment des textos échangés la veille avec Ludivine, Zohra* adressait un courrier à Baby City, en mettant en copie la directrice régionale et la directrice opérationnelle de People&Baby. Moins de dix minutes plus tard, à 12 h 12 précisément, la mère de Sofiane recevait ce message de celle qui avait pris le risque de tout lui révéler : « Je viens d'être virée de People&Baby ! » À l'en croire, la directrice l'avait convoquée dans son bureau, lui reprochant d'avoir tenu des « propos graves pouvant nuire à la réputation de People », avant de lui ordonner de quitter les lieux, sur-le-champ.

Si des lanceuses d'alertes ont été sanctionnées, les personnes suspectées de maltraitances ont, elles, été maintenues à leur poste, malgré les risques. Mme Fournier* a continué à diriger la crèche Baby City pendant plus d'un an. L'infirmière, elle aussi, a été maintenue durant de longs mois. Le groupe n'a diligenté aucune véritable enquête interne. La direction n'a pas jugé plus utile de rencontrer les parents des victimes supposées.

Pire, elle leur a fait vivre dans les mois suivants un véritable enfer judiciaire.

Chapitre 11

Le combat d'une mère

La sonnerie de l'école retentit.

À Notre-Dame de la Paix, un établissement privé réputé de Lille, les cours vont commencer. Zohra* s'apprête à laisser ses enfants. L'aînée, Alia*, se prépare à passer en CP. Les jumeaux, eux, découvrent les joies de la petite section. La mère de famille rappelle à sa progéniture que c'est elle qui viendra les récupérer à 16 h 30 avant de les embrasser un par un. Salimata, une maman qu'elle salue régulièrement, se trouve à côté d'elle, quittant à son tour sa plus jeune fille, scolarisée en petite section. La conversation s'engage naturellement. Au milieu de leurs échanges, Zohra* évoque Sofiane* et son expérience traumatisante. Son interlocutrice sursaute. « Mais, c'est toi ?! s'écrie-t-elle. C'est toi la médecin qui a porté plainte contre People&Baby et lancé un collectif ? Je n'en reviens pas de te rencontrer ici. Comme le monde est petit… Je t'ai écrit un mail il y a quelques mois. Ma fille, Amina, était aussi dans une crèche People. Je l'ai retirée en urgence. Je l'ai quand même récupérée avec un bras fracturé. Ça a été la pire journée de ma vie ! »

Oui, vraiment, le monde est petit.

Ou bien est-ce le scandale qui est grand ?

Quelques mois avant cette rencontre, le 22 juin 2022 précisément, s'est déroulé le terrible drame de Lyon qui a coûté la vie à Lisa, une fillette de onze mois ayant ingurgité un produit caustique donné par une employée People&Baby. C'est cette affaire qui a poussé le ministre des Solidarités de l'époque, Jean-Christophe Combe, à lancer une enquête de l'IGAS sur le secteur des crèches.

Zohra* se rappelle parfaitement cette journée. Cette tragédie l'a ébranlée. Six jours plus tard, le 28 juin 2022, prenant son courage à deux mains, elle décide de témoigner sur RMC des maltraitances vécues par son fils pour alerter le grand public. À la fin de sa prise de parole, Zohra* invite les parents de victimes à lui écrire à l'adresse protectionenfancecreche@gmail.com afin de monter un collectif.

Une heure à peine après avoir lancé cet appel à témoins, les premiers mails affluent. En moins de soixante-douze heures, plus d'une centaine de signalements sont réceptionnés. Zohra* n'en revient pas. Elle comprend que cette histoire la dépasse, que partout en France des familles ont eu à affronter des problèmes similaires. Elle se retrouve submergée par ces récits, les lit à toute heure du jour et de la nuit, au travail, pendant ses pauses déjeuner. Ces histoires la confortent autant qu'elles la bouleversent.

Dans l'un de ses mails, une mère livre un témoignage poignant : « J'ai, à plusieurs reprises, retrouvé mon fils le soir recroquevillé, en pleurs, dans un coin, sans qu'aucune attention lui soit apportée. Et il mettait à chaque fois une bonne heure à reprendre pied une fois parti de la crèche, dans un état de prostration, comme choqué. »

Quelques jours plus tard, toujours sur RMC, elle rapporte qu'un certain nombre d'employés de People&Baby ont saisi l'occasion de cet appel pour alerter sur leurs conditions de travail. Elle évoque « des filles qui seraient parfois, dans les heures extrêmes de la journée, laissées seules avec de nombreux enfants, l'absence de produits d'hygiène – savons, lessives – qu'elles doivent aller acheter par leurs propres moyens, des heures supplémentaires non payées, du ménage sur le temps de garde d'enfants et, au final, une détresse psychologique avec des filles qui craquent sur le terrain, qui pleurent devant les enfants… Et puis, il y a quelque chose qui revient souvent, que je n'ai pas compris tout de suite parce que je ne suis pas du milieu, c'est l'obsession pour le TO ».

TO est un sigle que j'ai un peu trop souvent entendu ces dernières années. Ce sont ces deux lettres qui obsédaient les directeurs d'Ehpad du groupe Orpéa, au point de ne pas en dormir. C'est ce TO, pour « taux d'occupation », qui avait poussé certains à accueillir comme pensionnaires des profils psychiatriques non adaptés à des maisons de retraite. Le taux d'occupation est le point pivot qui détermine la rentabilité des établissements de santé et qui, parfois, peut devenir l'axe principal, si ce n'est unique, de leur gestion.

Passé ce premier pic médiatique, Zohra* poursuit son combat. Il est vrai qu'elle reçoit régulièrement de nouveaux courriers d'alerte de la part de salariés, des appels à l'aide, des témoignages de familles…

Voici d'ailleurs une histoire elle aussi édifiante.

Lorsque j'aperçois cette femme entrer, hésitante, dans l'hôtel du Couvent des Minimes, mon QG lillois, je comprends qu'il lui en a coûté pour accepter de se confier, même sous couvert d'anonymat. Il y a des démarches qui ne trompent pas.

Contrairement à la plupart des parents qui participent à cette enquête, Marie Montsonnier* ne souhaite pas dévoiler son identité. Plus encore que la peur, c'est sa discrétion, sa très grande timidité, qui l'en ont empêchée. Si elle a décidé de bouleverser sa nature en livrant son témoignage, c'est d'une certaine manière par devoir. Elle se fait fort, d'ailleurs, de préciser que si elle ne souhaite pas apparaître publiquement, elle est prête à témoigner en justice, si cela était nécessaire. Plus encore que son récit, c'est un document médical qu'elle souhaite me confier.

« Au mois de février, ils ont mis les gamins dehors, sans chaussures, sans manteaux, pour les calmer »

Marie* est fille de militaire, femme de médecin. Elle partage avec Zohra* un certain nombre de points communs. Elle-même est ophtalmologue et son mari, Georges*, opère dans le même institut que Bilal*. Eux aussi ont payé le prix fort à People&Baby afin de réserver un berceau dans une crèche du groupe pour leur troisième enfant, Marc*. Ce dernier intègre en décembre 2020, à seize mois, la crèche Turquoise, située à l'entrée du golfe de Mérignies, à quelques pas du très chic country club. La structure, composée d'un bâtiment cubique flambant neuf, ne jure guère dans le paysage. « À l'intérieur c'est tout beau, c'est propre, ça sent la lessive, me raconte Marie*. Il y a une jolie petite cuisine, des petites tables, le matériel y est… Tout est là pour vous faire croire que vous êtes dans un endroit exceptionnel, que le service est au rendez-vous et que vos bébés y seront bien. »

Marc* pleure régulièrement, si ce n'est systématiquement, le matin, au moment d'arriver à la crèche Turquoise. Mais sa mère a connu des scènes similaires avec son grand frère, dans un autre établissement, public celui-là. Elle ne s'inquiète donc pas outre mesure.

Elle est certes étonnée de constater que les volets de la crèche sont constamment fermés mais sa timidité l'empêche de faire la moindre réflexion à ce sujet. Marc* fait par ailleurs des érythèmes fessiers sans que le personnel semble s'en préoccuper. « Lorsqu'on partait une semaine en vacances, ça allait beaucoup mieux. Et dès qu'on revenait à la crèche, je le retrouvais avec la peau à vif, assure-t-elle. Mon enfant est devenu phobique, au bout d'un moment. Dès qu'on lui changeait sa couche, c'était panique à bord ! »

Malgré tous ces désagréments, Marc* reste environ un an et demi à la crèche de Mérignies, jusqu'à la mi-juin 2022. Quelques semaines après son départ, Marie* croise une maman de la crèche qu'elle connaît de vue. La conversation s'engage autour de leur expérience chez People. « Là, elle me dit : "Ça ne t'avait pas choquée la fois où pendant une alerte grand froid, au mois de février, ils ont mis les gamins dehors, sans chaussures, sans manteaux, pour les calmer ?" Cette maman me raconte qu'elle est allée voir par la suite l'une des employées pour obtenir des explications et que cette dernière s'est alors mise à pleurer en disant : "Je suis désolée. Mais on n'en pouvait plus. On ne voulait pas faire ça…" »

Le soir même, bouleversée, Marie* partage cette anecdote avec Georges*, de retour de la clinique. « Mon mari m'apprend alors qu'il y a eu des scandales durant l'été autour des crèches People&Baby. C'est à ce moment-là que je découvre la tragédie de Lyon. Il me propose également de contacter la femme de Bilal*, en m'expliquant que ses enfants ont eu des soucis avec une crèche du même groupe. »

Marie* appelle Zohra*, avec qui elle aborde la question des repas. « Là, Zohra* me parle d'une cassure de la courbe de poids de son fils. Je sursaute : "Attends ! Marc* non plus n'a quasiment pas grossi durant tout le temps où il était là-bas.” Pendant que l’on discute, je trifouille dans mes papiers pour récupérer son carnet de santé. Je l’ouvre et prends conscience que tout est parfaitement corrélé. Il entre dans la crèche en décembre 2020 et quelques mois plus tard sa courbe se casse, brutalement. »

Marie* sort alors de son sac une photocopie du carnet pour attester de ses dires. Je constate non seulement qu’entre ses vingt-deux et ses trente-quatre mois, Marc* n’a pris qu’un seul kilo, ce qui l’a brusquement fait rejoindre la courbe des 25 % d’enfants les plus légers alors qu’il naviguait sur la ligne médiane depuis sa naissance, mais, de manière plus flagrante encore, que son poids a retrouvé sa courbe normale dès la fin de l’expérience People. « Je le retire de la crèche et deux mois plus tard, en septembre 2022, il a déjà pris un kilo, souligne sa mère. Et en mars 2023, il en est à deux kilos supplémentaires ! »

Son époux, médecin rappelons-le, qui a, en outre, l’habitude de suivre des enfants, est formel. « Georges* me dit : “Si cela avait été un problème organique, de facteur de croissance, il n’aurait jamais regrossi aussi rapidement. Ça arrive parfois qu’il y ait des problèmes de courbe de poids quand il y a un souci hormonal. Mais cela ne repart pas comme ça. Lorsque cela repart tout seul, c’est plutôt un facteur psychologique ou environnemental qui est en cause.” »

J’ai demandé à Zohra* de me transmettre, à son tour, la courbe de poids de Sofiane* afin d’en avoir le cœur net. L’observation de celle-ci est tout aussi instructive. À douze mois, au moment de son entrée à Baby City, Sofiane* pèse très précisément 9,5 kilos, ce qui le situe légèrement en dessous de la ligne médiane, c’est-à-dire du poids moyen d’un enfant à cet âge. Dix mois plus tard, en février 2020, il n’a pris qu’un demi-kilo et se rapproche, avec ses 10 kilos, de manière préoccupante, de la ligne des

3 % d'enfants les plus légers. S'il avait suivi sa courbe naturelle, il aurait dû peser 11,5 kilos.

Cette évolution prend la forme d'une cassure lorsque son poids des vingt-quatre mois est noté : 11,7 kilos ! Comment expliquer ce saut de près de 2 kilos ? Inquiète, Zohra* avait pris rendez-vous chez le médecin traitant de Sofiane, en décembre 2021, qui avait alors recommandé une augmentation rapide de l'apport calorique journalier. « Dans la soupe, je me suis mise à ajouter une tonne d'huile d'olive. Je bourrais les purées de Vache qui rit », détaille Zohra*.

Il est frappant que deux familles vivant à quelques kilomètres l'une de l'autre, dont les enfants se retrouvent dans des crèches liées au même gestionnaire, à savoir People&Baby, mais dans deux établissements parfaitement distincts, constatent le même phénomène.

Pour Marie*, la responsabilité de l'organisation ne fait guère de doute. « Je ne pense pas que mon fils ait été maltraité physiquement par le personnel. Je pense qu'il y avait dans cette crèche une ambiance délétère, toxique, parce que les filles en avaient jusque-là. Elles devaient crier sur les gosses en permanence. Et comme Marc* est un enfant très sensible, il s'est mis en veille. Pendant un an et demi, il a attendu que ça passe… »

À l'instar de Sofiane*, des mois durant, le petit Marc* conserve le souvenir encore vivace de son passage chez People&Baby. « Dès qu'on allait à la boulangerie qui est juste derrière Turquoise pour aller chercher du pain, rapporte sa mère, il s'agrippait à moi et me demandait : "Est-ce que je vais à la crèche ?" Je lui disais : "Non, mon chéri ! Ne t'inquiète pas. Tu n'iras plus jamais !" »

Il est des (mauvais) souvenirs qui ne s'effacent jamais.

Chapitre 12

Des séquelles à vie ?

Je fais face à la famille Melti* au grand complet pour la première fois. Nous sommes le 25 août 2023, les vacances d'été touchent à leur fin. À l'opposé de la plupart des parents qui ont fait le choix de me présenter leurs enfants dès notre premier rendez-vous, Zohra* et Bilal* ont préféré attendre plusieurs mois.

La rencontre a été organisée dans un lieu neutre, au premier étage d'un salon de thé du centre-ville de Lille. Pas besoin d'être physionomiste pour comprendre que les trois enfants sont membres de la même fratrie. Mêmes boucles châtain clair, même petit nez concave, mêmes lunettes rondes – branches rose pâle pour Alia*, jaunes pour Younès* et bleues pour Sofiane*. Curieux, volubile, rieur, ce dernier mène la danse, me racontant avec fougue qu'il entre bientôt en moyenne section de maternelle, en compagnie de son frère, tandis que sa grande sœur se dirige vers le CP.

Zohra* évoque alors devant ses enfants mon livre précédent, qui dénonçait des faits de maltraitance dans les Ehpad. « Sur des gens qui embêtent les personnes âgées, dans les hôpitaux », résume-t-elle. Alia* réagit en grande sœur préoccupée : « Il y a quelqu'un qui a embêté Sofiane* ! » lance-t-elle. « J'étais tout bébé, en plus, poursuit ce dernier. Et en plus, c'était un adulte. Ouais, c'est un adulte qui m'a fait du mal. » Je demande alors à Sofiane* s'il y pense encore aujourd'hui. « Oui, je m'en souviens. J'y pense parfois le soir. De temps en temps, je rêve. »

« Sa personnalité est celle d'un petit garçon angoissé et en souffrance »

Durant plus d'une heure, j'échange avec des enfants, somme toute guillerets, pleins d'enthousiasme. Pourtant, le traumatisme de la crèche Baby City a laissé des traces indélébiles.

Deux semaines plus tard, le 8 septembre 2023, Sofiane* a rendez-vous avec une psychologue, experte auprès de la cour d'appel de Douai, missionnée dans le cadre de la plainte déposée par ses parents. Son travail consiste à déterminer si les faits dont il a pu être victime – à savoir des punitions répétées, des privations de nourriture, des actes de maltraitance – ont entraîné des troubles psychiques ou physiques. La psychologue rappelle dans son rapport qu'un expert « travaille sur la réalité psychique et non la réalité sociale ou factuelle », mais ses conclusions, basées sur un entretien avec Sofiane*, la production de dessins et des échanges avec Zohra*, sont éclairantes à bien des égards. Je vous en livre quelques extraits :

« L'intelligence de ce jeune garçon est de qualité. Sa compréhension des propos simples et adaptés à son âge est tout à fait correcte. Le discours est fluide, il est à l'aise sur le plan relationnel mais il n'a pas vraiment envie de parler encore de la crèche. Sa personnalité est celle d'un petit garçon angoissé et en souffrance, il témoigne par son comportement et ses réticences d'un syndrome post-traumatique qui a, certes, évolué, mais qui est encore bien présent dans différents domaines moins aigus mais leur chronicité n'enlève en rien leur importance, bien au contraire. »

L'experte ajoute que les faits endurés par Sofiane* ont eu des répercussions psychiques sur l'ensemble du foyer. « Notons que toute la famille a été atteinte par ces événements, écrit-elle. Sofiane*, bien sûr, mais aussi Younès* dans un autre registre, plus intérieur, Alia* aussi par les souvenirs qu'elle peut en avoir et son sentiment de n'avoir pas pu aider ses frères plus jeunes, Madame qui a dû arrêter de travailler et Monsieur qui se réfugie dans le travail… le trauma est présent chez chacun et toute la famille a eu besoin de se replier sur elle-même, la question de la confiance en l'autre a été évidemment altérée, et chacun gère à sa façon le sentiment de culpabilité de n'avoir pas vu les malaises des petits ou pas aidé à les résorber plus vite. »

La psychologue liste également un certain nombre de stigmates qui perdurent plus de deux ans après le départ des jumeaux de la crèche People&Baby, en mai 2021. Elle constate ainsi que Sofiane* « reste fragile sur un plan corporel », qu'il a « toujours des difficultés de propreté, de nombreuses peurs ; est très anxieux (...), il reste hyper vigilant au moment de l'endormissement ». Ces séquelles post-traumatiques, Zohra* et Bilal* auront l'occasion de me les dépeindre dans leurs implications les plus quotidiennes. Sofiane*, à la différence de ses frère et sœur, a par exemple continué à porter des couches plusieurs mois après son entrée à l'école. Il a, en outre, été victime d'un certain nombre de TOC en lien avec ce sujet. « Il ressent une honte très forte, estime sa mère. Je pense qu'il a été brimé à la crèche, qu'on a dû le punir à la suite d'accidents de propreté. »

Ce qui est frappant, c'est que ces symptômes longs, nous les retrouvons chez d'autres enfants ayant fréquenté la crèche Baby City de Villeneuve-d'Ascq. Au moment où j'écris ces lignes, je téléphone également à Johanna pour prendre des nouvelles de ses enfants, Neal et Norah. Elle me confie que le quotidien familial reste encore hanté par les fantômes de la crèche. S'agissant de Neal, qui aurait été victime de comportements inappropriés et de privations de nourriture, la propreté n'a été acquise qu'à cinq ans et demi. Lui et sa sœur ont, de surcroît, développé une forme de claustrophobie aiguë. « Je ne peux pas avoir une pièce fermée dans ma maison, me révèle leur mère. Il faut que les portes restent ouvertes, que les lumières soient allumées, en permanence. » Même de sa chambre, ce garçon de cinq ans et demi n'est pas parvenu à faire un refuge. « Dans sa chambre, ça ne va pas, confirme sa mère. Il faut qu'il y ait sa sœur pas loin. Il faut du bruit... » Et là encore, la peur qui s'installe, la nuit tombée : « Je suis obligé de les coucher tous les deux dans mon lit. Je ne peux les déplacer que lorsqu'ils se sont endormis. »

Ces familles ont vu leur existence totalement bouleversée, comme si le cauchemar Baby City était voué à se répéter inlassablement. Elles ont été contraintes de se replier sur elles-mêmes, de former un cocon autour de leurs enfants. Des enfants qui tout bébés ont perçu le monde extérieur, et en particulier les adultes, comme hostiles. La maison est devenue le lieu ultime de la protection et la chambre des parents le dernier refuge face aux mauvais rêves et aux souvenirs hantés. Cela n'empêche pas ces petits de vivre, d'aller à l'école, de se faire des amis, de rire. Mais ils portent en eux une tristesse tapie, des peurs envahissantes, un rapport aux autres qui peut s'avérer handicapant.

Le départ de la crèche a été vécu comme une libération. Pour s'en convaincre, il suffit de lire les commentaires laissés par la maîtresse de Neal au cours de l'année 2020-2021. En conclusion du premier semestre, voici ce qu'elle écrit : « Neal ne parvient pas à gérer ses émotions, ce qui entraîne de violentes crises imprévisibles, traduisant une grande souffrance. » Les remarques relatives à la deuxième période, à la suite du départ de la crèche, sont bien plus encourageantes : « Beaucoup plus apaisé en cette fin d'année scolaire, Neal s'ouvre petit à petit aux autres et aux apprentissages. À son rythme, il progresse chaque jour… » Néanmoins, l'enseignante constate que « les attendus de la petite section ne sont pas atteints. Neal a toujours besoin de beaucoup d'attention et d'un adulte pour l'aider à réaliser ses activités et à gérer ses émotions ».

Ces familles ont dû faire appel à des psychologues et des psychomotriciens pour accompagner leurs enfants dans un processus de reconstruction.

Une attestation de suivi psychologique de la petite Norah, réalisé en mai 2023, après plus d'un an de suivi, permet de prendre la mesure des traumatismes subis. Voici ses conclusions : « Je, soussignée, X, psychologue clinicienne en libéral… atteste avoir reçu en consultation Norah Guilbert depuis le 05/02/2022. Le suivi se poursuit encore aujourd'hui à la fréquence d'une fois par semaine. Norah était alors âgée de deux ans et demi et présentait des manifestations anxieuses, notamment dans le cadre de la relation à l'autre. Il apparaissait en effet que les sollicitations de l'autre (enfant, adulte), qu'il soit étranger ou familier, fassent intrusion pour la petite fille, qui s'en défendait alors par la fuite, des pleurs, une position de repli, voire de refus marqué. Durant les premiers mois du suivi, il n'était pas possible pour Norah de me rencontrer en l'absence de sa mère. » Peurs paniques, attitudes d'effacement, colères subites, rapport contrarié au monde extérieur, apparition de TOC… Les symptômes sont multiples.

Décidément, certains enfants ont payé cher leur passage en crèche.

Et pas que chez Baby City…

Chapitre 13

L'enfer du décor

Le procès-verbal date du 26 octobre 2023.

Je me nomme HADDAD Linda.

Je suis née le 25/09/1983 à Saint-Louis (Haut Rhin).

Je suis de nationalité française.

Je suis domiciliée à Nanterre.

--- Je viens déposer plainte pour des faits de maltraitance envers mon enfant, survenus à la crèche Callisto People&Baby, Paris 16. ---

--- Hier, le 25/10/2023 à 19 h 44, j'ai reçu un message d'une ancienne salariée. Il s'agit de Nadia, m'avertissant de la maltraitance et de la négligence qu'il y a au sein de la crèche depuis le mois de septembre. ---

--- Suite à son message, elle m'a demandé de l'appeler pour me communiquer des éléments urgents sur la crèche. ---

--- Cette dernière m'a détaillé ces éléments, à savoir les enfants laissés seuls sans surveillance avec des objets dangereux comme des ciseaux, nourris avec des yaourts périmés, dont on tire les oreilles, qu'on laisse pleurer pendant des heures, dont on moque le physique, à qui on ne donne pas à boire. ---

--- Les barrières de sécurité ne sont pas mises. ---

--- J'ai déjà retrouvé mon fils avec de grosses griffures au niveau du cou, les fesses rouges complètement irritées car les couches n'étaient pas changées. ---

--- La directrice de la structure, Mme Sandie COLIN*, est au courant des maltraitances et les cache car elle protège ses nouvelles recrues. ---

--- J'ai signalé dès le départ mon inquiétude en disant que mon fils n'arrêtait pas de pleurer et que ce n'était pas normal. Son sommeil est devenu agité depuis qu'il est là-bas. Je l'ai signalé à la directrice, à la responsable de secteur et aux auxiliaires qui s'occupent des enfants mais on m'a dit que c'était normal, qu'il devait s'habituer à la collectivité.

Les faits mentionnés ont eu lieu au cœur de Paris, au sein du très prisé 16e arrondissement, au pied du pont de Garigliano. Un environnement privilégié auquel People&Baby a, semble-t-il, su s'adapter. Sur la page Internet de la crèche, il est indiqué que « l'équipe bilingue français-anglais parle tous les jours aux enfants en anglais ». On y décrit « un cadre de vie convivial, sécurisé et adapté aux besoins des tout-petits ». Il est encore précisé que « la directrice supervise une équipe de professionnels passionnés 100 % qualifiés et diplômés constituée d'un psychomotricien et d'agents de puériculture », et que « deux professionnels minimum sont présents tout au long de la journée, y compris en ouverture et en fermeture (même si la réglementation ne l'impose pas) ». Le projet pédagogique est tout aussi séduisant : « À la crèche Callisto, la nature est un terrain de jeu familier : jardinage, manipulation de matériaux naturels, sensibilisation au vivant… font partie du quotidien. Pour agir sur le bien-être et l'émerveillement, des moments de relaxation et d'expression de ses émotions sont proposés aux tout-petits. »

Quel parent n'aurait pas envie de signer immédiatement ? Sauf que lorsque vous avez, comme nous, lu le dépôt de plainte de Linda avant d'avoir cliqué sur la fiche Internet de Callisto (du nom d'une nymphe à la beauté sans pareille), vous commencez à comprendre la fameuse maxime : « Les promesses n'engagent que ceux qui y croient. »

Je rencontre Linda Haddad en décembre 2023, quelques semaines après sa déposition. C'est une mère encore bouleversée, qui n'a pas vu son fils, Ismaël, depuis plusieurs semaines, et se refait le film dans sa tête jour après jour.

Cette quadragénaire connaît bien la psychologie infantile pour travailler depuis de nombreuses années dans l'accompagnement social, en soutien à des enfants en difficulté. Son mari est, lui, responsable Zone Avion sur le tarmac d'un aéroport francilien. À eux deux, ils cumulent environ 4 500 euros net par mois. « On n'est pas riches. On n'est pas pauvres », résume la jeune femme. Cette somme, ils la consacrent en grande partie à leurs enfants. Leur aînée, Maryam, sept ans, diagnostiquée HPI (haut potentiel intellectuel), a intégré une école adaptée aux enfants précoces. Un établissement privé du 16e arrondissement qui leur coûte près de 600 euros par mois.

Comme bien d'autres parents que j'ai croisés, les Haddad ont tenté de trouver une place en crèche publique pour leur second, Ismaël, né en octobre 2021. Sans grand succès. Ils ont donc fait le tour du privé. D'abord à Nanterre, où ils habitent, puis dans le 16e arrondissement de Paris, à proximité de l'école de Maryam. En août 2023, People&Baby leur propose un contrat au sein de leur micro-crèche du boulevard Exelmans, à 1 439 euros par mois, pour quatre jours par semaine. Une fois la CAF déduite, il leur reste encore près de 1 000 euros à débourser. Un montant qui leur paraît exorbitant. Mais les promesses de Callisto sont alléchantes. Mi-août 2023, le couple accepte donc les termes du contrat. À partir de là, tout va très vite.

Fin août, Linda Haddad visite les locaux, qu'elle trouve exigus, et apprend que la crèche ne sera finalement pas bilingue. Quelle déception… La représentante de People&Baby, un brin gênée, évoque des « problèmes de turnover ». Cette femme occupe le poste de directrice relais, elle chapeaute plusieurs crèches People de la zone et vient combler le poste laissé vacant à la suite de la démission récente de la dernière directrice de Callisto.

« Je me dis que je suis une mauvaise mère »

Linda Haddad discute également brièvement avec l'une des deux auxiliaires présentes : « Je ne la trouve pas du tout en adéquation avec le poste. Elle parle grossièrement. Elle est nonchalante, voire un peu agressive. Mais on me dit que c'est une "volante" qui bosse sur plusieurs structures. Donc elle ne sera pas toujours là. La seconde a l'air plus douce. Mais j'apprendrai par la suite qu'elle n'est pas diplômée. »

Mi-septembre, après la période d'adaptation, Ismaël commence sa première semaine en horaires complets. « Le premier jour, ça se passe bien. Le deuxième jour aussi. Le troisième, c'est la catastrophe », affirme sa mère. Elle marque un silence. « Mon fils, ce n'est pas enfant qui pleure, reprend-elle. Et là, il suffit que je lui dise qu'on va à la crèche pour qu'il s'effondre, pareil quand son père va le chercher. Il pleure tous les jours. »

Linda Haddad en parle à la responsable relais puis à la nouvelle directrice de la structure, Sandie Colin*, peu après son arrivée. Elle rapporte également que son fils dort de plus en plus mal. Ses interlocutrices se veulent rassurantes : Ismaël doit simplement s'habituer à la crèche.

Fin septembre, nouvelle alerte. « Je récupère mon fils avec des fesses irritées », m'explique la mère. Ismaël semble en fait avoir vécu, en accéléré, ce qu'ont enduré ses petits camarades de Baby City, de Turquoise… « Quand je le récupère, il est toujours affamé, poursuit Linda Haddad. Alors je commence à prendre l'habitude de lui préparer un dîner durant la journée. Et je le fais manger dans le métro. On trouve une place assise et il avale comme ça des plats de lasagnes ou de lentilles. » Courant octobre, un nouveau cap est franchi, lorsque la mère d'Ismaël découvre des traces de griffure dans le cou de son fils. « J'ai préféré me dire qu'il s'était disputé avec un autre enfant, dit-elle. Sauf qu'à partir de là, je "psychote". Et je me dis que je suis une mauvaise mère de le laisser là-bas. »

Quelques jours plus tard, elle reçoit un appel de Nadia, la professionnelle citée dans son PV d'audition et qui vient juste de présenter sa démission. La salariée lui aurait dressé un constat apocalyptique : « Elle me dit que les filles sortent pour fumer ou vont aux toilettes en laissant les enfants seuls, qu'une nouvelle auxiliaire les frappe, les rabaisse, leur tire les oreilles. D'où la griffure de mon fils… Elle me révèle que les enfants ne sont pas changés, que tout le monde est au courant, notamment la nouvelle directrice. »

« Recruter rapidement des professionnelles dignes de ce nom afin de redonner confiance aux parents »

Dans la soirée, Linda Haddad appelle une à une les autres mamans de la crèche. Si certaines tombent des nues, la plupart ne semblent pas réellement surprises. À en croire son récit, elles décrivent à la jeune femme les mêmes symptômes. « Nos enfants sont devenus irritables, parfois même violents, constate-t-elle. Mon fils, par exemple, s'est mis à taper du jour au lendemain. Il y a aussi une maman, d'origine italienne, qui me raconte que sa fille ne mange plus, qu'elle est descendue sous sa courbe normale de croissance. » J'ai longuement interrogé cette femme, qui m'a raconté ce que j'ai déjà entendu maintes et maintes fois avant de me confier une copie des courbes de croissance de sa fille, Victoria. À cinq mois et demi, Victoria pèse 6,5 kilos, ce qui la place sur la courbe des 25 % des enfants les plus légers. Quatre mois plus tard, elle plonge brutalement sous la courbe des 3 %, en perdant un kilo par rapport à sa trajectoire naturelle. La remontée qui fait suite à son départ de Callisto est tout aussi spectaculaire. Pour sa pesée des treize mois, Victoria a repris deux kilos et retrouvé son poids normal.

« Quand c'est notre enfant qui va mal, on va mal puissance mille en tant que parents, raconte-t-elle. Moi aussi, j'ai été touchée. À cause du stress, j'ai perdu des cheveux. Et puis j'ai perdu une année de travail. Je faisais une formation pour devenir professeur de lettres, j'ai dû l'abandonner pour me consacrer à ma fille. »

À la suite de l'appel de Nadia, trois familles portent plainte, d'autres menacent de retirer leurs enfants de la crèche. Un père, Pierre Manin*, écrit quelques jours plus tard un mail à l'équipe dirigeante de People&Baby, en détaillant les maltraitances observées. Il rapporte notamment qu'« une professionnelle de l'enfance, nouvellement embauchée au sein de la crèche Callisto, aurait l'habitude de tirer les oreilles, de bousculer et de frapper nos enfants. Plusieurs professionnelles travaillant dans cette même crèche ont corroboré les faits ». Il souligne également que « la crèche Callisto connaît un turnover très important : en l'espace de deux ans, la crèche a changé quatre fois de directrice, et il y a eu trois départs sur quatre parmi les employés de la crèche ces six derniers mois ».

La conseillère de Paris, Sandra Boëlle, en charge de la petite enfance à la mairie du 16e arrondissement, mise en copie, réagit immédiatement en interpellant directement Christophe Durieux, également destinataire de cette missive. « Stupéfaction – consternation – informée de la grave situation, les mots me manquent pour exprimer ma réaction à la lecture du mail de M. Manin*, papa de Callisto, au sujet du comportement et des agissements de cette professionnelle avec les enfants. (…) Je vous remercie de prendre d'urgence personnellement la situation de Callisto en main, de recruter rapidement des professionnelles dignes de ce nom afin de redonner confiance aux parents et d'accueillir les enfants dans de très bonnes conditions. »

Le fondateur de People&Baby n'a pas pour habitude de répondre à ce type de courriers. Mais lorsqu'une conseillère de Paris entre dans la danse, il monte au front. Il charge d'abord la lanceuse d'alerte, en évoquant un appel « incongru ». « Pour synthèse, il s'agit d'une professionnelle ne faisant plus partie de l'équipe qui a contacté plusieurs familles afin de les alerter sur des gestes et paroles inadaptés sur enfants, sans en avoir jamais informé sa direction », déplore-t-il. Dans un second temps, il met en doute les témoignages des familles. « Les dépositions des professionnelles de la crèche ne corroborent pas les allégations d'une supposée maltraitance et/ou mise en danger d'enfants. » Il indique ensuite avoir pris des dispositions pour assurer la sécurité des enfants de Callisto. « Toutefois, par mesure de précaution, la professionnelle mise en cause par sa collègue a été écartée de l'établissement même si nous n'avions repéré aucun défaut de pratiques pédagogiques, hormis des réajustements classiques de prise de poste. » Ce qu'il omet de préciser, c'est que cette professionnelle a immédiatement rejoint une autre crèche du groupe…

Dans son message, Christophe Durieux assure également à la conseillère de Paris que depuis cet appel « l'ensemble des enfants est revenu » au sein de Callisto. C'est tout simplement inexact. Ismaël, par exemple, n'a jamais réintégré les dortoirs de la crèche. Sa mère a dû prendre une décision radicale :

l'installer temporairement chez ses grands-parents, en Alsace. C'est la seule solution qu'elle a trouvée pour continuer à travailler, tout en le sachant dans un environnement protégé. L'exemple de Linda, comme ceux de nombreuses mères que j'ai rencontrées, questionne la stratégie de « réarmement démographique » prônée par le président de la République. En effet, comment espérer faire grimper le taux de natalité quand tant de familles peinent à trouver une place dans une crèche de leur choix ?

Toujours est-il que cette nouvelle série de plaintes pour de possibles faits de maltraitance est intervenue quelques semaines seulement après la « vraie-fausse » convocation des leaders du secteur par la ministre des Solidarités et des Familles, Aurore Bergé. Vous souvenez-vous des propos de Christophe Durieux ? Lors de cette réunion du 15 septembre 2023, il se félicitait de n'avoir aucun problème d'attractivité, annonçant même une augmentation de 20 % des candidatures spontanées par rapport à l'année précédente. Il affirmait également appliquer « une tolérance zéro face aux comportements inadaptés » et jurait que son groupe proposait des standards tels que les « conditions de travail y sont excellentes ».

Une fois encore, les promesses n'engagent que ceux qui y croient…

À la lecture de ces témoignages successifs, force est d'admettre un problème de personnel récurrent au sein des établissements People&Baby. Mais cela se confond-il avec la pénurie de professionnels qui touche tout le secteur de la petite enfance ? Ou alors existe-t-il une spécificité People ? Et même, plus encore, une responsabilité People ? Plusieurs témoins de premier ordre me transmettent alors des éléments inédits relatifs à l'affaire de Lyon.

Ils se sont révélés déterminants.

Chapitre 14

Les secrets du drame de Lyon

Un matin comme un autre.

Le 22 juin 2022, vers 7 h 40, le père de Lisa dépose sa fillette de onze mois à la micro-crèche Danton Rêve, dans le 3e arrondissement de Lyon. Myriam, agent de puériculture, l'accueille avant de retourner à ses activités. Cette femme de vingt-sept ans est arrivée en retard. Elle est donc contrainte de faire le ménage en compagnie de ce premier bébé, passant d'une salle à l'autre. Ce matin-là, la direction de People&Baby l'a laissée ouvrir seule. La réglementation l'y autorise. La crise du covid a temporairement assoupli les règles : c'est seulement à partir de l'arrivée du quatrième enfant que la présence d'une seconde professionnelle est obligatoire.

Depuis le départ de son père, Lisa est triste ; elle pleure à chaudes larmes. À la recherche de réconfort, la fillette rampe en direction de Myriam dont elle tente d'agripper la jambe.

Quelques minutes plus tard, deux mamans entrent dans la crèche. Myriam, paniquée, les entraîne jusqu'à Lisa, allongée au sol, prise de convulsions. Les pompiers, aussitôt alertés, transportent le nourrisson à l'hôpital Femme Mère

Enfant. À midi, le décès de Lisa est constaté. Aux secours, Myriam a raconté que la fillette a avalé de la gouache. C'est d'ailleurs pour ce motif erroné qu'elle a été prise en charge. Aux enquêteurs, lors de sa garde à vue, elle expliquera avoir en fait utilisé du Destop afin de nettoyer de la peinture sur le visage de l'enfant. Elle passe finalement aux aveux quarante-huit heures plus tard, au cours de sa seconde garde à vue. L'agent de puériculture reconnaît alors avoir forcé Lisa à ingérer du « déboucheur W.-C », « excédée par ses pleurs », expliquant, selon ses propres mots, « avoir pété un plomb ».

À la suite de ce drame, la crèche Danton Rêve fait l'objet d'une fermeture de trois mois (qui sera finalement définitive). La métropole de Lyon lance immédiatement une enquête administrative. Dans ses conclusions, elle révèle notamment que People&Baby a omis de mettre à jour les changements de personnel auprès de la PMI, qui ne savait donc pas si les employés étaient autorisés ou non à exercer. Le rapport n'établit pas, pour autant, la responsabilité du groupe dans cette tragédie. Le ministre des Solidarités, Jean-Christophe Combe, face à la gravité des faits et à l'émoi national, décide de missionner une vaste enquête de l'IGAS sur l'ensemble du territoire. Les médias multiplient les reportages sur le secteur en général, et ce groupe en particulier. Plusieurs professionnels de terrain relatent des conditions de travail difficiles, des ratios d'encadrement non respectés, une culture du profit au détriment de la qualité. People&Baby préfère se murer dans le silence. Il faut attendre près de trois semaines pour que l'entreprise délivre un premier communiqué. Celui-ci prend la forme d'une mise en garde particulièrement ferme à l'égard des journalistes qui couvrent l'affaire. En voici quelques extraits :

« Un crime abominable a été commis au sein de l'un de nos établissements lyonnais, qui a coûté la vie à un nourrisson de onze mois. Nous sommes d'autant plus sous le choc que l'une de nos professionnelles est impliquée. Certains médias ont osé faire un rapprochement entre ce meurtre et les conditions de travail des professionnels en crèche, allant jusqu'à parler de dérives et de maltraitances, n'hésitant pas à bafouer la dignité de nos équipes. Nous avons décidé de contrer chacun d'entre eux qui utilise des témoignages invérifiables pour jeter le discrédit sur le travail quotidien de 6 000 professionnels et de l'ensemble du groupe People&Baby.

« Nous subissons injustement les conséquences émotionnelles d'un tel drame. Nos équipes ont versé beaucoup de larmes depuis le 22 juin. Tous ensemble, nous n'avons et n'excuserons jamais le moindre comportement inadapté vis-à-vis d'un enfant. Nous réfutons l'ensemble des allégations proférées contre le groupe lors des témoignages télévisuels, et ce, sans exception. Nous démontrerons point par point l'inexactitude des propos relayés et l'absence de crédibilité des personnes interviewées. De fait, une plainte en diffamation contre TF1 et RMC a été déposée. »

Christophe Durieux et ses équipes rapprochées répéteront à l'envi que ce drame est un acte isolé, commis par une professionnelle en dehors de tout soupçon, que l'organisation de l'entreprise ne saurait être questionnée, qu'un tel événement aurait pu se produire dans n'importe quelle crèche, qu'elle soit privée, publique ou associative. En bref, le groupe est plus victime que responsable de cette affaire. Dans un second communiqué, en septembre 2022, People&Baby s'appuie sur le rapport de la PMI pour s'exonérer de toute responsabilité. « Ce rapport confirme le respect des taux d'encadrement, des diplômes, des normes d'hygiène et de sécurité et donc des conditions de travail de l'équipe qui accueillait en juin dernier dix enfants. (…) La pénurie de candidats et la tension de recrutement dans le secteur de la petite enfance ne sauraient donc être instrumentalisées pour expliquer son geste. »

Au cours de mes investigations, j'ai eu l'occasion de recueillir des témoignages inédits ainsi qu'un certain nombre de documents susceptibles de contredire la communication de People&Baby et de mettre au jour des défaillances internes. J'apprends tout d'abord que quelques mois avant ce drame, en février 2022, l'auteure de l'homicide, Myriam, a été embauchée par l'un des concurrents de People&Baby, le groupe Babilou, dont nous avons rencontré le cofondateur, Rodolphe Carle, au début de cet ouvrage. Ce groupe lui a fait signer un CDD le 21 février, avant de mettre fin à sa période d'essai… au bout de cinq jours seulement !

« Elle restait assise par terre, sans proposer d'activité aux enfants »

Je m'entretiens avec plusieurs responsables de Babilou qui ont eu à suivre cette professionnelle. D'après eux, Myriam serait arrivée avec près d'une demi-heure de retard dès sa première journée de travail, censée débuter à 11 heures ; la directrice de l'établissement en a aussitôt été informée. Cette dernière, que nous appellerons Mme Rutain*, a accepté de témoigner, tout en me demandant de ne pas divulguer son identité. « On se dit, ce n'est pas grave, ça arrive à tout le monde d'arriver en retard, me raconte-t-elle. On essaie de relativiser, de lui donner une chance. Et puis après, il y a d'autres signaux qui nous font dire qu'en fin de compte, ça ne va pas le faire. »

D'après le planning de la semaine, que j'ai pu me procurer, Myriam ne vient pas remplacer un poste laissé vacant. Il y a en permanence deux, voire trois professionnelles présentes à ses côtés, ce qui permet un accompagnement rigoureux. Ses collègues notent que la nouvelle recrue n'est « pas d'une grande aide », qu'elle « met les couches de travers » et ne se montre pas particulièrement motivée. « Elle restait assise par terre, sans proposer d'activité aux enfants. Et puis ses transmissions étaient très pauvres », me détaille son ancienne directrice. Je lui demande alors ce que cela signifie. « On s'oblige chaque jour à prendre cinq minutes pour remplir ces formulaires de transmissions, m'explique-t-elle. Pour que chacun, le soir, ait une petite anecdote à raconter aux parents, parce que les professionnelles qui n'étaient pas là le matin n'ont pas vu tout ce qui s'est passé. Cette employée mettait dix minutes à écrire trois mots, on ne sentait pas chez elle un grand sens de l'observation… » Encore plus problématique, le deuxième jour, Myriam laisse un enfant seul sur un meuble…

Ce qui est particulièrement intéressant, c'est l'organisation qui se met alors en place autour de cette nouvelle recrue pour limiter au maximum les risques. Lorsqu'elle laisse seul cet enfant sur la table de change, « les filles étaient à la porte et attendaient qu'elle ait fini de changer l'enfant, elles la surveillaient », assure la directrice. En urgence, le troisième jour, une professionnelle d'une autre structure est appelée en renfort. À partir de cet instant, Myriam est cantonnée à des tâches sans danger pour les enfants.

Mme Rutain*, en congés durant cette semaine du 21 au 25 février, est tenue quotidiennement informée de la situation. À son retour, elle annonce à Myriam que son essai n'est pas concluant. Les semaines passent. Arrive ce 22 juin où Mme Rutain* apprend ce qu'il s'est passé à Lyon. « J'ai pleuré. Et si ça avait été chez nous ? Heureusement qu'elle est partie et qu'elle n'est jamais revenue. Et puis après, on se dit : qu'est-ce qu'il s'est passé pour qu'on en arrive là ? » Si cette professionnelle de la petite enfance reconnaît qu'on ne peut jamais être sûr à 100 % de la personne qu'on recrute, elle met en avant les procédures internes supposées permettre de réduire au minimum les risques.

Il y a notamment le processus dit d'*onboarding* (pour « embarquement »), qui a été rigoureusement respecté. Chez Babilou, chaque nouvelle arrivante fait l'objet d'un suivi de la part des ressources humaines. Les équipes doivent faire remonter à leur hiérarchie tous les éléments notables relatifs à la personne « onboardée » : retards, attitude, approche pédagogique, motivation… En moins de soixante-douze heures, l'ensemble de ces points doivent avoir été transmis au siège. La nouvelle recrue a également accès à toute une documentation utile à son intégration : livret d'accueil, fiche de poste, cadre légal de l'accueil du jeune enfant en crèche, mission éducative, etc.

Autre règle : limiter les accès autorisés aux nouvelles recrues. « Les remplaçantes n'ont pas les clés. Elles ne font pas l'ouverture, me détaille cette directrice de micro-crèche, employée de Babilou depuis de nombreuses années. On ne les laisse jamais seules. Il n'y a que les anciennes qui peuvent ouvrir et fermer la crèche toutes seules. Les nouvelles arrivent toujours après. Lorsqu'il y a déjà des enfants, des parents qui circulent, de la vie dans la crèche. » C'est un point fondamental. Au-delà des exigences imposées par la réglementation, les services RH et le pôle qualité de Babilou ont pris la décision de ne jamais laisser seuls les personnels néophytes. « C'est seulement au bout de deux ou trois années d'expérience en collectivité qu'on les laisse ouvrir seules, me précise Mme Rutain*. Et si c'est une professionnelle qui arrive d'un autre groupe, avec de l'expérience, on attend environ six mois, c'est le minimum. »

La direction générale de People&Baby a publiquement affirmé que Myriam, l'auteure de l'homicide de Lyon, était une professionnelle expérimentée, forte d'un parcours de dix ans auprès des jeunes enfants. J'ai pu me procurer le CV de cette femme, mise en examen pour homicide volontaire, et présumée innocente. Myriam a surtout enchaîné des postes de nounou (en 2012, 2013-2014, 2017-2018) et des stages en école maternelle, avant d'obtenir un CAP petite enfance en août 2021. Mme Rutain* qui, elle aussi, a pris connaissance de ce CV, livre une appréciation bien différente de People&Baby : « Là, on était face à une personne que l'on pouvait considérer comme stagiaire. On doit l'accompagner comme quelqu'un qui débute. » Lorsque je lui demande si elle l'aurait laissée ouvrir seule, elle se montre formelle : c'est non.

La tragédie de Lyon est riche d'enseignements.

Dans le secteur de la petite enfance, comme d'ailleurs dans la plupart des métiers de la santé, la clé de voûte des organisations se situe au niveau de la politique RH. Pour qu'une crèche fonctionne, il faut un accompagnement rigoureux des nouvelles recrues, des formations régulières, des processus élaborés de remontées d'informations, des systèmes d'alerte, une collaboration étroite entre les équipes RH et le pôle qualité, et j'en passe… Plus que n'importe quel système de vidéosurveillance, le meilleur rempart à la maltraitance, ce sont les ressources humaines.

Contrairement à ce que laisse entendre Christophe Durieux, les défaillances de People&Baby s'agissant de la gestion de son personnel ne sont pas des inventions de journalistes ou des rumeurs propagées par ses concurrents. Ce sont ses propres salariés qui en rendent compte. Pas seulement ceux exerçant dans les crèches, mais également des responsables présents au siège de l'entreprise.

« J'ai fait un abandon de poste après avoir tapé, vainement, du poing sur la table, dégoûté par leurs pratiques »

J'ai obtenu les témoignages inédits de deux anciens cadres du groupe, dont la mission était précisément d'assurer la santé, la sécurité et les conditions de travail des salariés de People&Baby. Si l'un d'entre eux a préféré rester anonyme, le second a décidé de témoigner en son nom. Il s'appelle Frédéric Heuze et a occupé ce poste en contrat d'alternance entre septembre 2021 et mars 2022. Il avait notamment la charge de la mise en place du plan de maîtrise sanitaire, du contrôle de la qualité de l'air, de la formation incendie, et plus globalement du développement d'une politique de sécurité pour les 630 crèches du groupe ainsi que les sièges régionaux.

« Il y a certaines entités du groupe où l'on devait faire des audits de sécurité, or on n'a jamais réussi à aller sur place, me révèle Frédéric Heuze. Dès que l'on proposait des dates, ça n'allait pas. On a eu beaucoup de mal à travailler, à un moment on s'est même demandé pourquoi on avait été embauchés. » Il ira même jusqu'à préconiser à certains de ses collègues d'alerter les autorités de contrôle. « Je disais aux collaboratrices qui se plaignaient de différentes mesures qui n'étaient pas mises en œuvre : la solution la plus simple pour changer ce qui dysfonctionne, c'est de se plaindre au niveau de la médecine du travail. » Son collègue, que nous appellerons Michel Meunier*, partage la même analyse. Il me livre sa version : « Quand je suis arrivé, on m'a dit : "Ça serait bien que tu travailles sur l'amélioration des conditions de travail." Bah d'accord ! Pour moi, la première chose à faire, c'était d'être capable de savoir quels étaient les horaires effectifs des collaborateurs. Je me suis rendu compte que des agents de puériculture faisaient plus de huit heures d'affilée avec les enfants, sans pause. Je leur ai dit : "Attendez : on a des professionnels qui ouvrent le matin et qui ferment le soir, qui passent toute la journée avec des enfants. Ce n'est pas possible"… »

Michel Meunier* s'indigne, notamment, des conditions de travail des professionnels de la région lyonnaise. « En 2022, 80 % des salariés du bassin lyonnais bossaient plus que le temps de travail contractuel, affirme-t-il. Et ils ne pouvaient pas récupérer, bien sûr. Pas d'heures supplémentaires, pas de récup. » Une affirmation contestée par la direction générale, qui assure respecter scrupuleusement le droit du travail.

Ces deux spécialistes du bien-être en entreprise avaient par ailleurs découvert des failles au sein de la mal nommée crèche Danton Rêve. Certaines ont été listées dans un rapport hautement confidentiel qu'une source interne a pris le risque de me transmettre. Dans ce document d'une dizaine de pages destiné au siège de People&Baby et relatif aux conditions de travail des employés de cette crèche de Lyon où a eu lieu l'irréparable, un point est particulièrement alarmant. Page 10, à la question : « Les nouveaux embauchés, salariés temporaires et apprentis sont-ils accueillis et informés sur la sécurité et la santé au travail ? », les inspecteurs ont répondu : « NON ».

Pour remédier à ce risque, les auditeurs préconisent la mise en œuvre urgente de trois mesures :

> Avant l'arrivée des enfants, organiser l'accueil « sécurité » des nouveaux embauchés et les sensibiliser aux risques présents dans la structure.
>
> Réaliser et communiquer des fiches de poste et un livret d'accueil.
>
> Mettre en place un accueil et un tutorat pour bien intégrer les nouveaux embauchés.

Ce rapport est daté du 16 juin 2022, soit moins… d'une semaine avant le drame de Lyon. Des alertes orales et écrites avaient donc bien été transmises à la direction générale de People&Baby.

Frédéric Heuze comme Michel Meunier* sont partis peu de temps avant le drame de Lyon, avec le sentiment de ne pas pouvoir accomplir la mission pour laquelle ils avaient été embauchés. « J'ai fait un abandon de poste après avoir tapé, vainement, du poing sur la table, dégoûté par leurs pratiques, précise M. Meunier*. Lorsque j'ai fait des audits en santé, sécurité, conditions de travail et que j'ai remonté des anomalies, je me suis rendu compte qu'en fait mes rapports servaient avant tout à obtenir des subventions publiques pour réaliser des travaux dans les crèches. Et qu'une partie de cet argent n'était pas dépensé. C'est un montage très sophistiqué qui a été mis en place… »

Avant de pénétrer plus avant au cœur de la machinerie People, de décrypter méthodiquement les « montages » évoqués par Michel Meunier* et par bien d'autres, il nous faut mesurer l'ampleur des dégâts causés par ce système dysfonctionnel. Presque chaque mois, des alertes de familles et de salariés.

Et toute la France est concernée.

Chapitre 15

Avalanche de plaintes

Émilie Grégoire roule à faible allure.

Elle remonte l'avenue Lacassagne dans le centre-ville de Lyon, en direction de l'hôpital Femme Mère Enfant. Il est environ 8 h 30, ce 22 juin 2022, et dans moins d'une demi-heure cette psychologue pour enfants, spécialiste des effets de la neurofibromatose, y débutera sa journée de consultations. Parvenue au milieu de l'avenue, elle entend au loin les sirènes hurlantes d'une ambulance ; la jeune femme braque aussitôt vers la droite afin de laisser la voie libre aux secours.

Le lendemain matin, elle parcourt *Le Progrès* et découvre qu'un nourrisson a été intoxiqué dans une crèche de sa ville : « Je comprends rapidement que cette petite fille était probablement dans l'ambulance que j'ai croisée la veille. Je suis bouleversée. Et puis je découvre que le drame a eu lieu dans la crèche Danton Rêve, située à 900 mètres de chez nous. Et que cette structure appartient au groupe People&Baby contre lequel on a porté plainte six mois plus tôt. »

Son journal refermé, Émilie Grégoire contacte aussitôt la policière, membre de la Brigade départementale de la protection de la famille, qui avait recueilli sa déposition. « Je souhaiterais savoir où en est l'enquête, d'une part pour connaître la vérité sur ce qu'il s'est passé, et d'autre part pour éviter que d'autres drames ne se produisent à l'avenir dans ce réseau de crèches qui ne semble pas prendre en considération la sécurité maximale des enfants qui leur sont confiés », lui écrit-elle par mail.

Je rencontre Émilie Grégoire en février 2023 pour évoquer l'histoire de sa fille, Louise. C'est une femme consciencieuse et particulièrement bien organisée, qui m'a envoyé par mail, en amont de notre rendez-vous, un dossier complet comprenant un récapitulatif de 13 pages de comptes rendus médicaux, des contrats signés avec People&Baby, des échanges de mails avec la direction, le PV de sa plainte ou encore des photos…

Émilie et son mari, Steeve, ont déposé plainte contre X pour des faits de violence, averti des médias locaux et nationaux, écrit au procureur de la République, contacté des collectifs de parents. Mais tous deux ont le sentiment que les choses s'enlisent, malgré la fréquence des alertes visant ce groupe. Leur plainte a été classée sans suite, faute de preuve. Ils ont pourtant « l'intime conviction que ce qui arrive à ces enfants résulte de graves dysfonctionnements connus du siège de People&Baby ».

D'emblée, ils me donnent leur accord pour être cités, peu importent les conséquences.

« On éclaire son visage et là, je découvre de grandes traces… »

Le 22 novembre 2021, alors que Louise n'a que quatre mois et demi, ils la récupèrent avec des lésions sur le visage. C'est la première journée complète de leur fille à la micro-crèche Nido de Sévigné. « Le soir, vers 18 h 50, on y retourne avec Steeve, poursuit la jeune mère. Il la récupère, ouvre la portière et me dit : “Elle s’est fait mordre par un garçon.” On rentre à la maison. On éclaire son visage et là, je découvre de grandes traces. Je trouvais ça vraiment curieux, ces marques de doigts. J’ai les ai prises en photo et les ai aussitôt envoyées à mes parents. » En observant ces clichés, on remarque des similitudes avec les lésions présentes sur le visage du fils de Zohra*, notamment des marques rouges digitiformes qui s’étalent le long de la tempe droite de Louise ainsi que sur une partie de son front.

Émilie et Steeve Grégoire n’ont pas l’intention de remettre leur nourrisson dans cette crèche, tant qu’ils ne savent pas ce qu’il s’est réellement passé. D’autant que les versions des professionnelles divergent. Le lendemain, une seconde auxiliaire de puériculture explique notamment aux parents que ces traces ne seraient pas dues à une morsure mais plutôt à un coup donné par un autre enfant, avec un jouet. La situation est d’autant plus déstabilisante que l’équipe est mouvante. Une auxiliaire a annoncé son départ une semaine plus tôt. La directrice, Anne-Lise, qui les avait accueillis en septembre, a démissionné mi-octobre.

La nouvelle responsable de la crèche, Coralie*, leur propose un échange téléphonique afin de mettre les choses au clair. D’après sa version, un petit garçon de dix-huit mois, « très agité », serait tombé sur Louise en tentant de l’embrasser. « Elle nous explique que ce qui est arrivé à notre fille est courant dans une crèche inter-âge et que si on ne veut pas que cela se reproduise, il faut la changer de structure », raconte Émilie. Ce risque n’a, malheureusement, jamais été présenté aux parents en amont de la signature de leur contrat. Il n’est d’ailleurs pas plus développé sur le site Internet de la crèche Nido de Sévigné.

Au contraire, il est indiqué que « bébés, moyens et grands évoluent ensemble dans un cadre de vie convivial, sécurisé et adapté aux besoins des tout-petits ». Les parents Grégoire indiquent à la directrice qu'ils suspectent des actes de maltraitance de la part d'une employée et réclament donc un compte rendu détaillé par écrit. « Elle s'est engagée à le faire. Mais on n'a jamais rien reçu. Et ce n'est pas faute de l'avoir relancée », déplore le père.

Le couple dépose alors une main courante au commissariat du 3e arrondissement de Lyon et envoie également une mise en demeure par courrier recommandé au siège de People&Baby, exigeant une réponse sous huitaine. N'ayant obtenu aucun retour, ni de la directrice, ni de la responsable régionale Auvergne Rhône-Alpes, ni du siège, ils prennent la décision de porter plainte, le 9 décembre 2021.

La seule réponse que ces parents obtiennent de la part de People&Baby arrive dans leur boîte aux lettres sept mois plus tard, le 19 juillet 2022. Elle prend la forme d'une menace de plainte en diffamation.

> Madame, Monsieur,
>
> Je vous adresse la présente en ma qualité de conseil de la SAS PEOPLE AND BABY, qui m'a saisi de la défense de ses intérêts à la suite de la publication sur le site www.francetvinfo.fr, le 5 juillet 2022, d'un article intitulé « C'est atroce de vivre une chose pareille » (…) dans lequel vous avez fait état d'accusations de maltraitance et d'escroquerie à l'égard de ma cliente et de ses préposés.
>
> Je vous indique que, compte tenu du caractère gravement diffamatoire de ces accusations, la société PEOPLE AND BABY m'a donné pour instruction de déposer plainte entre les mains du Doyen des juges d'instruction de Paris.

Le courrier est signé d'un avocat qui, sur son site Internet, met en avant son expertise « en matière de protection des atteintes à la réputation, notamment dans le domaine de l'Internet » et se félicite d'être « classé à ce titre par le guide *Décideurs* parmi les meilleurs cabinets d'avocats en France en droit de la presse ». Cette missive ne fait pas reculer les parents de Louise, qui disent avoir pour seul objectif d'empêcher la survenue d'autres drames.

« Un mal-être des enfants, un climat de découragement et d'insécurité dans la crèche »

Après la plainte d'Émilie et Steeve Grégoire et la mort de la petite Lisa, c'est un départ de feu qui se déclare au sein de la micro-crèche Lunes & Étoiles, elle aussi située à Lyon, en septembre 2022. Les deux membres du personnel se trouvent alors dans la cour, en compagnie de plusieurs enfants. Elles ne parviennent pas à ouvrir la porte, tandis que quatre bébés sont bloqués à l'intérieur du bâtiment, sans surveillance. Les pompiers sont contraints de fracturer la porte d'entrée pour les libérer. Estimant qu'une catastrophe a peut-être été évitée de justesse, la préfecture du Rhône prononce une fermeture administrative de trois mois, le temps de mener l'enquête. People&Baby conteste vigoureusement cet arrêté, se disant victime d'un acharnement du département. La fermeture est finalement levée avec un mois d'avance par la PMI, fin novembre 2022.

Des fermetures administratives, People n'en connaît pas qu'à Lyon. Le 19 juillet 2022, c'est la préfecture de Gironde qui ordonne la fermeture pendant trois mois de la crèche Eden Art, située dans le centre-ville de Bordeaux. L'arrêté parle de « comportements inadaptés de trois professionnels encadrant des enfants » et d'un turnover problématique. Le médecin de la PMI qui s'est rendu sur place, une semaine plus tôt, évoque dans son rapport « un mal-être des enfants, un climat de découragement et d'insécurité dans la crèche ». La direction générale de People&Baby n'entend pas se laisser faire ; le groupe dépose un recours contre cette décision jugée « aberrante » et rend les autorités responsables de la situation mettant « 32 familles dans l'embarras ». La crèche est finalement rouverte à la suite d'un avis favorable de la PMI le 30 septembre 2022, quelques semaines avant la fin du délai de trois mois.

Aucune région ni aucun type de crèche ne semblent épargnés. En 2022, le groupe a eu à affronter une grève de ses employés, à Dijon. Une vingtaine de professionnelles, sur la trentaine que compte l'établissement Roosevelt (80 berceaux), décident de stopper le travail le 21 février. Sous couvert d'anonymat, elles racontent à France 3 Régions la dureté de leur quotidien. « Nous avons un problème récurrent de chauffage. Certains matins, la température dans les locaux oscille entre 11 et 15 °C. Nous avons des soucis réguliers avec la machine à laver, le four ou le stérilisateur. Des matelas sont défectueux, arrachés… » La mairie, embarrassée, révèle avoir déjà dû intervenir, quelques mois plus tôt, pour la remise en marche du chauffage.

Roosevelt n'est pas une crèche d'entreprise mais une délégation de service public (DSP), confiée par la ville de Dijon à People&Baby. Même chose pour la crèche Eden Roc, à Bordeaux. S'il est primordial de questionner la responsabilité de l'entreprise, il n'est pas inutile de s'intéresser aux modalités de ces contrats passés entre les mairies et les opérateurs privés, et notamment aux prix payés par les municipalités pour la réservation de ces berceaux. Nous y reviendrons.

La région parisienne est aussi concernée par ces incidents à répétition. Le 6 juillet 2022, quelques jours après le drame de Lyon, une plainte pour « violence aggravée » et « altération frauduleuse de la vérité dans un écrit » est déposée contre la crèche Petits Rêves, située aux Mureaux, dans les Yvelines. Une maman affirme avoir vu une professionnelle secouer violemment son fils.

People&Baby riposte en affirmant que la mère en question a perturbé à plusieurs reprises le fonctionnement de sa crèche. Le 3 janvier 2023, dans un communiqué, le groupe indique qu'« aucun cas de maltraitance n'a été confirmé dans le cadre de l'enquête alors que des insultes racistes proférées par la mère de famille envers nos professionnelles ayant tenté d'entacher la réputation du groupe ont été prouvées ». Plus globalement, People se pose de nouveau en victime des « nombreuses tentatives d'accusations totalement infondées par les médias », en indiquant que « les fermetures administratives de Lyon et de Bordeaux se sont soldées toutes deux par des réouvertures avant le terme des trois mois ».

De mon côté, je continue à recevoir régulièrement, provenant de tout l'Hexagone, des mails d'alertes de familles en détresse et de salariés en souffrance.

« On n'avait pas de nourriture à leur donner. Donc on a été au Franprix… »

À Montreuil, au nord-est de Paris, je fais la connaissance de Marion Duval, une fonctionnaire de la Dares (la Direction de l'animation, de la recherche, des études et des statistiques), qui dépend du ministère du Travail. Son fils a intégré, en octobre 2020, la micro-crèche Cactus. Marion me raconte le départ soudain de la directrice, juste après la période d'adaptation de son bébé, son remplacement par une volante qui n'est « présente qu'une demi-journée par semaine », une femme « qui se retrouve seule à 9 h 20 avec une dizaine d'enfants à gérer », une autre qui « fait le ménage au milieu des bébés », « la nouvelle directrice qui démissionne, à son tour, au bout de trois semaines seulement »... Avant de partir, cette dernière lui aurait confié, en off, son mal-être, déplorant notamment le manque de personnel.

Le point de non-retour est atteint lorsque des auxiliaires révèlent aux familles des problèmes d'approvisionnement des repas. « Un soir, affirme Marion, elles nous disent : "Nous sommes désolées, les enfants n'ont pas bien mangé parce qu'on n'avait pas de nourriture à leur donner. Donc on a été au Franprix et on a acheté ce qu'on a pu avec notre argent." »

Plusieurs familles envoient alors un courrier conjoint pour protester. Dans la foulée, elles se rendent devant une autre crèche People, située dans la commune voisine de Bagnolet, afin de rencontrer d'autres parents. « Là, on découvre qu'ils ont fait le même courrier que nous, un mois plus tôt, révèle Marion. Il y a eu des signalements très inquiétants : des bébés avec des morsures sur le corps, un enfant qui a été blessé à l'œil. Un autre qui s'est ouvert le front après être tombé sur un coffre à jouets, etc. » Quelques jours plus tard, la fonctionnaire de la Dares est contactée par la responsable grands comptes de People&Baby. À en croire le récit de Marion, cette femme lui aurait dit : « On sait que vous avez pris contact avec les parents de la crèche de Bagnolet et que vous avez un groupe WhatsApp sur lequel vous communiquez. Vous ne ferez pas fermer la crèche par la PMI. Vous allez peut-être déclencher un contrôle. Mais elle ne fermera pas... » Dans la foulée, cette cadre de People n'hésite pas à contacter l'employeur de

Marion Duval. « Elle envoie un mail à ma DRH pour tenter de me discréditer, en expliquant notamment que je refuse de leur répondre », tonne Marion.

Ne se sentant pas soutenue par le service RH du ministère, elle décide de mener sa propre enquête. Son objectif ? En savoir plus sur les modalités du contrat de réservation de berceaux passé entre le ministère et People&Baby. Un point essentiel, on le verra bientôt…

Médecins, cadres, travailleurs sociaux, employés de banque, chefs d'entreprise, fonctionnaires, etc. : je suis destinataire de toujours plus d'alertes. Certains profils sont parfois surprenants. Voici des extraits d'un mail reçu le 31 janvier 2023 :

> Bonjour,
>
> Je me permets de vous écrire afin d'apporter une pierre à l'édifice ou plutôt un coup de massue afin d'ébranler le groupe People&Baby.
>
> Mon fils fut dans la crèche O des sens, à Bordeaux, durant deux ans.
>
> Durant la dernière année (2022), il y a eu une succession de vagues de chaleur qui occasionnèrent un malaise chez mon fils.
>
> Ce malaise fut caractérisé par des vomissements et une fatigue profonde. J'ai manifesté mon mécontentement à la direction et contacté les services étatiques en charge du contrôle des crèches (…). Dernière précision, j'ai une profession qui m'oblige à la discrétion. C'est donc par le biais de ma femme que je parlerai. Elle n'est nullement tenue.

Ce père de famille qui me demande d'enquêter sur les rouages de People&Baby est en fait… gendarme. C'est dire l'impuissance de l'État face aux dérives du secteur. Je me suis rendu à Bordeaux pour rencontrer sa femme,

Floriane, qui m'a dressé la liste désormais connue des dysfonctionnements repérés : démissions, turnover, direction injoignable, économies de bout de ficelle, etc. Elle me précise que le médecin ayant ausculté son fils à l'époque a alors diagnostiqué un violent coup de chaud corrélé à un problème de déshydratation.

Devant l'insistance des parents, People&Baby a fini par installer non pas un système de climatisation, mais un rafraîchisseur portable. « Ils ont posé un seul rafraîchisseur pour toute la crèche, y compris les dortoirs. Vous imaginez ? » m'interpelle Floriane. Elle me dit avoir pris le temps de discuter avec les auxiliaires, qui n'ont pas tardé à lui avouer leur impuissance. « Les filles m'ont dit : "Mais nous, tout ça, on l'a fait remonter ! Mais en fait on n'a aucun pouvoir. Ça ne bougera que si les familles se plaignent." » Le papa gendarme décide alors de mettre la pression sur la direction. « Vous savez ce qu'ils lui ont répondu ? me demande Floriane. Qu'il n'y avait aucune loi qui les obligeait à mettre une climatisation. Voilà leur réponse ! Et ensuite, comme il n'y avait pas d'extérieur, ils ont installé deux pauvres bassines toutes petites, à l'intérieur. Pour huit gamins… »

Partout, le même désarroi, la même colère, face à ce groupe tentaculaire qui semble insaisissable, et à l'État, bien impuissant.

C'est la marque d'une dérive. Voire d'un système organisé ?

Partie 3

Un appétit de loup

Où l'on découvre que le secteur
de la petite enfance est mis en coupe réglée…

Chapitre 16

« J'ÉTAIS SOUS L'EMPRISE DE M. DURIEUX »

Dans la salle d'audience, des étudiants en droit grattent vigoureusement des carnets de notes.

Ce matin, à la 14e chambre correctionnelle du tribunal judiciaire de Nanterre, le juge Leclercq-Frutos et ses assesseurs traitent d'affaires mineures. Des délits routiers pour la plupart, de l'outrage à agent au refus d'obtempérer, de la conduite sous substance à celle sans permis. La majorité des délinquants de la route s'en tirent à bon compte, avec des amendes de quelques centaines d'euros.

Les avocats en herbe ne le savent pas encore mais le prochain dossier sera d'un autre calibre. Je me rends compte en scrutant la salle que je suis le seul journaliste présent à cette audience du 24 janvier 2023. Pourtant, il y a du beau monde. À l'extrémité droite de la première rangée, j'aperçois Christophe Durieux, en plein conciliabule avec son staff et le reste des prévenus, le dos rond, l'œil bagarreur. À quelques mètres sur la gauche, les frères Carle, serrés l'un contre l'autre, attendent leur tour. Les fondateurs de Babilou ont porté plainte contre trois de leurs anciens salariés pour abus de confiance. Les Carle suspectent leurs ex-employés d'avoir quitté l'entreprise en téléchargeant un fichier commercial central, le CRM (Customer Relationship Management), contenant l'ensemble des identités de leurs clients, les prix des berceaux vendus, les dates de fin des contrats, etc. Plus de 10 000 lignes de données confidentielles. D'après les éléments qu'ils ont pu recueillir, les employés indélicats auraient, en échange de ces datas Babilou, monnayé des postes rémunérateurs auprès du dirigeant de People&Baby. Le président du groupe est, lui, poursuivi pour recel d'abus de confiance.

Comme souvent lorsqu'il s'agit de Christophe Durieux, les coulisses de l'affaire sont rocambolesques. Savez-vous comment les frères Carle ont, pour la première fois, eu des doutes ? Leur responsable réseau, François Baumelou, avait pris la mauvaise habitude de continuer à utiliser sa voiture de fonction en se garant n'importe où, alors même qu'il était en arrêt maladie depuis plusieurs mois. Les amendes se sont mises à affluer chez Babilou. Jusqu'au jour où la fameuse voiture a été aperçue, stationnée avenue Hoche, au pied du siège de People&Baby. Bonjour la discrétion !

La procédure, à laquelle j'ai eu accès, raconte les dessous peu reluisants du secteur de la petite enfance. Les accusations sont lourdes : vol de fichiers clients, concurrence déloyale, coups bas, marchandages. C'est Dallas au pays des berceaux. Plusieurs cadres de l'époque affirment avoir été contraints d'utiliser ce fichier volé pour démarcher les clients Babilou, en cassant les prix. Les ristournes proposées pouvaient dépasser les 30 %.

« C'était du harcèlement »

L'ancien responsable du développement de People&Baby a ainsi admis devant la PJ avoir été « amené à manipuler ce fichier, à l'étudier et à donner des instructions pour l'utiliser ». Lorsqu'un policier lui demande s'il ne trouvait pas ça immoral, ce dernier répond : « Si, vous avez raison. Mais j'étais sous l'emprise de M. Durieux. » Puis, un peu plus tard : « C'était plus que des instructions. C'était du harcèlement, principalement à l'oral. » Une accusation, évidemment, démentie par l'intéressé.

Les mails internes à People rassemblés dans le dossier judiciaire sont édifiants. Une commerciale écrit le 1er avril 2014 : « Bonsoir, je ne retrouve pas le prix du berceau de la crèche de Gerland-Les Gones de Babilou, peux-tu me l'indiquer ? Question que je t'ai posée sur l'appel d'offres en cours sur ce secteur. Merci. » Réponse de la nouvelle recrue, François Baumelou : « Bonsoir, pour Les Agefos et La Poste, le prix du berceau est de 11 K€. Pour L'Oréal, le prix du berceau est de 13 K€. Et pour les autres clients : 15 K€. À ta disposition. » Dans un mail du 2 septembre 2014, Christophe Durieux lui-même se montre à découvert : « Pouvez-vous essayer de bâtir un argu concurrence intelligent et pushy pour tenter de faire prendre des rdv dans le fichier Babilou par notre top opératrice tel ? » L'idée, vous l'aurez compris, était de mettre toutes les forces du groupe dans cette opération de captation de clients Babilou, en s'appuyant sur ce fichier dérobé. Des témoins évoquent jusqu'à dix réunions par jour sur ce sujet.

Celui qui finit d'enfoncer le clou est un autre personnage central du secteur, que nous commençons à connaître, Jean-Emmanuel Rodocanachi. Le fondateur des Petits Chaperons Rouges relate un épisode digne d'un roman policier. Face aux enquêteurs, en décembre 2018, il raconte que Durieux aurait été à l'initiative de l'organisation d'un dîner, en présence de leurs épouses, en novembre 2014, dans un restaurant huppé du 17e arrondissement de Paris, Coretta, situé à deux pas du domicile du couple Durieux. Le fondateur de People&Baby, entre les huîtres Gillardeau et les ris de veau, aurait présenté un deal à son concurrent : « M. Durieux, assure Rodocanachi, m'a proposé de nous unir pour faire face à un concurrent, Babilou, car il avait en sa possession des fichiers commerciaux. » Il jure avoir immédiatement décliné l'offre. « Devant l'énormité de la chose, je suis resté sans voix, poursuit-il. Cette proposition n'étant pas conforme à mon éthique tant professionnelle que personnelle et aux enjeux de notre secteur d'activité. »

L'audience du 24 janvier 2023 se poursuit. Les témoins se succèdent à la barre dans une ambiance pesante. Les prévenus avancent têtes basses et tentent, tant bien que mal, de trouver des portes de sortie, en plaidant notamment que le fichier évoqué dans les mails internes ne provenait pas de leur ancien employeur, mais qu'ils l'avaient constitué eux-mêmes, ligne par ligne. Le juge ne paraît guère convaincu.

Pour Christophe Durieux et son entreprise, les enjeux sont colossaux. Non seulement Babilou réclame près de 30 millions d'euros de dommages et intérêts, mais surtout une condamnation pénale pourrait empêcher People&Baby de répondre à de futurs appels d'offres, ce qui équivaut quasiment à une sentence de mort. Durieux en est tout à fait conscient et pourtant, il ne peut pas s'empêcher de faire le spectacle.

« Monsieur le juge ! Ce ne sont pas des façons de faire ! »

Appelé à témoigner, le patron de People&Baby se lève du banc des prévenus, s'avance en direction du président, parvient au niveau de la barre des témoins, puis la dépasse ostensiblement. Il se dirige alors vers la gauche de la salle où se situe la partie adverse, longe la table des trois avocats de Babilou, pour finir par s'arrêter net devant leur conseil principal, Me Cohana, un spécialiste du contentieux des affaires. Ce dernier le regarde, perplexe. Christophe Durieux tend alors son bras, attrape la bouteille d'eau de l'avocat, ouverte, et la porte à sa bouche. L'intéressé, pris au dépourvu, proteste : « Mais que faites-vous ? Monsieur le juge ! Ce ne sont pas des façons de faire. » La salle s'anime. Les étudiants en droit ont tous lâché leur stylo, hilares. Durieux boit goulûment la bouteille de la partie adverse, avec un naturel déconcertant. Le juge s'offusque : « Monsieur Durieux, merci de reposer cette bouteille et de vous rendre à la barre ! » Même les frères Carle ne peuvent s'empêcher d'esquisser un sourire.

La scène résume bien le personnage. Durieux, c'est Monsieur sans-gêne, c'est le roi des Ogres. Le regard des autres, il s'en moque. La bienséance, n'en parlons pas. Arielle Goldczer, son ancienne directrice générale adjointe, aime à raconter dans le Tout-Paris des affaires que, pour Durieux, les autres patrons du secteur – les Carle, les Forestier, les Rodocanachi – sont des hommes bien trop polis, engoncés dans leur bonne éducation, manquant de panache.

Le patron de People, de fait, ne vient pas du même monde, il n'a pas « la Carte » comme on dit, et ne l'aura jamais.

Mais il a décidé de faire de ce vieux complexe, une force.

Et peu importe qu'elle bascule, parfois, du côté sombre…

Chapitre 17

Le Bernard Tapie des crèches

Durieux n'est pas le descendant d'une prestigieuse lignée, comme la famille Rodocanachi, riche de grands médecins, d'hommes de lettres et d'affaires, de banquiers et de résistants. Il ne sort pas d'une grande école de commerce comme l'Essec, à l'instar de Rodolphe Carle et Sylvain Forestier. Son seul bagage : un diplôme de l'ESRA (École supérieure de réalisation audiovisuelle), qui forme aux métiers du cinéma, de l'animation et du son.

Christophe Durieux est le prototype de l'autodidacte à la Bernard Tapie, il a multiplié les aventures entrepreneuriales, les déconvenues, avant de goûter aux joies de la réussite. Et de la fortune. Il a pour lui une force de travail hors norme, une capacité à convaincre sidérante et un esprit pour le moins disruptif. Sa première société, Équation (une agence de communication), il la monte au début des années quatre-vingt-dix, alors qu'il n'a pas trente ans. Neuf ans plus tard, après l'avoir cédée, il se lance dans un nouveau projet, toujours dans la communication, en fondant People&Business, une société encore en activité.

« Les journalistes m'invitent pour que je parle de papa »

En 2004, Christophe Durieux découvre que le monde de la petite enfance dans lequel évolue sa femme, Odile Broglin, infirmière puéricultrice, s'ouvre au privé. Désormais, les entreprises qui se lancent dans ce secteur pourront bénéficier de subventions publiques. C'est un tournant majeur pour les crèches, qui s'apprêtent à vivre la libéralisation qu'ont connue les Ehpad, quelques années plus tôt. Christophe Durieux mesure instantanément la taille du marché qui s'ouvre. Il n'a qu'à remplacer *Business* par *Baby* et le tour est joué : People&Baby est né ! Le roi de la communication et sa femme, présentée comme la cofondatrice de la crèche de l'hôpital européen Georges-Pompidou, s'allient pour monter un groupe indépendant de structures d'accueil clé en main. L'histoire est séduisante, sur le papier.

Un troisième larron participe à l'aventure. Ce n'est pas n'importe qui. Il s'agit de Thomas Fabius, qui n'est autre que le fils de l'ancien Premier ministre socialiste (1984-1986) Laurent Fabius. En 2004, après avoir rencontré Odile lors d'un dîner, il devient directeur associé de People&Baby, monte au capital à hauteur de 5 %, tout en endossant le rôle de facilitateur.

Le fils Fabius va se servir de son célèbre patronyme pour faire la publicité du groupe sur tous les plateaux télé où il est convié : *On a tout essayé* de Laurent Ruquier, *20 h 10 pétantes* animé par Stéphane Bern, *Vie privée, vie publique* avec Mireille Dumas, ou encore *On ne peut pas plaire à tout le monde*, l'émission de Marc-Olivier Fogiel. Dans une interview donnée début 2005 au *Parisien*, il assume parfaitement : « Les journalistes m'invitent pour que je parle de papa, et moi j'y vais pour promouvoir ma société. C'est une sorte de contrat, dans lequel chacun trouve son compte. À chaque fois que je passe à la télé, mon entreprise reçoit trois fois plus d'appels téléphoniques le lendemain. »

Si le couple a misé sur ce jeune homme alors âgé de vingt-trois ans, ce n'est pas pour rien. Son nom n'ouvre pas seulement les portes des grands médias mais surtout celles du monde économique. Quelques semaines seulement après sa création, People&Baby parvient à signer son premier contrat avec le pétrolier Total, avant de convaincre deux autres sociétés du CAC 40. Il est vrai qu'un an et demi plus tôt, le père de Thomas Fabius était ministre de l'Économie. Sur ce terrain-là non plus, le fils ne cache pas le pouvoir magique conféré par son patronyme. « C'est vrai, les gens vous reçoivent plus rapidement qu'un autre. Souvent plus par curiosité que réel intérêt », reconnaît-il avec franchise dans un entretien accordé au *Monde*, en février 2005.

Le trio ne fait pourtant pas long feu. Christophe et Odile sont bien conscients du formidable entregent de leur jeune associé, mais ils lui reprochent, lors d'un conseil d'administration, un comportement incontrôlable, des « rendez-vous inopinés avec la concurrence », un prêt non soldé et une usurpation du titre de président auprès des médias. Six mois après son arrivée, Fabius est déjà hors-jeu. Quelques années plus tard, lui aussi sera poursuivi puis condamné (en 2011) pour abus de confiance avant de se faire rattraper par son addiction à la roulette.

Au même moment, un autre obstacle se dresse sur la route du couple. L'hôpital Pompidou, leur meilleure carte de visite, intente via son service juridique des démarches contre People&Baby pour lui demander de cesser d'utiliser son image. Odile Broglin, alors fonctionnaire de l'HEGP, fait également l'objet d'une procédure disciplinaire pour avoir exercé une activité privée à but lucratif pendant son congé maternité. Elle sort définitivement des effectifs en 2006 après avoir été sanctionnée. D'après les informations transmises par le service de presse de l'AP-HP, elle y aura exercé durant cinq ans en tant que puéricultrice de classe supérieure. Une référence modeste au regard du statut de cofondatrice de crèche hospitalière mis en avant pour convaincre les clients et les futurs investisseurs.

L'aventure People poursuit, malgré tout, son démarrage sur les chapeaux de roue. La France manque cruellement de places en crèches et le ministre délégué à la Famille de l'époque, Christian Jacob, décide de doper le privé pour remédier au problème. La CAF financera désormais les investissements à hauteur de 10 500 euros par berceau et réglera jusqu'à un tiers des frais de fonctionnement. Des départements peu attractifs sont prêts à mettre au pot pour attirer les opérateurs. Des dispositifs de défiscalisation voient le jour pour pousser les entreprises à proposer des berceaux à leurs salariés. L'argent public coule à flots. Des centaines de milliers de places sont à créer sur tout le territoire. People connaît alors des taux de croissance à deux chiffres. L'entreprise prend rapidement une autre dimension, gagnant plus de 200 collaborateurs en trois ans, tout en conservant son caractère « familial », si cher aux fondateurs.

« Il organisait des apéros pendant l'été, ça s'appelait les Baby hours *»*

Plusieurs employés ayant côtoyé Durieux durant ces premières années parlent de lui comme d'un patron accessible, affable. Un ancien cadre du service achats, qui me livrera par la suite, sous le pseudonyme de Yoann Sozon*, un certain nombre d'informations sensibles, se souvient :

« En dehors du boulot, Durieux est un mec très sympa. Il organisait des apéros pendant l'été, ça s'appelait les *Baby hours*. Tous les jeudis soir, les salariés du siège buvaient des coups dans le quartier, au Wagram, dans mes souvenirs. On était une petite quinzaine et c'était open bar. Christophe venait avec Odile, prenait un verre, discutait librement avec les salariés. Il y avait une bonne ambiance. »

D'autres ont un tout autre souvenir de cette période. Une cadre, que nous appellerons Estelle* et qui a intégré l'entreprise en 2007 et côtoyé de près Christophe Durieux, assure avoir éprouvé de sérieuses difficultés à maintenir son patron sur les rails de la bienséance. « Il venait d'ouvrir une crèche près des Champs-Élysées, dans un ancien hôtel particulier, ça avait coûté une fortune », débute-t-elle. Si l'on en croit son récit, il lui aurait lancé : « On va faire la soirée des salariés là-bas. On va leur en mettre plein la vue ! En plus, y a que des nanas. Mettons des mecs bien gaulés en livrée pour leur servir des petits fours, elles vont adorer ça. Faut qu'on trouve des Chippendales. » Ce à quoi elle lui aurait répondu : « Christophe, ce sont des jeunes filles entre dix-huit et vingt-cinq ans, des auxiliaires de puériculture, pour la plupart. Et vous voulez qu'on fasse venir des mecs qui se désapent ? Dans une soirée d'entreprise ? » Durieux lui aurait alors rétorqué : « Oh ! mais avec vous, on ne peut pas rigoler ! » Finalement, admet Estelle*, « ça ne s'est pas fait. Mais il a fallu lutter… ».

Ce témoin, resté deux ans chez People, me rapporte bien d'autres anecdotes. L'une d'elles est particulièrement éloquente. « Je me souviens qu'il avait une fausse carte de stationnement pour handicapés. Non seulement il se garait sur les places réservées aux handicapés, mais il était hyper fier de le raconter », affirme-t-elle. L'intéressé dément fermement : « Évidemment que non. Dans le passé, certaines personnes âgées de mon entourage ont été en situation de handicap et je m'en suis en partie occupé. » Estelle* décrit un homme maladivement près de ses sous.

L'avarice supposée de Christophe Durieux, il n'y a pas un salarié de People&Baby qui ne l'ait évoquée devant moi. En interne, c'était même devenu, avec le temps, un objet de plaisanterie… Ce rapport compliqué à l'argent, et notamment à ses dettes, est d'autant plus mal compris que le patron de People et sa femme ne font pas dans les plaisirs simples. Certains cadres se sont retrouvés en visioconférence avec leur patron allongé dans l'intérieur luxueux d'une villa paradisiaque à Bali. D'autres m'ont décrit ses voyages coûteux en Grèce, ses Mercedes haut de gamme… D'autres encore sont tombés sur des vidéos de la famille Durieux autour d'une piscine à débordement ou sur un yacht somptueux.

Et il y a l'immobilier : alors que les géants du secteur ont fait le choix de la banlieue parisienne, Durieux a préféré installer son siège social dans l'un des quartiers les plus chers de la capitale, au 9, avenue Hoche, à équidistance du parc Monceau et de l'Arc de Triomphe. D'après ses dires, pour attirer des collaborateurs. Un investissement qui a fait hurler, à l'époque (nous sommes au début des années 2010), les actionnaires du groupe, notamment la Caisse des dépôts, qui trouvait la dépense totalement disproportionnée par rapport à la taille de l'entreprise et à son objet social. Les salariés, eux, se plaignent depuis des années de l'étroitesse de leurs bureaux et de l'inadaptation des locaux. Certains m'ont d'ailleurs fait parvenir des photos plutôt parlantes. On y voit des tables se chevaucher, des espaces de travail réduits à la portion congrue. À certains endroits, impossible de reculer sa chaise en même temps que son collègue de derrière faute de place. On se croirait dans un Tetris grandeur nature.

Le problème s'est accentué avec le temps et touche également les bureaux régionaux. Vincent Peltier, un contrôleur de gestion qui a quitté l'entreprise en juin 2023, a accepté de témoigner en son nom, tant il a été marqué par son expérience. « J'ai travaillé sur un site où je n'avais pas de chauffage pendant six mois parce qu'ils n'avaient pas payé les prestataires, affirme-t-il. C'est la première fois que je travaille dans un endroit où je n'ai pas de chauffage, pas de bureau, pas de double écran, pas de clavier, pas de souris, pas de matériel. Par contre, une obligation de produire coûte que coûte. Avec un logiciel saturé qui plante en permanence. »

L'autre symbole qui agace, c'est l'hélicoptère de Durieux. Le patron de People&Baby est passionné d'aviation, le succès de son entreprise lui a permis de réaliser son rêve et d'acquérir plusieurs aéronefs. Même si, comme souvent avec lui, rien ne s'est fait sans complications judiciaires. J'ai notamment trouvé trace d'un procès intenté par l'un de ses anciens associés qui l'accusait de l'avoir spolié de 25 % des droits qu'il détenait sur un hélicoptère. Durieux est condamné en appel, en mai 2013, pour abus de confiance.

Jusqu'à très récemment (2023), le fondateur de People pilotait un Bell 407, stationné à l'héliport de Paris-Issy-les-Moulineaux. Un petit bijou de technologie à plusieurs millions d'euros pouvant transporter jusqu'à sept personnes. Durieux sait pertinemment que c'est le genre d'engin qu'il ne fait pas bon sortir à proximité d'une caméra, que cela pourrait nuire à son image. Mais Durieux, nous commençons à le connaître, n'est pas un homme qui se restreint. Ces dernières années, il n'a pas hésité à l'utiliser à tort et à travers, dans le cadre de ses activités de gestionnaire de crèches. Janik Busin, une ancienne commerciale du groupe (d'août 2019 à septembre 2022), qui a elle aussi accepté de témoigner à visage découvert, se souvient d'une arrivée tonitruante façon Belmondo. « People avait réuni toutes les crèches du Nord-Pas-de-Calais, toutes les équipes commerciales, pour une journée d'entreprise, ça se passait à Arras, relate-t-elle. Durieux a atterri avec son hélico à Roclincourt. Et avant ça, il a fait le tour de ses crèches avec un copain. On était dans les bureaux et on l'entendait passer au-dessus de nous. C'était complètement lunaire : on nous disait que Durieux ne voulait pas que ça se sache, que ça ne le faisait pas trop vu nos salaires, et en même temps il faisait le show au-dessus de nos têtes. »

Si le comportement de Durieux a pu choquer nombre de ces salariés et une partie du secteur de la petite enfance, généralement habitués à plus de mesure, c'est surtout l'agressivité de ses pratiques commerciales qui a fait de lui un homme toujours plus isolé.

En 2010, son concurrent Babilou invente le métier de broker en berceaux. Pour faire simple, il s'agit de commercialiser via son enseigne des places de crèches appartenant à d'autres réseaux. Cela permet à Babilou d'augmenter le parc d'établissements qu'il peut proposer à ses clients, et aux autres gestionnaires de vendre des berceaux en profitant de la notoriété de l'un des leaders du secteur et de la puissance de ses équipes commerciales. C'est un deal qui se veut gagnant-gagnant : sur une réservation de berceau à 13 000 euros, le réseau partenaire touche par exemple 10 000 euros tandis que le broker prend une commission de 3 000 euros.

Sentant le filon, Durieux se lance à son tour et crée Crèches pour tous. Quelques mois plus tard, People&Baby se félicite sur son site d'avoir tissé « le plus grand réseau de crèches de France ». Comment cette prouesse a-t-elle été rendue possible ? C'est simple : l'entreprise a recensé la quasi-totalité des places de crèches de l'Hexagone sans pour autant proposer de partenariat aux gestionnaires concernés. Elle s'est contentée de réaliser une sorte de gigantesque annuaire, en invitant les parents à s'inscrire par l'intermédiaire de sa propre plateforme. Rapidement, des entreprises et des associations référentes font part de leur indignation. Le directeur général de la Croix-Rouge française demande à Christophe Durieux de cesser cette pratique qu'il qualifie de publicité mensongère. « Ces inscriptions ont été effectuées par vos services sans qu'aucun accord ait été sollicité ni obtenu de notre part, laissant penser à tort que nos établissements sont membres de votre réseau », écrit-il dans un courrier du 7 décembre 2011. Contacté à la fin de cette enquête, le patron de People&Baby affirme de son côté que son service aurait permis à la Croix-Rouge de gagner plus d'argent pour entre autres mieux payer ses salariés et que l'association en question aurait « changé quatre fois d'avis ».

« L'obsession de Durieux d'aller chercher toujours le prix le plus bas »

En parallèle de Crèches pour tous, Christophe Durieux a également développé Enfance pour tous, une association loi 1901 qui était, au départ, consacrée à la formation et qui se met rapidement à gérer des crèches. Ce changement de forme juridique permet au groupe d'obtenir des délégations de service public (DSP) de la part de mairies réticentes à confier leurs crèches à des gestionnaires privés. De nouveau, les acteurs du secteur, notamment des associations comme l'ACEPP (Association des collectifs enfants parents professionnels), lui tombent dessus en dénonçant un statut associatif en trompe-l'œil. C'est à ce moment-là que la FFEC (Fédération française des entreprises de crèches) prend la décision d'exclure People&Baby, dénonçant des pratiques à ses yeux déloyales, contraires à sa charte. Christophe

Durieux préfère alors prendre les devants en démissionnant deux heures seulement avant sa convocation devant ses pairs.

Et Odile, dans tout ça ? Comment cette infirmière puéricultrice de formation a-t-elle pu accompagner ces dérives ? C'est la grande question que se posent les salariés de l'entreprise que j'ai pu rencontrer. Les avis divergent en fonction du positionnement hiérarchique de chacun et de ce qu'ils ont pu voir de cette personne, bien moins clivante que son compagnon, mais tout aussi complexe.

Il y a d'abord ceux qui considèrent que sans elle, People&Baby serait allé droit dans le mur depuis bien longtemps, qu'elle a pesé de tout son poids pour mettre en place des process qualité exigeants. C'est le cas de Marie Defrance, coordinatrice petite enfance pour le groupe de 2009 à 2011. « À l'époque, Odile gérait l'aspect projet pédagogique, le suivi des coordinatrices et une partie des appels d'offres, détaille-t-elle. C'est une femme qui semblait empathique. Elle était très attentive à ce que je pouvais dire et avait vraiment envie de faire des choses pour la qualité. Pendant les deux années où j'ai bossé, j'ai pu auditer les crèches du groupe et mettre en place des process pour les équipes. »

Si la plupart des salariés lui reconnaissent un vrai sens de la pédagogie et une ambition réelle sur les questions de qualité, ils sont nombreux à souligner l'écart entre ses préconisations et les moyens qui leur étaient alloués. Yoann Sozon*, l'ancien responsable du service achats, l'a vécu douloureusement. « Odile, dit-il, c'est une fille qui est intelligente et qui est bienveillante avec les enfants. Pour les achats, elle avait un vrai regard et nous poussait à aller vers la qualité. Mais on se retrouvait avec ses exigences d'un côté et l'obsession de Durieux d'aller chercher toujours le prix le plus bas. Et au bout du compte, c'est le critère prix qui l'emportait. »

D'autres se montrent bien moins compréhensifs, estimant qu'elle a pris le parti, au fil des ans, de détourner le regard des situations les plus problématiques. Cyrielle Sauze, une ancienne responsable opérationnelle (2018-2021) que nous retrouverons un peu plus loin, illustre bien cette forme d'aveuglement. « People avait mis en place un classement avec les "Flops" et les "Tops" des crèches, dans chaque département, raconte-t-elle. Odile a fait son petit tour de France. Dans mon coin, elle est venue visiter ma "Top", à Montigny-le-Bretonneux, celle classée "Moyen", à Beynes. En revanche, elle n'est jamais venue à Dreux, où était la "Flop". Et pourtant, c'est là où il y avait urgence à agir. »

Enfin, il y a ceux qui estiment qu'Odile Broglin a largement profité du système People&Baby. L'une des premières directrices grands comptes du groupe révèle, sous couvert d'anonymat mais en acceptant d'être enregistrée, un épisode édifiant. « On gérait la crèche de la Banque européenne d'investissement, au Luxembourg, commence-t-elle. À cette époque, chaque directrice avait une carte bleue pour les achats ponctuels. Et là, je découvre qu'une cuisine tout équipée et un écran géant ont été payés avec cette carte. J'appelle aussitôt la directrice pour lui passer un savon en lui disant qu'on n'achète pas ce genre de choses avec la carte bleue d'une crèche. Et là, elle me dit : "Mais, je n'ai jamais acheté de cuisine !" J'ai plus tard compris que Durieux et Odile avaient reçu une jolie cuisine équipée et un écran plat. » Sollicités par mes soins, les intéressés ne démentent pas ces achats tout en indiquant être restés dans les clous. « Les fonds disponibles après la fermeture de cette crèche du Luxembourg, en 2011, ont permis plusieurs investissements mobiliers et immobiliers liés à nos activités. Happy Baby, qui n'est pas juridiquement liée à People&Baby, a fait l'objet d'un contrôle fiscal des services luxembourgeois il y a quelques années ; ce dernier n'a fait état d'aucune irrégularité. »

L'un des derniers responsables de la partie travaux chez People a vécu le même genre de mésaventure, peu avant son départ, en 2023. Il assure qu'un jour Odile Broglin l'a appelé pour lui demander de faire passer une société afin de refaire la cage d'escalier de son immeuble. Le couple fondateur dément, expliquant avoir simplement demandé un avis aux architectes de leur SCI dont les bureaux se situent dans le même bâtiment que leur appartement.

Nombreux sont les salariés à m'avoir décrit, et parfois documenté, la porosité entre le patrimoine personnel de Christophe et Odile et celui de l'entreprise People&Baby (ce que le couple a toujours contesté). Mais si tant de salariés ont accepté de témoigner, c'est pour rendre compte de dérives bien plus graves. Des pratiques qui peuvent avoir des incidences directes sur les conditions de travail des professionnelles des crèches. Et, in fine, sur la qualité de la prise en charge de milliers de bébés.

Sans ces employés, il n'y aurait pas d'enquête possible.

Je les ai rencontrés.

J'ai frémi à leur écoute.

Chapitre 18

« On ne change pas pour un petit pipi »

Les professionnelles de la petite enfance se divisent en deux catégories. Celles qui se sont lancées dans le métier à défaut d'autre chose, parce qu'il était accessible, ne demandait pas trop de diplômes… Et puis il y a celles qui vivent leur profession comme une vocation, qui chérissent les bébés, qui ne se voient pas ailleurs qu'auprès d'eux.

Alice Régnier appartient à cette espèce.

En classe de troisième, âgée de quatorze ans, elle demande à réaliser son stage d'observation aux côtés d'une amie de sa mère, éducatrice de jeunes enfants. Elle prend ensuite la décision de bifurquer vers une filière pro afin d'obtenir un bac sciences médico-sociales et passe, dans la foulée, un diplôme d'éducatrice de jeunes enfants. Elle intègre alors une crèche associative, où elle reste près de quatre ans. En 2014, la direction opérationnelle de People&Baby lui propose de rejoindre ses rangs. Le groupe est devenu en dix ans l'un des leaders du secteur. Elle accepte ce nouveau défi, qu'elle tente de relever, bon an mal an, pendant plus de cinq années, en tant que directrice multisite.

Après l'avoir convaincue de me rencontrer, je me rends à Libourne, dans le sud-ouest de la France, à quelques kilomètres de son nouveau travail de formatrice. Depuis la terrasse d'une brasserie, je vois débouler un petit bout de femme brune, énergique, à la marche rapide et au débit percutant.

Depuis son départ, en décembre 2019, elle m'avoue avoir régulièrement songé à livrer ce qu'elle avait sur le cœur ; elle a d'ailleurs déjà participé à un reportage de manière anonyme. Mais la peur l'a empêchée d'aller plus loin. Si elle a accepté de témoigner publiquement aujourd'hui, c'est pour deux raisons principales. D'abord parce qu'elle ne supportait plus de voir ce système perdurer en comptant les incidents, sans réagir. Ensuite parce que je lui ai assuré qu'elle ne serait pas seule, que des membres du siège à tous les postes allaient participer à cette enquête et qu'au bout du compte le nombre ferait force. Son témoignage est capital. Il est l'un des premiers qui nous permettent de passer de l'autre côté du miroir, de dépasser la barrière du constat pour remonter aux origines de la maltraitance.

« Le lit, tu vas le mettre où ? Dans mon bureau ? Les dortoirs sont pleins »

Alice Régnier est nommée en 2014 responsable de la micro-crèche Fondary, située dans le 15e arrondissement de Paris. Elle touche alors 1 750 euros net par mois pour gérer une équipe de quatre personnes, en officiant la moitié du temps sur le terrain et l'autre dans l'administratif. La greffe prend, les auxiliaires puéricultrices sont investies dans leurs tâches. Sa crèche est remplie en permanence donc rentable, ce qui lui procure des marges de manœuvre. Seules quelques frictions avec les services commerciaux ternissent ses premiers mois. « Ils vendaient le menu tout bio alors qu'il n'y avait que deux éléments bio par repas, des ateliers d'anglais mais on n'avait pas le budget pour, et des sorties alors qu'on n'avait pas la capacité d'en faire, affirme-t-elle. Et ensuite, qui se tape les familles en colère qui se rendent compte que les prestations ne sont pas au rendez-vous… ? »

Les choses auraient pu continuer à fonctionner ainsi, plus ou moins normalement. Mais sa hiérarchie la contraint à pousser le curseur un peu plus loin. Alors que sa crèche possède un agrément pour 13 places + 2 en accueil d'urgence, le siège la somme d'intégrer des enfants supplémentaires. « J'étais en permanence à 15, alors que les 2 places d'urgence, ça devait être deux ou trois fois par semaine, maxi. Mais surtout, on me demandait régulièrement de monter à 16 ou 17 enfants, déplore-t-elle. Et je suis même allée jusqu'à 18. Du coup, j'avais entre 110 et 115 % de taux d'occupation. » Bien souvent, elle a le sentiment de jouer avec le feu. « On me mettait la pression : "Tu ne te rends pas compte, c'est un berceau d'entreprise. Il faut le prendre. Ne t'inquiète pas ! je vais te trouver des solutions, je vais te faire venir un lit." Je leur répondais : "Le lit, tu vas le mettre où ? Dans mon bureau ? Les dortoirs sont pleins." Il faut quand même savoir qu'on n'était pas dans les clous avec la sécurité incendie parce que normalement, il faut des passages pour pouvoir circuler. »

La suroccupation est l'une des premières causes des tensions dans les établissements dits du *care*. Que vous soyez auxiliaire de vie auprès d'une personne âgée ou auxiliaire puéricultrice au contact d'enfants, c'est le temps que l'employeur vous permet d'accorder à chaque pensionnaire, petit ou grand, qui conditionne la qualité de votre travail. Or, la tentation est grande d'ajouter quelques places supplémentaires, cela représente bien souvent de la marge nette. En l'occurrence, environ 20 000 euros de revenus annuels par berceau, sans augmentation de la masse salariale.

Alice Régnier a constaté, en parcourant régulièrement le site de People&Baby, qu'aucune crèche du groupe n'était jamais affichée complète. J'ai effectué le même test au moment de l'écriture de ces lignes, durant le printemps 2024 : sur les 57 crèches People installées à Paris, 55 annonçaient des places disponibles, entre 2 et 5 la plupart du temps. À en croire Alice Régnier, les commerciaux de People s'arrangent toujours pour vous trouver une place… D'après son expérience, cette logique d'optimisation des coûts se serait accentuée au début de l'année 2015 avec l'arrivée d'un nouveau directeur réseau, Igor Presle*, issu d'HEC et passé par la chaîne de restauration Hippopotamus.

À cette époque, l'ensemble des directrices parisiennes sont réunies chaque mois pour une journée de réunion opérationnelle. Alice Régnier constate que, lors de ces rendez-vous, les impératifs financiers prennent de plus en plus de place. « Il faut remplir ! résume-t-elle. On nous demande d'avoir le taux d'occupation le plus élevé, d'optimiser la masse salariale, de remplacer le moins possible et d'utiliser au maximum le levier interne des heures supplémentaires. » Les directrices doivent réaliser régulièrement un tableau croisé avec le nombre d'enfants d'un côté et le nombre de professionnelles associées de l'autre, ce qui les place dans trois zones : verte, orange ou rouge, en fonction de la pression exercée sur le personnel. D'après Alice Régnier, c'est uniquement lorsque le tableau virait au rouge vif qu'on l'autorisait à mettre un poste en plus. Mais, là encore, son autonomie était toute relative. Le siège de People l'incitait, plutôt qu'à embaucher, à allonger les horaires de son équipe. Une pratique qui, à la longue, fragilisait les membres du personnel, sans augmenter leurs revenus. « À force de faire ça, il y avait des professionnelles qui partaient de chez People avec 60 heures supplémentaires à rattraper, assure-t-elle. People leur disait : “On ne peut pas payer ! Vous les prenez…” Mais c’était impossible de les prendre. Ça voulait dire qu’une fille se retrouvait seule sur le terrain. »

La pression atteint son paroxysme en 2019, lorsque le siège annonce l’instauration d’une nouvelle prime. Selon Alice Régnier : « Cette prime portait sur le non-remplacement des professionnelles. C’est-à-dire que si les directrices arrivaient à gérer leurs remplacements en interne en modifiant les horaires, en leur faisant faire quelques petites heures sup’, si elles ne prenaient ni volantes, ni CDD, elles avaient une meilleure prime ! » Questionné sur ce point, Christophe Durieux dément avoir mis en place une telle prime, tout en confirmant avoir limité le « recours à des personnes externes à l’entreprise », favorisant l’utilisation des heures supplémentaires ou d’un pôle de 250 « volantes ».

En septembre 2016, on lui confie la gestion d’une deuxième micro-crèche, Rubis, également dans le 15e arrondissement. Elle s’occupe des recrutements, enregistre les familles. Les premiers mois se passent sans encombre, elle parvient à maîtriser le turnover et à limiter l’absentéisme tout en remplissant l’établissement. Ses missions vont alors s’additionner, jusqu’à atteindre la limite du supportable. « Tout 2017 et 2018, se souvient-elle, j’ai carburé. En plus de mes deux micros, j’ai géré des remplacements à Myosotis (10 berceaux) et à Libellule (32 berceaux), dans le même quartier. » Alice Régnier se retrouve donc à superviser, en parallèle, quatre sites, soit près de 70 berceaux au total. Un chiffre bien supérieur à ce que la réglementation autorise. Et sans jamais dépasser les 2 200 euros nets par mois, malgré une surcharge de travail évidente. On comprend bien l’intérêt pour People de multiplier le nombre d'établissements gérés par une seule directrice multisite. Alice Régnier affirme qu'elle n'était pas la seule dans ce cas : « J'avais une collègue qui supervisait trois micros dans le 20e, plus une autre de 40 berceaux, rue Saint-Maur. Je ne sais pas comment elle y parvenait. »

Cette logique d'optimisation des coûts s'étend à l'ensemble des lignes comptables. Alice Régnier assure ainsi que sa hiérarchie s'est mise à lui demander de réduire le nombre de repas commandés pour pallier les absences des bébés. « On me demandait d'enlever 10 % des commandes de repas. Je leur disais : “Les gars, les jours où les enfants sont tous là, je fais comment ?” Pour ne pas me faire emmerder, j'avais trouvé une parade : je commandais des repas en moins, mais, en parallèle, avec le budget “biscuiterie”, je passais régulièrement des commandes pour avoir des choses à côté, des petits pots, des Blédichef... Au moins, j'étais sûre que chaque enfant aurait de quoi manger. » Après la nourriture, cela a été au tour des couches de subir les assauts du siège. « Au cours de l'une des dernières réunions auxquelles j'ai participé, la directrice coordinatrice nous a dit qu'il faudrait désormais faire attention aux consommables, que ce soit le sopalin ou les couches, affirme Alice Régnier. Je me souviens très bien de sa phrase : “On ne change pas un enfant pour un petit pipi. Vous attendez une heure de plus !” »

« Tu me demandes d'acheter un fauteuil et une plante pour l'entrée alors que pour les jeux d'enfants, tu m'as dit non ?! »

Nous sommes loin d'un système perfectionné de gestion des coûts fondé sur des applications et des logiciels comptables. Mais cet artisanat du rationnement porte en soi un risque plus grand encore, celui de l'interprétation. Il est possible que des professionnelles aient cru, de bonne foi, que l'idée était de ne pas gaspiller des couches, alors que d'autres, plus zélées, inquiètes pour leur avenir ou à la recherche d'une prime, ont été plus loin.

Un épisode rapporté par Alice Régnier illustre la philosophie insufflée par la direction générale de People&Baby. Il y est question de « qualité perçue », une notion qui fait la part belle aux apparences. « J'arrive dans la crèche Myosotis que je venais de reprendre. Et je me rends compte qu'il y a très peu de jouets pour les enfants, raconte Alice. Je dis alors à ma directrice coordinatrice qu'il m'en faut plus. Et elle me répond : “Non, il n'y a plus de budget sur cette crèche. Il faudra attendre l'année prochaine.” » Quelques semaines plus tard, cette responsable se serait rendue aux Myosotis pour une visite de coordination. « C'était au moment où ils mettaient en place la “qualité perçue”, histoire que lorsqu'on entre dans les crèches, ça fasse joli, poursuit la directrice. Donc elle débarque et elle me dit : “L'entrée de la crèche, c'est vraiment pauvre. Il faudrait ajouter une plante et un fauteuil.” Je lui réponds : “Je suis d'accord avec toi, mais je n'ai plus de budget.” Et là, elle me balance : “On va dépasser le budget pour ça.” J'étais dingue : “Tu me demandes d'acheter un fauteuil et une plante pour l'entrée, alors que pour les jeux d'enfants, tu m'as dit non ?!” »

Alice Régnier se tourne vers le nouveau directeur réseau, Simon Violleau*, issu lui aussi des rangs d'Hippopotamus, comme son prédécesseur, Igor Presle*, promu, en janvier 2018, directeur des opérations du groupe People&Baby.

Elle espère trouver un soutien face à cette situation ubuesque. Malheureusement, cette politique de la « qualité perçue » a été édictée par le siège. « Ils m'ont dit que je n'avais pas à me mêler des choix budgétaires, que c'était un budget spécial “qualité perçue” », relate-t-elle.

Peu de temps après, Alice Régnier reçoit la visite annuelle de Simon Violleau*. Elle me restitue l'entretien : « Il me dit : “Donc, comme ça, tu aimerais évoluer ? Mais pour ça, il faut que tes crèches soient nickel.” Je réponds : “Qu'est-ce que tu as à reprocher à mes crèches ? J'ai un taux d'occupation au-dessus de la normale. Je gère le turn-over.” Mes crèches sont hyper rentables. À ce moment-là, je le vois scruter le tableau d'entretien. Il y a une case pour chaque tâche à accomplir et il est indiqué que l'entrée a été nettoyée. Il passe alors son doigt sur la mini plinthe au-dessus de la porte, puis il me balance : “Il y a un peu de poussière. C'est sûr que du haut de ton mètre cinquante, tu ne peux pas le voir.” J'ai aussitôt compris que j'avais trop ouvert ma gueule et que je ne serais jamais promue. »

Peu après cet épisode, Alice Régnier quitte People&Baby. Mais elle est moins seule qu'elle ne le pensait.

Chapitre 19

« Il fallait que je parle… »

Cela commence par un mail anodin, qui me parvient le 26 janvier 2023, à 19 h 30.

> Bonsoir monsieur,
>
> Ancienne salariée d'un grand groupe privé de crèches, je pourrais échanger avec vous si vous le souhaitez.
>
> Cordialement,
>
> Cyrielle Sauze

Quelques lignes sans grande portée que j'attrape au vol, au cas où. Puis le silence pendant près de deux mois, malgré plusieurs relances de ma part. Le temps sûrement de mesurer son geste, de réfléchir aux conséquences, de se préparer à sauter le pas.

Finalement, Cyrielle Sauze reprend contact mi-mars 2023. Nous conversons brièvement par téléphone puis je saute dans le premier train, direction Bordeaux, où elle officie désormais.

Je découvre une femme d'une quarantaine d'années, à l'apparence discrète et à la voix fluette. Elle semble maîtriser parfaitement le milieu de la petite enfance, dans lequel elle baigne depuis plus de vingt ans. Son CV parle pour elle : infirmière pédiatrique de 2003 à 2008 à l'AP-HP ; directrice multi-accueil à la mairie de Clamart de 2012 à 2016 ; directrice de micro-crèche à La Maison Bleue jusqu'en janvier 2018. Dans la foulée, Cyrielle poursuit son expérience de direction chez People&Baby avant de devenir responsable opérationnelle, ce qui fait d'elle une courroie de transmission entre le siège et les directrices. Après son départ du groupe en janvier 2021, elle devient référente mode d'accueil pour le département de la Gironde.

Pourquoi décide-t-elle, aujourd'hui, de témoigner ? « Ce qui s'est passé à Lyon… il fallait que je parle, parce qu'on se sent complice, m'explique-t-elle. Je me suis dit, ce n'est pas possible, on ne peut pas continuer à se taire. » Ses premiers pas en tant que responsable de crèche, Cyrielle Sauze les fait donc à la mairie de Clamart. Une expérience de gestion municipale qu'elle me décrit à l'aune de ce qu'elle a vécu par la suite. « Je me souviens qu'on était bien staffés. Et puis surtout, la grande différence avec le privé, c'est qu'il n'y avait pas du tout la question de la rentabilité, cette obsession du taux d'occupation. »

À la suite d'un déménagement à Saint-Arnoult-en-Yvelines, qui la contraint à changer de travail, elle postule à un poste de directrice multisite à La Maison Bleue. « Ce qui m'a motivée, c'est le fait que ce soient des micro-crèches qui accueillent une dizaine d'enfants, m'explique-t-elle. N'ayant jamais travaillé dans une toute petite structure, je me suis dit : tiens, ça peut être intéressant. » Le projet pédagogique axé sur le bien-être de l'enfant, sa sécurité et la nature termine de la convaincre.

Dès sa prise de poste, elle a l'impression de redécouvrir son métier tant l'écart entre les deux modes de direction est important. « Je me retrouve à devoir gérer les annonces pour les recrutements, lire les CV, recevoir les candidats, décrit-elle. Il y a les services RH qui m'accompagnent. Mais c'est quelque chose que je n'avais jamais fait. À côté de ça, c'est moi qui dois passer les commandes. Pour les produits d'entretien, les couches, la papeterie, les jeux, le mobilier. Tout ça prend beaucoup de temps. Je dois aussi remplir coûte que coûte les crèches. Il faut trouver des enfants pour combler les trous. On appelle ça des accueils occasionnels. »

« Je conduisais jusqu'au Carrefour de Rambouillet, et je remplissais mon caddie de couches »

La directrice n'a finalement pas le temps de se familiariser avec le fonctionnement de La Maison Bleue. À peine un an après sa nomination, le groupe perd le marché à la suite d'un nouvel appel d'offres. Les micro-crèches concernées, dont la sienne, sont des DSP (les fameuses délégations de service public déjà évoquées), dont la gestion a été confiée pour cinq ans à un opérateur privé par Rambouillet Territoires. Cette communauté d'agglomérations a fait le choix de remplacer La Maison Bleue par People&Baby. D'après Cyrielle Sauze, les considérations budgétaires expliquent, en grande partie, ce changement. C'est une pratique surprenante que je vais découvrir au cours de cette enquête, elle concerne l'ensemble des DSP de France. À chaque nouvel appel d'offres, c'est-à-dire tous les deux à six ans, si les professionnelles en place veulent continuer à exercer au sein de leur structure, elles sont contraintes de se plier aux règles d'un nouveau gestionnaire.

C'est donc un nouveau saut dans le vide pour Cyrielle Sauze. « Tout change, résume-t-elle. Les protocoles, vos supérieurs, la philosophie du groupe… » Un mois avant cette reprise, en décembre 2017, une délégation People&Baby, composée de RH et de responsables opérationnels, se rend à Rambouillet afin de rencontrer les équipes en place et de leur présenter un projet, le tout accompagné de propositions financières. La directrice est plutôt agréablement surprise, d'autant qu'elle va bénéficier d'une augmentation de près de 300 euros. Elle choisit donc de rester en poste, comme la plupart de ses collègues.

Les débuts People sont pour le moins enthousiasmants. Cyrielle a le sentiment de bénéficier d'une certaine liberté pour développer des projets pédagogiques cohérents au sein des trois micro-crèches dont elle a la charge. Et puis rapidement, ce qu'elle percevait de prime abord comme une liberté prend les contours de la solitude. « J'ai vite senti que c'était brouillon et surtout qu'on était très seules, témoigne-t-elle. Je me retrouve avec des consignes contradictoires : un responsable vous dit blanc et le lendemain un autre vous dit noir. Je n'ai pas de retour à mes questions. Je me rends compte que ce groupe a grossi très rapidement et que les services annexes n'ont pas suivi : les RH, la formation, la maintenance. Tout le monde est débordé. Et c'est la même chose pour les responsables opérationnels. »

Cyrielle Sauze a-t-elle noté un changement majeur dans le fonctionnement quotidien de sa crèche par rapport à La Maison Bleue ? Sa réponse fuse : « On n'était pas livrés ! Régulièrement, on avait des problèmes d'approvisionnement. Je passais une commande pour des couches. Et deux mois plus tard j'attendais toujours qu'elles soient livrées. Donc je finissais par aller en acheter avec mon propre argent. Je conduisais jusqu'au Carrefour de Rambouillet et je remplissais mon caddie de couches, poursuit-elle. J'en avais pour 300 euros et je me faisais rembourser six mois plus tard, en notes de frais. » Ce n'est pas tout. « À un moment, dit-elle, ils ne nous fournissaient plus le lait en poudre. Je n'allais pas laisser les enfants sans lait, je ne pouvais pas faire ça ! Je ne compte pas le nombre de fois où je me suis retrouvée avec un caddie plein de couches, d'eau, de lait en poudre et de petits pots. »

J'avais déjà eu vent de problèmes de livraisons, mais ce qui est nouveau, c'est qu'une directrice le révèle publiquement. Comment expliquer qu'un groupe de cette envergure soit confronté à de tels problèmes d'approvisionnement ?

À cette époque, soit en 2018, People&Baby affichait déjà un chiffre d'affaires de plus de 100 millions d'euros. « En fait, c'est parce qu'ils ne payaient pas leurs fournisseurs, affirme la responsable. Donc, à force, ils arrêtaient de nous livrer. Et ça concernait tous les fournisseurs ! À un moment, j'ai commencé à appeler ceux qui s'occupaient du mobilier ou des jeux pour comprendre. Ils m'ont dit : "Vous travaillez chez qui ? People&Baby ? Ah non, non ! On arrête de travailler avec eux. Ils ne nous paient pas." Du coup, on se retrouvait à changer très fréquemment de fournisseurs tant il y avait de mécontents. Pour les couches, dans mes souvenirs, on a eu Chomette, Peau Douce, Brocéliande, etc. » Ce rapport problématique aux prestataires est un élément essentiel du système People&Baby, sur lequel nous reviendrons plus tard.

« On leur a donné du lait en poudre auquel leur organisme n'était pas habitué »

Cyrielle Sauze assure qu'au cours de l'année où elle a occupé le poste de directrice multisite, elle a fait face à des soucis d'approvisionnement quasiment chaque mois. Et ce, sur tous les postes : alimentation, hygiène, jeux, mobilier... Ces défaillances ont eu des conséquences directes sur la prise en charge des bébés. Ils se sont retrouvés à manger des petits pots en remplacement d'un repas frais et complet. On leur a donné du lait en poudre auquel leur organisme n'était pas habitué. Sans parler du manque de jouets et de mobilier adapté. Il est également arrivé que, dans l'attente d'une livraison qui tardait, leurs changes soient réalisés moins fréquemment qu'à l'ordinaire.

Si surprenant que cela puisse paraître, cette professionnelle exigeante choisit de rester chez People&Baby, en dépit de ces dysfonctionnements. Elle est même nommée, en avril 2019, responsable opérationnelle des Yvelines. « Je croyais encore à des problèmes passagers, se justifie-t-elle. Je me disais que ça allait s'améliorer… »

La jeune promue commence par se rendre au siège de People&Baby, avenue Hoche, pour un entretien. Elle fait face au directeur réseau, Simon Violleau*, et au directeur des opérations groupe, Igor Presle*, les deux anciens d'Hippopotamus. À en croire son récit, leurs exigences sont on ne peut plus claires. « Ils me mettent la pression en me disant : “On se demande si tu sauras pousser tes directrices à avoir un bon TO. Et puis, est-ce que tu seras capable d'avoir du répondant face à la PMI ?” » Cyrielle Sauze comprend vite en quoi sa prochaine mission va consister. Tout d'abord, à remplir ses établissements autant que possible. Ensuite, à défendre son groupe face aux inspecteurs de la PMI. Elle est loin d'imaginer à quel point cette seconde mission va l'accaparer dans les mois à venir. En tant que responsable opérationnelle, elle doit accompagner et piloter la gestion d'une quinzaine de structures, situées dans les Yvelines ou leurs environs.

Peu de temps après sa prise de poste, les directrices lui font remonter les difficultés du terrain : absentéisme, turnover, surcharge de travail, etc. Mais l'aspect le plus problématique concerne la maintenance et les travaux. « Je me retrouve totalement démunie face aux retards, dit-elle. C'est à partir de ce moment que je vais vraiment me rendre compte que ce qu'il y a derrière la belle façade, ce n'est que du vent. Vous avez dû entendre parler de la “qualité perçue” ? C'est leur maître-mot. L'essentiel, c'est que ce soit présentable, que ça fasse beau. »

S'agissant de la partie maintenance, les embûches que la directrice doit affronter sont innombrables. Un jour, c'est le frigo de La Petite Ronde, à Rambouillet, qui tombe en panne. La voilà contrainte durant une semaine de transbahuter les repas depuis un autre établissement, situé à dix minutes en voiture. Une autre fois, c'est le lave-linge d'Orcemont qui fait des siennes. Pour le coup, l'attente se compte en semaines. Presque un mois au total à faire avec les moyens du bord, en utilisant les machines des crèches voisines. À chaque fois, c'est la même rengaine. Cyrielle Sauze téléphone au service maintenance dont la gestion est assurée par une seule et unique personne. Sa demande est bien prise en compte. Elle relance. On lui assure qu'on fait au mieux. Elle relance, encore. « Parfois, il y avait des sujets qui tombaient aux oubliettes, à force d'attendre, m'avoue-t-elle. Il y avait tellement de feux à gérer en même temps. La maintenance était, ensuite, réalisée par trois gars qui se déplaçaient dans toute l'Île-de-France avec leurs petites camionnettes. Ils étaient absolument adorables et faisaient au mieux. Mais la tâche était bien trop grande. Ils étaient sous-staffés. » Une information qui sera contestée par le couple fondateur de People. Lors de nos échanges, en juin 2024, ils affirment avoir embauché une vingtaine de personnes à ce pôle, en comptant les peintres. Ils précisent également avoir dépensé plus d'un million d'euros pour la maintenance en 2023.

Si les services de maintenance font peine à voir d'après Cyrielle Sauze, que dire des travaux ? Selon son témoignage, même lorsqu'il était question d'éléments de sécurité élémentaire, elle ne parvenait pas à se faire entendre. Elle se souvient notamment des relances à répétition qu'elle a dû faire concernant l'une des micro-crèches de la ville de Plaisir. « La porte d'entrée de la structure ne se verrouillait pas. J'ai aussitôt alerté le siège. On devait être en juin 2020, juste après le confinement. Et jusqu'en septembre/octobre, il ne s'est rien passé. »

Dans le giron de la responsable, deux crèches concentrent les difficultés. Il y a d'abord celle de Beynes, d'une trentaine de berceaux, qui nécessite des travaux de peinture, d'électricité et surtout une reprise urgente de l'extérieur. « Le jardin n'était pas du tout entretenu et la PMI avait refusé que les enfants sortent tant que ce ne serait pas réglé. » La mairie, qui a son mot à dire puisqu'il s'agit à nouveau d'une DSP, se plaint auprès du groupe, mais rien n'y fait. Cyrielle Sauze a donc l'idée de faire figurer cette crèche en « Moyen » dans le grand classement People&Baby des « Tops » et des « Flops », dans le but d'obliger la cofondatrice du groupe, Odile Broglin, à venir sur place. « Odile joue le jeu. Elle dit qu'elle va faire remonter le problème, qu'elle va relancer. Mais, au final, trois mois après, il ne s'était toujours rien passé… Dans mes souvenirs, les enfants n'ont pas pu aller à l'extérieur pendant au moins six mois. »

« Ils me demandent d'aller acheter des radiateurs d'appoint au Leroy Merlin du coin »

Et puis, il y a cet établissement nommé Bébé Bonheur : la fameuse crèche de Dreux qu'elle a classée « Flop » et au sein de laquelle Odile Broglin n'a pas voulu se rendre. Il s'agit d'une DSP de 60 berceaux, abritée dans une bâtisse magnifique mais vétuste. « C'était une crèche totalement laissée à l'abandon, affirme-t-elle. Sûrement parce qu'elle ne rapportait pas assez. Je me souviens qu'il y avait une issue de secours qui ne fonctionnait pas, en attente de travaux. » Cyrielle tente de faire bouger les choses… En vain.

En septembre 2019, c'est l'implosion. Le personnel qualifié manque. La directrice et son adjointe démissionnent de concert. La structure tombe en ruines, les enfants grelottent de froid. Les familles alertent la PMI, une inspectrice se rend aussitôt sur place pour effectuer un premier constat sévère.

Fin septembre, la PMI organise une seconde visite, plus complète. Cyrielle Sauze, craignant que tout cela ne finisse très mal, décide de tout déballer. « Je leur dis qu'on n'a pas assez de moyens, qu'il y a plein de travaux à faire, qu'on n'a que des intérimaires qui ne connaissent pas les bébés, je leur dis toute la vérité, rapporte-t-elle. Du coup, Christophe Durieux reçoit un gros dossier sur son bureau avec une mise en demeure. Si dans les huit jours la porte et le chauffage ne sont pas réparés et que les travaux de peinture ne sont pas réalisés, la crèche sera fermée. De toute façon, pour faire bouger Durieux, il n'y a que ça qui marche : une menace de fermeture ou un accident. »

Cette fois, c'est la bonne. Ou presque. Inquiète à l'idée de devoir fermer la crèche, la direction générale de People&Baby dépêche en urgence une équipe d'une quinzaine d'ouvriers. Ils vont travailler d'arrache-pied, pendant plusieurs jours, de 18 h 30 jusqu'au bout de la nuit.

Malgré la pression exercée par la PMI, la direction générale de People&Baby tente encore de grappiller sur un dernier point : le chauffage. Il se trouve que le problème vient de la chaudière, âgée, qui saute régulièrement. Mais pour People&Baby, il n'est pas question de la changer. « Ils sont incapables de la réparer parce que ça coûte un fric fou, affirme Cyrielle Sauze. Donc ils me demandent d'aller acheter des radiateurs d'appoint au Leroy Merlin du coin, toujours en note de frais, pour un bâtiment qui doit faire 300 m^2… »

Bonne soldate, la directrice se rend chez Leroy Merlin et pose, avec l'aide des ouvriers, une douzaine de chauffages d'appoint durant la nuit précédant la troisième visite de la PMI. Quelques minutes avant le début de la journée, les radiateurs sont discrètement retirés. Ils ne sont pas réglementaires, faisant courir des risques d'incendie et de brûlures aux enfants. Malheureusement pour People, ce jour-là, les inspecteurs de la PMI se montrent particulièrement consciencieux et découvrent le pot aux roses. « Au moment de ce troisième passage, la représentante de la PMI aperçoit les chauffages cachés derrière du mobilier. Elle dit, en les montrant du doigt : “Vous savez que c'est interdit ?!” J'avais de bons rapports avec eux, étant donné que c'est moi qui leur avais tout balancé. Mais ils ont aussitôt écrit un mot à Durieux en expliquant que c'était inacceptable et qu'il avait intérêt à vite rattraper le coup. » Questionné en juin 2024, le patron de People invoque un incident isolé : « C'est la chaudière qui a claqué au bout de trois ans et il a fallu du temps pour qu'on trouve les pièces et qu'on la change. »

La chaudière est finalement réparée. Cyrielle Sauze parvient à mettre en place une équipe stable à partir de l'hiver 2019 et les familles retrouvent un tant soit peu de sérénité. Il aura malheureusement fallu un nombre incalculable d'alertes internes, des plaintes de familles et pas moins de trois visites de la PMI avant que la direction générale de People&Baby ne se décide à traiter le problème.

Chapitre 20

« J'AI TENU UNE SEMAINE »

Ces derniers témoignages permettent de documenter les problèmes de rationnement, d'approvisionnement, de maintenance ou encore de travaux. Mais la gestion du personnel est tout aussi contestable… voyez l'expérience vécue par cette directrice de micro-crèche, qui m'a raconté sa première semaine. Son témoignage est édifiant.

« Madame Cauchy, qu'espérez-vous d'un manager ? Pourriez-vous me donner trois de vos qualités et trois de vos défauts ? Êtes-vous disponible tout de suite pour prendre le poste ? » L'entretien d'embauche réalisé par visioconférence ne dure que quelques minutes. Anna Cauchy s'était pourtant préparée durant une semaine. Elle avait même révisé son anglais, le poste concernant une crèche bilingue. Mais les choses se sont déroulées plus simplement qu'elle ne l'avait imaginé. « Je crois qu'on ne m'a même pas demandé si j'avais de l'expérience, s'étonne-t-elle. Et moi, ça m'inquiétait beaucoup de ne pas être puéricultrice. J'avais un gros syndrome de l'imposteur. Je m'étais dit : je ne peux pas faire ce boulot-là. C'est limite moi qui ai mis en avant mes inquiétudes pendant l'entrevue. Pour eux, en tout cas, ce n'était pas un sujet. »

Quelques jours plus tard, mi-mai 2021, la responsable du secteur Île-de-France la recontacte pour lui confirmer que sa candidature est retenue. Le souci, c'est que l'une des deux micro-crèches dont elle aura la charge, Séraphin, ouvre dans deux semaines. Anna tente d'expliquer qu'elle n'a pas terminé son master en management, qu'il lui reste encore son mémoire à écrire, que les délais sont bien trop courts… Mais la représentante de People&Baby insiste. « Elle m'a mis un peu la pression pour que je gère cette crèche en particulier et j'ai fini par m'arranger avec mon école. J'ai demandé à reporter le rendu de mon devoir à l'année suivante. »

Anna a le sentiment d'une opportunité en or. Le salaire est attractif : 2 300 euros nets par mois, à son âge, ça ne se refuse pas. Et puis, après une expérience d'infirmière psychiatrique à l'Établissement public de santé mentale de Caen, elle rêve de changer de voie. Le secteur de la petite enfance l'intéresse tout particulièrement pour l'aspect relationnel qu'il implique. À vingt-six ans, elle quitte donc tout – sa province, son appartement, son master –, bien décidée à conquérir Paris et à se former à un nouveau métier.

« Tu la vires ! Elle pose trop de questions… »

Avant sa prise de poste, on lui demande de faire passer, à son tour, un entretien à l'auxiliaire d'une crèche qui vient d'être rachetée par People&Baby. L'auxiliaire en question lui fait bonne impression. Elle lui annonce, dans la foulée, son embauche. En parallèle, Anna transmet une série de questions posées par la candidate, auxquelles elle n'a pas su répondre. « Elle s'interrogeait sur les horaires, son contrat de travail, les temps de pause, détaille-t-elle.

Et quand ma supérieure a reçu la liste, elle m'a dit : "Tu la vires ! Elle pose trop de questions. Tu lui dis que finalement ce n'est pas possible." »

Nous sommes le 31 mai 2021, la crèche Séraphin, située aux abords du canal Saint-Martin (10e arrondissement de Paris), ouvre ses portes, flambant neuve. Anna Cauchy accueille les parents, en compagnie d'une auxiliaire de puériculture, encore plus novice qu'elle. Ce premier jour, trois familles se présentent pour débuter la période d'adaptation. Certains des bébés ont à peine quatre mois. Cela n'a l'air de rien mais lorsque vous n'avez jamais fait ça de votre vie, vous êtes vite dépassé. « Les parents étaient en panique. Je me souviens d'une maman en larmes dans mon bureau que je dois rassurer. Et nous, on n'a absolument aucune expérience, révèle la nouvelle directrice. Oui, j'ai des neveux et des nièces, mais c'est tout. Avant, je travaillais en hôpital psychiatrique. Et l'auxiliaire qui doit prendre soin des bébés, elle a dix-neuf ans et sort d'un stage en maison de retraite. Elle ne s'était jamais occupée d'enfants. Elle ne savait pas changer une couche. J'ai dû lui apprendre. »

Anna Cauchy est censée gérer, en parallèle, une seconde crèche de douze bébés. Le lendemain, il est prévu qu'elle s'y rende pour prendre le relais d'une directrice sur le départ. Mais débordée par la situation à Séraphin, elle lui téléphone en urgence pour décaler à la semaine suivante. Anna et la jeune auxiliaire sont également chargées de mettre en route l'ensemble des équipements de la structure. Mais là encore, elles naviguent totalement à vue. « On ne savait pas où étaient rangés les trucs. C'était tout neuf, emballé. Je n'arrivais pas à faire fonctionner le frigo, qui n'était pas à la bonne température. Et le four ne marchait pas », témoigne la responsable. On lui avait pourtant annoncé qu'une « marraine » l'accompagnerait les deux premiers jours, histoire que les choses se déroulent en douceur. Mais cette directrice plus capée s'est retrouvée, à son tour, débordée. « En fin de compte, elle est venue une heure et demie, le lundi. Elle a branché le téléphone, imprimé des trucs, mis des affiches sur les murs, mais elle n'a pas eu le temps de m'expliquer quoi que ce soit. Elle était en galère sur sa crèche. Parce qu'il y avait des arrêts de travail. »

Le mardi, ce ne sont plus trois enfants qu'il faut accueillir mais cinq. Toujours des tout-petits, en phase d'adaptation. Heureusement, une seconde auxiliaire est prévue pour la journée. Anna Cauchy, depuis son bureau, tente de gérer les tâches administratives qui s'amoncellent, en dépit des cris d'enfants auxquels elle n'est pas habituée. Alors que cette deuxième journée touche à sa fin, elle reçoit un message de sa supérieure l'informant que la cofondatrice du groupe, Odile Broglin, se rendra dans sa crèche le lendemain. Elle comprend que tout doit être impeccable et découvre, médusée, la notion de « qualité perçue ». « Ils m'ont fait un truc sensationnel, ironise-t-elle. À l'entrée de la crèche, il y avait deux tableaux pour mettre des dessins. Pour le moment, ils étaient vides. C'est normal, on venait d'ouvrir. Et là, ma responsable me dit : “Il faut que tes tableaux soient remplis d'ici demain.” Il est 19 heures ou 20 heures quand elle me demande ça. Je réponds : “Bah non, je n'ai pas eu l'occasion de les faire dessiner alors qu'ils sont là depuis deux jours, en période d'adaptation.” Mais elle ne lâche pas l'affaire : “Demain, si tu as des bébés qui arrivent avant 10 heures, tu leur mets les mains dans la peinture et tu fais des dessins.” C'est là où je lui fais comprendre que c'est hors de question que je fasse ça. Ils ont quatre mois, et les parents viennent pour une heure ou deux… »

Une heure plus tard, sa « marraine », prévenue par le siège, fait irruption au sein de la crèche. « L'autre directrice et son mec débarquent avec des éponges et des fourchettes, raconte-t-elle. Ils viennent pour faire les dessins eux-mêmes ! À un moment, je dis à son copain, alors que je suis dans une colère pas possible : “Désolée de vous avoir embarqué là-dedans.” Il me dit : “T'inquiète, j'ai l'habitude.” A priori, il s'était déjà retrouvé à faire des trucs absurdes pour People. » Les deux adultes se mettent donc à dessiner, en s'efforçant de tirer les lignes les plus enfantines possibles. Malheureusement pour eux, leurs barbouillages n'accueilleront pas le public attendu. « En fin de compte, Odile n'est jamais venue. Et je me souviens que le lendemain, les parents sont entrés en disant : “Ah, mais vous avez de nouveaux dessins !”... J'avais trop honte de leur dire qu'on les avait faits nous-même. »

« On se rend compte que l'alarme ne fonctionne pas »

Chaque jour, Anna Cauchy se sent un peu plus démunie. Le mercredi, il est prévu qu'elle organise une alerte incendie. Mais les choses tournent rapidement au fiasco. « On fait le test et on se rend compte que l'alarme ne fonctionne pas. Ce n'est que ça, en permanence, que ce soit le four, le frigo, l'alarme, les dossiers… Rien ne va. Et la responsable secteur ne me répond pas. J'ai beau lui envoyer des messages en mode : “*Help* ! Je suis en galère”… » Ce jour-là, Anna Cauchy affirme avoir travaillé jusqu'à 22 heures. Il lui fallait vérifier que les dossiers administratifs des enfants étaient complets, relancer certains parents, répondre aux questions des nouveaux entrants. Elle s'est ensuite chargée de faire le ménage, la vaisselle et de lancer une lessive, constatant que ses auxiliaires étaient débordées…

Si les premiers jours ont été éprouvants, son pire souvenir remonte au jeudi soir. Alors qu'en tant que directrice elle n'est pas censée s'occuper des enfants ; elle se retrouve pourtant seule, de 17 heures à 19 heures, en compagnie de quatre bébés de quatre mois. Elle relate : « Je me rappelle que je devais notamment donner un biberon. Ça a dû prendre un quart d'heure. Et à côté, j'avais les trois autres allongés sur le dos, qui hurlaient en me regardant. Vraiment, c'était horrible ! » Anna Cauchy doit également s'atteler à la gestion des contrats des familles. Sur la douzaine de bébés inscrits, la plupart le sont via une place d'entreprise. Ce n'est pas le cas de la famille du petit Léonard, qui, elle, a signé en direct. La jeune directrice, qui ne connaît rien aux pratiques du groupe, découvre la précarité de leur situation. « Je lis les petites lignes en bas du contrat et je me rends compte que si jamais une nouvelle famille arrive avec une place d'entreprise, ils ont deux semaines pour quitter les lieux, affirme-t-elle. Sauf que j'ai créé une relation de confiance avec eux et je ne me vois pas leur cacher ça. Alors, je les reçois dans mon bureau et les préviens. La mère me dit : "Je n'osais pas vous en parler. On a vu ça hier. On est un peu étonnés. On cherche une place ailleurs." Je leur réponds que je suis aussi étonnée qu'eux et leur conseille de partir. Ensuite, je me renseigne auprès de ma marraine pour être fixée. Elle me balance : "C'est comme ça, j'en ai déjà viré cinq. Ça arrive régulièrement, tu seras obligée de le faire." » Anna termine sa première semaine de directrice de crèche totalement lessivée.

Et surtout écœurée.

Ce n'est pas fini : le siège de People&Baby la contacte, durant le week-end, pour lui demander d'aller planter du gazon dans la cour de sa crèche… ce qu'elle se refuse à faire.

Le dimanche 6 juin 2021, elle annonce son départ à sa responsable opérationnelle, indiquant ne pas être en accord avec leurs pratiques. Notons que People&Baby n'avait pas fait signer le moindre contrat de travail à Anna Cauchy, que le groupe ne le lui envoie finalement, à sa demande, que trois semaines après son départ et qu'il faut attendre le mois de septembre pour que les équipes RH se mettent en branle. « Au bout de trois mois, j'ai reçu une mise en demeure. J'ai alors appelé le service RH afin de leur indiquer que j'étais partie en juin. Ils ne le savaient même pas, s'offusque-t-elle. C'est là que j'ai compris que je n'avais pas été remplacée pendant tout ce temps. D'ailleurs, ils avaient même laissé, au sein de la crèche, mon numéro personnel comme contact d'urgence. »

L'expérience vécue par Anna Cauchy illustre dramatiquement les insuffisances du groupe, que ce soit en termes de recrutement, d'accompagnement ou de formation. Il a fallu une semaine seulement pour dégoûter une professionnelle en devenir du monde des crèches. Comment ne pas faire le lien avec la pénurie de personnels qualifiés qui frappe le milieu de la petite enfance depuis tant d'années ?

Mais s'il n'y avait que ça…

Chapitre 21

L'ABSENTÉISME, ÇA RAPPORTE

Pour décrypter les pratiques les plus profondément enfouies, la philosophie qui sous-tend l'organisation du terrain, il faut s'attaquer au sommet de l'organigramme du groupe People&Baby. Un exercice aussi captivant que laborieux.

Les dirigeants qui ont participé à l'élaboration et/ou à l'application d'un système sont à l'évidence les mieux placés pour contribuer à sa mise à nu. Bien entendu, ce sont également les témoins les plus difficiles à convaincre de s'exprimer.

L'expérience des *Fossoyeurs* m'a permis, sur ce point, de gagner un temps précieux. Je sais désormais que sans leur participation, il manquera toujours des pièces au puzzle. C'est pourquoi, dès le départ, je me suis efforcé d'identifier puis de contacter ces témoins clés.

S'agissant du pôle RH, la tâche n'a pas été aisée. Ce service a mis du temps à se développer, les postes occupés n'étaient pas toujours clairement identifiés, le turnover y a été important. Mais ce travail de fourmi a fini par payer. En avril 2023, je parviens à entrer en contact avec un témoin majeur de cette enquête : une ancienne directrice des ressources humaines.

Grâce au concours de l'une de mes sources, cette DRH accepte dans un premier temps de me prendre au téléphone. Elle écoute alors ce que j'ai à lui dire, en restant sur la réserve. Tout juste exprime-t-elle le fait qu'elle a démissionné deux ans après son arrivée. Il lui faut encore plusieurs semaines de réflexion et d'échanges avec d'anciens collègues avant de me donner son accord. Sa décision prise, elle m'invite à la rejoindre en Bretagne, où elle officie désormais en indépendante. La salle de restaurant d'un hôtel Ibis hors d'âge servira de cadre d'interview. Elle donne son accord pour être enregistrée, même si elle refuse que son nom soit cité ; en contrepartie, elle accepte de me confier un certain nombre d'informations, preuves à l'appui. Cette femme, que nous appellerons Sylvie Champignac*, a intégré le groupe en 2014, après avoir été approchée par un cabinet de chasseur de têtes. Habituée aux multinationales cotées en Bourse, ce nouveau challenge ne manque pas de la stimuler.

Le cabinet de recrutement a été d'une parfaite transparence, lui indiquant que l'environnement qu'elle s'apprêtait à découvrir n'était pas « sain », que le poste était vacant depuis plus de six mois à la suite du départ mouvementé de l'ancienne DRH. Son premier tête-à-tête avec Christophe Durieux lui donne la véritable mesure de la tâche à accomplir. « Il me fait son pitch commercial, relate-t-elle. C'est quelqu'un de très vendeur, très manipulateur. Il me fait comprendre que si je veux que mon poste soit rattaché au comité de direction, c'est à moi de faire en sorte de gagner ma place. Bon, pourquoi pas ? Et quand je lui pose la question : "Qu'est-ce que vous attendez d'une fonction RH ?"… Je mesure le vide sidéral de sa vision. » Selon elle, Durieux lui aurait parlé de « contrats qui ne sont pas faits à temps » et autres « erreurs de paie ». « Durieux, ajoute-t-elle, m'explique qu'à cause de ça, l'équipe RH a mauvaise presse vis-à-vis du terrain. Et il veut que j'amène une paix sociale. Ça s'arrête là. C'est simple, basique. »

« La première déclaration de travailleurs handicapés qu'on me présente est fausse »

Quid de l'intégration des nouveaux entrants, des évolutions de carrière, des plans de formation, des politiques de lutte contre le turnover ou les accidents du travail, des conventions collectives, de l'amélioration des conditions de travail, du dialogue social ? D'après le témoignage de cette ancienne directrice des ressources humaines, malgré dix ans d'existence et un effectif proche des 2 000 collaborateurs en 2014, les services RH de People&Baby sont quasiment inexistants. Ils se bornent à l'administration du personnel, c'est-à-dire la gestion des contrats et des paies, ainsi qu'au pilotage des contentieux. « Quand j'ai pris mon poste, il y avait très peu de crèches qui avaient déjà vu un interlocuteur RH. Je suis arrivée dans ce contexte-là, c'est-à-dire dans un désert. »

Un désert abritant quantité de sables mouvants. Avant de traiter l'élémentaire, Sylvie Champignac* est contrainte de gérer l'urgence. Dès le matin de sa prise de poste, on lui apprend qu'un contrôle Urssaf est sur le point de commencer. Cette inspection, tout ce qu'il y a de plus banale a priori, va se prolonger durant neuf mois. C'est pour Sylvie* l'occasion de découvrir l'étonnante ingéniosité de son patron et son rapport pour le moins élastique à la réglementation. À l'en croire, tout était matière à grappillage. Prenons les voitures de fonction. À l'époque, l'entreprise possède un parc d'une vingtaine de véhicules. La direction générale de People&Baby a préféré les enregistrer en tant que voitures de service, à la fiscalité plus favorable.

« La différence, c'est qu'une voiture de service, vous ne pouvez pas l'utiliser en dehors de vos horaires de travail, et du coup ce n'est pas considéré comme un avantage en nature », développe Sylvie*.

Une autre pratique la met particulièrement mal à l'aise. « La première déclaration de travailleurs handicapés qu'on me présente est fausse », affirme-t-elle. Depuis 1987, toutes les entreprises de plus de vingt salariés doivent employer au moins 6 % de travailleurs handicapés, sans quoi elles sont tenues de reverser une contribution à l'AGEFIPH. En l'espèce, cela pourrait représenter environ 6 000 euros par bénéficiaire manquant, soit plusieurs centaines de milliers d'euros. « En gros, ils mettent un certain nombre d'informations pour qu'on n'ait pas à payer la taxe. Et la façon dont on présente les résultats et comptabilise les effectifs est tendue vers cet objectif », soutient Sylvie Champignac*.

La DRH refuse fermement de signer ce document tout en mettant en garde la direction. « Ils ont alors deux options possibles, résume-t-elle. Ou on refait le papier ou on le signe en connaissance de cause. Et ils ont finalement décidé de le signer tel quel. »

Après neuf mois de vérifications, les enquêteurs de l'Urssaf rendent leur rapport. Et le moins que l'on puisse dire, c'est que la note est salée. J'ai pu me procurer un certain nombre de documents internes listant les différents motifs de redressement : absence d'évaluation de l'avantage en nature véhicule (25 000 euros de redressement), erreur matérielle de totalisation des salaires (13 000 euros à rembourser), erreur de calcul du versement transport (42 000 euros à payer), erreur dans l'assiette de la CSG, rémunérations non déclarées, etc. Un inventaire à la Prévert d'irrégularités en tout genre qui sera redressé à hauteur d'un million d'euros, dont 600 000 euros pour non-respect des conditions entourant la mutuelle obligatoire.

La DRH prend conscience de l'amateurisme qui règne au siège de People&Baby. L'ensemble des salariés n'est pas enregistré dans les effectifs. Les contrats ne sont pas toujours réalisés à temps. Les paies ne sont pas justes. Les erreurs de comptabilité sont légion. Sans savoir les raisons de ce chaos, elle en mesure les conséquences sur le développement de l'entreprise, le bien-être des salariés et in fine la qualité de la prise en charge des bébés. Fort heureusement, elle n'est pas la seule. Le numéro deux de l'époque, le directeur général adjoint du groupe, Bruno Simon*, l'accompagne dans sa volonté de remettre de l'ordre.

Sylvie Champignac* s'efforce de régler les problèmes récurrents de retards de contrats et d'erreurs de paie, développe des formations internes, double les effectifs du service paie et rédige un certain nombre de process pour encadrer les différentes étapes à suivre. Une permanence téléphonique est également mise en place pour répondre aux interrogations des salariés. Elle s'attaque en outre à la gestion du personnel proprement dite. « Les deux choses qui me choquent, c'est l'absentéisme et le turnover, dit-elle. On a quand même entre 70 et 80 % de salariés qui ont moins de deux ans d'ancienneté, on ne sait pas les retenir. » En effet, les bilans sociaux montrent qu'en 2014 le turnover affiché était de 27,35 %, un chiffre conséquent qui impacte le fonctionnement de l'entreprise.

Tout aussi préoccupant est l'absentéisme. « Là encore, confie-t-elle, on est sur des taux de plus de 25 %. Et ce qui me marque, c'est que je viens d'un environnement professionnel où il y a des conventions collectives qui font que les entreprises paient les trois jours de carence et compensent ensuite si la totalité du salaire n'est pas pris en charge par la sécu. Là, et c'est très propre au secteur de la petite enfance et à People, parce qu'il y a peu de syndicats, il n'y a pas d'accords collectifs. Donc les salariés malades perdent de l'argent dès leur première journée d'absence. »

La directrice des ressources humaines s'attelle donc au développement d'un plan de lutte contre l'absentéisme. En 2015, après en avoir discuté avec les représentants du personnel et le directeur général adjoint du groupe, elle le présente fièrement à Christophe Durieux. Sa réaction, elle n'est pas près de l'oublier. À en croire son récit, il lui aurait répondu ceci : « Pourquoi lutter contre quelque chose qui me rapporte de l'argent ? » Selon elle, aux yeux de Christophe Durieux, l'absentéisme est moins un problème qu'une solution. « Il ne mesure pas ce que cela coûte à l'organisation d'une crèche, à quel point cela essore le reste des équipes, de quelle manière cela peut dégrader la qualité de l'accueil des enfants, blâme-t-elle. En premier lieu, il voit son gain immédiat : une absence égale une journée de paie en moins. » Interrogé sur ce point, en juin 2024, le fondateur de People conteste avoir prononcé une telle phrase, estimant que « favoriser l'absentéisme serait une aberration économique ».

Sylvie Champignac* parvient malgré tout à mettre en place les premières mesures de son plan. Le budget de formation double ainsi, passant de 230 000 euros à 500 000 euros. De nouveaux avantages sociaux apparaissent et la mobilité interne est mise en avant. Rien de bien spectaculaire, mais des avancées sociales non négligeables, acquises de haute lutte.

« Il est obligé de mettre ses hélicos en note de frais »

En dépit de ses efforts, la DRH mesure l'ampleur du travail qu'il lui reste à accomplir. Prenez par exemple les réponses aux appels d'offres pour la gestion de crèches municipales : elle découvre que les négociateurs de People présentent une politique RH aux mairies sans même que l'équipe RH ait été consultée. « Là, je tape du poing sur la table en disant : "Ce n'est pas possible ! Si vous évoquez les pratiques des ressources humaines, je dois être mise au courant et les valider. Sinon, je m'en vais !" Ce qu'ils mettaient en avant était consternant. En gros, c'était : il y a des avantages CE (comité d'entreprise). Sachant que les seuls avantages, c'étaient les tickets-restaurants. Et qu'il arrivait, en plus, que People les enlève. »

À la suite de ce coup de gueule, les équipes RH participeront aux réunions opérationnelles et seront associées à l'élaboration des dossiers de réponse aux appels d'offres. C'est à cette occasion qu'elle découvre que dans le cas de certaines reprises de DSP, des avantages sociaux comme les fameux tickets-restaurants sont supprimés par People&Baby. Elle fait part de sa réprobation au patron du groupe, lors d'une réunion de travail en présence du DGA, Bruno Simon*. Peu après, Christophe Durieux l'interpelle dans un couloir. « Il me lance : "Sylvie*, vous aviez demandé à être mise dans le groupe pour les DSP ? Je pars en négocier une dans le Nord, vous voulez venir ?" » La DRH accepte bien volontiers, ravie de pouvoir enfin prendre part à ces discussions. Le départ est prévu pour le lendemain matin. Devinez où on lui a donné rendez-vous, tout en lui précisant que c'était confidentiel et qu'il fallait surtout n'en parler à personne ? À l'héliport d'Issy-les-Moulineaux, bien sûr. Elle s'épanche auprès du DGA, par ailleurs directeur financier du groupe. « Quand j'en parle à Bruno*, il me raconte qu'il est parfois obligé de mettre ces déplacements d'hélico en note de frais… » Questionné par mes soins sur ce sujet, le fondateur de People&Baby m'indiquera n'avoir utilisé son hélicoptère dans le cadre professionnel qu'à de très rares occasions et n'avoir jamais passé les frais d'essence sur son groupe, mis à part pendant la période du covid.

L'hélicoptère décolle, Christophe Durieux est aux manettes, heureux comme un enfant. Odile Broglin, à ses côtés, échange tranquillement avec le responsable People des DSP. La directrice des ressources humaines, elle, a bien du mal à profiter du vol. C'est la première fois de sa vie qu'elle embarque à bord d'un hélicoptère et, elle le saura bientôt, la dernière fois qu'elle part négocier une délégation de service public.

Arrivée à destination, l'équipe People&Baby retrouve le directeur général des services (DGS) de la mairie en question, qui a la charge de mener les négociations. Sylvie Champignac* lui expose la politique RH qu'elle a réussi à mettre en place. Vient l'épineux sujet des tickets-restaurants. « Le DGS nous demande si l'on reprend les tickets-restaurants ou pas, se souvient-elle. Et Durieux répond que non. Là, je me permets d'intervenir assez sèchement et de le contredire : "Si, on les reprend !"... » Un silence lourd et pesant s'ensuit, avant que les négociations reprennent. Le DGS remercie ses interlocuteurs, et l'hélicoptère People&Baby redécolle, destination Paris. Sylvie Champignac* ne fait l'objet d'aucune remontrance. Mais elle sent bien que l'air est vicié. « Nous n'avons pas eu le marché et je ne serai plus jamais conviée aux négociations, dit-elle. Je n'ai jamais compris pourquoi Durieux m'avait emmenée à ce rendez-vous et pourquoi il avait défendu de nouveau la suppression de cet avantage, alors qu'il savait pertinemment que je ne le suivrais pas. Peut-être que c'était un test. »

La DRH acte, à ce moment-là, qu'elle quittera prochainement People&Baby. D'autant que le numéro deux du groupe, Bruno Simon*, s'apprête lui aussi à démissionner, las du comportement de son patron. Il est bientôt remplacé par Arielle Goldczer, une femme bien plus en phase avec l'ingéniosité de Durieux.

Avant son départ, Sylvie Champignac* s'efforce, malgré tout, de faire progresser la politique RH de People&Baby. Elle doit affronter en permanence le fondateur de People. « Je n'ai jamais vu quelqu'un qui avait aussi peu de considération pour l'autre, lance-t-elle, cinglante. Durieux, c'est un mec qui est capable en pleine négociation annuelle sur les salaires de vous dire, de manière cash : “De toute façon, les gens à vocation, il n'y a pas besoin de les payer. Ils font leur métier parce qu'ils l'aiment”… »

Courant 2015, quelques mois avant son départ, un nouvel incident achève de convaincre Sylvie Champignac* de mettre les voiles. « Il y a une situation de crise au siège, raconte-t-elle : une salariée, qui est dans l'équipe commerciale de Lyon et que j'ai d'ailleurs vue la veille, a envoyé un mail à Christophe Durieux et à dix autres salariés. C'est un mail terrible où on a l'impression que c'est quelqu'un qui a perdu la raison, dans la tonalité, dans le choix des mots. Elle met en cause les pratiques de Durieux, on sent une personne en souffrance complète. Cette salariée, on ne sait pas où elle est. Elle dit qu'elle ira voir la presse. Et on sent qu'il y a des pensées suicidaires derrière. »

« Coupez son téléphone ! »

La DRH prend la mesure de la gravité de la situation. « Tout le monde est en panique et me demande comment on doit réagir, poursuit-elle. Et Christophe Durieux, l'une des premières idées qu'il donne, c'est : “Coupez son téléphone !” Il ne veut pas qu'elle puisse prévenir la presse. Mais pour moi, la première urgence, c'est la mise en sécurité de cette personne. Parce que c'est quelqu'un qui est en train de nous dire : je peux porter atteinte à ma vie. »

Sylvie Champignac* décide de passer à l'action. En fin d'après-midi, elle parvient à joindre la salariée en question, et le lendemain matin, elle saute dans le premier train pour Lyon. La DRH rencontre cette femme en souffrance en présence d'un délégué du personnel. D'un commun accord, elle la met en arrêt de travail avant d'entamer un processus de rupture conventionnelle.

Je suis parvenu à joindre, via la messagerie professionnelle LinkedIn, cette ancienne cadre de People&Baby. Nous n'aurons pas l'occasion d'échanger plus avant. Mais elle me transmet un message des plus explicites. « Pour faire suite à votre demande, je suis au regret de devoir décliner votre proposition. En 2015, j'ai été victime d'un burn-out très sévère qui a mis fin à ma carrière chez People&Baby. J'ai été malade de nombreux mois et pour mon équilibre personnel, je ne souhaite pas repenser à cette période. »

Sylvie Champignac* quitte l'entreprise en février 2016, avec le sentiment d'avoir fait avancer la politique RH du groupe, tout en sachant pertinemment que cela n'a pas permis de modifier en profondeur les conditions de travail des équipes. Son cas est loin d'être isolé. Prenez cet ancien responsable opérationnel de People&Baby qui, comme tant d'autres, a accepté de témoigner à visage découvert.

Éric Ferreira a passé plus de dix ans dans le secteur de la petite enfance, notamment de juin 2015 à septembre 2017, comme responsable opérationnel People d'une zone couvrant la Marne, les Ardennes et la Moselle, et comptabilisant une vingtaine de structures. Un point parmi d'autres l'a particulièrement marqué : l'organisation des plannings.

Cet homme d'une quarantaine d'années m'indique qu'il devait gérer ses micro-crèches d'une dizaine de berceaux avec seulement 3,5 ETP (équivalents temps plein) quand d'autres gestionnaires prévoient, au minimum, pour le même type de structures, un demi-poste en plus (4 ETP). Cette masse salariale contrainte l'oblige à faire preuve d'ingéniosité. « On sait que pendant la sieste on a besoin de moins de professionnelles et d'un peu plus pendant les repas. Donc pour que l'organisation tienne avec ce nombre d'ETP, on obligeait les filles à faire de longues pauses non rémunérées entre 12 heures et 16 heures, ce qui faisait qu'elles se retrouvaient à rester sur place de 7 heures à 19 heures ».

D'après le témoignage de cet ancien responsable opérationnel, cette gestion dégradée de la masse salariale impactait le bien-être des salariés et ne faisait qu'accentuer les problématiques de turnover. « Je peux vous dire que les filles, après douze heures dans les jambes, elles perdaient leur bonne humeur et leur patience. Chez People, les professionnelles n'étaient clairement pas dans une situation confortable et pourtant c'est essentiel pour bien travailler, surtout en présence d'enfants. Combien de fois des directrices sont venues me voir en me disant : "Arrête ! Mes équipes, elles sont épuisées." »

People, tout en respectant les ratios en vigueur, a choisi de tirer au maximum sur les effectifs. Pour récupérer toujours plus de cash.

Chapitre 22

Le manuel de la parfaite commerciale

Quand un groupe dysfonctionne depuis son sommet – et non sa base –, la probabilité que l'ensemble des pôles (RH, finance, achats, développement, travaux…) développent de mauvaises pratiques est élevée. Un nouveau témoignage, provenant d'une ancienne commerciale de People&Baby (qui nous avait relaté l'épisode de l'arrivée en hélicoptère de Christophe Durieux), m'en apporte la confirmation.

Janik Busin, vingt-huit ans, est du genre volontariste, au point de pouvoir en paraître suspecte. C'est l'une des premières employées de People à avoir pris contact avec Zohra* à la suite de son appel lancé sur RMC, en juin 2022. Elle ne cache rien de son identité. Plus surprenant encore : elle semble prête à livrer des informations déterminantes alors même qu'elle est toujours en poste. Craignant que son collectif ne se fasse infiltrer, Zohra* stoppe rapidement les échanges avec elle. Lorsqu'elle me transmet l'identité de ce témoin peu ordinaire en janvier 2023, Janik Busin ne fait plus partie des effectifs de l'entreprise mais Zohra* m'invite tout de même à faire preuve de la plus grande prudence. À l'instant même où je la vois débarquer d'un pas décidé au Couvent des

Minimes, je pressens que j'ai affaire non à une taupe, mais à une lanceuse d'alerte. L'ancienne commerciale affiche la radicalité de la jeunesse engagée. Pour certains, les risques professionnels, juridiques et même personnels pèsent peu. Leur credo : si vous voulez évoluer vers une société plus juste, il faut prendre sa part. Point.

Cette jeune femme blonde, carrure de nageuse, sourire commerçant, a la poigne de ceux qui ont porté des cartons dans les arrière-salles des fast-foods. Sa carrière professionnelle débute à dix-huit ans, sans diplôme. Pas même le bac. Elle s'essaie d'abord à la restauration, en tant qu'équipière McDonald's, puis serveuse aux 3 Brasseurs, dans la banlieue de Tourcoing. En 2017, elle bascule vers le métier de commerciale, naviguant des solutions télécoms à la vente de régimes Comme j'aime. L'aventure People démarre, pour elle, en août 2019, enceinte de son premier enfant, Élisabeth. Si elle témoigne aujourd'hui, c'est forte de cette double casquette, celle de jeune maman ayant expérimenté les crèches du groupe et celle de salariée. Toutes deux lui ont laissé un arrière-goût de rouille.

Élisabeth a intégré l'établissement de la ville de Carvin, dans le Nord, Les Premiers Pas, le 26 août 2019, le jour même de la prise de poste de sa mère. « Carvin, c'est une crèche de 72 places et c'est clairement une usine à bébés, résume crûment Janik Busin. Ma fille dormait mal. L'alimentation était compliquée. Et surtout, elle avait des érythèmes fessiers à répétition. »

« *Une petite fille a mangé une pastille de Javel* »

Quelques mois après l'arrivée de ce duo mère-fille au sein de People&Baby, le covid fait irruption, la France découvre bientôt les joies du confinement. La jeune mère passe du temps avec sa fille, à la maison, tout en continuant à travailler pour le groupe, en distanciel. Les érythèmes fessiers s'estompent au point de devenir, à l'été 2020, un simple mauvais souvenir. Mais c'était sans compter le retour aux Premiers Pas. Fin septembre, quelques semaines seulement après la rentrée, Janik récupère sa fille en pleurs, les fesses en sang. « Je n'ai même pas pu la mettre au bain tellement elle hurlait », affirme-t-elle.

La commerciale alerte son manager et exige que sa fille quitte immédiatement cette crèche pour intégrer celle de Saint-Laurent-Blangy, située au rez-de-chaussée de leurs bureaux, ce qui lui permettrait de garder en permanence un œil sur elle. Janik obtient l'accord de son supérieur, ce qui fera les choux gras de toutes les mauvaises langues People. « On a balancé sur moi en disant que j'avais eu un passe-droit et que de toute façon, je faisais une fixette sur la crèche de Carvin, rapporte-t-elle. Sauf qu'une semaine plus tard, j'ai une collègue qui vient me voir en me disant : "Tu sais ce qui s'est passé à Carvin ? Une petite fille a mangé une pastille de Javel." C'était dû à un défaut de surveillance… »

Janik Busin me liste bien d'autres dysfonctionnements observés dans les crèches de son ancien employeur. Elle me révèle surtout un pan totalement méconnu du secteur de la petite enfance : la commercialisation des places de crèches. Cette professionnelle touche-à-tout avait la charge d'une trentaine de structures du Pas-de-Calais, de septembre 2019 à septembre 2022. Son travail consistait à vendre le maximum de berceaux aux tarifs les plus élevés possibles. La formation n'a duré que quelques heures, le temps de l'initier aux différents modes de financement du secteur.

Rappelons-le, une place en crèche génère deux sources de revenus. En premier lieu, un réservataire (mairie, collectivité, entreprise) bloque un certain nombre de berceaux pour une ou plusieurs années. Grosso modo, ce prix de réservation tourne autour de 10 000 euros par an, étant entendu que les places réglées par les municipalités rapportent en général moins que les crèches d'entreprises. Vient ensuite la partie famille + financement CAF, qui représente environ 1 000 euros par mois, soit 11 000 par an (en déduisant août) pour l'occupation de la place. Au total, un berceau produit donc environ 20 000 euros de chiffre d'affaires par an. Voilà pour le principe. Maintenant, si vous avez un peu d'imagination, rien ne vous empêche d'inventer de nouvelles sources de revenus, parfois au détriment des parents. C'est ce qu'a fait People&Baby ces dernières années, sans que la Direction générale de la concurrence, de la consommation et de la répression des fraudes (DGCCRF) s'en émeuve. Ces petits « à-côtés » se cachent souvent (et encore, pas toujours) en fin de contrat et en tout petits caractères.

« On ne rend pas les cautions si les parents ne les réclament pas ! »

Le premier d'entre eux est d'une banalité sans nom. Respectant les règles légales, People&Baby réclame aux parents, lors de la signature de leur contrat, le versement d'une somme, l'équivalent d'un dépôt de garantie comme le réclame un bailleur à son locataire, afin de prévenir les impayés et d'éventuels frais complémentaires. Jusque-là, rien d'anormal, me direz-vous. Ce montant doit, logiquement, vous être remboursé au moment de la libération du berceau. Or, chez People&Baby, du moins si l'on se fie au témoignage de Janik Busin, les choses ne se passaient pas aussi simplement semble-t-il. « Dans les faits, on ne rendait pas de dépôt de garantie s'il n'y avait pas une demande expresse des familles, raconte l'ancienne commerciale. Moi, on m'a appris à ne pas faire aux autres ce que je n'aimerais pas qu'on me fasse. Donc je prévenais les clients. Mais tous les jours on voyait des parents ne pas récupérer leur dépôt de garantie, c'était normal. » D'après la commerciale, le fait de réclamer ne permettait pas toujours aux parents de récupérer leur argent. « Même quand les clients nous contactaient pour nous demander le remboursement du dépôt de garantie, c'était compliqué, m'affirme-t-elle. On transmettait au siège et ça ne bougeait pas. »

Le témoignage d'une ancienne cadre ayant officié entre 2007 et 2009 (celle qui nous avait conté l'anecdote de la carte handicapée de Christophe Durieux) me permet de mesurer à quel point cette pratique est ancrée dans l'ADN du groupe. « Ça remonte à plus de quinze ans, on était en réunion en train de discuter de ces fameux dépôts de garantie, se remémore-t-elle. Je m'inquiète du fait que des parents puissent oublier de la réclamer trois ans plus tard, alors que leurs enfants entrent à l'école et qu'ils ont mille choses à penser. Et là, Durieux balance, texto : "On ne rend pas les cautions si les parents ne les demandent pas." Je lui dis que c'est du vol. Et lui, il me répond : "Oh, tout de suite, les grands mots !" »

Sollicité à la fin de ce travail d'enquête, le couple fondateur conteste fermement avoir transmis de telles consignes aux équipes. « Moi, j'ai entendu ça chez deux autres de nos concurrents, affirme Durieux. Mais je n'ai pas envie de les bâcher. Chez nous, jamais on n'a entendu parler de cette histoire de dépôt de garantie. Chez nous, tout est automatisé ! C'est un salarié qui est parti aigri qui vous raconte ça. »

Des idées pour augmenter ses marges, le patron de People&Baby en a des pelletées. La suivante, bien plus récente (2017-2018), est une pure invention du groupe.

D'après mes informations, aucun autre gestionnaire privé n'y a jamais pensé. Il s'agit de la GRA. Le sigle signifie : garantie de réservation anticipée. Le principe est d'une simplicité biblique et d'une efficacité sans pareille. Tout d'abord, vous faites comprendre aux parents qui envisagent de signer un contrat pour une occupation effective dans plusieurs mois que les places sont rares et la demande inépuisable. Ensuite, vous leur annoncez la nouvelle : s'ils veulent une place garantie à date fixe, ils devront payer, avant même l'arrivée de leur enfant à la crèche, 50 % du prix du berceau entre le moment de la signature du contrat et le jour de leur arrivée. De nombreux parents, en désespoir de cause, acceptent, sans même questionner la légalité de cette disposition.

J'ai eu l'occasion d'en discuter avec une ancienne responsable de l'administration des ventes – souhaitant rester anonyme –, Ariana Siscou*, qui connaît parfaitement ce procédé pour en avoir été l'une des instigatrices. « C'est Durieux qui a eu l'idée des GRA, me dit-elle. En revanche, c'est moi qui les ai mises en place. Et ça ne m'a pas choquée plus que ça : on vous garantit une place. Donc voilà. Ça n'a rien d'illégal ! OK, c'est pas cool. Mais c'est pas illégal. »

« Pas cool », la légèreté de l'expression dit beaucoup de la manière dont certains cadres du siège de People&Baby voient les parents/clients. Comme des « machines à fric », synthétise Janik Busin, qui, à l'opposé d'Ariana Siscou*, avait parfaitement conscience du caractère douteux du procédé. « Tout le monde savait que c'était très "border", les GRA. On n'a d'ailleurs jamais su si c'était légal ou pas. Mais on nous incitait très fortement à le faire, me révèle-t-elle. Pour l'entreprise, c'est une source de revenus colossale. Imaginez que vous preniez une place à 15 000 euros que vous réservez six mois à l'avance, vous allez payer

50 % de six mois (7 500 euros). Cela fait 3 750 euros pour People&Baby. » Le groupe a inventé la pratique la plus rentable de tout le secteur en faisant payer à ses clients un service sans prestation !

Les commerciaux n'étaient pas les seuls à se questionner sur le bien-fondé de cette pratique. Sous couvert d'anonymat, un ancien directeur régional m'a confié avoir tenté à plusieurs reprises d'encadrer le développement des GRA. « Le principe de départ, il peut s'entendre. Lorsque vous bloquez en octobre une place pour quelqu'un qui arrive en cours d'année, en janvier par exemple, ce n'est pas illogique qu'on lui fasse payer quelque chose pour garantir sa place. Ça permet de couvrir une partie des charges fixes, m'a-t-il expliqué dans un premier temps. Après, c'est vrai qu'il y a eu des dérives Et moi, je disais à mes équipes d'arrêter les GRA pour les contrats qui démarrent en septembre, par exemple. Car ça n'avait aucun sens. » Mais tous les directeurs régionaux n'avaient pas ces scrupules. Et surtout, de manière plus structurelle, la direction générale elle-même incitait les commerciaux à imposer ce dispositif à leurs clients à travers un ingénieux système de primes.

« People se gavait, nous on touchait nos primes »

Avec l'aide de Janik Busin, j'ai pu documenter ces mécanismes. Un document, notamment, éclaire le fonctionnement commercial du groupe : la lettre de rémunération (de l'année 2022), listant les objectifs à atteindre et les primes potentielles.

Dans ce fichier interne, on apprend qu'elle devait générer un chiffre d'affaires de 600 000 euros par an et qu'elle touchait entre 0,3 et 0,6 % du prix par berceau obtenu.

Dans la troisième partie, consacrée à la GRA, on découvre également que les commerciaux gagnaient en moyenne 100 euros par mois de GRA pour « une garantie de réservation d'un minimum de deux mois pour 50 % du prix de vente ». D'après la commerciale, c'est ce système de primes qui a été à l'origine de l'explosion de ces dispositifs rémunérateurs. « Vous imaginez, s'exclame-t-elle, vous faites signer un contrat avec six mois de garantie de réservation anticipée. Vous touchez 600 euros, tout de suite. C'est énorme. Du coup, les commerciaux voulaient tous faire des GRA ! People se gavait, nous, on touchait nos primes. Et les parents trinquaient. »

Interrogé sur ce point, Christophe Durieux ne voit pas le problème et minimise l'utilisation de ce procédé. « Ce dispositif, il existe dans des crèches qui ont une forte demande. Ça représente environ 10 % de notre parc, soutient-il. Il y a des gens qui réservent en début d'année pour septembre et qui annulent en mai parce qu'ils ont obtenu une place en crèche publique. On perd alors un paquet de réservations. Les GRA nous ont permis d'enrayer le taux de résiliation d'au moins 50 %. »

Ce n'est pas tout. People&Baby s'est mis progressivement à ajouter des frais supplémentaires à ses contrats de berceaux. « Les frais de gestion, à mon époque, c'était 200 euros par an et par berceau, m'affirme Janik. People avait ajouté ça après le covid. Je leur avais dit : "Mais comment on justifie ces frais auprès de nos clients ?" On m'avait répondu : "Bah la ramette de papier qui augmente, l'inflation, quoi." Bim ! 200 euros de plus par an par enfant. Ni vu ni connu. » Ce qui avait encore plus heurté la commerciale, c'est lorsqu'on lui avait imposé d'ajouter ces frais sur des contrats déjà signés. « On s'est un peu rebiffés en expliquant : "On ne peut pas facturer ça. Si ce n'est pas dans le contrat, ce n'est pas légal" », s'indigne Janik Busin, qui assure qu'on lui aurait répondu : « C'est comme ça, et si les parents réclament, on les remboursera. »

Je demande de nouveau des explications au couple Durieux-Broglin, qui reconnaît avoir augmenté les frais administratifs tout en assurant que les montants sont négligeables.

Ces « à-côtés » peuvent sembler marginaux. Mais, mis bout à bout, ils ont commencé, année après année, à représenter une part de plus en plus significative des revenus de People&Baby. Un ancien directeur du développement commercial du groupe, particulièrement bien informé, a accepté de m'en dire davantage, tout en exigeant de conserver l'anonymat. D'après cet homme, que nous appellerons Alain Moresco*, cette manne se chiffrait en millions d'euros : « À mon époque (soit en 2020), quand vous additionniez les garanties de réservation anticipée, les dépôts de garantie non remboursés et les frais de gestion, cela représentait 3 millions d'euros par an. » Pour ce témoin de premier plan, qui a navigué près de huit ans dans les eaux troubles des services commerciaux de People, le véritable sujet est ailleurs.

Le moment est venu de plonger au cœur du système de financement des crèches privées.

Chapitre 23

Le jackpot de l'argent public

Il va être ici question d'argent public, donc de notre argent à tous.

Afin d'inciter les entreprises à réserver des places de berceaux pour améliorer l'équilibre vie privée/vie professionnelle de leurs salariés, l'État a mis en place, en 2004, le crédit d'impôt famille (Cifam). En l'état actuel de la réglementation, il permet aux sociétés de déduire de leurs impôts 50 % du prix du berceau. Ce à quoi il faut ajouter 25 % de déduction de l'impôt sur les sociétés. Cette niche fiscale est, bien évidemment, le premier argument de vente développé par tous les vendeurs du secteur – il suffit de se procurer une brochure commerciale pour s'en convaincre.

Grosso modo, lorsqu'une entreprise réserve un berceau à 10 000 euros par an, elle ne débourse, en fin de compte, que 2 500 euros, soit 200 euros par mois. Ce sont les finances publiques qui prennent en charge, via ces déductions fiscales, la plus grande partie de la dépense. Dans ce cas précis, environ 7 500 euros. Incontestablement, le Cifam a joué un rôle moteur, depuis 2004, dans le développement fulgurant des gestionnaires privés. Sans ce dispositif, le secteur s'écroule.

Pour ne pas voir la note s'envoler de manière totalement incontrôlable, l'État a posé des garde-fous. Par exemple celui-ci : une entreprise ne peut obtenir plus de 500 000 euros de déductions via le Cifam. Le cadre paraît, à première vue, bien défini et on a du mal à imaginer de quelle façon il serait possible de le contourner. C'est sans compter, là encore, sur l'ingéniosité de People&Baby, d'après les témoignages de nombreux cadres.

Première « astuce » : selon Janik Busin, les commerciaux du groupe ont fait signer des contrats non pas à des entreprises mais à des médecins ou des infirmiers, alors qu'ils ne respectaient pas les conditions permettant de bénéficier de ce dispositif. « Il y a beaucoup d'équipes, comme celle de Lille, qui n'alertaient pas les clients, jure-t-elle. On montait des contrats d'entreprise avec des professions libérales, notamment des infirmières. C'était “border” au niveau de la législation. S'il y avait un contrôle, elles étaient obligées de rembourser le Cifam et se prenaient une amende. »

Alain Moresco*, l'ancien directeur du développement commercial de People, est allé encore plus loin en me révélant que pour signer un maximum de contrats, ses équipes poussaient les clients sans se soucier de la seconde condition, le fait de faire bénéficier des berceaux à ses salariés. « Honnêtement, c'est un manque de professionnalisme de notre part, m'a-t-il expliqué, avec une franchise déconcertante. 60 % de nos clients, ce sont des parents gérants. C'est-à-dire, en gros, le mec qui a une société et qui prend une place pour lui, pas pour ses salariés. La place en crèche, elle n'est pas nominative. Donc on ne peut pas remonter jusqu'au bénéficiaire. Il nous arrivait même, m'a-t-il encore révélé, de dire à certains clients : “La place n'est pas nominative. Donc si vous avez un proche qui a une société – un ami, un cousin –, il la prend pour vous et vous bénéficiez de la place en crèche.” »

Janik Busin me rapporte une autre dérive de certains commerciaux, le fait de faire peser les garanties de réservation anticipée inventées par le groupe sur les finances publiques. « Déjà que c'était limite, mais, en plus, on disait aux familles de faire passer les GRA avec le Cifam pour se faire rembourser la moitié. Je ne sais pas comment ils géraient ça avec leur comptable. » Pour dire les choses plus simplement, le système permettait de faire financer par l'État des berceaux sans bébés.

À ce niveau-là de malice, c'est du grand art.

« Ils sont prêts à tout pour une place de crèche en bas de chez eux »

Autre exemple particulièrement éclairant : on l'a dit, l'État, afin d'éviter des dépenses excessives, a donc limité la déduction Cifam à 500 000 euros par entreprise faisant appel à un opérateur de crèches. Le hic, c'est que personne n'a pensé à fixer un plafond par prix de berceau. Un oubli que People n'a pas tardé à exploiter.

Les autres leaders du secteur, tels que Babilou et Les Petits Chaperons Rouges, ont opté pour un développement « grands comptes », c'est-à-dire que la majorité de leurs clients sont des PME ayant entre 250 et 4 999 salariés, ou de grosses entreprises. On peut citer pêle-mêle L'Oréal, Danone, Orange, Axa, etc. De cette stratégie découlent des volumes de ventes importants. Et assez logiquement, plus il y a de berceaux réservés par client, moins le prix à l'unité est élevé. D'après mes informations, les prix proposés à ces entreprises varient entre 13 000 et 20 000 euros. Avec une moyenne qu'on pourrait fixer à 15 000 euros.

People&Baby s'est spécialisé dans un tout autre segment. En partie à cause d'une mauvaise réputation qui s'est propagée, année après année, dans les milieux économiques, le gestionnaire s'est tourné vers une autre cible : les micro-entreprises (moins de 10 salariés) et les entreprises individuelles, qui par définition prennent peu de berceaux et n'atteignent jamais le plafond des 500 000 euros. La stratégie était bien réfléchie : cibler les beaux quartiers, où les loyers sont chers et où l'on trouve des profils aux rémunérations conséquentes, tels que les avocats, les médecins, les notaires, etc. Compte tenu de la rareté des places et du profil de ces clients prestigieux, il était alors possible d'exploser les tarifs des berceaux, ce que m'a confirmé l'ancien directeur commercial, Alain Moresco*. « Sur ce secteur des crèches d'entreprises, on était 30 % plus chers que nos concurrents, affirme-t-il. Ce sont des crèches qu'on installait dans des milieux assez élevés, genre Saint-Cloud ou Boulogne. Ces gens-là, ils s'en fichent royalement du tarif. Ils sont prêts à tout pour une place en crèche en bas de chez eux. Je me suis déjà retrouvé à vendre des places à 27 000 euros », révèle-t-il, non sans une certaine fierté.

Pour People, c'est évidemment le jackpot. Pour les finances publiques, c'est une tout autre histoire. Le système avait été conçu à l'origine dans l'idée de financer environ 11 000 euros par berceau (soit 75 % de 15 000 euros). La pratique développée par People&Baby exige jusqu'au double d'argent public, un peu plus de 20 000 euros (75 % de 27 000 euros). Pour comprendre comment et pourquoi un gestionnaire de crèches a pu dériver à ce point, il me faut, à ce stade du récit, rembobiner très légèrement le film.

Et revenir au mitan des années 2010, une période charnière dans l'histoire du groupe, celle du passage à la maturité.

Chapitre 24

La grenouille et le bœuf

People&Baby, c'est La Fontaine qui en parle le mieux. L'une de ses plus fameuses fables, « La grenouille qui veut se faire aussi grosse que le bœuf », paraît avoir été écrite pour le groupe privé, plus exactement son fondateur. Son histoire n'est-elle pas celle d'une fuite en avant permanente, celle d'un homme prêt à tout pour permettre à sa société de grossir, au point de la mettre en péril ?

L'homme qui nous la narre, c'est un ancien directeur général adjoint du groupe, déjà évoqué dans le chapitre consacré aux pratiques RH sous le nom de Bruno Simon*. Si ses activités actuelles ne lui permettent pas de s'exprimer sous sa véritable identité, il a accepté d'être enregistré, m'a transmis un grand nombre de documents et s'est dit prêt à témoigner en justice si nécessaire.

L'aventure débute pour lui en 2013, alors que People&Baby a déjà effectué plusieurs levées de capitaux. En 2007, le fonds Développement et Partenariat injecte 3 millions d'euros pour 20 % de l'actionnariat. Deux ans plus tard, Audacia apporte 2,5 millions, en échange de 5,3 % du groupe. Le point de bascule se joue en 2011, avec l'arrivée de deux acteurs économiques majeurs : la

Caisse des dépôts (devenue la BPI, la Banque publique d'investissement), bras financier de l'État, adossée à l'un des fonds de la banque CIC (CM-CIC Investissement). Ces derniers rachètent la part du premier investisseur et souscrivent à de nouvelles obligations convertibles pour une prise de participation de 30 % du capital, soit près de 15 millions d'euros. Les 65 % restants demeurent entre les mains des fondateurs, Christophe et Odile, qui n'ont aucunement l'intention de perdre les rênes de leur groupe.

« Les comptes de l'année ont été refusés »

People&Baby est alors en passe d'entrer dans la cour des grands, mais derrière la luxueuse façade se cache une organisation pour le moins chaotique. Peu après leur prise de participation, les deux actionnaires institutionnels s'aperçoivent, non sans inquiétude, que le bazar règne du côté de l'avenue Hoche. Ce sont eux qui vont imposer l'embauche d'un nouveau directeur financier, plus expérimenté, afin de remettre la maison People en ordre de marche. Bruno Simon*, qui bénéficie donc également du titre de directeur général adjoint, ne sera pas déçu du voyage. « Moi, quand je débarque, il n'y a plus de compta qui tourne, assure-t-il. Les comptes de l'année ont été refusés, le commissaire aux comptes est démissionnaire, et le directeur financier précédent quitte le navire en burn-out. La société n'était plus capable de faire de reportings, c'est-à-dire des clôtures mensuelles. On ne pouvait même pas suivre l'évolution de la trésorerie. »

Nous l'avons déjà entendu de la bouche de plusieurs salariés, notamment des directrices de crèches, People&Baby souffre d'avoir grossi trop vite. Les services internes sont dépassés, qu'il s'agisse des ressources humaines, du service des achats ou encore du contrôle de gestion. Face à la complexité du chantier, le nouveau DGA est contraint de faire appel à un prestataire externe pour l'aider à harmoniser les processus de facturation, de recouvrement et de gestion de la trésorerie.

« De toute façon, je les emmerde. C'est ma boîte ! »

En septembre 2013, le tout premier reporting mensuel est édité. Sont mentionnés le compte de résultat, la prévision de trésorerie ou encore l'évolution des impayés. Comme l'exige le pacte d'actionnaires signé en 2011, ces éléments doivent être transmis à la Caisse des dépôts et à CM-CIC Investissement afin qu'ils puissent suivre l'évolution de la société dans laquelle ils ont investi plusieurs millions d'euros. Mais Christophe Durieux ne semble pas pressé de jouer la transparence. Peu importe qu'un poids lourd comme la Caisse des dépôts soit de la partie. « Je me souviens qu'il traînait les pieds pour qu'on envoie ces reportings aux actionnaires », affirme l'ancien DGA. Bruno Simon* poursuit, outré : « Durieux avait pourtant des obligations. Il était censé fournir des documents à ces fonds, organiser des réunions régulières. À chaque fois, il me balançait : "De toute façon, je les emmerde. C'est ma boîte ! Je fais ce que je veux. Ils sont minoritaires. S'ils ne sont pas contents, ils n'ont qu'à vendre." En face, les deux femmes qui géraient cette participation n'en revenaient pas. »

En fouillant dans les comptes, le DGA/directeur financier comprend que la société prend l'eau de toute part, qu'elle ne gagne en réalité pas d'argent. Pire, elle en perd. Si People&Baby possède plusieurs contrats historiques particulièrement rentables avec des entreprises qui ne regardent pas à la dépense, le reste se révèle peu lucratif, voire carrément déficitaire. « Sur les 200 crèches, il y en avait dix qui faisaient perdre un fric dingue à la boîte, un ventre mou qui ne gagnait absolument pas un rond, et une vingtaine de structures qui faisaient vivre People, développe mon précieux témoin. Il y avait genre deux structures pour Total, une crèche pour Dior, les berceaux de la Société générale. Tu pouvais supprimer tout le reste du groupe, tu gagnais autant d'argent. »

Pour mieux comprendre la situation de l'entreprise, observons brièvement ses comptes. Ce qu'il est intéressant de noter, c'est que son chiffre d'affaires progresse, année après année, de manière spectaculaire : 15 millions d'euros en 2008, 47 millions en 2011, 60 millions en 2012, près de 76 millions en 2014. People&Baby connaît alors des taux de croissance annuels à deux, voire trois chiffres. Logiquement, la dynamique est identique du côté des berceaux, dont le nombre passe de 1 350 en 2008 à plus de 4 100 en 2014.

Le résultat d'exploitation, lui, est déficitaire en 2011 (de plus d'un million d'euros), en 2012 (de près de 2,5 millions d'euros) et en 2014 (de 500 000 euros). Et tout juste bénéficiaire en 2013 (+ 871 000 euros). En clair, People&Baby n'est pas un groupe rentable. C'est surprenant, mais c'est ainsi.

Dès lors, une question s'impose : pourquoi un homme comme Christophe Durieux persiste-t-il dans une telle dynamique depuis dix ans, en conservant tant de crèches non rentables ?

L'ancien DGA nous donne un premier élément de réponse : d'après Bruno Simon*, le patron de People&Baby n'avait pas de vision à long terme. Son objectif premier était de conquérir des parts de marché. Et pour ce faire, il n'hésitait pas à casser les prix sur certains segments, notamment les crèches en délégations de service public. À partir de 2010, People&Baby remporte une série d'appels d'offres lancés par les collectivités locales (Paris, Schiltigheim, Avon, Issy-les-Moulineaux, etc.), coiffant au poteau la plupart de ses concurrents. En 2014, le groupe possède déjà plus d'une cinquantaine de DSP, soit un tiers de son réseau. À en croire Bruno Simon*, derrière cette partie de Monopoly géante, menée tambour battant avec les trois autres leaders du secteur, se jouait une guerre des ego, en particulier vis-à-vis de son rival de toujours, Babilou. « Il était du genre à pouvoir baisser un berceau de DSP à 4 000 balles pour gagner un marché et faire la nique à Babilou », raille Bruno Simon*.

À maintes reprises, l'ex-numéro deux de People&Baby a pu mesurer l'aversion de Christophe Durieux pour les fondateurs de Babilou. Si l'on se fie à son récit, Durieux, dès que l'occasion se présentait, livrait anecdotes, blagues douteuses et histoires inventées de toutes pièces. « Il expliquait que les frères Carle, c'étaient les Dalton, m'affirme ma source. Rodolphe, c'était Joe, le plus intelligent de tous. Et ensuite, ça allait decrescendo. Le second, qui a cofondé Babilou, c'était censé être le faire-valoir du premier. Et le troisième, qui était chauffeur de taxi, Rodolphe l'utilisait pour les basses œuvres. D'après Durieux, dès qu'ils avaient un invité de marque, un client, un investisseur qui se rendait chez eux, ils appelaient ensuite un taxi pour le faire raccompagner. Mais pas n'importe lequel : c'était le troisième frère, qui en profitait pour écouter, en douce, les conversations du passager. Voilà le genre d'histoires que Durieux adorait partager. »

« C'est une catastrophe, ce groupe, vous devriez vous renseigner sur eux »

Cette obsession pour Babilou, l'ancien numéro deux de People&Baby n'est pas le seul à me l'avoir décrite. Odette

Andrade, ex-directrice grands comptes de People&Baby de 2010 à 2015, avant de rejoindre les rangs de son rival, témoigne : « On sentait qu'il y avait quelque chose de malsain avec Babilou et que ça jouait, notamment, lors des appels d'offres de DSP. Christophe Durieux discréditait son concurrent en disant : "C'est une catastrophe, ce groupe, vous devriez vous renseigner sur eux." » Marie Defrance, coordinatrice People de 2009 à 2011, ne dit pas autre chose : « Parce qu'il avait envie de les faire chier, Durieux cherchait à embaucher tout l'état-major de Babilou, le directeur du développement, le DAF, etc. » Même son de cloche du côté de l'ancienne DRH, Sylvie Champignac* : « On sentait que faire la nique à n'importe quel prix à Babilou, c'était ce qui le faisait se lever le matin ! Et cela, indépendamment parfois de toute considération économique… C'était en dehors du rationnel. »

Du fait de ce développement à marche forcée, la trésorerie ne suivait pas et le groupe s'est habitué à fonctionner en permanence en « mode dégradé ». Le DGA de People&Baby a eu l'occasion de s'en rendre compte au quotidien. Il se souvient, par exemple, des dysfonctionnements affectant les services informatiques. « Il n'y avait pas de direction technique, me dit-il, il y avait deux mecs dans un cagibi qui paramétraient les ordinateurs, c'est tout. » Bruno Simon* se remémore également la fois où il s'est retrouvé à gérer les congés payés des milliers de salariés du groupe à l'aide de simples tableaux Excel, sans aucune application dédiée. Il me décrit, au fil de nos rencontres, une société à la gestion anarchique menée par une équipe dirigeante loin d'être au niveau.

Malgré les levées de fonds, les afflux réguliers de cash, Christophe Durieux continue à chercher sans relâche les économies dans toutes les lignes comptables. Chez People, pas besoin de recruter un « cost killer », le patron s'en charge.

Les exemples les plus frappants viennent du service des achats. L'ancien responsable de ce pôle (de 2014 à 2015), Yoann Sozon*, que nous avons déjà croisé, m'a confié son exaspération de devoir sans cesse gérer des économies de bouts de chandelle. « Quand je suis arrivé, Durieux signait tout, intégralement. Tout ce qui était notes de frais des directrices de crèches, par exemple ! s'offusque-t-il. Il checkait tout ! Je me souviens notamment d'un moment où je devais acheter une machine à laver pour une crèche, à la suite d'une panne. Il y a un spécialiste avec qui je bosse depuis toujours, il est top. Eh bien, Durieux refuse de me signer le bon de commande en m'expliquant qu'il a trouvé, la veille au soir, des promos sur Cdiscount. Le président qui te fait chier pour gagner 50 balles sur une commande de machine à laver, c'est lunaire. Sachant qu'en plus, on était sur du bas de gamme. Ça devait coûter 300 ou 400 balles. Aller gratter 15 % là-dessus, ça n'a pas de sens… »

Vous souvenez-vous des révélations de Cyrielle Sauze, l'ancienne responsable opérationnelle des Yvelines ? Elle se plaignait de devoir, en permanence, gérer des problèmes de maintenance…

Contrairement à ce que j'avais pu imaginer en me lançant dans cette enquête, il ne s'agit pas d'incidents isolés. Les dérives sont bel et bien systémiques.

Chapitre 25

Les dindons de la farce

Ils sont au courant de votre livre, ils sont en stress total, ils sont en train de tout verrouiller, toutes les personnes clés…

Ce vent de panique qui a, semble-t-il, soufflé dans l'entourage du boss de People&Baby m'a été relaté en décembre 2023, sous le sceau de l'anonymat, par un cadre du siège sur le départ. À plusieurs reprises durant mes investigations, j'ai pu ressentir moi-même ce souffle. Par exemple lorsque les dirigeants de People se sont mis, les uns après les autres, à consulter mon profil sur les réseaux sociaux ; ou en apprenant que des témoins contactés s'étaient empressés de transférer mes messages à la direction générale ; et plus encore, lors de rendez-vous avec des sources aussi curieuses que potinières.

« Que vous ne pensiez pas que j'enregistre notre conversation… »

Les échanges menés avec un ancien directeur commercial sont à cet égard révélateurs. Son parcours appelait, de toute évidence, à la prudence. Il s'agit de François Baumelou, déjà croisé dans les chapitres précédents. C'est lui qui avait maladroitement garé sa voiture de fonction Babilou avenue Hoche, au pied du siège de People&Baby, alors qu'il était en arrêt maladie. Ses patrons d'alors, les frères Carle, avaient porté plainte, quelques mois plus tard, constatant le vol de leur précieux fichier clients. Deux mois après l'audience, qui s'est tenue au tribunal judiciaire de Nanterre, François Baumelou a finalement été reconnu coupable, dans un jugement du 28 mars 2023, d'abus de confiance, et condamné à une peine d'amende de 20 000 euros. Christophe Durieux a lui été déclaré coupable de recel de bien provenant d'un abus de confiance, tout comme People&Baby. Ils ont également écopé d'une peine d'amende de 20 000 euros pour le dirigeant et de 30 000 euros pour l'entreprise. Tous trois ont fait appel de cette décision. L'affaire étant toujours en cours, ils sont présumés innocents.

Alors qu'ils étaient encore dans le public, attendant leur tour en se chuchotant à l'oreille, j'avais pu mesurer la proximité des deux hommes. C'est pourquoi j'ai été particulièrement surpris que cet ancien cadre accepte de me rencontrer. Pour se justifier, il a mis en avant sa nouvelle vie de directeur d'Ehpad et le choc ressenti à la lecture des *Fossoyeurs*, m'assurant qu'il avait à cœur de m'aider dans ce nouveau travail d'enquête.

Lors de notre rencontre, en septembre 2023, il me lance, à peine installé : « Bon ! Pour que tout le monde soit rassuré, j'éteins mon portable et le range dans mon sac… Histoire que vous ne pensiez pas que j'enregistre notre conversation. » Le genre de phrase qui, paradoxalement, a tendance à m'alerter. Des quelque trois cents témoins que j'ai interrogés dans le cadre de cette enquête, c'est bien le seul à m'avoir signifié qu'il n'avait pas l'intention de m'enregistrer. Manifestement, les autres n'y avaient même pas pensé. Avec Baumelou, j'aborde un grand nombre de thématiques : la gestion de la trésorerie, les pratiques commerciales, le surbooking, la rentabilité des micro-crèches, etc. L'ex-cadre ne ferme aucune porte, répondant à chacune de mes interrogations, sans pour autant proposer la moindre révélation, se bornant à confirmer des points de-ci, de-là.

Au bout d'une heure de discussion somme toute intéressante, l'ambiance prend soudainement une tournure étrange, lorsqu'il m'invite à me détourner des sujets « mineurs » liés à People pour me concentrer sur des affaires plus « sérieuses », concernant l'un des concurrents directs du groupe. « Les points de vigilance, c'est quoi ? C'est de faire en sorte qu'un patron ne puisse pas avoir de pouvoir d'influence sur les politiciens. Ça, c'est un sujet, me dit-il ! Quand je vous vois vous attaquer à People pour savoir si on remboursait ou non les dépôts de garantie, je me dis : on est à côté du sujet. Savoir qu'il y a des soirées “Bunga Bunga” qui sont organisées avec les politiciens, ça, ça me fait chier. »

Mon interlocuteur, encouragé par mon regard interrogatif, poursuit : « Vous savez quand même ce que sont les soirées “Bunga Bunga” ? » Je sais qu'il fait référence aux parties fines organisées par l'ex-Premier ministre italien, Silvio Berlusconi, qui donnèrent lieu au scandale du « Rubygate » et à l'ouverture d'une enquête pour « incitation de mineure à la prostitution ». Je lui demande à qui il fait allusion. « X, en fait, me répond-il. Dans son chalet. Je peux vous l'assurer. Et là, il y a du beau monde. Deux ans de suite, ça a été organisé. Auprès de politiciens, de banquiers… » Je l'invite à se montrer plus précis. « Je ne les ai pas là, mais je vous donnerai les noms des invités, me dit-il. Je suis encore en contact avec un mec qui y allait. Le vendredi, c'était grosse bouffe, etc. Et ensuite, il y avait des camions qui arrivaient, pleins de prostituées. Derrière, à partir du samedi, c'était : “Bon bah, les gars, maintenant, comment on négocie notre truc ?" C'est pour ça que je vous dis : le vrai dossier, c'est le lobby qui est fait dans le secteur. »

Peu après m'avoir invité à enquêter sur ces soirées orgiaques, supposément organisées par l'un des leaders du secteur des crèches, Baumelou me propose de lui donner la liste de mes différentes pistes d'investigation, se faisant fort de m'apporter des éléments de preuve. Méfiant, je ferai évidemment le service minimum.

L'ex-commercial a annulé, à la dernière minute, les rendez-vous suivants, les uns après les autres, prétextant des contretemps professionnels. Il ne m'a transmis aucun document sur People&Baby. Pas plus de précisions à propos de ces prestigieuses personnalités qui auraient été disposées à brader des berceaux à la suite de négociations en chambre. Après de nombreuses relances, je lui fais parvenir cet ultime message : « Cela fait bientôt deux mois que je n'arrive pas à vous joindre. Alors même que vous m'aviez assuré de m'aider dans cette enquête. Je vous avoue que j'ai du mal à comprendre. Il m'est arrivé de rencontrer des témoins qui étaient en service commandé pour leur direction générale ou leur ancien employeur. C'est toujours désolant… »

Si j'ai choisi de rapporter les accusations, ou plutôt les rumeurs, propagées par cet ancien cadre de People&Baby (tout en occultant le nom de la personne visée), c'est pour illustrer les méthodes à l'œuvre dans les coulisses du secteur de la petite enfance.

Durant ces deux années et demie d'enquête, mes relations avec People&Baby ont pris les contours d'une « drôle de guerre ». La direction générale n'a jamais tenté de prendre attache avec moi. Je n'ai subi aucune forme de pression, mis à part lors de ma rencontre avec le couple fondateur, en juin 2024. Mais régulièrement, des cadres du groupe étaient tenus informés de mes avancées. D'autres ont pris le risque d'aller au contact, cherchant à se renseigner, voire à orienter mes investigations. D'autres encore ont été invités par le patron de People à rédiger des attestations affirmant que je les avais poussés à ne parler que de sujets à charge. La direction de People a surtout tenté de limiter la casse, en surveillant de près les salariés susceptibles de « parler ». L'un des points qui inquiétaient tout particulièrement Christophe Durieux concernait le service des achats et sa gestion des fournisseurs du groupe.

Les nouvelles révélations de Yoann Sozon*, l'ancien directeur de ce pôle, sont édifiantes. Elles dépassent de loin les problématiques d'entretien des machines à laver déjà évoquées. Comme d'autres, il me rapporte que la radinerie légendaire de Christophe Durieux pouvait avoir des conséquences sur la sécurité de ses crèches. « Chez People, la politique, c'est : il faut trouver moins cher, accuse-t-il. Il y a des moments où je me suis pris personnellement la tête avec Christophe Durieux parce qu'on était sur des obligations légales. La vérification des portes automatiques, par exemple. On est obligé de contrôler tous les ans qu'elles se ferment bien toutes seules. Je lui présente le contrat de maintenance et il me dit : "Ça coûte combien de se prendre une amende si on ne le fait pas ?"… »

Des exemples de cette nature, Yoann Sozon* m'en livre une kyrielle. Il développe d'autres faits, plus pernicieux, déjà abordés par Cyrielle Sauze. « Il y a une politique qui fait qu'on a un énorme turnover chez People au niveau des fournisseurs, soutient-il. En gros, ils font bosser une boîte, ils ne la paient pas, et quand le fournisseur appelle le responsable, on lui dit : "Écoute, tu feras comme tout le monde. Tu nous attaqueras en justice. On te paiera dans trois ans quand on aura perdu le procès." Sauf qu'il y en a qui se pètent la gueule avant. Et si tu n'as pas les reins solides, tu ne vas pas au procès. Tu laisses tomber.

Et je peux vous l'assurer : rares sont ceux qui allaient au procès. » D'après le récit de cet ancien responsable des achats, la direction générale de People&Baby a développé depuis plusieurs années ce système, qui s'imposait aux équipes. Ou quand le « mauvais payeur » devient un business model…

Peu de temps après, je contacte l'ancien numéro deux du groupe, Bruno Simon*, pour savoir s'il confirme ou non ces dires. « C'est vrai qu'à mon époque, on avait des soucis avec plusieurs fournisseurs qui n'étaient pas payés, me répond-il. Elior, Wesco, etc. » Si l'ex-directeur financier admet cette mauvaise pratique, en l'expliquant par les cycles de trésorerie du secteur, liés aux versements de la CAF, l'ancien patron des achats va bien plus loin. « Ce n'était pas une question de trésorerie, dit-il. C'était une question de principe, clairement ! Parce qu'il ne payait pas les fournisseurs, mais, à côté, il rachetait plein de petits groupes de crèches. Quand on reprend une boîte 500 000, 2 millions ou 3 millions d'euros, il faut la lâcher, la thune ! De l'argent pour le développement, il y en avait, aucun souci. Mais pour payer les fournisseurs, non. »

« Dès le premier mois, j'avais des montagnes de factures non payées »

Difficultés de trésorerie ou pas, un nombre incalculable de fournisseurs de People&Baby se sont retrouvés le bec dans l'eau, avec des factures non réglées. Certains, à bout d'arguments, ont pris la décision radicale de stopper les livraisons. C'est le cas de Wesco, spécialiste du mobilier pour enfants. L'ancien responsable des achats, encore : « People ne payait pas, comme d'habitude. Et Wesco, qui est un acteur incontournable de la petite enfance, a dit : "Bon, on arrête ! Vous nous devez 40 000 ou 50 000 balles. On ne va pas vous livrer votre dernière commande." Là-haut, ils n'ont rien voulu savoir, ils n'ont pas payé. Et la crèche n'a pas pu ouvrir à temps parce que le matos n'était pas arrivé sur place. Ce qui est le plus dingue, c'est que sur ce coup, c'est People qui a attaqué Wesco en expliquant que faute d'avoir été livré dans les temps, ils avaient dû décaler l'ouverture de la crèche, ce qui avait entraîné un manque à gagner. Au final, ils ont perdu et ont dû payer trois ou quatre fois ce qu'ils auraient dû payer à la base à Wesco. » Dans un jugement du 2 février 2021, le tribunal de commerce de Niort a condamné People&Baby à payer 85 000 euros au titre des factures impayées et près de 150 000 euros de pénalités de retard. Cette décision a été confirmée par la cour d'appel de Poitiers en novembre 2022.

Yoann Sozon* me communique bien d'autres noms de fournisseurs mécontents : La Bovida, spécialisée dans le matériel de cuisine, Batisanté (dératisation, plomberie…), etc. Alice Régnier, l'ex-directrice multisite de 2014 à 2019 que nous avons déjà croisée, m'a cité elle aussi une longue liste de fournisseurs désireux de ne plus travailler avec People : Elior (restauration), Wesco (mobilier), Ogeo (jeux d'éveil), Haba (aménagement intérieur)…

Interrogé sur cette problématique, à la fin de mon enquête, le patron de People&Baby s'agace : « Vous ne trouvez pas que c'est un peu facile ? Il y a de la jalousie de la part de concurrents et d'anciens prestataires par rapport à notre qualité, justement, au fait qu'on soit désintéressés de l'argent. C'est vrai qu'il peut y avoir des conflits de temps en temps, dont certains ont pu entraîner des problèmes d'approvisionnement. En vingt ans, c'est bien normal. Mais c'est ponctuel. Il n'y a rien de systémique. Et puis le propre de l'entreprise, ce n'est pas d'avoir de la trésorerie qui dort. Il faut qu'elle soit réinvestie dans l'emploi et la création de places. »

Je me suis évidemment empressé de contacter ces sociétés échaudées. En premier lieu, l'entreprise Elior, la référence dans le domaine de la restauration en crèches, fournisseur principal des leaders du secteur. Le DG France lui-même, Jean-Yves Fontaine, accepte de me rencontrer. Plus inattendu, il me donne son accord pour que je cite son nom. « Dès le premier mois, j'avais des montagnes de factures non payées, s'indigne-t-il. J'ai dit : “C'est quoi ce bordel ?” En plus, les crèches ne se présentaient pas toutes sous la bannière People. C'était très compliqué à gérer. On a appelé le responsable des opérations, qui m'a raconté ce qu'il raconte à tous les clients : “Oui, oui ! On va vous envoyer le virement. On a pris du retard, bla bla.” Ils ont fini par payer, petit bout par petit bout, parce que je menaçais de rompre les contrats. »

Jean-Yves Fontaine est alors président d'Ansamble, l'une des filiales d'Elior. Il décide de ne plus répondre aux appels d'offres suivants, préférant perdre un gros client plutôt que de supporter ce type de mésaventures. Malheureusement pour lui, le contrat rompu, People se tourne vers une autre branche du groupe Elior, qui s'aventure à accepter un nouveau deal. « Elior a signé dans mon dos, m'apprend Jean-Yves Fontaine. Je leur avais pourtant déconseillé de le faire. Il se trouve qu'un an plus tard, en 2016, je prends du galon et entre au comité de direction d'Elior France. Là, je découvre qu'il y a de nouveau des impayés. Et qu'on atteint des sommes monumentales. Ce qui est plus inquiétant, c'est qu'il ne s'agit plus seulement de retards. People se met à contester nos factures. Chez Ansamble, on avait mis en place un système de commande par tablette. Il n'y avait pas de contestation possible. Chez Elior, c'est encore manuel. Et donc People en profite pour mettre en doute certaines livraisons. »

L'histoire ne s'arrête pas là. La pile des impayés ne cesse d'augmenter. People refuse de plus en plus de factures et réclame, en parallèle, que le fournisseur de repas renonce au délai légal de paiement à 30 jours. Grâce à plusieurs sources internes, j'ai pu me procurer des documents retraçant les coulisses de cette affaire. Dans un courrier d'octobre 2018 rédigé par Elior, on apprend que pour les seuls mois de novembre et décembre 2017, People a accumulé plus de 460 000 euros d'impayés. Afin de solder le dossier, le fournisseur propose une remise exceptionnelle de 5 % (soit 23 000 euros) et se dit prêt à porter le délai légal de paiement de 30 à 45 jours, à condition que People passe d'un paiement par virement au prélèvement, bien plus sécurisant.

« J'avais tellement honte de les avoir embarqués là-dedans »

Malgré toute la bonne volonté d'Elior, la crise se poursuit. Le total des impayés 2017-2018 atteint la somme astronomique de 1,1 million d'euros, soit 10 % de l'ensemble des factures émises par le groupe Elior depuis 2013. Le fournisseur finit par lâcher l'affaire en signant, le 20 mars 2019, un protocole d'accord transactionnel totalement confidentiel. En contrepartie d'un paiement immédiat de 545 000 euros de la part de son client, Elior renonce à l'ensemble de ses réclamations.

De cet exemple marquant, nous pouvons retenir au moins trois éléments. Les deux premiers tiennent à la méthode. Le troisième à la rationalité de cette stratégie. Tout d'abord, le fait que People conteste les factures, en l'espèce la livraison de certains repas. Nous verrons par la suite que cette technique se retrouve dans un grand nombre de dossiers. Le second point peut passer inaperçu mais il est déterminant : le siège de People&Baby impose à la plupart de ses fournisseurs des paiements par virement ou par chèque plutôt que par prélèvement, afin de retenir l'argent plus facilement. Enfin, troisième point : le coup de force paie ! Un grand nombre de fournisseurs préfèrent abandonner tout ou partie de leurs créances plutôt que de s'engager dans des années de procédure. Dans ce bras de fer d'impayés mené avec Elior, le gestionnaire de crèches a tout de même économisé un demi-million d'euros !

Christophe Durieux a, lui, un tout autre souvenir de cette histoire. S'il reconnaît des impayés, il indique que c'est People qui a décidé de changer de prestataire et non l'inverse. « Ils pensaient qu'à cause de ce million d'euros qu'on leur devait, ils allaient être gagnants dans le retour de l'appel d'offres suivant, sourit-il. Mais on n'était pas contents d'eux. Et on a pris un prestataire mieux disant. Ça a créé de l'amertume chez Elior de perdre ce marché alors qu'on était en plein développement. On les comprend… »

Mais la stratégie de People&Baby a ses limites : certaines entreprises aux reins suffisamment solides se rebellent parfois, y compris sur le terrain judiciaire. Voici quelques exemples :

En février 2020, Axa France, qui gérait la complémentaire santé des salariés du groupe, l'assigne pour plus d'un million d'euros de cotisations non réglées. Axa précise dans ses motivations que « People&Baby ne finance pas seul les cotisations d'assurance due », la moitié étant prélevée directement sur les salaires de ses collaborateurs. Un accord à l'amiable a finalement été trouvé, entraînant le désistement des deux parties.

En novembre 2018, Sodexo Pass France, chargée de la fourniture des tickets-restaurants, l'assigne en référé, réclamant le paiement de plus de 184 000 euros de factures en souffrance. Elle affirme que cette créance n'a jamais été contestée, mettant en exergue un mail du directeur de la trésorerie, M. Orlandi : « Dès mon retour de congés, le 29/08, je vous débloque 50 % de l'encours, pour aller au plus vite avant votre clôture. » La somme n'a jamais été virée. People&Baby a finalement été condamné à régler sa dette par le juge des référés, quelques semaines plus tard.

En février 2014, après une première assignation devant le tribunal de commerce de Lorient en 2010, la société Synchronicity expose son préjudice, lié au non-règlement de l'installation d'un jardin pour enfants dans la crèche de Chaville en 2009. Montant dû : 38 000 euros ! Après de multiples rebondissements, l'opérateur de crèches a finalement été condamné (en 2017) aux entiers dépens (règlement des frais de justice). Mais pas au paiement de la facture.

En mars 2023 (l'affaire est toujours pendante), la société Terreïs, propriétaire d'un local occupé par une crèche People&Baby, dépose une assignation en redressement judiciaire, après avoir tenté, en vain, d'obtenir le règlement de dizaines de milliers d'euros d'arriérés de loyers. Dans ses écrits devant le tribunal, le créancier se dit inquiet de l'état des finances de People, en se basant sur plusieurs signaux : des comptes non publiés, des charges d'exploitation en constante augmentation et l'existence de mouvements financiers intragroupe visant, selon lui, à « faire disparaître artificiellement les difficultés financières que subissent les nombreuses filiales du groupe ». Terreïs cite notamment l'abandon par le groupe d'une créance de 5 millions d'euros au profit de People&Baby développement, ou encore la mise à disposition par la société Groupe

People&Baby d'un prêt de 112 millions d'euros au profit de sa filiale People&Baby.

D'après ces informations, le niveau d'endettement financier de l'empire Durieux aurait atteint… 2 565,61 % !

On pourrait poursuivre *ad nauseam* ce triste inventaire des sociétés s'estimant lésées. Microstars, Advisorimmo, Leaders League, Monarch Agencement, Wellstone, Pianos Hanlet, Air bleu, Pouchain, Magestime, The Coding Machine, Wesco… Tout y passe : tickets-restaurants, honoraires d'agent immobilier, travaux, produits d'entretien, organisation d'événements, berceaux, fourniture de gaz, menuiserie, nettoyage de locaux, matériel de cuisine, location de pianos, etc. Que les factures s'élèvent à quelques centaines d'euros ou à plusieurs millions, qu'elles soient portées par des entreprises du CAC 40 ou des TPE, qu'elles remontent à 2005 ou 2024… Christophe Durieux contraint ses créanciers par dizaines à l'assigner, misant sans doute sur les proverbiales lenteurs de la justice ou les complexités juridiques de certains contrats. Gagner du temps, encore et toujours.

Le groupe People&Baby encombre ainsi les tribunaux, impacte la trésorerie des entreprises, voire leur survie. Alors même, rappelons-le, qu'il est parvenu à lever, depuis 2015, des dizaines de millions d'euros afin d'acquérir toujours plus de crèches.

Cette politique du « mauvais payeur », People ne l'a pas imposée qu'à des grandes entreprises telles qu'Elior, mais également à de tout petits prestataires locaux, y compris sur des montants totalement dérisoires. Cyrielle Sauze, l'ancienne directrice opérationnelle des Yvelines, en a été témoin, bien malgré elle. Quelques semaines après sa prise de poste, sa hiérarchie lui fait comprendre que People souhaite mettre en avant la nature au sein des établissements.

Elle s'empresse alors de trouver un prestataire afin de développer des activités autour de cette thématique. Son choix se porte sur une ferme pédagogique, « La Bergerie », basée à Saint-Arnoult-en-Yvelines. Cyrielle Sauze programme avec le couple gérant la ferme une visite par trimestre dans les sept micro-crèches qu'elle supervise autour de Rambouillet. « Ils débarquent en camion sur place avec des cochons, des poules, des chèvres, des moutons, se souvient-elle. Les enfants viennent caresser les animaux, les nourrir. C'est un vrai moment de joie. » Les visites se succèdent, d'octobre à décembre 2019.

Le couple transmet alors une première demande de règlement. Chaque intervention est facturée 150 euros. Au total, il y en a pour un peu plus de 1 000 euros. Une somme dérisoire au regard du chiffre d'affaires du groupe, alors proche de 150 millions d'euros. Il n'empêche : pour People&Baby, un sou est un sou et mieux vaut le garder dans sa poche le plus longtemps possible. Le loup est presque au sens propre dans « La Bergerie ». « En janvier, affirme Cyrielle Sauze, le mari m'appelle pour me dire : "Tu sais où en est le paiement ? On n'a toujours rien reçu." Je suis étonnée parce que j'ai bien transmis la facture à la compta. Il n'a rien reçu. Février, rien... Mais ils continuent quand même à faire leurs interventions. Parce qu'ils sont adorables. Ils viennent pour la dernière fois en juin, ils n'ont toujours pas été payés. Là, le mari me rappelle : "Écoute Cyrielle, je vais arrêter ! Parce qu'on ne peut plus continuer à bosser gratuitement." J'avais tellement honte de les avoir embarqués là-dedans... »

D'autant que « La Bergerie » est d'abord un projet social et même sociétal, tenue par une femme passionnée qui a recueilli sur son terrain des animaux destinés à l'abattoir, des chevaux de polo blessés, des béliers d'Ouessant, un poney abandonné, etc. Hélène, sa fondatrice, a eu l'idée d'en faire une ménagerie itinérante afin d'aller au contact des plus vulnérables, dans les maisons de retraite ou les crèches. Au cours de notre entretien, en mai 2023, elle me confirme avoir pris une décision radicale. Elle a stoppé toute relation commerciale avec People&Baby.

Chapitre 26

Les parents au banc des accusés

Pour gagner de l'argent, tous les moyens sont bons.

Outre la guérilla permanente qui l'oppose à ses fournisseurs, People&Baby va jusqu'à s'en prendre aux... parents ! J'ai en effet pu recenser des dizaines et des dizaines de procédures lancées, cette fois, non pas à l'encontre de, mais par People&Baby. Deux structures sont mobilisées pour prendre en étau les entreprises ciblées. D'un côté, la société Agir recouvrement se charge de déposer des demandes en injonction de payer. De l'autre, une avocate, Aurélie Thévenin, se charge de plaider la cause People auprès du tribunal de commerce de Paris.

Les cibles de People ? Ses propres clients, les parents des bébés dont il a la charge !

« Ils nous réclament 18 000 euros alors que ma fille n'a été que deux jours dans leur crèche »

Les choses se déroulent toujours selon le même *modus operandi* : une famille prend attache avec People&Baby pour obtenir un berceau. Les commerciaux, découvrant que l'un des deux parents est gérant, font le coup habituel et leur font comprendre que pour avoir une chance d'obtenir une place, il faut signer un contrat d'« entreprise » d'un montant compris entre 10 000 et 25 000 euros annuels (en plus du reste), comme ce fut le cas pour Zohra* et Bilal*.

Au bout d'un certain temps, qui peut se compter en mois, en semaines, parfois même en jours, les parents demandent une résiliation anticipée. People&Baby accepte, tout en faisant valoir un certain nombre de dispositions contractuelles, notamment l'existence d'un préavis compris entre trois et douze mois. Le gestionnaire de crèches réclame alors le paiement de milliers, voire de dizaines de milliers d'euros pour ces mois non réalisés mais qu'il estime lui être dus.

En se plongeant dans l'étude des procédures judiciaires initiées par People&Baby, on découvre les motifs de ces résiliations anticipées. Les parents affirment que les commerciaux leur ont transmis des informations erronées s'agissant des avantages fiscaux dont ils pourraient bénéficier. Ce qui est plus frappant encore, c'est le nombre de ces parents/gérants qui assurent avoir sorti leurs enfants des structures People&Baby après avoir constaté des dysfonctionnements inquiétants. C'est le cas de la famille Yu, qui m'envoie un appel au secours le 18 janvier 2024, une semaine avant la tenue de son audience.

> Nous avons placé en 2018 notre fille de un an à la crèche People&Baby Vernet Paris Étoile pendant deux jours :
>
> Ils n'ont pas du tout changé les couches.
>
> Ils faisaient dormir ma fille dans l'aire de jeux autour des autres enfants.
>
> Les filles qui s'occupaient des enfants étaient tout le temps sur leur portable.
>
> Biberons lavés à l'eau seulement, etc. Le procès aura lieu le 26 janvier 2024 mais selon notre avocat, nous

manquons d'éléments et les avocats de People&Baby sont très forts.

Forcément, ils nous réclament 18 000 euros alors que ma fille n'a été que deux jours dans leur crèche centrée sur l'argent.

Ces parents, comme les Yu, n'ont pas prêté attention à quelques clauses enfouies dans le contrat. Il y est précisé qu'il faut respecter un délai de préavis, que « la résiliation ne peut pas prendre effet entre le 1er juin et le 31 août de chaque année, ni dans les douze mois suivant la date de signature du contrat » ou qu'en cas de résiliation anticipée, « le dépôt de garantie reste acquis au prestataire à titre d'indemnité de rupture ».

Autrement dit : peu importe que vous soyez face à un cas de force majeure, que des commerciaux de People&Baby vous aient donné des informations erronées ou que la crèche de votre enfant soit le théâtre de graves dysfonctionnements, à partir du moment où vous avez signé, il faut payer ! Cette politique, la direction générale de People&Baby l'assume – « Ce sont des clauses tout à fait réglementaires déjà vues et validées par la DGCCRF » –, tout en expliquant l'avoir assouplie depuis trois ans.

Parmi tous ces procès, l'une des affaires qui inquiètent le plus Christophe Durieux a pour cadre le nord de la France. La jeune femme qui en est à l'origine, nous la connaissons bien : il s'agit de Zohra*.

À la suite d'une enquête diligentée par la brigade des mineurs, deux professionnelles de la crèche Baby City de Villeneuve-d'Ascq ont été convoquées par la justice pour des faits de violences et de privations de nourriture commis sur des enfants en bas âge. Neuf bébés seraient concernés, dont Sacha, le fils de Yassine et Juliette, ainsi que Neal et Norah, les enfants de Johanna.

L'audience est fixée au 15 mai 2023.

La veille au soir, je retrouve les parties prenantes de ce dossier hors norme, dans une brasserie du centre-ville de Lille : Zohra* et Bilal*, ainsi qu'Hélène Tared et Alexandre Schmitzberger, des parents vivant à Metz qui m'ont, eux aussi, décrit de potentiels actes de maltraitance commis, en décembre 2022, sur leur petit Hélias. Au-delà du soutien moral, ils sont là en tant que conseils. C'est toute la beauté de ces combats collectifs : en découvrant qu'ils étaient avocats, le couple Melti* a décidé de faire appel à leurs services. C'est Alexandre Schmitzberger qui est officiellement chargé de les représenter à l'audience.

Le lendemain, il y a l'affluence des grands jours au tribunal judiciaire de Lille. Des journalistes locaux et nationaux couvrent l'événement. Deux organismes représentatifs des professionnels du secteur, le FNEJE et le SNPPE, ont apporté publiquement leur soutien aux familles. Des personnalités politiques, comme le député LFI William Martinet (dont le mandat a pris fin à la suite de la dissolution de l'Assemblée nationale), sont sur place.

Comme prévu, la défense réclame un supplément d'information, dénonçant une enquête « insuffisante ».

La présidente de la 5e chambre correctionnelle fait droit à cette demande en renvoyant l'audience au 11 janvier 2024. Elle ordonne, en outre, que des expertises psychologiques soient réalisées sur les neuf enfants. Me Schmitzberger, à la sortie de l'audience, tente de se rassurer. « On va essayer de tourner cette situation à notre avantage et d'accumuler encore plus de pièces au dossier », explique-t-il. L'avocat ne s'en doute pas mais le parcours du combattant est loin d'être terminé. Après ce report, les familles doivent faire face aux carences de la justice. Fin septembre 2023, quatre mois après la première audience, Sofiane* est le premier à faire l'objet d'une expertise psychologique. Malheureusement, les autres parents victimes n'ont aucune nouvelle concernant le sort de leur progéniture. À force de recherche, ils apprennent que le greffe du tribunal n'a pas transmis à temps les informations aux experts et que des convocations ont été envoyées à de mauvaises adresses.

Finalement, en décembre 2023, quelques semaines seulement avant l'audience, l'une des psychologues mandatées contacte Johanna afin de convenir d'un rendez-vous. Se disant submergée de travail, elle lui propose une expertise psychologique par visioconférence. Si surprenant que cela puisse paraître, l'évaluation est donc réalisée par le biais d'un appel vidéo d'à peine trois quarts d'heure. « J'étais devant le téléphone dans le salon et j'essayais de l'orienter pour que la psychologue puisse voir mes enfants, raconte Johanna. Mais Norah se cachait derrière le canapé parce qu'elle est sauvage depuis la crèche. Je crois d'ailleurs que l'experte a déclaré une incapacité à réaliser le test. Neal a essayé d'interagir mais ce n'était pas simple, vu qu'il ne connaissait pas cette personne. La psychologue m'a dit de ne pas m'inquiéter, qu'elle avait l'habitude, que pendant le covid elle avait fait ce genre de tests en vidéo à des détenus. Là, je me suis dit : mais mes enfants n'ont rien à voir avec des détenus. Quand même, ils ont quatre et six ans… »

Johanna, malgré ses doutes, fait tout ce qu'on lui demande, déterminée à ce que le procès puisse, enfin, se tenir. Malheureusement, en dépit de tous ces efforts, la mauvaise nouvelle tombe. Une semaine avant l'audience du 11 janvier 2024, les huit familles apprennent qu'un nouveau report a été prononcé, le supplément d'information n'étant pas encore rendu. Elle est désormais programmée le 23 septembre 2024, près de trois ans et demi après le dépôt de plainte de Zohra*.

Les procès, People&Baby les multiplie. Avec les familles, les fournisseurs. Mais aussi les bailleurs. Une cible de choix de sa stratégie.

Chapitre 27

DES BAILLEURS EN PLEURS

L'anecdote, marquante, remonte à 2019.

« Un jour, j'ai un monsieur, devant l'entrée, avenue Foch, qui n'a pas l'air bien. Je vais le voir, il me dit : "On ne m'a pas payé…" Il faut savoir que les locaux des crèches n'appartiennent pas tous à l'entreprise. Et quand vous avez un homme qui a l'âge de votre père qui est en train de vous dire, les larmes aux yeux : "Moi, c'est ma retraite. Et on ne me paie pas mon loyer", ça devient compliqué à gérer… »

Cet épisode m'a été relaté par Ariana Siscou*, l'ancienne responsable de l'administration des ventes de berceaux. Cette proche de Christophe Durieux n'était concernée ni par les achats ni par les relations avec les bailleurs. Pourtant, elle était parfaitement au fait de cette politique du « mauvais payeur », comme d'ailleurs la plupart des hauts cadres de People&Baby. Il est vrai qu'il est difficile d'en faire abstraction, tant cela affecte l'entreprise. En tant que salarié, vous pouvez vous retrouver nez à nez avec un retraité en détresse, recevoir un coup de fil d'insultes, voire être menacé physiquement.

L'ex-responsable des achats, Yoann Sozon*, me confie que dès le milieu des années 2010, l'atmosphère était devenue irrespirable. « Six mois par an, je ne décrochais plus le téléphone, témoigne-t-il. Tous les jours, on avait des fournisseurs qui appelaient pour gueuler, c'était invivable. Et puis on assistait aussi à la valse des huissiers. Ils venaient au siège déposer les papiers à l'assistante de direction, qui avait son bureau dans le hall d'entrée. Il y en avait même qui faisaient le tour des bureaux pour faire un relevé de ce qu'il y avait dans la société. » Cette ambiance délétère m'a été confirmée par plusieurs cadres de l'entreprise, notamment Bruno Simon*, l'ancien numéro deux. « C'est une galère pour toutes les équipes qui se font harceler en permanence », déplore-t-il. Bruno Simon* a d'ailleurs quitté l'entreprise, épuisé.

La tension a parfois atteint des niveaux alarmants. Après son départ du groupe, Yoann Sozon* a été embauché par Les Petits Chaperons Rouges. L'occasion de maintenir des contacts avec le service achats de People. D'après son récit, confirmé par d'autres sources, la situation n'a fait qu'empirer au fil des ans. Selon lui, une entreprise de travaux habituée à travailler avec Les Petits Chaperons Rouges avait été mandatée par People pour construire une crèche. « Au bout d'un moment, assure-t-il, ils ont pété un câble parce que la boîte leur devait près d'un million d'euros ! Ils ont refusé de donner les clés à People. » Il poursuit son récit : « Ils ont ensuite appelé l'acheteur de l'époque, qui leur a dit comme à chaque fois : "Attaquez-nous en justice !" Et là, ça a été chaud. Ils l'ont menacé physiquement : "On va venir cramer le siège social de People. Et toi, on sait où t'habites ! On va venir te casser la gueule !" C'était vers 2022. Je peux vous dire que tout le monde a eu très peur. »

D'après les témoignages et les documents que j'ai pu rassembler, la stratégie du « mauvais payeur » (qui n'est pas interdite par la loi) s'est poursuivie jusqu'à aujourd'hui, elle ne saurait donc être le fait de difficultés ponctuelles de trésorerie.

People&Baby n'est pas propriétaire des 700 crèches françaises qu'elle exploite, la plupart des locaux sont loués soit à des particuliers, soit à des bailleurs professionnels. Il existe une troisième catégorie : un propriétaire mystère dont je vous révélerai bientôt l'identité. Si ce dernier n'affronte aucune difficulté de paiement, les bailleurs lambda subissent, eux, de plein fouet les mauvaises pratiques du groupe.

Au moment où j'écris ces lignes, au printemps 2024, les médias se font l'écho d'un nouveau phénomène : de plus en plus de commerçants français affichent les photos des clients malhonnêtes qui partent sans payer. Un sénateur LR propose même de légaliser cette méthode peu orthodoxe. Quel rapport avec notre sujet, me direz-vous ? Il se trouve que notre prochain témoin a usé du même procédé, tout du moins dans sa version digitale. Matthieu Sergent, le directeur général du bailleur Lille Immo, excédé par le comportement d'un locataire nommé People&Baby, a décidé d'afficher publiquement son indignation sur Internet. En surfant sur le réseau professionnel LinkedIn, je suis tombé sur ses posts outrés.

« Vous arrivez le soir avec un huissier, vous ne pouvez pas saisir un euro ! »

Le 17 janvier 2023, People annonce fièrement l'agrandissement de son réseau, matérialisé par l'exploitation de onze nouvelles structures. Le bailleur professionnel, Lille Immo, partage aussitôt la publication… assortie de ce commentaire : « Super, mais en face, vous ne payez pas vos loyers… C'est scandaleux ! » Deux mois plus tard, il récidive : tandis que, photos à l'appui, People se félicite de proposer une place en crèche à l'ensemble de ses salariés, le patron de Lille Immo s'offusque : « Pourriez-vous engager aussi des démarches pour régler à date les loyers de vos locaux sans forcément attendre le passage d'un huissier ? » Quelques jours plus tard, je prends contact avec ce bailleur. Il me répond aussitôt et m'autorise à le citer dans cet ouvrage. « C'est un système qui est toujours en place aujourd'hui, s'indigne-t-il. J'ai une foncière à Lille ; on détient pas mal de locaux commerciaux : bars, restaurants, hôtels… et des crèches. J'en ai plusieurs avec People&Baby et on est obligés, systématiquement, tous les trimestres, pour se faire payer, de faire délivrer un commandement de payer par huissier. Et de les menacer. Soit de faire une saisie conservatoire du mobilier, soit de bloquer les comptes bancaires. Mais on ne peut même pas saisir les comptes bancaires parce qu'ils ont été très malins. Ils ont mis un système de compte centralisateur en place (ce qui n'est pas illégal) où ils n'injectent depuis la holding que le montant nécessaire au prélèvement programmé dans la journée. C'est-à-dire que s'ils ont une campagne de paiement de 603 000 euros, ils injectent 603 000 euros sur le compte le matin. Et ça repart dans la journée. Vous arrivez le soir avec un huissier, vous ne pouvez pas saisir un euro ! »

Matthieu Sergent poursuit son récit en m'assurant qu'il est loin d'être la seule victime dans la région. « C'est courant puisqu'on est une quinzaine de gros bailleurs à Lille et tout le monde a des crèches People&Baby dans son patrimoine. En fait, ce sont les plus malins et ceux qui crient le plus fort qui sont payés en premier. Et vous imaginez le petit papi de quatre-vingt-trois ans qui a transformé sa librairie en crèche, lui, il est possible qu'il ne soit pas payé pendant deux ans. À partir du moment où il ne fait rien, il ne sera jamais payé ! »

Le patron de Lille Immo est loin de peser aussi lourd que People, tout du moins financièrement. Mais il a pour lui d'être pugnace. « J'aime bien envoyer les commandements de payer à l'adresse personnelle du dirigeant, sourit-il. Mais dans son cas, on ne l'a jamais trouvée. Il est toujours domicilié dans ses sociétés. On a tout essayé avec eux ! J'allais jusqu'à envoyer des SMS au responsable de la trésorerie pour lui dire que j'allais faire saisir le mobilier pour le forcer à bouger… »

Matthieu Sergent a bien remporté quelques rounds. Mais pour le moment, c'est Christophe Durieux qui mène aux points. Il est parvenu à le faire condamner (en première instance) pour ses posts dénigrants publiés sur LinkedIn. Et le bailleur est toujours en attente d'une décision de justice concernant des millions d'euros de loyers qu'il réclame, à la suite de contrats non honorés.

« Si un salarié est content, c'est qu'il ne bosse pas assez »

On a peine à le croire, étant donné l'envergure du groupe, mais qu'il s'agisse des achats ou des locations de locaux commerciaux, durant des années, le moindre transfert d'argent devait être validé par le fondateur qui avait pourtant bien d'autres chats à fouetter. Bruno Simon*, l'ancien DGA, m'apprend qu'il y a une dizaine d'années il a fini par obtenir une délégation de signature. Cela n'a pas empêché Christophe Durieux de conserver sa toute-puissance sur ce sujet, se saisissant du moindre incident pour faire stopper tel ou tel paiement. « Il me disait : "Dans telle crèche, on ne paie pas parce qu'il y a un problème d'ascenseur. Ou parce que la clim fuit. Ou que la porte coulissante est défectueuse", relate Bruno Simon*. Je lui répondais : "Christophe, on n'a pas le droit de faire ça ! C'est interdit !" Le directeur juridique lui disait la même chose. On avait de vrais affrontements. Mais il n'écoutait rien. Sur les 60 bailleurs qu'on devait avoir à ce moment-là, il y en avait toujours entre 5 et 10 que l'on ne payait pas. »

Selon l'ancien directeur financier, cette stratégie n'avait aucune rationalité, du moins à son époque. « D'un point de vue financier, ça n'avait pas d'intérêt, assure Bruno Simon*. Pour faire les trucs à peu près correctement, il faut prendre un avocat, constater par huissier les hypothétiques manquements, consigner les sommes sur un compte spécial… Il y a tout un tas de process à respecter ! Mais Durieux était trop radin pour le faire. Donc il n'avait aucune chance d'obtenir gain de cause. D'autant que la jurisprudence sur les non-paiements des loyers, elle est constante. Tu n'as pas le droit de ne pas payer tes loyers ! C'est très clair. Surtout quand tu es une boîte. Et donc il perd la plupart de ses procès. À chaque fois, je le prévenais. Et il me balançait : "Tu n'es pas juriste !" » L'ex-numéro deux du groupe insiste sur le tempérament « bagarreur » de Christophe Durieux, qui expliquerait beaucoup de choses…

« Durieux, c'est un mec qui adore le combat, qui considère que si le client est content, c'est que tu ne lui as pas vendu assez cher son berceau. Si un fournisseur est content, c'est qu'il t'arnaque. Si un salarié est content, c'est qu'il ne bosse pas assez. C'est ça, son état d'esprit. »

Bien d'autres cadres ayant travaillé chez People la décennie suivante, entre 2015 et 2024, m'ont confirmé cet état d'esprit bagarreur ; ils insistent surtout sur le fait que la « méthode Durieux » lui a permis de réduire, voire de supprimer certaines dettes du groupe. Que ce soit chez les bailleurs, les fournisseurs ou les prestataires, une part non négligeable de créanciers ne sont tout simplement pas assez armés pour s'opposer frontalement à People&Baby, en l'attaquant en justice. Prendre un avocat coûte de l'argent. Et, on l'a vu, même ceux qui ont les fonds suffisants préfèrent, bien souvent, abandonner une partie de leur créance plutôt que de s'embourber dans un procès durant plusieurs années.

Autre avantage de cette politique, elle permet au groupe de se constituer un fonds de roulement. En décalant en permanence le paiement des factures et loyers, il conserve des sommes conséquentes qui permettent de faire fonctionner l'entreprise. Cette pratique est particulièrement périlleuse puisque vous vous retrouvez à payer avec de l'argent qui n'est pas le vôtre. Or, il arrive un moment où vous êtes face à un mur de dettes infranchissable. Cela n'a pas tardé à arriver à People&Baby.

Mais, patience, nous n'y sommes pas encore.

Quoi qu'il en soit, avant même d'avoir à connaître cette potentielle impasse financière, cette gestion guerrière des impayés a des répercussions concrètes sur le fonctionnement du groupe, et peut même avoir des incidences directes, on l'a documenté, sur le quotidien de milliers d'enfants.

À un tel niveau de radinerie, c'est bien qu'il y a un vrai problème d'argent frais. Au point de pousser Durieux dans les bras du Diable…

Chapitre 28

La carpe et le lapin

Surtout, ne pas prononcer son nom.

Dans la saga Harry Potter, le maudit s'appelle Voldemort, « Le Seigneur des Ténèbres ». Chez People&Baby, le terme proscrit en interne est « Alcentra ».

Cela ne vous dit rien ? C'est bien normal. Tout aussi inconnu des salariés de People&Baby que des journalistes, Alcentra ne fait pas la une des journaux. Pourtant, c'est ce qu'on appelle familièrement « un gros poisson ». Ou plutôt, un gros requin. Sûrement le plus gros que vous croiserez dans cette enquête. Sa discrétion est inversement proportionnelle à son poids : 38 milliards d'euros !

Il nous faut d'abord reprendre brièvement le fil du développement de People. Le gestionnaire de crèches a donc passé un cap majeur en 2011, à la suite de l'entrée au capital de deux actionnaires institutionnels, la Caisse des dépôts, associée à CM-CIC Investissement. Cela a permis à People d'obtenir une arrivée d'argent frais de près de 15 millions d'euros ainsi qu'une forme de légitimation. Une belle revanche pour Christophe Durieux qui, la même année, se faisait exclure de la fédération des crèches privées.

« On était déjà endettés et on ne gagnait rien »

On pouvait s'en douter, cette association, c'est le mariage de la carpe et du lapin. Durieux se montre de plus en plus tranchant lors des conseils stratégiques. Il supporte mal de devoir rendre des comptes à ses actionnaires. Ces derniers tentent de freiner son développement, préférant attendre que la société soit suffisamment structurée, tandis que lui a une seule obsession : grossir ! Les esprits s'échauffent régulièrement. Les représentants des fonds peinent à obtenir des informations fiables et s'inquiètent de la gestion hasardeuse de la trésorerie. Fin 2014, les associés malmenés annoncent leur intention de revendre leurs parts, comme le prévoit le pacte d'actionnaires signé en 2011. Ne reste plus qu'à trouver un repreneur.

Le directeur général adjoint, qui vit ses derniers mois au sein de l'entreprise, conseille alors à son patron de céder le groupe dans sa totalité. « Les deux fonds voulaient se casser. Et moi, j'étais persuadé qu'il ne trouverait personne, rapporte Bruno Simon*. Parce qu'on était déjà endettés et surtout qu'on ne gagnait absolument rien. Comme la boîte avait besoin de cash, je pensais qu'il allait être obligé de tout vendre. Mais il ne voulait pas. Nos conseils, les banquiers d'Aelios Finance, avaient essayé de lui dire aussi : "Faites au moins une vente majoritaire." Les discussions étaient assez ouvertes, au départ. Et puis, finalement, ça ne s'est pas du tout passé comme prévu. »

À cette époque, en 2015, le marché des crèches privées a atteint une certaine maturité après une dizaine d'années d'existence. Les quatre leaders du secteur ont connu une très forte croissance. Pour accompagner ce développement à marche rapide, chacun est tenu de recourir à des financements extérieurs, tous les trois à cinq ans environ. Les sommes régulièrement injectées permettent de construire de nouvelles crèches, de racheter des groupes...

Tandis que les fondateurs de La Maison Bleue, de Babilou et des Petits Chaperons Rouges décident de partager le pouvoir avec de plus en plus d'investisseurs associés à la gouvernance de l'entreprise – citons par exemple l'arrivée de Cobepa, Raise et de la Société générale chez Babilou, en 2013, rejoints par TA Associates en 2017 –, Christophe Durieux choisit la voie opposée.

La dernière mission de Bruno Simon*, avant son départ, est d'habiller la mariée People du mieux qu'il peut afin d'ouvrir l'appétit des investisseurs. KPMG, bon connaisseur du secteur, est missionné pour réaliser un audit, en s'appuyant sur les informations transmises par le DGA. Ce document intitulé « Rapport de due diligence vendeur » est une sorte de scanner ultra-détaillé de l'entreprise : masse salariale, état de la trésorerie, actifs immobilisés, endettement, relation avec les fournisseurs, procès en cours, frais de siège, rentabilité par profils de crèches, etc. Les atouts, les points de faiblesse ainsi que les éventuelles manipulations d'un groupe vous sont presque tous instantanément révélés.

Il se trouve que KPMG, l'un des leaders dans le domaine du conseil et de l'expertise comptable, a réalisé les audits des autres mastodontes du secteur. Bien entendu, à l'instant où j'ai appris l'existence de ces documents, je me suis efforcé de me les procurer. Une gageure. Car ces rapports ultra-confidentiels ne passent entre les mains que d'une poignée de personnes concernées par ces deals : les auditeurs bien sûr, les banquiers d'affaires chargés des cessions, tels qu'Aelios Finance ou Rothschild, les vendeurs et les acheteurs ayant montré patte blanche. Et tous signent des accords de confidentialité.

Après neuf mois de vaines recherches, je tombe enfin sur des sources bien informées et disposées à m'aider. Leur unique condition : rester dans l'ombre. Elles me transmettent, avec d'infinies précautions, non seulement l'audit de People&Baby de 2015, mais également les rapports réalisés par KPMG sur deux autres références du secteur : La Maison Bleue et Babilou. Des centaines de pages de données clés qui me permettent d'avoir une vision claire du fonctionnement de chaque groupe, et de les comparer.

D'après l'audit le concernant, fin 2014, le groupe People possède près de 200 crèches, quasiment toutes situées dans l'Hexagone. Il génère 76 millions d'euros de revenus (56 millions de chiffre d'affaires et 20 millions de subventions) et réalise un EBITDA (bénéfice avant intérêts, impôt et amortissement) de 4 millions d'euros. Sa dette financière s'élève alors à 24 millions d'euros, ce qui équivaut à 6 fois son EBITDA. Comme nous l'a confié le directeur financier de l'époque, ces chiffres sont loin d'être excellents. Mais Durieux a une force de persuasion hors norme. « Il a fini par trouver non pas un actionnaire, mais un prêteur, assure Bruno Simon*. C'est-à-dire qu'il a trouvé une boîte qui a prêté des dizaines de millions en dettes. Non seulement il a sorti les deux fonds, mais il est devenu le seul maître à bord. Je pensais qu'il devrait tout vendre, et en fait il est devenu encore plus majoritaire. Honnêtement, je ne sais pas comment il a fait. »

Selon un document financier de l'époque, People&Baby a réalisé « un MBO sponsorless, orchestré par Aelios Finance, financé par de la dette obligataire… de deux tranches mezzanine junior et senior auprès d'Indigo Capital France ». Si vous ne travaillez pas dans le monde de la finance (ce qui est mon cas), vous n'aurez évidemment pas compris un traître mot de cette phrase ! Rassurez-vous, grâce à des leçons particulières délivrées *pro bono* par quelques spécialistes, je pense être en mesure de vous la traduire. Le MBO est le rachat d'une entreprise par son équipe de direction. Une opération « sponsorless » est une opération de rachat montée sans fonds d'investissement. Pour faire simple, cela signifie que People&Baby a réussi à se faire financer sans avoir à intégrer de nouveaux actionnaires. Indigo Capital France, malgré l'endettement du groupe, a accepté de prêter à Christophe et Odile de quoi racheter les parts de leurs anciens associés tout en leur accordant de nouvelles lignes de crédit pour se développer. La direction générale exulte à travers un communiqué de presse de novembre 2015 :

> Dix ans après avoir lancé le groupe de crèches People&Baby, Odile Broglin et Christophe Durieux redeviennent à nouveau actionnaires à 100 % du Groupe et sont désormais le premier gestionnaire indépendant français de crèches.

Par quel miracle Christophe Durieux est-il parvenu à ses fins ? La dette mezzanine ! Soyez concentrés parce que nous touchons enfin du doigt l'un des piliers du fonctionnement de People&Baby. Ces mécanismes de financement, inconnus du grand public, déterminent le fonctionnement d'une entreprise, sa croissance, sa rentabilité ou encore la pression financière qu'elle subit. De manière très schématique, pour se développer une entreprise a trois options : utiliser ses fonds propres (tranche equity), emprunter auprès des banques (dette senior) ou recourir à de la dette mezzanine (dette junior). Cette dernière présente un caractère intermédiaire entre l'investissement en fonds propres et la dette classique, d'où son nom qui vient de l'italien *mezzo*, signifiant « au milieu ». People n'avait quasiment aucun fonds propre. Et ses financements bancaires étaient devenus de plus en plus complexes à monter, même dans le cadre d'acquisitions de crèches s'élevant à quelques centaines de milliers d'euros. Bruno Simon* me révèle notamment que des banques comme BNP Paribas, inquiètes du niveau d'endettement du groupe, refusaient de financer le moindre investissement, ce qui avait le don d'agacer prodigieusement Christophe Durieux. La dette mezzanine devenait donc pour ce joueur de poker la solution toute trouvée.

Ce mécanisme a de nombreux avantages. Il vous permet, en premier lieu, de vous financer sans perdre des parts de votre entreprise, ce qui était la volonté première de Christophe Durieux et de sa femme. De plus, il propose un remboursement in fine, à l'inverse de la plupart des crédits classiques. C'est-à-dire que pendant plusieurs années vous n'allez régler que les intérêts de votre dette (et encore, pas dans leur intégralité), de manière mensuelle ou trimestrielle. La part la plus importante, le capital, sera versée à échéance du prêt, trois à sept ans plus tard. Vous avez donc la possibilité de voir venir, en espérant que votre groupe se soit suffisamment développé d'ici au remboursement. Désormais, non seulement le patron de People&Baby a de nouvelles lignes de crédit pour assouvir son immense appétit, mais il n'a quasiment plus aucun compte à rendre à des associés.

« Si tu ne rembourses pas, tu perds ta boîte ! »

Cette liberté, vous pouvez l'imaginer, a un prix. Le prêteur, Indigo Capital, prend des risques puisqu'en cas de faillite le remboursement de sa dette mezzanine (ou junior) sera conditionné au paiement de la dette bancaire (ou senior) levée par le groupe. Le taux d'emprunt qu'il a proposé à People&Baby est donc bien supérieur à celui d'un crédit classique. Par voie de conséquence, le gestionnaire de crèches devra verser des intérêts importants. C'est le jeu ! Le risque se paie toujours.

En l'espèce, il se paie même doublement. En cas de défaut de paiement ou de non-respect d'un certain nombre de conditions financières, le « mezzaneur » a la possibilité de convertir sa créance en actions, ce qui lui permet de prendre tout ou partie du contrôle de votre entreprise. Si People&Baby se vante depuis dix ans d'être le seul groupe indépendant du secteur, détenu à 100 % par ses fondateurs, la réalité est bien plus complexe.

Bruno Simon*, qui est parti peu avant la signature de ce deal, est catégorique sur ce point. « On était déjà très endettés, mais là on passe à un autre niveau. Je pense que ça a radicalement changé les choses pour le groupe. Tu n'as plus le droit de te tromper parce que si tu ne rembourses pas, tu perds ta boîte ! Je pense que ça a dû mettre une pression énorme sur les coûts. » Cette pression, on peut en trouver les premières traces dans l'audit KPMG. Un exemple parmi d'autres : d'après ce document, les dépenses en couches et petits consommables s'élevaient à 596 000 euros en 2014 (soit 145 euros par an et par berceau, légèrement plus que l'année précédente). Dans un document annexe, le groupe prévient qu'il s'apprête à serrer la vis. « Le management a décidé de mettre en place des actions permettant d'assurer un meilleur contrôle de ces natures de coûts à compter de 2015. »

Souvenez-vous : c'est précisément à cette période qu'Alice Régnier, l'ancienne directrice multisite parisienne, a constaté un durcissement de la pratique d'optimisation des coûts. Christophe Durieux lui-même ne cachait pas ses intentions. Dans ce communiqué de novembre 2015, la direction générale de People&Baby annonce ses objectifs : ouvrir vingt-cinq structures, soit environ 500 berceaux, chaque année. Et augmenter de cinq points le taux de rentabilité opérationnelle de ses crèches, en optimisant leur gestion. Le rythme du développement s'accélère, les acquisitions se multiplient, le groupe s'ouvre à l'international. L'appétit de Christophe Durieux semble insatiable...

En juin 2018, People parvient à convaincre Alcentra, l'un des plus grands fonds de dette alternative au monde, d'accompagner son développement. Durieux a enfin trouvé un interlocuteur à la hauteur de ses ambitions.

Les sommes empruntées vont atteindre des niveaux stratosphériques.

Chapitre 29

LE MÉCHANT GÉNIE

Quel vœu ferions-nous si le génie d'Aladin en personne sortait de sa lampe devant nous ? Cette question, nous nous la sommes tous posée au moins une fois dans notre vie. Les fondateurs de People&Baby ont leur réponse : acheter de nouvelles crèches !

En l'espèce, le « bon » génie a un nom : Alcentra.

On l'a compris, il ne s'agit pas ici d'un fonds d'investissement classique qui devient votre associé en acquérant des parts de votre groupe. On parle d'un fonds de dette privée, qui prête de l'argent à votre entreprise. Cela s'apparente plutôt à une banque, mais en bien plus gourmand. Alcentra n'est pas un créancier comme les autres. Ce groupe d'origine britannique s'est spécialisé dans ce qu'on appelle la dette alternative, qui comprend, entre autres, la fameuse mezzanine. C'est l'une des plus grosses structures européennes de ce type, avec près de 40 milliards d'encours en gestion.

Alcentra n'a aucune expertise particulière dans le secteur du *care*, encore moins s'agissant de la petite enfance. Mais ses analystes ont compris qu'il y avait là un marché extrêmement dynamique, en France comme à l'international, avec des besoins de financement importants. Étant donné que trois des principaux leaders du secteur ont emprunté une voie plus classique en recourant à des fonds d'investissement comme Raise (pour Babilou) ou Infravia (pour Les Petits Chaperons Rouges), il s'est naturellement tourné vers le rebelle de la bande, qui a immédiatement sauté sur l'occasion.

À l'inverse d'Indigo Capital (qui a depuis revendu ses parts), le deal s'est noué dans le plus grand secret, ne faisant l'objet d'aucune communication. Trouver le moindre article ou ne serait-ce qu'un élément d'information relatif à cet accord relève de la mission impossible. Il faut dire que les fondateurs de People&Baby ont conscience de la réputation sulfureuse d'Alcentra. Ils ont découvert que le fonds de dettes avait, notamment, pris part au démantèlement du géant de l'habillement Vivarte (André, Naf Naf, Kookaï, Chevignon…) dont il était l'un des créanciers, avant d'en prendre le contrôle en 2014. Par ailleurs, Christophe Durieux sait pertinemment qu'il n'est jamais opportun d'agiter son tout nouveau carnet de chèques alors que les huissiers rôdent dans les couloirs. L'accord se conclut donc en catimini, malgré l'importance des sommes en jeu. En juin 2018, People&Baby procède à l'émission d'une première série d'emprunts ; bien d'autres suivront. En attendant de passer à la caisse, il est l'heure pour People&Baby de faire du shopping de luxe, une carte Infinite à la main. Le pôle fusion-acquisition du groupe s'étoffe.

« Le maître-mot, c'est on se développe, on achète des crèches »

Sous couvert d'anonymat, l'un des anciens responsables de ce service particulièrement sensible a accepté de me raconter les coulisses de cette folie acheteuse. Celui que nous appellerons Simon Mantin* garde plutôt un excellent souvenir de cette expérience professionnelle qui fut, à bien des égards, exaltante : tours en hélicoptère, voyages au bout du monde, chèques à huit chiffres, etc. Mais cela ne l'empêche pas d'avoir parfaitement conscience des dérives du groupe, et plus précisément de sa direction générale. La mission qu'on lui confie à l'époque est on ne peut plus claire : dépenser du mieux possible l'argent versé par le fonds de dette. « Ma feuille de route, rapporte-t-il, c'est : on a des enveloppes Alcentra, c'est ultra-confidentiel. On a débloqué des fonds, il faut qu'on les utilise parce que cet argent nous coûte de l'argent. Il y a des intérêts... »

On l'a compris, on est passé d'un système où un actionnaire – la Caisse des dépôts – freinait le développement à un système où la dette vous pousse à acheter. Sans entrer dans les détails techniques, à l'instant où Alcentra rend disponible une enveloppe de cash, cela génère des frais dits de non-utilisation, avant même que cette somme vous soit effectivement versée. En l'occurrence, environ 1 % (annuel) du montant débloqué. Il faut donc se dépêcher de dépenser. D'autant que les sommes en jeu n'ont plus rien à voir avec ce que People avait connu par le passé. Simon Mantin* passe le plus clair de son temps, tout comme le reste de son équipe, à chercher des opportunités d'achats. Selon ses dires, un tiers environ lui est directement proposé par des gestionnaires désireux de vendre. Un autre tiers est issu de sa propre prospection. Et le reste provient des banquiers d'affaires. Il réalise ensuite un audit poussé du groupe convoité, avant de se rendre sur place, le plus souvent en compagnie d'Odile Broglin, qu'il apprécie. « J'ai beaucoup voyagé avec elle. Et je peux vous assurer que c'est une femme passionnée. Elle passe du temps dans les crèches, discute avec les formatrices, a une vraie analyse des structures. Jamais l'aspect financier n'a été le maître-mot de sa décision. Si c'était elle qui gérait la boîte, je pense que ce seraient les plus belles crèches du monde. »

S'agissant de Christophe Durieux, il alterne entre l'admiration et la répulsion. S'il lui reconnaît un anticonformisme rafraîchissant et un engagement sans faille pour son groupe, il dit aussi de lui qu'« il veut grossir comme un joueur de poker. Avec lui, les décisions se font uniquement en fonction du ressenti. Ce n'était que du feeling. C'est un mec qui avait envie de prendre des risques, le développement, c'était vraiment son dada, il adorait ça. La gestion, beaucoup moins ». Comme d'autres avant lui, Simon Mantin* a été marqué par l'obsession de Christophe Durieux pour son grand rival, Babilou. Une obsession quasi maladive qui pouvait influer sur un acte d'achat comme sur le prix proposé. « Il y a un rapport très particulier à Babilou, confirme mon témoin. On sait que s'ils se sont positionnés sur le même dossier, il y aura compétition. Durieux nous dit, tout excité : "C'est quoi leur prix ? Trouvez-le-moi ! On va proposer un peu plus…" »

Ce concours de biceps, nous y avons déjà assisté. Mais l'arrivée d'Alcentra change radicalement la donne. Pour filer la métaphore culturiste, le challenger People peut désormais recourir à des quantités invraisemblables de « protéines » pour gonfler sa masse musculaire. En 2022, il a l'occasion de faire la démonstration de cette nouvelle force. Le groupe Star Learners, l'un des leaders des crèches à Singapour, est à vendre. Babilou, déjà présent dans la cité-État, se positionne en proposant près de 55 millions d'euros. People, qui n'a pas l'intention de perdre cette manche, surenchérit. Durieux, conscient du poids de son « partenaire » Alcentra, explose les compteurs avec une offre à 65 millions d'euros ! *Game over* : aucun concurrent ne peut s'aligner sur un tel prix. Entre juin 2018 et juin 2022, les coups de ce type se multiplient, en France comme à l'étranger. People&Baby investit tous azimuts : Chine, Cambodge, Philippine, États-Unis, Qatar, Abu Dhabi, Russie…

Ce qui a le plus heurté Simon Mantin*, c'est de constater que cette folie dépensière n'avait qu'un seul et unique fléchage. Il a pris conscience progressivement de la faiblesse des salaires des cadres du siège et découvert que People continuait de malmener ses bailleurs comme ses fournisseurs. « Pourquoi il ne paie pas les fournisseurs ? Parce que l'argent ne sert que pour le développement, déplore Simon Mantin*. Le maître-mot de Christophe, c'est on se développe, on achète des crèches. Il n'y a que ça qui compte… » Il faut croire que cet argent magique ne profitait pas à tout le monde. J'ai d'ailleurs eu l'occasion de m'en rendre compte grâce à un coup de la providence.

« Nous nous retrouverons avec des dettes plus importantes à assumer »

À l'été 2023, mon travail sur le secteur de la dépendance se télescope avec cette enquête sur le marché de la petite enfance. Le fondateur du groupe d'Ehpad Médicharme, Patrick Boulard, fait savoir à plusieurs de mes contacts qu'il souhaite me rencontrer. Il me raconte que son groupe affronte une crise existentielle et qu'il va droit dans le mur, d'après lui en grande partie à cause de la gestion calamiteuse imposée par son actionnaire majoritaire, le fonds d'investissement G-Square Capital. Ce dernier possède également Dentego, numéro un français des cabinets dentaires, mis en cause dans une enquête de *Cash Investigation* en décembre 2022 pour des faits de facturations de soins inutiles ou non réalisés.

Et qui est la secrétaire générale de Dentego, depuis juin 2019 ? L'ancienne DGA de People&Baby, Arielle Goldczer, qui a remplacé Bruno Simon* en 2015. Lorsque cette dernière quitte le gestionnaire de crèches, après plus de quatre ans de bons et loyaux services, elle n'hésite pas à partager, admirative, les secrets de Christophe Durieux, avec plusieurs de mes sources. « Il faut savoir qu'elle est partie en faisant une liste de 200 pratiques qu'elle avait découvertes chez People, me raconte l'une d'elles. Arielle n'en revenait pas. Elle nous disait : "J'ai trente-cinq ans de carrière, je n'ai jamais vu ça de ma vie. C'est très simple : cette boîte tient sur ses fournisseurs." Elle racontait notamment le process qu'ils avaient mis en place vis-à-vis des créanciers. Après avoir référencé un nouveau fournisseur, ils commençaient par ne pas payer la première facture, et voyaient comment il réagissait. S'il mettait un peu de temps à réagir ou contestait mollement, ils savaient qu'ils allaient pouvoir se faire plusieurs mois de trésorerie sur son dos. Tout était comme ça… »

La stratégie du « mauvais payeur » évoquée précédemment a manifestement inspiré l'ancienne directrice générale adjointe du groupe puisqu'elle va la reproduire une fois arrivée chez Dentego. Comment puis-je le savoir ? Grâce à Patrick Boulard. Ce dernier me raconte que, comme un certain nombre d'acteurs du secteur, son groupe a fait face, après la parution des *Fossoyeurs*, à des difficultés de trésorerie. Son actionnaire, G-Square, a alors pressé ses équipes de s'entretenir avec la patronne de Dentego, supposément pleine de bons conseils. Il me confie être resté interdit à l'énoncé des stratégies mises en place par Arielle Goldczer pour gérer sa trésorerie. Afin d'étayer ses dires, il me transmet une série de mails datés du 4 mai 2022. L'objet des courriels est explicite : « Compte-rendu Call

Trésorerie Dentego-Medicharme. » Je vous en livre quelques extraits éloquents :

Bonjour Patrick,

Vous trouverez ci-dessous le compte-rendu du call que nous avons fait ce matin avec la secrétaire générale de Dentego (Arielle Goldczer), concernant la gestion de trésorerie…

Mme Goldczer nous indique que Dentego connaît des difficultés de trésorerie récurrentes, qui se sont accentuées ces dernières années

Pour y faire face, Dentego a travaillé sur l'optimisation de son BFR (besoin en fonds de roulement).

Fournisseurs d'exploitation.

Bailleurs externes.

BFR fiscal : IS[1] / taxes sur les salaires / cvae[2] / taxes liées aux salaires (effort construction, apprentissage, etc.)

BFR social : Urssaf.

La plupart de ces échéanciers ont été lancés pendant la période COVID et prolongés par la suite.

Ces échéanciers n'ont donné lieu à aucune prise de sûreté ni inscription au kbis.

Il n'y a pas de négociation d'échéancier commun à toutes les sociétés : toutes les actions se font entité par entité, et donc sur des montants individuellement peu significatifs.

Tout cela semble parfaitement abscons, alors, là encore, il me faut vulgariser. En fait, c'est assez simple, cela signifie qu'aux yeux d'Arielle Goldczer il n'y a qu'une chose à faire : stopper les paiements ! Qu'il s'agisse des fournisseurs, des bailleurs, de l'Urssaf, et même du fisc… L'idée est de se constituer une trésorerie (ou un fonds de roulement)

1. Impôt sur les sociétés.
2. Cotisation sur la valeur ajoutée des entreprises.

sur le dos de ses créanciers. C'est la reproduction exacte de la stratégie développée par la direction générale de People&Baby depuis plus d'une décennie.

La réponse apportée par le directeur financier de Médicharme paraît pleine de bon sens. En voici les principaux extraits :

> ...Cette démarche, si elle réussit, permettra de décaler dans le temps (3 mois, 6 mois, 12 mois, plus ?) certaines échéances (...) elle permet de « gagner du temps ». Mais à l'issue de cette période nous nous retrouverons avec des dettes « courantes » beaucoup plus importantes à assumer.

On accuse souvent les fonds d'investissement d'être à l'origine de la pression financière qui pèse sur les groupes, en leur imposant une rentabilité excessive. Le cas de People&Baby est un contre-exemple. C'est précisément au moment où ses actionnaires ont quitté la table que les dérives se sont accentuées. On peut imaginer que la Caisse des dépôts comme CM-CIC Investissement n'auraient sans doute pas permis au groupe d'atteindre de tels niveaux d'endettement...

Mais l'appétit du couple Durieux est sans fin, sans bornes.

Chapitre 30

Merci le covid

L'heure est grave.

Planté devant la caméra de son ordinateur, Christophe Durieux se fait solennel. « Bonjour à tous, lance-t-il. Merci d'être venus, d'avoir répondu présents. Avec ce processus de communication interne, on va essayer de vous donner un maximum d'informations sur cette situation inédite qu'on est en train de vivre. Puisque c'est quand même la première fois dans l'histoire de France qu'on ferme toutes les crèches, toutes les écoles, toutes les universités, en même temps. Pour une durée qui est annoncée comme indéterminée, ce qui rajoute un facteur anxiogène pour tout le monde. »

Nous sommes le 14 mars 2020, aux alentours de 16 h 30.

Le pays est en train de basculer dans la plus grave crise sanitaire de son histoire. Deux jours plus tôt, le président de la République, Emmanuel Macron, a annoncé la fermeture des établissements scolaires et des crèches, à partir du lundi 16 mars et « jusqu'à nouvel ordre ». En réalité, les crèches hospitalières, les structures accueillant les enfants de personnels soignants ainsi que l'ensemble des micro-crèches (maximum de 10 enfants) ne sont pas concernées par cette mesure.

Christophe Durieux, chemise immaculée, manches retroussées, a décidé d'intervenir devant ses cadres. Une cinquantaine de salariés participent à cette réunion en visioconférence, à laquelle j'ai eu accès. Et près de 70 personnes sont massées avenue Hoche, entourant les fondateurs de People&Baby, le DG, Raphaël Mailly, ainsi que la DRH, Cécile Porte. Après avoir évoqué la situation de ses établissements en Chine ou à Dubaï, le capitaine fixe le cap hexagonal du navire People. « Notre premier souci avec ces fermetures, c'est d'avoir un système de surveillance de la santé de chacun d'entre vous, dit-il. Et on a aussi, bien sûr, un deuxième sujet, qui est de surveiller notre santé économique. (...) On a pris la décision de mettre l'ensemble de nos collaborateurs en chômage partiel à partir de lundi. Et on va demander à chacun, sur la base du volontariat, de continuer d'avancer, de continuer de travailler, pour ne pas prendre de retard. »

L'assistance s'interroge. Sont-ils placés au chômage technique ou doivent-ils continuer à travailler ? Eh bien... les deux ! Quelques murmures se font entendre. Des salariés, en distanciel, s'échangent en direct des messages pour tenter de comprendre. Odile Broglin, elle, regarde ses chaussures, le visage éteint. Durieux poursuit sur sa lancée, imperturbable. « Mais on va, par contre, travailler très différemment pendant ces quelques mois. Parce qu'on va vous demander de travailler le plus possible à distance. On va vous demander de ne pas utiliser les transports en commun. Et on va demander à chacun de vos managers de réfléchir à une organisation du travail pour que vous puissiez continuer vos missions le mieux possible, avec le siège qui restera ouvert, bien sûr. »

« Préservez-vous » (…) « Et prenez tous vos ordis, évidemment ! »

Le patron de People&Baby vient tout simplement d'annoncer aux membres de ses équipes qu'ils vont devoir rester à leur poste… tout en étant placés au chômage technique. À plusieurs reprises, il souligne que le groupe ne fait que profiter d'un système mis en place par le gouvernement pour protéger les entreprises. Et que ce sera bénéfique pour chacun, pourvu que tout le monde joue le jeu. « Évidemment, la priorité pour nous, c'est de garantir les salaires, avance-t-il. Et ces salaires vont être impactés par cette période de chômage qui va provoquer une baisse sur les rémunérations fixes d'au maximum 20 %. Et on souhaite que ces 20 %, on puisse les rajouter. Afin que vous n'ayez aucune baisse de salaire avec cette technique qui nous est autorisée depuis hier de mettre en place ce chômage pour assurer la survie de l'entreprise… »

De fait, le 12 mars 2020, le gouvernement a instauré un dispositif inédit permettant aux salariés placés en chômage partiel de continuer à toucher 70 % de leur rémunération antérieure brute (soit environ 84 % du salaire net). Il aura donc fallu moins de quarante-huit heures au patron de People&Baby pour trouver la faille de ce mécanisme et convaincre les salariés les plus récalcitrants de préférer l'ordinateur au canapé, et ce en leur promettant le versement d'une prime « exceptionnelle » d'environ 20 % et supposée compenser la baisse de salaire. Mais tout le monde est prévenu : confinement ou pas, la période à venir ne sera pas de tout repos. « On va garder le lien avec la facturation d'entreprise, évidemment, prévient Durieux. On va garder le lien avec les commerciaux qui vont continuer à vendre des places de crèches à distance. On va garder le lien avec l'équipe paie qui va avoir un sacré challenge à relever. »

Une fois les règles du jeu énoncées, Durieux invite les salariés qui le souhaitent à poser des questions. Avenue Hoche, presque personne ne moufte. À distance, quelques voix se font entendre, timidement, à l'instar de cette femme qui demande si ses congés du mois de mars sont annulés. À la fin de cette réunion de crise qui aura duré une petite demi-heure, Christophe Durieux remercie chaleureusement ses équipes avant de leur souhaiter un bon weekend. « Préservez-vous ! Donnez-nous des nouvelles de votre état de santé parce qu'on va vous interroger régulièrement pour savoir comment ça va. C'est quand même le principal... » « ... Et prenez tous vos ordis, évidemment ! » termine son bras droit, Raphaël Mailly.

Les collaborateurs présents avenue Hoche explosent d'un rire nerveux, comme sidérés par l'humour noir de leur direction générale. Cela n'empêchera pas pour autant certains cadres de People, prenant conscience de l'irrégularité de ces mesures, d'enregistrer cette « master class » du parfait filou. Plusieurs d'entre eux, issus de tous les pôles du groupe (DSI, commercial, administratif, opérationnel, etc.), m'ont transmis, tout au long de mon investigation, des fichiers audio et vidéo de cette première visioconférence version covid, ainsi que des suivantes, qui se tiendront entre avril et juin.

D'après Janik Busin, l'ancienne commerciale du nord de la France, Christophe Durieux aurait appris l'existence de ces enregistrements et serait intervenu pour empêcher qu'ils ne fuitent. « Je sais qu'il y a quelqu'un qui avait filmé les réunions, me dit-elle. Et quand il l'a découvert, il a convoqué tous les cadres haut placés du siège, en leur disant : "Je sais ce qui s'est passé. Mais ça ne va pas se dérouler comme ça. Je vais lui faire la peau." La personne en question s'est mise en arrêt maladie avant de quitter l'entreprise. »

J'ai d'ailleurs demandé à la commerciale si, durant cette période de covid, elle aussi avait été obligée de travailler, et si oui, à plein temps. « Bien sûr ! Ça a été la même chose pour tout le monde, m'a-t-elle répondu. Pour toutes les équipes du siège, qu'elles soient à Paris ou en province. Et pour la petite anecdote, il y a une intervention de Christophe Durieux qui nous avait fait bien rire. Un jour, en visio, il nous balance : "Voilà ! Je suis très content de votre implication et pour vous remercier, je vous offre votre journée de demain." Alors déjà, on est au chômage partiel, donc c'est très gentil, mais on n'est pas censé bosser. Et c'est l'État qui nous paie. Et en plus, le lendemain, c'était un jour férié. Le mec, il a quand même du culot, il nous offre un jour férié alors qu'on est au chômage partiel… »

Rappelons-le, le chômage partiel a été mis en place pour les salariés contraints de rester chez eux sans pouvoir exercer leur activité. A contrario, donc, les salariés qui continuent à travailler, même en télétravail, sont logiquement toujours rémunérés par leur entreprise. Le « quoi qu'il en coûte » n'est pas « un n'importe quoi qu'il en coûte »…

En tout cas, cette période de travail forcé a été extrêmement éprouvante pour la plupart des salariés du siège de People. Alain Moresco*, l'ex responsable des commerciaux, pourtant *corporate*, me confie avoir ressenti, pour la première fois, une cassure nette avec le top management. « Sur la partie commerciale, soit une cinquantaine de personnes, on a tous continué à bosser, relève-t-il. Ce n'était absolument pas du volontariat. On n'a pas eu le choix. Et si personne ne s'y est opposé, c'est parce qu'on avait peur de perdre notre boulot. D'ailleurs, les quelques salariés qui n'ont pas accepté de suivre ces consignes ont été licenciés. Et moi, on m'a mis des gros coups de pression. Alors que j'étais là depuis des années. »

« On n'était pas très à l'aise de devoir faire ça... »

Pour tous les cadres qui ont participé à cette opération, la pression a été terrible. Alain Moresco* me révèle que pour s'assurer qu'ils ne chôment pas, des outils de suivi de l'activité ont rapidement été développés : « On devait remplir des tableaux Excel pour savoir ce qu'on avait fait pendant la semaine, qui on avait contacté, combien de clients étaient intéressés... Tout un tas de statistiques. Ils ne nous lâchaient pas. »

Ce document instructif m'a été transmis par un ancien manager qui confirme avoir été obligé de surveiller ses équipes : « Christophe, assure-t-il, a demandé aux cadres dirigeants en région de faire un tableau avec les noms des salariés pour reporter ceux qui travaillaient bien et signaler s'il y en avait qui travaillaient moins que les autres pendant le chômage partiel. Pour s'assurer que tout le monde jouait le jeu, que les gens méritaient bien la prime de 20 %. On n'était pas très à l'aise de devoir faire ça, mais on l'a fait... »

Dans le fichier intitulé « Analyses sur le suivi commercial / semaine du 23 mars / confidentiel », il est par exemple indiqué le nombre d'opportunités créées, que ce soit via des formulaires web ou des appels. On apprend par exemple qu'une salariée a engagé une discussion avec 19 clients, retenu l'attention d'au moins deux d'entre eux et convaincu une famille de prendre un berceau People&Baby. Des documents étayant cette utilisation irrégulière du chômage partiel, j'en ai reçu assez pour remplir des classeurs entiers. L'un d'eux est décisif : il prouve non seulement que le gestionnaire de crèches a fait travailler ses cadres placés au chômage, mais également que leur activité a été mesurée par la direction générale tout au long du covid, et que c'est le fondateur du groupe lui-même qui était à la manœuvre. Il s'agit d'un mail du vendredi 20 mars 2020 envoyé par le patron de People à une douzaine de directeurs de service et intitulé « Suivi d'implication ». Le voici :

> Bonjour,
>
> Voici un récap confidentiel de suivi à me renvoyer chaque vendredi, copie Cécile et Raphaël, sur l'implication de votre équipe.
>
> Nous mesurons ensemble le niveau d'engagement au fil des semaines. Je vous souhaite un bon week-end !
>
> Cdt

On peine à le croire, mais malgré la sensibilité du sujet et les risques encourus (remboursement des sommes dues, amendes, interdiction de percevoir des aides publiques pendant cinq ans, poursuites judiciaires, etc.), Christophe Durieux laisse des traces écrites. Suivant son exemple, d'autres membres du top management ont à leur tour transmis leurs consignes par écrit. De plus en plus inquiets, un certain nombre de destinataires de ces messages ont tenté de faire comprendre à la DRH, Cécile Porte, qu'il n'était peut-être pas opportun de transmettre autant d'éléments par mail, notamment s'agissant du suivi d'activité. Cette dernière alerte aussitôt le DG, Raphaël Mailly, l'invitant à faire passer des consignes de discrétion à l'ensemble de son staff. Voici un extrait de sa mise en garde :

> … Aujourd'hui, une grande partie des collaborateurs répond présent et souhaite soutenir l'entreprise dans cette période difficile, malgré le chômage partiel. Cependant, il semble inconcevable d'envoyer de telles informations par mail, cela pourrait clairement s'apparenter à du télétravail.

Cette période de chômage partiel non chômée a heurté nombre de managers. Certains ont démissionné dès la levée du confinement, comme le responsable des commerciaux, Alain Moresco*, ou cet ancien responsable régional, meurtri d'avoir vu sa société s'adonner à ces pratiques en pleine crise sanitaire. « Je ne pouvais pas cautionner ce genre de pratiques, me confie ce dernier sous le sceau de l'anonymat. Ils avaient même organisé des challenges commerciaux pour savoir qui vendait le plus de berceaux pendant cette période de chômage partiel, c'était délirant… »

Ariana Siscou*, l'ancienne responsable de l'administration des ventes de berceaux, y a aussi laissé des plumes. « J'ai participé à beaucoup de choses problématiques dans cette boîte, affirme-t-elle. J'ai été obligée de travailler comme une dingue en pleine période de covid. J'ai dit à mes deux assistantes d'arrêter parce que je ne voulais pas les embarquer là-dedans. Mais moi, je n'avais pas le choix. Alors j'ai bossé toute seule pendant de nombreux mois, à gérer le service, le tout en chômage partiel. » Ariana* était l'une des plus proches de Christophe Durieux, l'une des plus dévouées, prête à tous les sacrifices pour son entreprise. Mais elle a très mal vécu cet épisode. Moralement épuisée, elle a pris la décision de saisir les prud'hommes.

J'ai pris connaissance du jugement de première instance, rendu en juillet 2023. Dans les conclusions formulées par son avocat, Ariana Siscou* reproche explicitement à son employeur de « l'avoir placée en activité partielle à 100 % et de lui avoir demandé dans le même temps d'exécuter son travail depuis son domicile ». Le groupe, habile, se défend en plaidant une simple erreur. « La SAS People&Baby développement reconnaît que son service a fait une erreur sur le bulletin de paie de Mme Siscou* mais déclare n'avoir perçu aucune somme au bénéfice de l'entreprise à ce titre. » Le tribunal des prud'hommes condamne le groupe à verser à Ariana Siscou* 30 000 euros au titre de dommages et intérêts pour manquement à son obligation de loyauté. Des

« erreurs » de ce type, People&Baby en a commis pour un grand nombre de ses cadres, au siège et en région. Selon mes informations, cela représentait à l'époque entre 300 et 350 personnes. Plusieurs de mes sources ont accepté de me transmettre leurs fiches de paie afin que je documente cette fraude et que je puisse en mesurer l'ampleur.

Pour un cadre rémunéré 3 000 euros brut, le groupe People&Baby a touché près de 7 000 euros d'allocations complémentaires, pour environ 70 jours indemnisés, entre mars 2020 et juillet 2020. Considérant que ces 3 000 euros brut correspondent peu ou prou au salaire moyen d'un cadre de l'entreprise, il suffit de multiplier 7 000 par 300 (collaborateurs) : le groupe a potentiellement empoché plus de 2 millions d'euros d'allocations de manière douteuse. À cela, il faut ajouter la réduction des charges patronales. On peut donc estimer qu'in fine, entre 2 et 4 millions d'euros de fonds publics posent question, ce qui est colossal. Cela correspond quasiment au résultat d'exploitation affiché dans les comptes de l'entreprise en 2019.

Lors de la confrontation organisée avec Christophe Durieux et sa femme en juin 2024, nous évoquons longuement la gestion du covid et plus particulièrement le recours au chômage partiel. « Si votre question, c'est : est-ce qu'on demandait à un commercial de vendre des berceaux pendant le covid ? La réponse est non ! soutient mordicus Durieux. Les commerciaux ne pouvaient pas travailler parce que les gens étaient arrêtés, chez eux, et que les crèches étaient fermées. Tout le monde était *out* ! On a simplement demandé aux responsables de chaque pôle de faire deux réunions par semaine pour nous remonter des informations sur l'état psychologique des équipes, où ils étaient physiquement, ce qu'ils faisaient, est-ce qu'ils avaient vocation à poursuivre leur activité ou pas ? » Surpris par cette réponse confuse, je lui demande de m'indiquer si les fonctions supports travaillaient ou non. « Bah, ils faisaient ce qu'ils voulaient, poursuit le fondateur de People. Ne dites pas que c'est moi qui leur demandais de travailler. Il n'y a aucune directive de l'entreprise ! Vous avez quoi ? Deux commerciaux qui vous disent : "Ils m'ont obligé à travailler, ouin-ouin !" ? »

Je précise alors que plusieurs salariés issus de différents services m'ont transmis des mails, des enregistrements ainsi que des indicateurs de suivi d'activité. « Mais on n'a pas d'indicateur de suivi d'activité. Il n'y en a pas ! Expliquez-moi comment on pourrait mesurer cela à distance ? Je ne peux pas savoir ce que nos salariés font sur leur ordinateur », prétend Durieux.

Je lis alors au couple dirigeant des extraits de l'un des documents internes détaillant les actions des commerciaux pendant le covid. Un silence… Puis Durieux reprend la parole, sans frémir. « Ouais, d'accord… C'est de la saisie dans l'outil d'éléments d'informations concernant les clients. Pendant le covid, ils ont remis à jour leur base de données. Vous savez, ils sont tous le temps à la bourre, les commerciaux. »

Je poursuis en lisant le mail qu'il a lui-même envoyé le 20 mars 2020 à son top management pour leur demander de suivre l'activité du personnel. Nouveau silence… « Exactement, ouais ! Il fallait mesurer le niveau d'engagement de chacun. Mais vous vous remettez dans le contexte ou quoi ? bouillonne-t-il. Le 20 mars, quand vous avez toute la France qui s'arrête de travailler, il faut voir si des gens ne vont pas démissionner et si vous ne risquez pas de perdre vos équipes. Les managers avaient vocation à avoir des contacts avec leurs équipes pour qu'ils ne décrochent pas… Et là vous nous parlez des commerciaux. Mais c'est 5 % de la population. Parlez-moi des 5 500 autres salariées dans les crèches, qui sont chez elles en train de déprimer, qui sont en train de se faire tabasser par leur mari au passage, tous les dommages collatéraux. C'est ça qu'on a surveillé ! »

Odile, observant son mari patauger, vient à sa rescousse. « L'idée, c'était qu'ils ne perdent pas pied, indique-t-elle. Mais chacun était libre d'occuper son temps. C'était une période troublée, d'incertitude. Vous vous souvenez ? » Durieux, plus agité que sa femme, veut mettre en avant le travail exceptionnel que People a réalisé durant l'épidémie. « Ce ne sont pas vos témoignages qui vont donner de la crédibilité au truc. Ça a été fabuleusement bien accueilli, la façon dont on a géré les relations humaines pendant le covid. Je peux vous sortir des courriers de félicitations des hôpitaux. Et nous, derrière, on avait la France, mais on gérait dix pays en même temps. On a piloté avec notre expérience internationale le covid de façon formidable. On a fait venir des masques de Wuhan hyper rapidement, avant tout le monde. » Odile acquiesce. « On a même été faire les colis nous-mêmes avec Christophe », précise-t-elle.

Il n'est pas question, ici, de nier le rôle essentiel joué pendant le covid par les opérateurs de crèches. Simplement de questionner l'utilisation du chômage partiel et donc des fonds publics.

Débarrassée de ses actionnaires, la direction générale de People&Baby semble avoir petit à petit perdu pied. Je découvre qu'au-delà du covid, elle a développé de nombreuses pratiques permettant au groupe de se gaver d'argent.

D'argent public, évidemment…

Avec de drôles de méthodes.

Chapitre 31

« On nous demandait de tricher sur la présence des enfants »

L'anecdote m'a été narrée en avril 2023.

Cyrielle Sauze, l'ancienne directrice coordinatrice des Yvelines, se souvient : « On nous demandait d'éteindre la badgeuse au moment où on faisait la facturation. À partir du 26, on éteignait tout ! Et on la rallumait le 1er du mois. Les parents me disaient : "La badgeuse ne marche pas aujourd'hui ?" Je répondais : "Non, on est en période de facturation." Je me revois mettre une petite pancarte sur la badgeuse : "Période de facturation, pas besoin de badger." C'est bête, mais en fait, quand vous êtes dedans, vous ne vous rendez pas tout de suite compte de l'enjeu. »

Pour mieux comprendre la manœuvre évoquée par ce témoin, il est nécessaire, au préalable, de rappeler que le marché des crèches privées, comme celui des Ehpad, fonctionne en grande partie grâce aux fonds publics. Du côté « réservataire », les entreprises profitent d'une niche fiscale, le fameux crédit d'impôt famille (Cifam), qui leur permet de déduire 50 % du montant dépensé. S'agissant de l'occupation à proprement parler de la place, la dizaine de milliers d'euros de revenus annuels est réglée, on l'a dit, par les familles et les CAF (caisses d'allocations familiales), à travers ce qu'on appelle la PSU, la prestation de service unique. People&Baby a su parfaitement « optimiser » l'argent public à travers le crédit d'impôt famille, il a encore davantage rentabilisé le dispositif PSU.

Les modes de financement pensés par l'administration française, disons-le, sont d'une complexité extrême. Les innombrables sigles et acronymes, les plafonds, les sous-parties sont inaccessibles au commun des mortels. Seuls les hauts fonctionnaires des caisses d'allocations familiales – structures privées chargées de missions de service public – ou les spécialistes de la tarification des gestionnaires de crèches s'y retrouvent, et encore… Les premières concernées, les auxiliaires ou même les directrices, naviguent, elles, dans le brouillard le plus total. Et puis, plus les systèmes sont complexes, plus ils sont difficiles à contrôler. La sophistication se retourne alors contre l'administration, le système contre son créateur.

Sans trop entrer dans le détail, la PSU a été mise en place en 2002 dans un triple objectif : harmoniser le fonctionnement du secteur, rendre l'accès aux crèches plus « démocratique » et s'adapter aux besoins des parents. À travers cette prestation, la Caisse nationale des allocations familiales (CNAF) – établissement public – a instauré une méthode de financement unique pour l'ensemble des modes de garde (halte-garderie, multi-accueil, crèches, etc.). Le principe est louable : permettre un égal accès aux crèches sur l'ensemble du territoire à chaque foyer français. Je vous fais grâce du détail du mode de calcul de cette PSU qui est particulièrement barbant ; il s'appuie sur le coût de revient d'un berceau.

Retenez simplement qu'il y a un taux horaire, fixé chaque année par l'administration, qu'il faut ensuite multiplier par le nombre d'heures facturées aux familles.

En 2010, une crèche de vingt berceaux recevait environ 4,30 euros par 43 000 heures = 185 000 euros de PSU. Le problème est que le nombre d'heures facturées aux familles ne correspond pas aux heures de présence réelles du bébé. Une mère de famille comme Johanna, que nous avons rencontrée au début de ce livre, peut signer un contrat de 50 heures par semaine mais en réalité son enfant y séjournera 40 heures seulement, soit du fait d'absences imprévues (retards, maladie, vacances, etc.), soit parce que le contrat de départ se révèle surdimensionné. La CNAF, dans un souci de bonne gestion de l'argent public, veut réduire cet écart entre le facturé et le réalisé. Pour chaque euro dépensé, elle veut un bébé dans un berceau ! Pour ce faire, elle pousse les opérateurs à optimiser la gestion de leurs places en adaptant au mieux leurs contrats aux besoins des familles et, surtout, en remplaçant au maximum les absences.

En 2014, l'administration met en place un concept dont elle seule a le secret : le taux de facturation. Cet indicateur permet de mesurer l'écart entre le facturé et le réalisé. Il existe deux paliers : 107 %, cela veut dire que l'opérateur facture 107 heures pour 100 heures de présence effective. C'est un bon élève ! Et 111 % : le gestionnaire fait payer (en moyenne) 111 heures pour seulement 100 heures d'occupation du berceau. Il n'a pas assez bien géré les absences, il doit donc être pénalisé.

En fonction de ce « taux de facturation », la CNAF va verser plus ou moins d'argent. Prenons l'exemple de l'année 2022. Si une crèche affiche un taux supérieur à 111 %, elle va toucher 5,14 euros de l'heure, soit environ 221 000 euros par an. Entre 111 % et 107 %, son revenu horaire grimpe à 5,56 euros, ce qui fait 239 000 euros annuels. En dessous de 107, cela passe à 258 000 euros. En gros, à chaque palier, un opérateur touche 10 % de revenus supplémentaires. Compte tenu des montants en jeu, la tentation était grande pour les opérateurs d'améliorer plus ou moins artificiellement leur « taux de facturation » et d'empocher le maximum d'argent public. Certains n'y ont pas résisté… Dès la mise en place de cette réforme, en 2014, l'administration exige des gestionnaires de crèches qu'ils fassent valider par chaque famille les heures d'arrivée et de départ de leur bébé. La salle des machines se transforme aussitôt en usine à gaz. D'autant que tout cela s'organise dans l'anarchie la plus totale.

« Je ne veux pas entendre que c'est légal ou pas légal »

Dans certaines crèches gérées par People, le personnel réalise ce travail à la main sur de simples formulaires que les parents doivent signer chaque jour. D'autres utilisent des badgeuses. Comme à l'usine, ils doivent pointer. C'est précisément ce que nous expliquait Cyrielle Sauze, l'ancienne directrice coordinatrice des Yvelines. Alice Régnier, directrice multisite de 2014 à 2019, a assisté aux premières loges à la mise en application par People de cette réforme. Elle se souvient des réunions mensuelles au cours desquelles était projeté un tableau « avec un taux qui représentait l'écart entre le réel et le facturé, nous expliquant que la CAF reversait en fonction de tranches et qu'en dessous de 107, c'est là où on touchait le plus. On nous avait fait comprendre qu'il fallait avoir de bons taux de facturation ».

Alice Régnier affirme que la direction générale de People&Baby était à l'origine d'un système ne faisant l'objet d'aucune consigne par écrit. « Une fois par an, assure-t-elle, on nous montrait un tableau d'objectifs avec un taux de facturation à atteindre, en nous demandant d'optimiser un peu mais pas trop, pour que la CAF ne s'en rende pas compte. » Exigeait-on d'elle d'atteindre toujours le meilleur taux dans chacune de ses structures ? « Pas toutes, justement, répond-elle. C'est là qu'ils étaient malins. Les crèches où il y avait beaucoup d'absences, ils nous disaient : "OK, restez entre 107 et 111." Mais on ne s'amusait pas à aller en dessous de 107, c'était trop gros. »

Elle précise ceci : « Vu que le nombre d'heures facturées ne change pas, pour améliorer ton taux il n'y a qu'une solution : ajouter des fausses heures de présence d'enfants. Et pas qu'un peu. Je pense que sur un mois, sur mes crèches, je devais ajouter à peu près une dizaine de journées de présence qui n'étaient pas faites. » D'après les témoignages que j'ai obtenus, ces enregistrements d'heures de présence de bébés totalement fictives pouvaient se faire par l'intermédiaire des badgeuses, depuis le siège ou encore au niveau de la facturation mensuelle éditée par chaque directrice. Une ex-responsable de crèche en région parisienne, en poste entre 2019 à 2021, m'a permis de documenter la systémisation progressive de cette pratique.

Celle que nous appellerons Louise Sauvignon*, car elle aussi refuse d'apparaître sous son nom, a été plongée dans le grand bain dès son arrivée. « J'ai suivi la formation de directrice avec People, raconte-t-elle. Quelqu'un du siège est venu nous parler de la facturation, et je me souviens qu'à un moment, elle a haussé la voix en disant : "On vous demande tel taux de facturation, voilà comment il faut faire. Et je ne veux pas entendre que c'est légal ou pas légal." Elle était assez menaçante sur le fait qu'elle ne voulait pas qu'on discute de ça. » Louise* est contrainte d'établir sa première fausse facturation au mois d'août 2019. « Dans ma crèche, les salariées notaient à la main les heures d'arrivée et de départ. Sauf que chez moi, les filles ne trichaient pas. Elles ne mettaient pas de faux horaires. Donc je récupère ces données et je les rentre dans le logiciel de gestion des heures appelé Mikado. J'obtiens mon taux de facturation, le vrai. J'envoie tout ça à ma responsable opérationnelle et j'attends de voir ce qu'il se passe. »

Moins de dix minutes après l'envoi du mail, la personne en question lui répond : « C'est pas bon. Je n'arrive pas à te joindre sur la crèche... appelle-moi URGENT. » Les deux femmes échangent brièvement au téléphone ; sa supérieure lui donne alors la marche à suivre. À 16 h 25, Louise* renvoie une seconde proposition de facturation. De nouveau, cela ne convient pas. Cette fois-ci, la responsable opérationnelle se fait plus explicite : « Pas bon encore. Le TF doit être entre 104 et 107. » On peut difficilement faire plus clair : le siège de People&Baby exigeait de sa directrice qu'elle modifie son « TF », c'est-à-dire son taux de facturation, ce qui induisait nécessairement une falsification des heures de présence de bébés.

J'ai récupéré des documents internes illustrant cette pratique. Le moins que l'on puisse dire, c'est que les modifications sont réalisées à la truelle. Dans le premier rapport d'activité que j'ai récupéré, le taux affiché est de 123,9 %. Après modification, il est passé, comme par magie, à 104,43 %. « Je me souviens que j'avais ajouté des journées entières à des enfants, comme s'ils étaient revenus de vacances, ça me semblait moins visible que d'ajouter une heure par-ci, une heure par-là », avoue mon interlocutrice. Facteur aggravant, ce tour de passe-passe a été réalisé au sein d'une crèche en délégation de service public, confiée à People par la mairie du 17e arrondissement de Paris.

Sur ce point comme sur bien d'autres, j'ai donné au couple Durieux-Broglin la possibilité de s'expliquer. Les fondateurs nient fermement avoir passé la moindre consigne incitant les directrices à améliorer « artificiellement » leur taux de facturation. Ils affirment, au contraire, faire preuve de plus de transparence dans leurs déclarations que leurs principaux concurrents.

« On nous demandait de tricher sur la présence des enfants »

Le mécanisme désormais décrit, regardons maintenant combien cette façon de « jouer » avec le taux de facturation peut rapporter. Pour cela, j'ai imaginé un cas pratique, avec le soutien de plusieurs professionnels du secteur et l'appui de nombreux documents internes à People.

À chaque palier passé, un bébé rapporte 1 000 euros de plus par an

Pour une crèche lambda (ouverte 11 h 30 par jour, 235 jours par an), on arrive à 2 702 heures de présence maximale par enfant. Sachant que le taux d'occupation moyen des crèches PSU du groupe était de 80 % en 2022, cela donne 2 162 heures facturées par berceau. En utilisant les barèmes de cette même année, on arrive à 10 680 euros de revenus avec un taux de facturation supérieur à 111 %, 12 020 euros avec un taux de facturation compris entre 111 % et 107 % et 12 993 euros si la crèche déclare moins de 107 %. En résumé, à chaque palier passé, un bébé rapporte 1 000 euros de plus par an. Sachant qu'une crèche PSU accueille en moyenne une trentaine de berceaux, on peut estimer que le procédé rapporte, au bas mot, 30 000 euros par crèche. Vous serez sûrement curieux de savoir combien People&Baby possédait de crèches assujetties à ce régime en décembre 2021 ? 244 ! Si ne serait-ce qu'un tiers de ces crèches ont fait l'objet d'un changement de taux de facturation, c'est un gain d'argent public de 2,5 millions par an.

Soit potentiellement, depuis la réforme de 2014, plusieurs dizaines de millions d'euros…

Bien sûr ce ne sont que des projections, mais si mes calculs tombent juste, voilà de quoi s'autoriser quelques séjours au soleil !

Chapitre 32

Carotte marocaine et bâton français

Sur la photo, une dizaine de quads, pilotés par une joyeuse équipe de directrices de crèches, sont stationnés sur l'immense plage de Lkarkoura.

Le soleil brille, le ciel est d'azur. L'ouest marocain dans toute sa splendeur… Un homme jure dans le paysage : look estival – bermuda blanc, polo marine –, le crâne chauve, bien portant, l'air sérieux. Il s'agit d'Igor Presle*, directeur des opérations People&Baby venu faire le chaperon. Sur les photos que je me suis procurées, on retrouve le même groupe de salariés aux anges, perchés sur une file de dromadaires indolents, des billets d'avion People&Baby estampillés « Challenge TO », ou encore un merveilleux riad qui pourrait sortir tout droit d'un conte des Mille et Une Nuits, si ce n'est qu'il s'est enrichi de tout le confort moderne : majestueuse piscine, hamacs, chaises longues, pergola… Bienvenue à Essaouira ! Darla dirladada.

C'est Alice Régnier, qui a eu l'insigne honneur, deux fois de suite, de s'y rendre, qui m'a transmis les photos de son premier périple, réalisé en octobre 2017. « People organisait un concours pour les 10 ou 15 crèches les plus rentables de France, et les directrices gagnantes partaient en voyage quatre jours tous frais payés », raconte-t-elle. L'ancienne directrice d'Ainsi font font font, en région parisienne, se souvient d'une parenthèse enchantée : « On a passé une journée en quad, le long des dunes et sur la plage. On a eu un après-midi au souk, un autre en chameau. Et je me rappelle qu'on avait chacune eu droit à un massage. Franchement, le cadre était sublime. C'était un moment de détente incroyable. Dans la villa, tout était compris, le petit-déjeuner, le midi, le soir. C'était magnifique ! »

Mes enquêtes m'amènent à m'immerger durant plusieurs années dans les entrailles d'un groupe international, dans les méandres d'une organisation dysfonctionnelle. Ces descentes en eaux troubles agitent en moi une multitude de questionnements. Parmi toutes ces interrogations, il y en a une qui domine toutes les autres : comment tant de personnes peuvent prendre part à des pratiques si contestables qui, bien souvent, vont à l'encontre de leurs valeurs ?

Si autant de cadres de People&Baby ont accepté de témoigner, malgré les risques encourus, c'est précisément parce qu'ils avaient conscience du caractère dysfonctionnel de l'organisation à laquelle ils avaient participé, et des dangers que celle-ci fait peser sur des milliers de bébés, par nature vulnérables. Bien souvent, le drame de Lyon n'a pas entraîné chez eux une réaction de surprise, mais plutôt de sursaut. Il leur fallait réagir pour éviter que cela ne se reproduise, sans quoi leur responsabilité serait, d'une certaine manière, engagée. Mais pourquoi donc, alors qu'ils pressentaient la possibilité d'une telle tragédie, ont-ils collaboré à ce système ? Quels ont été les moteurs de leur action ? Les raisons de leur aveuglement ? La première explication tient au cloisonnement. Il n'y a chez People&Baby qu'un très petit nombre d'individus ayant une vision d'ensemble du « système Durieux ». La cofondatrice du groupe, Odile Broglin ; son DG, Raphaël Mailly, ainsi que ceux qui l'ont précédé à ce poste, comme Arielle Goldczer ; une partie de l'état-major, notamment les membres du comité de direction : le directeur des opérations groupe, le directeur de la trésorerie, la DRH, le directeur juridique, etc. En gros, une bonne quinzaine de responsables sont au fait des pratiques critiquables. La plupart des cadres sont au courant des dysfonctionnements qui touchent leur seule branche. Prenez les commerciaux. S'ils ont compris que le groupe profitait d'une situation de pénurie nationale de places de crèches pour faire payer le prix fort aux familles, ils ne connaissent pas forcément la pratique employée vis-à-vis des fournisseurs. Chacun est dans son couloir de nage.

Ce cloisonnement permet de limiter la circulation de l'information, et donc de la contenir. C'est d'ailleurs ce qui explique que Christophe et Odile aient fait le choix, depuis 2015, de poursuivre leur développement sans associés. De ce point de vue là, Alcentra est un partenaire en or. Il est prêt à débloquer des sommes colossales sans jamais mettre son nez dans les affaires internes. Ses seules exigences ? Qu'on lui transmette un dossier d'audit des groupes dont il va financer l'acquisition et, plus ou moins régulièrement, les ratios d'endettement de People pour s'assurer que son débiteur a la capacité de le rembourser.

« Il y a de quoi perdre les pédales »

Pourquoi participe-t-on à de tels agissements ? Parfois, parce qu'on n'en a pas conscience. Un grand nombre de salariés de People&Baby ne comprennent pas précisément la finalité de leurs actions. Il existe un autre phénomène à l'œuvre, plus difficile à définir mais dont on m'a fait part à de nombreuses reprises : l'emprise. Quand la domination intellectuelle ou psychologique d'un homme ou d'une organisation vous fait perdre vos repères, même les plus élémentaires.

Rappelez-vous de l'audition de l'ex-directeur du développement de People&Baby, dans le cadre du procès des fichiers clients volés à Babilou. Lorsque le policier lui demande s'il ne trouve pas immoral d'avoir utilisé ces données, ce dernier répond : « Si, vous avez raison. Mais j'étais sous l'emprise de M. Durieux. » Bien sûr, il se dédouane au passage, mais il est vrai que Christophe Durieux est, à bien des égards, fascinant. Ceux qui ont eu l'occasion de le côtoyer en parlent comme d'un homme doté d'un pouvoir de conviction hors norme : il est capable de vous persuader que la Terre est plate.

Cette emprise, Cyrielle Sauze, l'ancienne directrice multisite des Yvelines, en parle mieux que quiconque. « Tout a basculé quand j'ai été promue, m'avoue-t-elle. Je me retrouve prise dans un engrenage où je n'arrive même plus à être lucide, je perds complètement pied. C'est en partie grâce à mon mari si je m'en suis sortie, c'est lui qui m'a remis les pieds sur terre, en me disant : "Mais qu'est-ce que tu es en train de faire ?" Il voyait que tout ça ne me ressemblait pas, que j'étais en train de me perdre. » Si l'on veut comprendre les raisons qui poussent certains à participer à un système « maltraitant », il y a cette règle vieille comme le monde : ceux qui suivent les consignes sont récompensés quand ceux qui freinent des quatre fers sont sanctionnés. Souvenez-vous d'Alice Régnier : après s'être opposée à la politique de la « qualité perçue », ses rêves de progression ont été stoppés net par son supérieur hiérarchique. Cyrielle Sauze raconte, elle, que sa manageuse l'a congédiée dans la foulée du contrôle PMI de la crèche de Dreux, après qu'elle se fut plainte du manque de réaction de People.

Et puis, il y a les « carottes » … La virée à Essaouira est un bon exemple : plusieurs cadres de l'entreprise m'ont raconté à quel point ce voyage pouvait pousser certaines directrices à franchir la ligne jaune. Éric Ferreira, l'ancien responsable opérationnel Grand Est qui a accepté de témoigner en son nom, rapporte ceci : « Le challenge était remporté par les directrices qui avaient le meilleur taux d'occupation de France. Et puis, ils ont ajouté un second critère : le taux de facturation. Et tous les moyens sont bons pour gagner. Il y avait des directrices ouvertes à la triche, qui n'hésitaient pas à badger elles-mêmes à la place des parents. Il y en a qui auraient fait tout et n'importe quoi pour partir à Essaouira. On peut les comprendre. Certaines de ces filles n'avaient jamais pris l'avion, n'étaient jamais parties à l'étranger. Et là, elles se retrouvaient avec un voyage au Maroc, tous frais payés, dans un riad grand luxe. Il y a de quoi perdre les pédales. »

Ce système d'incitation a cours à tous les étages de l'entreprise. « Les directrices, elles ont des primes. Mais nous aussi, révèle Éric Ferreira. Ça permet de toucher des sommes importantes. Entre 3 000 et 5 000 euros par an pour un responsable opérationnel, et autour de 2 000 euros pour une directrice. Ça motive même les plus récalcitrants à se faire aux pratiques du groupe. » Si les salariés ne pouvaient pas toujours percevoir les implications directes de ces fameuses « pratiques » sur les conditions d'accueil des bébés, un point aurait dû les alerter.

La gestion des repas.

Chapitre 33

Les pompes funèbres mènent à tout

Le quadra a un look de rocker : lunettes Aviator, barbe fournie, bras tatoués.

Je retrouve ce témoin au Barapizza, une pizzeria sans façon de Saint-Malo. Cet homme, c'est Yoann Sozon*, l'ancien responsable achats de People&Baby (2011 à 2015), déjà évoqué précédemment. D'emblée, j'en viens au sujet qui me tient peut-être le plus à cœur : le repas des bébés.

À son époque, Yoann* s'occupait précisément de rédiger les dossiers d'appels d'offres alimentation de People&Baby. « J'établis qu'on a X nombre de crèches, qu'on veut être livré soit la veille, soit dans la nuit pour qu'on puisse donner à bouffer aux gamins, me raconte-t-il. On donne la liste des contacts, comment tu gères les factures, etc. Tu écris un cahier des charges, et eux, ils t'envoient des exemples de menus en fonction de ce que toi t'as demandé. » Un doute m'assaille. Je me lance : « Et toi, Yoann*, tu t'y connais sur ce sujet, tu sais ce qu'il faut donner comme menu à des enfants en bas âge ? » Mon interlocuteur termine sa gorgée de bière avant de me répondre, avec un naturel déconcertant. « Bah ! Je suis allé sur Internet et j'ai récupéré le GEMRCN, document de référence pour les marchés de restauration collective.

Ensuite, il suffit de regarder leurs préconisations. Genre la viande, c'est une fois par jour. Le machin, c'est X fois par semaine. Tu regardes ça et puis tu demandes les menus qu'on te propose sur quatre semaines. Et tu sens si c'est cohérent ou pas, si les mêmes plats reviennent tous les deux jours ou pas. Donc tu as un minimum d'analyse comme ça. »

Surpris par la légèreté de cette « analyse », j'insiste : « Mais tu étais seul à gérer la politique alimentation du groupe ? » Yoann Sozon* m'avoue n'avoir pas mesuré, sur le moment, à quel point la situation était anormale... C'est trois ans plus tard, lors de son embauche chez l'un des concurrents de People, qu'il a pu mesurer le gouffre qui séparait les deux gestionnaires. « Chez Les Petits Chaperons Rouges, je me concentrais sur la partie logistique et finances, la partie nutrition, c'est des spécialistes qui s'en occupaient », dit-il.

Yoann Sozon* m'a raconté les différentes étapes d'un appel d'offres telles qu'il les a vécues. En tout premier lieu, il faut réaliser un cahier des charges listant les exigences du groupe : qualité des produits, logistique, sécurité alimentaire, suivi des commandes, facturation, etc. C'est donc Yoann Sozon* qui s'en occupe, seul, alors qu'il n'a manifestement pas les compétences requises. À son arrivée chez People&Baby, il sort d'une expérience d'un peu plus d'un an en tant qu'acheteur junior dans le secteur... des pompes funèbres. Et doit sa promotion express à la démission de son supérieur...

Pour établir ce cahier des charges, il consulte le fameux GEMRCN qui sert de guide pour les repas en collectivité, que ce soit dans les cantines scolaires, les hôpitaux, les Ehpad ou les crèches. Ce document propose des menus types sur un mois, en mentionnant la fréquence et le grammage des différents produits utilisés : viandes, poissons, légumes, laitages, etc.

« On négociait sévère »

Après avoir transmis le cahier des charges aux différents acteurs du marché (Elior, Sodexo, Ansamble, API restauration), il faut comparer leurs offres et analyser leurs processus de fabrication. Yoann* se souvient que lorsqu'il officiait pour Les Petits Chaperons Rouges (LPCR), quasiment toutes les branches du groupe étaient mobilisées. « Il y avait ma responsable achats, le service hygiène et sécurité, la qualité petite enfance, la direction financière, détaille-t-il. Il y a au moins quatre directeurs de service qui bossent sur le sujet et qui sont présents lors des consultations des appels d'offres. »

Chez People, apparemment, c'est l'inverse. « J'ai longtemps été tout seul aux achats », déplore Yoann*. Du coup, People&Baby n'est pas en capacité de contrôler en profondeur les structures des opérateurs de restauration collective. « Chez LPCR, il y avait le service hygiène et sécurité pour parler de tout ce qui était procédures dans les cuisines centrales des fournisseurs, comme les process de non-rupture de la chaîne du froid. C'est avec lui que je faisais les visites en cuisine, développe Yoann*. On faisait un vrai audit chez LPCR, ce que je n'ai jamais fait chez People. » Selon Yoann*, dans le groupe de Christophe Durieux, ce sont clairement les critères financiers qui primaient. « Je me souviens qu'on envoyait le contrat à la direction des opérations. Mais, en gros, ils s'en cognaient… C'était Odile Broglin qui devait gérer ça. Elle avait un regard en disant : "Oui, il faut faire bien, etc." Certes ! Mais, au final, t'allais chercher surtout un prix. Et je peux vous dire qu'on négociait sévère. »

Un document interne hautement sensible me permet d'étayer ce témoignage : le dossier de l'appel d'offres alimentation lancé par People&Baby, en avril 2014. Il y a une chose qui frappe d'emblée, c'est qu'il est particulièrement succinct. Sur douze pages, trois seulement détaillent le cahier des charges de People. On comprend qu'aucun nutritionniste ou diététicien n'a participé à son élaboration. À la page 10 apparaît un élément déterminant, les prix cibles affichés par People :

> À l'issue d'une étude approfondie des prix d'achat de prestations alimentaires d'entreprises similaires à notre Groupe, nous visons les prix maximums suivants :
> – Liaison Froide : 3 euros TTC par jour et par enfant (1 repas + 1 goûter)
> – Dont denrée Brute : 1,90 euro TTC par jour et par enfant (1 repas + 1 goûter)
> Le prestataire devra adapter son offre à cette contrainte et à ces prix cibles.

La liaison froide est le mode de préparation des repas le plus répandu dans le secteur des crèches. Les plats sont préparés dans des cuisines centrales disséminées dans tout l'Hexagone puis livrés au dernier moment aux crèches, il n'y a plus qu'à les réchauffer et le tour est joué. On le voit, People ne comptait pas dépenser plus de 3 euros TTC par jour (denrées + main-d'œuvre) pour l'alimentation des bébés.

Je suis évidemment incapable, à ce moment-là, de savoir si ce prix est dans les standards du secteur ou s'il est anormalement bas. Je contacte alors Jean-Yves Fontaine, le directeur général d'Elior France. Il est, sans aucun doute, l'une des personnes les plus compétentes en la matière. C'est son groupe qui a remporté cet appel d'offres, en 2014. Et surtout, cet homme est devenu, au fil des années, la référence absolue de la restauration en crèches, travaillant pour les principaux leaders du secteur, notamment

Babilou et Les Petits Chaperons Rouges. Jean-Yves Fontaine, malgré un emploi du temps surchargé, libère des déjeuners entiers afin de me livrer les « secrets » de la restauration collective ainsi que les spécificités des repas des tout-petits.

Il a beau afficher l'attirail du parfait PDG – chemise blanche, costume gris, chaussures de ville –, on comprend d'emblée à sa gestuelle, son absence de manières, sa liberté de parole et ses mains calleuses que c'est un homme du terrain. En 2023, au moment de nos premiers entretiens, il fêtait ses quarante ans au sein du groupe Elior. Il y a occupé tous les postes : directeur de restaurant, chef d'exploitation, directeur régional, directeur des opérations, puis directeur général.

Il découvre le monde des crèches au milieu des années 2000, alors qu'il est à la direction d'Ansamble, filiale d'Elior. Les gestionnaires privés prennent leur envol. Ils ont besoin d'un partenaire fiable, sur le long terme, qui soit prêt à investir sur ce segment encore méconnu. « À cette époque, explique-t-il, il n'y avait rien à part quelques recommandations nutritionnelles, m'apprend-il. Donc je mets une diététicienne sur le coup. Et je lui dis : "Je veux qu'on écrive un référentiel petite enfance." C'est là que vous définissez les fréquences alimentaires, les produits que vous interdisez, les processus de fabrication, les temps de cuisson, etc. Rien n'était structuré dans le métier. Je pense que nous sommes à l'origine des bases de ce nouveau marché. »

« En dessous de 3,20 euros, je vous interdis de vendre »

Les équipes d'Ansamble approfondissent jour après jour leur connaissance de l'alimentation des bébés. Ayant établi qu'il leur faut entre 100 et 250 grammes de purée de fruits par jour, Jean-Yves Fontaine passe des accords avec des vergers dans toute la France afin de réaliser des purées de pommes premium, à partir d'invendus. Parti d'un protocole de 2 tonnes, vingt ans plus tard il en écoule plus de 800. Il est le premier à monter des cuisines centrales spécialement dédiées aux crèches, avec des machines spécifiques telles qu'une centrifugeuse, capable d'obtenir des purées parfaitement lisses, sans morceaux. L'une de ses plus grandes fiertés ? Être le seul opérateur à offrir du poisson frais aux moins de trois ans. « Les autres proposent tous du congelé, parade-t-il. Parce qu'il y a un défi de fraîcheur et un sujet concernant les arêtes, mortelles pour les enfants. Je suis allé voir un gars que je connais en Bretagne, à la criée de Lorient, et je lui ai dit : "Fais-moi des filets de poisson garantis sans arêtes." Et on l'a fait. »

Nous en venons à la question sensible des prix, plus particulièrement ceux ayant cours au milieu des années 2010. « Un repas en crèche, c'est 30 grammes de protéines, assure mon interlocuteur. Il y a très peu de viande et beaucoup de fruits. Donc les prix oscillent entre 1,20 euro et 1,50 euro d'alimentaire, hors taxe, auquel tu rajoutes les frais de fabrication. En 2014, pour proposer un repas de qualité en crèche, goûter compris, on ne pouvait pas descendre en dessous de 3,20 euros TTC. Ça se jouait entre 3,20 euros et 3,30 euros. » Quid de sa rentabilité ? « Quand je vends un repas, je marge entre 10 et 12 %, m'informe-t-il, en toute transparence. En gros, ça me coûte 3 euros. On est des "centimiers" : on gagne 20 centimes par repas. C'est sur le volume que je fais du profit, pas sur le coût unitaire. »

Que pense-t-il du prix cible de 3 euros TTC visé par People&Baby ? « Là, c'est de la merde, je vous le dis comme ça, cingle-t-il. J'avais dit à mes commerciaux : en dessous de 3,20 euros, je vous interdis de vendre. » En

2014, Jean-Yves Fontaine, qui dirige donc Ansamble, l'une des filières d'Elior, ne veut plus entendre parler de ce gestionnaire de crèches avec qui il a déjà eu maille à partir. C'est sa maison mère qui va récupérer le marché People, malgré ses alertes. « L'un de mes collègues d'Elior me prévient qu'il va répondre à l'appel d'offres, raconte-t-il. Je le mets en garde. Trop content de récupérer un client, il signe tout de même. Dans mon dos. Je lui demande alors à combien il a eu le marché. Il me répond : “2,80 euros !” »

La suite de l'histoire, on la connaît : People conteste les factures, accumule les impayés ; Elior est contraint de lâcher plus d'un demi-million dans l'affaire. C'est Jean-Yves Fontaine, après avoir pris la direction générale du groupe, qui prend la décision de stopper toute relation commerciale avec le « premier gestionnaire indépendant de crèches de France ». Et ne lui parlez pas de Christophe Durieux. « Il tire les prix vers le bas, il conteste les factures... ce ne sont pas des façons de faire, gronde-t-il. Et un jour ou l'autre, ça se paie. Après avoir perdu Ansamble et Elior, c'est quand même panique à bord, ça va être plus dur pour lui de faire jouer la concurrence. »

« Le groupe se met 12 % en dessous de la qualité minimale »

Certes, les faits évoqués remontent à plus de cinq ans ; c'est pourquoi j'ai continué intensivement mon travail de recherche. Au sein de People, comme chez les opérateurs de restauration collective, de nombreux cadres m'ont accompagné dans cette démarche, dépités par le comportement de ce gestionnaire très particulier. Ils me transmettent de quoi boucler la boucle : l'un des derniers appels d'offres lancés par People&Baby, en octobre 2022.

À première vue, les exigences du groupe et son niveau de professionnalisme se sont considérablement accrus. Le dossier fait 38 pages, trois fois plus que celui de 2014. People exige de la viande française (sauf pour l'agneau), du poisson sauvage sans arêtes, des fruits et légumes bio ou encore du pain frais artisanal. Et pourtant, le groupe Elior, tout comme sa filiale Ansamble, refusent d'y répondre, considérant que ce cahier des charges va à l'encontre de leur politique qualité. Dans un mail interne à Elior que j'ai pu me procurer, les équipes dressent la liste de tous les points problématiques contenus dans ce document, qualifié de « bourbier ». Je vous en livre ici un extrait :

> Ils veulent respecter Egalim[1] et donc interdire les conditionnements en plastique mais… l'offre dans l'assiette, en prix de base, ne contient aucun bio.

D'autre part, People propose un contrat pour seulement un an, ce qui est totalement rédhibitoire pour Elior, qui estime ne pas pouvoir développer une politique ambitieuse sans projection sur le long terme.

Dans ce mail, il est également reproché à People de proposer 4 ingrédients (plutôt que 5) aux grands, ou encore le fait que l'aspect qualité ne pèse même pas un quart des critères d'achat. Mais parmi tous ces points, voici celui qui a le plus choqué les équipes d'Elior : « 2 offres : grammages GEMRCN et – 12 % grammages. » Traduction : People demande aux fournisseurs de lui présenter une offre avec 12 % de grammages en moins que ce que le document de référence de la restauration collective préconise.

---

1. Loi de mars 2023 censée protéger les agriculteurs face à la grande distribution.

Jean-Yves Fontaine l'assure : en quarante ans de métier, il n'avait jamais reçu une proposition aussi choquante. « Le GEMRCN, ce sont des recommandations que tout le monde respecte dans notre métier. Dans ce document, on vous donne la fréquence et le grammage nécessaires pour le bœuf, le veau, le poisson, les fruits, etc. Là, ça veut dire que le groupe se met 12 % en dessous de la qualité minimale. En général, on nous présente des cahiers des charges au-dessus, avec + 10 % ou + 20 %… » Mon témoin le répète, en secouant la tête de dépit : « – 12 %, c'est du jamais-vu. »

Lors de mon entrevue avec les fondateurs de People, nous abordons dans le détail la politique alimentation du groupe. Prenant connaissance des documents en ma possession, Durieux reconnaît sans hésiter avoir tenté d'optimiser les prix au maximum. « Si à l'époque l'acheteur a cherché un prix en dessous de 3 euros, c'est qu'il a bien fait son travail. Bien sûr qu'on négocie tous. Moi comme mes concurrents. S'ils vous disent qu'ils ne sont pas à 10 centimes près sur l'alimentation, ils vous mentent. Chaque centime compte. D'autant que derrière, c'est de l'argent public. Donc on fait attention. » Pour autant, le couple fondateur de People m'assure avoir l'un des meilleurs cahiers des charges du secteur. « Franchement, l'alimentation, c'est la base de la santé, c'est mon métier de départ. J'y suis particulièrement vigilante », affirme Odile Broglin, visiblement atteinte par les différents éléments mettant en cause leur politique en matière de repas. « Depuis 2008, on a beaucoup investi dans l'alimentation, poursuit-elle. On a 50 % de nos produits en bio. On essaie de faire, dès que possible, des cuisines sur place. Les familles disent d'ailleurs que c'est l'un de nos points forts. »

À la suite de notre rendez-vous, ils me transmettent une série de documents détaillant la promesse alimentaire de People. L'un d'eux certifie que les produits servis sont frais, locaux et de saison, ne comportant ni colorants, ni additifs, ni conservateurs. Dans un autre, il est précisé que la politique des trois aliments bio par jour leur coûte 400 000 euros de plus par an que s'ils se contentaient de suivre la loi Egalim (20 % de produits bio a minima). Le couple fondateur est, en revanche, bien incapable de m'indiquer le prix exact d'un repas payé à leur prestataire, Api restauration. Ce dernier, contacté par mes soins, m'indique être tenu à la confidentialité s'agissant du cahier des charges et du tarif appliqué.

Si People&Baby a pu, on l'a vu, envisager dans son dernier appel d'offres de réduire les portions des enfants, l'appétit de Durieux, lui, ne cesse de croître.

Dans quel but ?

Chapitre 34

Le mystère Durieux

En avril 2023, il se murmure dans le Tout-Paris des affaires que People serait à la recherche de nouveaux partenaires.

Plusieurs banques d'affaires auraient été contactées pour assurer le rôle de conseil. Certaines, comme Natixis, auraient refusé, parfaitement au fait de la réputation sulfureuse du gestionnaire. Mes sources les mieux introduites obtiennent des bribes d'informations, mais personne ne sait précisément pourquoi Durieux tape aux portes des financiers. Souhaite-t-il juste tester le marché ? Cherche-t-il finalement un actionnaire minoritaire ? Envisage-t-il de céder la totalité de son empire ? Est-il lâché par son prêteur, le géant Alcentra ? À cette époque, toutes ces options sont sur la table. Une chose est certaine : People a besoin d'argent frais.

Un document inédit atterrit finalement entre mes mains. S'il contient de nouvelles informations particulièrement instructives, il recèle aussi deux énigmes majeures.

Ce fichier interne au groupe, datant de fin 2022 et comportant une cinquantaine de pages, détaille les dernières acquisitions de People, l'état du parc de crèches, les performances économiques ou encore les prévisions de croissance. À la lecture de ces données, l'on ne peut être qu'impressionné par la trajectoire empruntée par People&Baby, entre juin 2018 et fin 2022. Le bon génie Alcentra semble avoir réalisé tous les vœux de Christophe Durieux. Le gestionnaire a multiplié son nombre de berceaux par trois en quatre ans, passant de 9 500 fin 2018 à plus de 32 000 en décembre 2022. Rien qu'en France, il en possède plus de 11 000, ce qui le place en troisième position, au coude-à-coude avec son ennemi juré, Babilou.

People ne boxe clairement plus dans la même catégorie. Alors que l'international représentait moins de 30 % de son chiffre d'affaires en 2020, il génère désormais plus des deux tiers de ses revenus. De surcroît, l'entreprise est parvenue à se diversifier géographiquement, afin de limiter les risques. La direction générale se félicite d'être « solidement installé(e) sur quatre zones géographiques : Amérique du Nord, Europe, Asie et Moyen-Orient ». Dans ce document, il est indiqué que le groupe serait leader du secteur privé à Singapour (à la suite de l'acquisition de Star Learners), au Luxembourg, aux Émirats arabes unis ou encore en Italie. Simon Mantin*, l'ex-responsable des fusions-acquisitions, semble avoir fait le job. On apprend également, dans un « point d'actualité », que « le drame survenu le 22 juin 2022 dans une crèche de Lyon ne remet pas en cause la solidité de l'activité ». People se félicite, dans le même élan, d'avoir reçu « de très nombreux messages de soutien des clients, parents et collectivités ».

Rien ne semble donc arrêter l'ascension fulgurante de celui qui se présente encore et toujours comme le « premier gestionnaire indépendant de crèches de France » : ni les drames, ni sa mauvaise réputation, ni même les contrôles. La croissance de People entre 2021 et 2022 avoisine les 30 %, ce qui est colossal après quasiment vingt ans d'existence. Son chiffre d'affaires titille les 400 millions d'euros. Pour ce qui est de la gestion courante, tout semble aller pour le mieux dans le meilleur des mondes : les taux d'occupation augmentent et les familles seraient satisfaites à plus de 99,5 % de l'accueil de leurs bébés. Que demander de plus ?

Néanmoins, la tragédie de Lyon joue toujours un rôle d'épouvantail, contrairement à ce qu'affirme cette présentation. Les enquêtes publiques qui ont suivi ont continué de refroidir un certain nombre d'investisseurs à la recherche de tranquillité et de stabilité ; aucun financier ne supporte bien longtemps les lumières des caméras.

Mais plus que cela, c'est la situation économique de People qui inquiète. Les acteurs susceptibles d'être intéressés se sont plongés plus en profondeur dans les comptes, en ayant accès à une information cruciale qui n'est pas clairement affichée dans cette présentation : le résultat net. Selon les informations qui m'ont été transmises, People&Baby est en fait déficitaire chaque année, depuis l'arrivée d'Alcentra, en 2018. De 3 millions d'euros en 2018, 4 millions en 2019, plus de 5 millions en 2021… Le groupe ayant pris l'habitude de publier ses comptes avec plusieurs années de retard, il n'est pas possible d'obtenir de chiffres plus récents. Mais d'après plusieurs sources internes, 2022 et 2023 auraient également présenté des résultats déficitaires.

People&Baby n'était pas plus rentable les années précédentes. Rappelez-vous l'attitude de la Caisse des dépôts qui, inquiète de l'état de la trésorerie, tentait dès 2012 de stopper la fièvre acheteuse de Christophe Durieux. Souvenez-vous des propos de Bruno Simon*, l'ancien DGA, qui en 2015 conseillait à son patron de céder la totalité de son groupe, persuadé qu'au vu de sa situation financière, People ne trouverait pas de nouveaux investisseurs. Si l'on remonte encore plus loin, l'on s'aperçoit que l'entreprise n'a quasiment jamais été bénéficiaire depuis sa création, en 2004.

Voilà la première énigme à laquelle je me trouve confronté. Pourquoi un homme comme Christophe Durieux s'obstine à suer sang et eau, en prenant des risques considérables, flirtant avec les limites de la réglementation, si sa société ne gagne pas d'argent ? Sachant qu'en plus, le fondateur de People affirme ne pas se verser de dividendes et toucher un salaire modeste. Quelque chose ne tient pas dans cette équation. Ces mauvais résultats sont-ils dus à une mauvaise gestion qui perdurerait depuis vingt ans ?

Ou alors, au contraire, cette absence de rentabilité ne serait-elle pas recherchée ?

C'est contre-intuitif, mais en réalité, être déficitaire comporte de nombreux avantages. Le premier étant que vous ne payez pas d'impôt. Ce qui est le cas de People&Baby qui, d'après mes informations, n'en aurait quasiment pas versé ces dernières années. Tout juste 100 000 euros en 2018 et 700 000 euros en 2020. Le reste du temps, le groupe affiche des pertes qui lui permettent d'obtenir des crédits d'impôt. C'est le cas en 2019, où il aurait obtenu un déficit reportable de près de 1 million d'euros permettant d'être déduit du résultat de ses prochains exercices. Même chose en 2015, 2016, 2021… Lorsque votre entreprise ne génère pas de bénéfice, vous n'avez pas non plus à reverser de primes de participation à vos employés. Vous avez également une bonne raison de continuer à faire fonctionner vos équipes en mode dégradé ou de faire patienter vos fournisseurs. Cette absence récurrente de rentabilité pourrait avoir une autre cause, moins glorieuse : ces mauvais comptes ne seraient pas seulement souhaités mais organisés, à travers un système d'optimisation financière du groupe. En clair, Christophe et Odile dégageraient de la rentabilité ailleurs, sans que personne s'en aperçoive. Ni les salariés, ni les fournisseurs, ni les concurrents, ni les responsables politiques, ni les autorités de contrôle.

Il me faut creuser cette hypothèse.

Où va l'argent ? Cette question, je ne suis pas le seul à me l'être posée. De nombreux cadres de l'entreprise se sont étonnés, à différentes époques, des mauvais résultats du groupe tout comme de l'existence d'un certain nombre de sociétés gravitant autour de la galaxie People&Baby.

« Je ne sais pas comment les commissaires aux comptes ont pu laisser passer un truc pareil »

Emmanuel Morel, qui y a officié en tant que contrôleur de gestion entre 2011 et 2012, est l'un des premiers à m'avoir glissé des indices. Comme tant d'autres témoins interrogés par mes soins, il a commencé par s'inquiéter du manque de vision du fondateur de People&Baby. « J'avais le sentiment qu'il y avait beaucoup plus de questions d'ego que de stratégie, me confie-t-il. La seule stratégie, c'était : on répond à tout ! Et on n'écoute pas ceux qui sont sur le terrain. Le projet de Durieux, c'était de planter des petits fanions People un peu partout. Même dans des coins où ça n'avait aucun sens ou sur des structures qui n'étaient pas rentables. » Cet ancien cadre a, lui aussi, eu à subir les obsessions de Christophe Durieux. « À un moment, je trouvais que le mot Babilou était prononcé plus souvent que celui de People. C'est dire s'il y avait un souci. Je me souviens qu'il voulait absolument qu'on obtienne la DSP de Courbevoie en faisant une "super offre", simplement parce que c'était le fief des frères Carle. »

En parallèle de cette politique de développement qu'il est censé accompagner, Emmanuel Morel, en sa qualité de contrôleur de gestion, prend connaissance d'un certain nombre de dépenses étonnantes. Un jour, c'est l'hélicoptère qui apparaît dans les comptes. « Vous voyez à quel point il est incohérent, me lâche Morel. Le gars prend un hélico pour aller négocier les tickets restos dans une DSP. Et l'argent est déjà cramé dans son aller-retour ! Il mettait sur la boîte des heures de location d'hélico, via une société luxembourgeoise. » Des montages assez classiques. Un autre jour, c'est un 4 x 4 Mercedes flambant neuf. « On m'avait demandé de regarder les comptes de la crèche que l'on gérait au Luxembourg pour les membres du Parlement européen, poursuit Morel. J'avais alors découvert qu'il avait facturé l'achat d'un gros 4 x 4 Mercedes pour la modique somme de 85 000 euros. Je ne sais pas comment les commissaires aux comptes ont pu laisser passer un truc pareil. » La BPI, elle, alors actionnaire du groupe, a refusé, selon mes informations, de valider les documents comptables relatifs à cette acquisition.

Emmanuel Morel a fait d'autres découvertes, plus importantes. « Je m'étais rendu compte qu'il y avait un certain nombre de SCI (sociétés civiles immobilières) qui apparaissaient dans les comptes et à qui People reversait des loyers, vous devriez regarder ça de plus près, me lance-t-il. Quand j'ai commencé à comprendre le système, je me suis dit : si People perd de l'argent tous les ans, qu'en est-il des fondateurs ? Et les actionnaires de l'époque, la Caisse des dépôts et le CIC, ne devraient-ils pas toucher des dividendes ? Là, ils ne touchent rien. »

Cet ancien contrôleur de gestion soutient qu'avec certains de ses collègues du siège, ils avaient découvert l'existence d'un vaste système d'investissements immobiliers potentiellement réalisés par le couple fondateur dont on doit se demander s'il était dans l'intérêt du groupe, des salariés, des investisseurs. Et, accessoirement, de l'argent public, puisque la majorité des revenus du gestionnaire de crèches provient des CAF ou du Cifam. La conclusion d'Emmanuel Morel résume bien l'état d'esprit de la plupart des témoins que j'ai pu interroger : « Honnêtement, je me suis souvent demandé – et c'est encore le cas, dix ans plus tard – si Durieux n'avait aucune idée de ce qu'il faisait ou si c'est un génie ! »

« Il ne faut pas avoir fait Polytechnique pour comprendre que c'est suicidaire… »

La lecture du document de présentation reçu en avril 2023 recèle une seconde énigme. En plus de l'absence de rentabilité du groupe, un autre point alerte les potentiels investisseurs : l'état d'endettement de People&Baby. On le sait, la Caisse des dépôts associée au CIC avait injecté près de 15 millions d'euros lors de leur entrée au capital, en 2011. Cette dette avait encore grossi, en 2015, avec l'arrivée du « mezzaneur », Indigo Capital, se chiffrant désormais en dizaines de millions d'euros. Et puis, en 2018, le génie Alcentra a rejoint l'aventure. Grâce à lui, People a pu s'offrir ce qu'il y avait de plus beau, sans trop se soucier du prix. À Singapour, Durieux a ainsi pu doubler tout le monde en rachetant le groupe Star Learners pour la bagatelle de 65 millions d'euros. Malheureusement, nous ne sommes pas dans un conte de fées mais plutôt dans un compte de *fees* Alcentra. Le génie n'en était pas un. Juste un prêteur. Et il est maintenant l'heure de passer à la caisse.

En annexe de ces fichiers internes estampillés People&Baby, je découvre une page, sans logo. Elle comprend un unique tableau, d'une dizaine de colonnes, intitulé « Décomposition de la dette (échéance 2025) ».

À la ligne 1, il est indiqué qu'un premier prêt de 132 millions a été accordé en juin 2018. Nous n'étions pas loin du montant évoqué par l'ancien responsable des fusions-acquisitions. Six autres suivent jusqu'en avril 2022, pour un montant total absolument faramineux : 407 millions d'euros ! C'est au-delà de tout ce que j'avais pu estimer. Comment People a-t-il pu emprunter de telles sommes malgré sa situation financière ? La situation est d'autant plus alarmante qu'Alcentra, nous le savons, n'est pas un prêteur comme un autre. Cette dette a été constituée à des taux bien plus élevés qu'un prêt classique. Ce document annonce un taux avoisinant les 10 % quand les autres acteurs du secteur empruntaient alors auprès des banques à un taux situé aux alentours de 4 %. Résultats : en mai 2023, selon ce fichier, la dette de People aurait dépassé les 550 millions d'euros.

Pour un groupe de cette taille, c'est hors de toute proportion.

C'est à se demander comment la société peut faire face. Elle doit désormais rembourser plus de 35 millions d'euros d'intérêts annuels. Et cela ne peut qu'empirer, étant donné que les taux mentionnés sont variables et qu'ils n'ont fait que progresser depuis 2022. Pour en avoir le cœur net, je transmets ce document à un spécialiste de la dette, désireux de conserver l'anonymat. Il me confirme : « Plus de 400 millions d'euros de dettes, avec ces taux, c'est énorme. » « Je ne comprends même pas, ajoute-t-il, comment Alcentra a pu leur refiler 100 millions d'euros en pleine crise du covid et faire passer la dette de 300 à 400 millions d'euros. Il faut vraiment qu'en face, les mecs soient de très bons acteurs. »

Que ferait-il s'il se retrouvait demain à la place d'Alcentra, en tant que prêteur ? « Je considère que la boîte, elle est à moi ! s'esclaffe-t-il. Je deviens actionnaire, de fait. 50 millions d'EBITDA avec 500 millions de dette à 10 %, il ne faut pas avoir fait Polytechnique pour comprendre que c'est suicidaire… Le rapport de force, il va changer. À la seconde où la boîte va se trouver en défaut. »

D'après ce financier, l'état d'endettement de People&Baby aurait atteint un point de non-retour, plaçant le groupe en situation d'extrême vulnérabilité vis-à-vis de son prêteur, Alcentra. Ce dernier pourrait décider de prendre tout ou partie du contrôle du groupe s'il ne respectait pas ses engagements ou ne remboursait pas une échéance de crédit. Voilà donc pourquoi Christophe Durieux serait venu taper à la porte des financiers, en avril 2023 ; il cherchait une porte de sortie.

En vain.

Cerné, le phénix Durieux va-t-il, une fois encore, renaître de ses cendres ?

Chapitre 35

Le choc des titans

Coup de tonnerre dans le ciel tourmenté de People&Baby.

Le 21 avril 2023, Alcentra assigne en justice le gestionnaire de crèches ! Pour Christophe Durieux, c'est un cataclysme. L'entrepreneur intrépide a beau connaître par cœur les arcanes des tribunaux, cette fois-ci, l'adversaire boxe dans la catégorie poids lourds. On ne parle plus des 1 000 euros dus à la ferme pédagogique La Bergerie, ni même de l'assureur Axa, détenteur d'une créance de 1 million d'euros.

Son créancier est un titan de la finance, pesant 38 milliards, qui vient d'être absorbé par encore plus gros que lui, l'américain Franklin Templeton. Ce dernier, revendiquant près de 1 700 milliards de dollars d'encours, fait tout simplement partie du top 15 des plus gros gestionnaires de fonds du monde. Au-dessus, il n'y a plus personne, hormis peut-être BlackRock.

Pourquoi Alcentra a-t-il décidé d'attaquer aussi frontalement son débiteur ? Et surtout, comment le petit Français peut-il espérer faire le poids face à ce mastodonte ?

Cette procédure a, évidemment, été totalement passée sous silence (ce n'est d'ailleurs pas officiellement Alcentra qui agit mais un spécialiste des transactions financières qui l'accompagne, Aether Financial Services). À part le premier cercle, aucun salarié People&Baby n'imagine que son avenir est en train de se jouer dans ces hautes sphères. Les enjeux financiers sont colossaux ; on parle tout de même de 1 demi-milliard d'euros.

Je me suis procuré les conclusions des avocats de People et Alcentra qui ont âprement ferraillé entre avril et septembre 2023. En parcourant ces centaines de pages d'empoignades, on découvre l'historique de la relation de ces « partenaires » tellement particuliers qu'ils en sont devenus adversaires. D'après l'avocat de l'opérateur de crèches, ce sont les représentants d'Alcentra qui auraient approché Christophe Durieux, en juin 2018, attirés, selon les dires de ce dernier, par « les promesses de développement du groupe et la profitabilité du secteur ».

Une fois le deal conclu, le fonds de dettes procède à l'émission de plusieurs emprunts obligataires (forme de crédit donnant lieu à l'émission de titres de créance) pour un montant total (au 31 décembre 2022) de 438 264 475,09 euros ! La somme a beau être stratosphérique, on ne parle ici que du capital. Il faut ensuite ajouter les intérêts. D'après les éléments de cette procédure, la relation entre les deux parties se passe sans incident notable durant quatre ans. Les conseils de People&Baby assurent toutefois, dans leurs écrits, que le prêteur « fait preuve de peu de flexibilité » lorsque le groupe rencontre des difficultés, en particulier pendant la crise sanitaire de 2020.

Malgré ces soubresauts, l'emprunteur respecte ses engagements et rembourse ses différentes échéances. Les choses tournent au vinaigre au début de l'été 2022.

La date exacte de ce basculement est loin d'être anodine.

« L'objectif était de façon assez grossière de faire croire que People&Baby (...) serait en difficulté »

Le 30 juin 2022, une semaine donc après le drame de Lyon, People&Baby a l'obligation, comme chaque trimestre, de réaliser un test mesurant son ratio d'endettement. Une information capitale qu'il faut transmettre au prêteur au plus tard à la mi-août. Ce sera chose faite… mi-novembre. Le test est négatif : People a dépassé le ratio autorisé (7,75) de quelques dixièmes. Les conséquences sont potentiellement très lourdes. D'après les contrats, Alcentra peut désormais décider d'une exigibilité anticipée des sommes qui lui sont dues.

À partir de là, la machine s'emballe. People&Baby a beau expliquer qu'il ne s'agit que d'un léger « bris technique », Alcentra prend peur. D'autant que cette première violation des termes du contrat est concomitante à la mort d'une fillette de onze mois dans une crèche du groupe.

Le 8 décembre 2022, pensant encore la situation sous contrôle, la direction générale de People sollicite, comme cela avait été convenu des mois plus tôt, le déblocage d'un nouvel emprunt obligataire de 13 millions d'euros. Refus ferme du prêteur, qui est déjà en train de préparer la suite. Le 26 décembre, un nouveau cap est franchi. L'opérateur de crèches ne règle pas une échéance d'intérêts de 6,4 millions d'euros.

Les audiences se succèdent à un rythme soutenu. Le fonds de dettes a mandaté, début janvier 2023, le cabinet Alvarez & Marsal afin de réaliser un audit de la trésorerie de People&Baby. Son rapport, très dur pour le groupe, est contesté par Christophe Durieux, qui y voit une commande dont « l'objectif était de façon assez grossière de faire croire que People&Baby (…) serait en difficulté ».

Le 30 janvier 2023, las d'être mené en bateau, Alcentra sort l'artillerie lourde. Les « *Men in Black* » évoqués au début de cet ouvrage débarquent au siège, avenue Hoche, le visage fermé. Ils ont une calculette à la place du cerveau, une puissance de frappe phénoménale et une connaissance aiguë de ce genre de situation. L'ambiance est lourde : Christophe Durieux et son DG, Raphaël Mailly, tentent de présenter un scénario optimiste de l'évolution des finances pour les mois à venir.

Quelques jours plus tard, Alcentra exige des sièges au conseil d'administration ainsi que la mise en place d'une fiducie qui lui permettrait, à terme, de prendre le contrôle de l'entreprise.

Christophe Durieux fulmine.

« Gérer son entreprise comme une boulangerie »

Pour la première fois, il comprend que son empire peut lui échapper et accuse les Américains de tous les maux. Voici ce que l'on peut lire dans les conclusions rédigées par l'avocat de People : « Cette approche visant à renforcer le contrôle de Alcentra sur People&Baby n'a pourtant jamais été son approche durant les quatre années de relation et semble ainsi directement liée au rachat d'Alcentra par le fonds américain Franklin. »

Le fondateur de People&Baby finit par lâcher du lest, comprenant qu'il est coincé. Le 16 mars 2023, il transmet officiellement une contre-proposition à son prêteur. Le bœuf redevient un instant grenouille, se disant prêt à faire entrer un actionnaire minoritaire extérieur ou à ce que les prêteurs récupèrent 33,5 % des parts sociales du groupe. Il préconise, toutefois, d'attendre fin 2023, afin que l'emballement médiatique né du procès de Lille puis de la remise du rapport de l'IGAS se tasse.

Le débiteur ne s'arrête pas là. Ses avocats vont jusqu'à proposer « le refinancement d'une partie du patrimoine par l'injection par M. Durieux de plus de 10 millions d'euros en capital », acceptant même de mettre en garantie le siège de People&Baby qu'ils ont fait évaluer à 13 millions d'euros.

Alcentra ne donne pas suite.

Chacun semble camper sur ses positions, rendant la situation toujours plus inextricable. Le 26 mars, une nouvelle fois, une échéance d'intérêts (de 7,5 millions d'euros) n'est pas honorée. Les prêteurs envoient une mise en demeure trois jours plus tard. Rien n'y fait ! Le 19 avril, les conseils d'Alcentra informent le gestionnaire de crèches d'une assignation imminente.

Lorsque l'on parcourt ces échanges, l'attitude du fondateur de People&Baby ne manque pas d'interroger. On aurait pu imaginer que ce dernier, englué par une dette d'un demi-milliard d'euros, en défaut de paiement, fasse profil bas. Ce serait bien mal le connaître.

Dans son argumentaire, Christophe Durieux blâme l'attitude « quérulente et de mauvaise foi » d'Alcentra, reprochant aux « *Men in Black* » de l'avoir accusé de « gérer son entreprise comme une boulangerie », ce qui lui reste en travers de la gorge. En retour, il stigmatise leur volonté d'être « dans une logique de rentabilité immédiate », affirmant qu'ils lui auraient proposé de « couper dans les coûts ». Il va jusqu'à rappeler leur « passif judiciaire », citant l'affaire de l'institut de sondage BVA, au cours de laquelle l'offre de reprise du fonds britannique avait été rejetée par le tribunal en « raison de risques de licenciements massifs ».

D'après ses dires, Alcentra profiterait d'une défaillance mineure pour s'emparer d'un groupe français à peu de frais : « Alcentra, ainsi et pour une finalité prédatrice maintenant affichée par écrit, n'hésite pas à mettre en péril plus de 11 000 emplois, la gestion de 30 000 enfants en bas âge et de toute une entreprise… » Il tisse ainsi, avec un certain brio, le narratif du petit groupe indépendant pris au piège du grand prédateur américain. Il n'est pas question, a contrario, de dire qu'Alcentra est exempt de tout reproche. On a bien du mal à comprendre comment ces Mozart de la finance ont pu laisser un opérateur de crèches s'endetter à de tels niveaux.

Mais Christophe Durieux n'a rien d'un enfant de chœur. Il s'est placé lui-même dans la gueule du loup alors que plusieurs de ses collaborateurs l'avaient mis en garde. Et le voilà, à l'image de tant de clients People, pris au piège d'un contrat. La différence étant que lui l'a signé en toute connaissance de cause, ou, plutôt, de clauses.

Dans ses dernières conclusions, People&Baby, qui a repris de la vigueur, tente d'inverser la vapeur. Le groupe demande au président du tribunal de commerce de Paris de bien vouloir non seulement condamner ses prêteurs à payer les 13 millions d'euros (de l'emprunt obligataire), mais également à lui verser plus de 20 millions d'euros au titre du préjudice financier.

L'ogre Durieux n'a décidément peur de rien, ni de personne.

Pas même du titan américain.

Il a une bonne raison, qui lui permet de dormir tranquille.

Chapitre 36

Le puzzle prend forme

Pendant des mois, j'ai avancé à l'aveugle.

Je ne parvenais pas à comprendre le sens de la trajectoire de People&Baby, je me demandais pourquoi une personnalité comme Christophe Durieux se battait avec tant de vigueur pour faire grossir un groupe non rentable. Et puis un jour, alors que je m'abîmais les yeux à décortiquer la procédure Alcentra, les pièces du puzzle se sont enfin assemblées devant moi. Je résume.

Premier élément : une entreprise en déficit permanent.

Deuxième donnée capitale livrée par un ancien contrôleur de gestion : l'existence d'une galaxie de sociétés immobilières gravitant autour du groupe.

Troisième pièce, datant du début des années 2010 : des actionnaires (CIC Investissement et la BPI) alarmés par le montant du loyer du siège.

Dernier fragment à assembler : en mai 2023, Durieux propose à Alcentra d'injecter une dizaine de millions d'euros. Comme preuve de sa bonne foi, il se dit prêt à mettre en garantie le siège du groupe, situé avenue Hoche.

Le siège… Mais comment n'ai-je pas compris plus tôt ? Le magnifique immeuble de l'avenue Hoche, évalué à

13 millions d'euros, n'appartient pas à People&Baby, mais à Christophe et Odile ! Ils le louent à leur entreprise en fixant le tarif qu'ils souhaitent, dans la limite de ce que les commissaires aux comptes sont susceptibles d'accepter (notons que l'entreprise voit ses CAC changer très régulièrement : 2011, 2012, 2013, 2016, 2021).

Cela ne s'arrête sans doute pas là : la myriade de SCI gravitant autour de la galaxie People inclut d'autres biens. Pour en avoir le cœur net, il faut se replonger dans les différents documents financiers internes au groupe, en s'intéressant désormais à cet aspect immobilier que nous avions jusque-là négligé. La première confirmation, je la récupère dans l'audit réalisé par KPMG en 2014. Dans la partie « frais de siège », il est écrit ceci : « Les charges de loyers incluent principalement les locaux du siège, avenue Hoche à Paris, pour un montant d'environ 630K€, en 2014. Comme pour certaines crèches, les locaux du siège sont détenus par une SCI appartenant aux fondateurs. »

Voilà donc la dernière clé qu'il me manquait. Même quand le groupe People&Baby affiche un déficit, le couple dirigeant s'enrichit, à travers ses SCI, en se constituant un patrimoine immobilier. C'est invisible, mais certainement pas indolore. L'ancien DGA de People&Baby, Bruno Simon*, abonde dans mon sens : « Durieux s'endettait sur ses SCI personnelles. À l'époque, il en avait une demi-douzaine. Quand il ouvrait une crèche et qu'il avait l'impression que le local qu'on avait trouvé avait un intérêt immobilier, plutôt que de le louer, il l'achetait. Il y avait une comptable à part, dans nos locaux, qui s'occupait de ce sujet. »

Mais savait-il que le siège de l'avenue Hoche appartenait, lui aussi, aux fondateurs du groupe ? « Oui, me dit-il. C'est d'ailleurs l'un des points qui faisaient le plus hurler les actionnaires, ils nous ont demandé des explications.

Mais évidemment, Christophe a fait faire une étude par un agent immobilier qu'il a choisi. L'estimation indiquait que le prix de Hoche était bien dans la fourchette haute, mais que, compte tenu de l'emplacement du bien, de sa rareté, ça pouvait valoir le loyer qui avait été fixé. »

« Chaque année, le groupe People&Baby reverse 2,6 millions de loyers à ses fondateurs »

Mais qui donc arrêtait les prix de ces loyers ? « Eux-mêmes ! s'exclame Bruno Simon*. Enfin, c'est Christophe… » On commence à comprendre le mécanisme. Christophe Durieux et Odile Broglin sont les détenteurs d'un groupe dont la majorité des revenus provient de l'argent public. Ils acquièrent, via leurs SCI, des locaux qu'ils louent ensuite à leur entreprise. Les loyers ne sont pas, a priori, établis en fonction du marché locatif mais d'après le montant de leurs échéances de crédit. Ce procédé n'a rien d'illégal, à condition que le loyer ne soit pas surévalué, une surfacturation qui serait susceptible d'impacter la rentabilité des structures et, par voie de conséquence, l'ensemble du groupe. En résumé, l'argent sort de People&Baby pour rejoindre les sociétés du couple fondateur.

Selon mes informations, la BPI et CIC Investissement ont tenté de limiter ces pratiques au début des années 2010, en refusant notamment de valider une hausse du coût du siège. S'agissant des locaux de crèches, leur contrôle a été, selon Bruno Simon*, bien plus limité. « Du point de vue de l'actionnaire, le loyer du siège payé trop cher, c'est de l'argent qui sort de sa poche, m'explique-t-il. Alors que le loyer de la crèche, c'est de l'argent qui sort de la poche de l'État. »

L'audit de 2014 est décidément d'un grand secours. Une partie détaille les sociétés qui, bien que reliées au groupe, ne font pas partie du « processus de transaction ». Sont mentionnés People&Business (organisateur d'événements), les associations Enfance pour tous et Crèches pour tous dont nous avons déjà parlé, ainsi que quatre sociétés immobilières. Il s'agit des SCI 9 Hoche, Les Optimists et Les Tulipes, et de la SARL O&C (pour Odile et Christophe). Il est encore indiqué que ces quatre entités portent les murs de 15 crèches et du siège. Et que, chaque année, le groupe People&Baby reverse 2,6 millions de loyers à ses fondateurs. Si Christophe Durieux a mis en avant, à plusieurs reprises, le fait que sa femme et lui ne se versaient pas de dividendes et s'octroyaient un modeste salaire, il a juste omis d'évoquer ces quelques millions d'euros annuels (dont on doit toutefois retrancher le remboursement des emprunts contractés par les SCI en question).

Il me faut maintenant évaluer le montant du patrimoine immobilier constitué depuis vingt ans par le couple de fondateurs, grâce à leur métier d'opérateur de crèches. Dans un premier temps, j'adresse une demande au service de la publicité foncière parisienne qui liste l'ensemble des biens d'une SCI ayant été obtenus par l'intermédiaire d'un crédit-bail. J'apprends ainsi que la SCI 9 Hoche a conclu, en 2010, un crédit-bail de dix-huit ans pour l'acquisition du siège avec un montant cumulé de loyers de 9,6 millions d'euros, soit 540 000 euros par an. En ajoutant les 12 % de « frais administratifs » évoqués par l'ex-DGA, vous obtenez 600 000 euros. Cela correspond peu ou prou au montant reversé chaque année par People&Baby à cette SCI.

Je parviens à dresser une liste d'une dizaine de biens immobiliers appartenant aux fondateurs. Mais je me rends compte des limites de ma méthode. Elle nécessite d'être répliquée sur l'ensemble des services de publicité foncière de France. Heureusement, le PDG de l'un des principaux gestionnaires français d'actifs immobiliers accepte de mettre à ma disposition – gratuitement, bien entendu – une partie de ses équipes afin de m'épauler dans mes recherches. Celui que nous appellerons Jean Dunoyer* (lui aussi refuse d'apparaître publiquement) est un homme d'affaires élégant, peu habitué à croiser des journalistes. Il me tend un épais dossier : j'ai entre les mains une liste (non exhaustive) d'une cinquantaine de propriétés immobilières faisant partie du patrimoine de la famille Durieux. Ces dernières sont éparpillées dans l'Hexagone. Paris, Meudon, Nantes, Saint-Quentin, Lille, Grenoble, Orléans, Bordeaux, Montpellier, Biarritz, Lyon, Perpignan, Nantes, Marseille : partout où il y a des établissements People, les Durieux investissent. Ces biens sont, pour la plupart, des locaux de crèches, d'une surface comprise entre 100 et 500 m^2. Mais l'on retrouve également des bureaux ainsi que des entrepôts, eux aussi loués au groupe. L'un d'eux, situé à Val-de-Reuil (Eure) fait tout de même 11 000 m^2.

Au total, d'après mes calculs, le patrimoine immobilier – en France – d'Odile et Christophe (constitué de plus de 70 locaux) serait valorisé entre 100 et 150 millions d'euros et générerait autour de 7 millions d'euros de loyers annuels. On comprend mieux pourquoi la rentabilité de leur groupe n'était pas la priorité.

Ils ne sont certes pas les seuls à avoir mis en place ce type de montages. Les fondateurs de La Maison Bleue, de Babilou ou des Petits Chaperons Rouges ont également acquis des locaux de crèches via leurs SCI personnelles. Mais il y a une différence majeure : ces patrons, après avoir fait expertiser ces biens par des spécialistes de l'immobilier, font valider les montants des loyers en conseil d'administration par leurs actionnaires afin qu'ils ne puissent pas se trouver dans une situation d'abus de biens sociaux.

Christophe et Odile, eux, ont l'avantage d'être les seuls maîtres à bord... Cela ne vaut pas présomption d'irrégularité bien sûr, mais rend les choses plus simples.

Si l'ancien DGA, Bruno Simon*, m'affirme qu'un certain nombre de loyers étaient surévalués, je n'ai pour le moment aucune preuve matérielle permettant de l'attester. Cela nécessiterait d'avoir accès à des documents internes détaillés. Ou alors... il faudrait que le patron de People mette en vente une partie de ses biens. C'est précisément ce qui se passe en juin 2023.

Jean Dunoyer*, l'homme d'affaires disposé à m'aider, m'indique que l'agence Point de vente, spécialisée dans l'immobilier commercial, lui a récemment proposé un lot de sept crèches People&Baby. À cette date, Durieux est en plein conflit avec son fonds de dette. Il est probable qu'il se soit décidé à céder certains locaux afin de récupérer de la trésorerie (il a tout de même promis d'injecter 10 millions d'euros dans son groupe). À moins qu'il n'agisse par précaution, au cas où il serait amené à perdre le contrôle de son empire...

Dans son dossier, l'agence mentionne les noms des établissements, leur superficie ainsi que les montants des loyers. Ces sept structures règlent, au total, près de 1,1 million d'euros de loyers annuels. Pour la seule crèche Piccolo Saxo, située dans le 16e arrondissement de Paris, l'une des SCI du couple Durieux empoche 320 000 euros par an.

« On savait que le patron se constituait un patrimoine immobilier de dingue »

Notre PDG/enquêteur me précise qu'après évaluation du dossier ses équipes ont conclu que les loyers annoncés n'étaient pas conformes aux prix du marché. Je lui demande alors s'il accepterait de me transmettre une analyse approfondie. Une partie de son staff se lance aussitôt dans une enquête méticuleuse, en comparant ces prix avec ceux des commerces avoisinants, rue par rue.

Le résultat de ces recherches est sans équivoque. Sur ces sept crèches situées à Paris, Villejuif, Chaville et Orléans, une seule semble proposer des loyers dans les prix du marché. Les autres seraient tous surévalués, entre 10 et 60 %. Piccolo Saxo, par exemple, affiche un montant 63 % supérieur aux prix habituels. Alors que cette structure reverse 323 000 euros par an aux sociétés des fondateurs de People, le staff de Jean Dunoyer* estime que le loyer ne devrait pas dépasser les 200 000 euros.

Je découvre, en m'intéressant à cette question immobilière, que de nombreux cadres de People&Baby ont eu connaissance de ces pratiques, sans pour autant pouvoir les dénoncer. L'ancien responsable des achats (2011-2015), Yoann Sozon*, par exemple. « C'était la grande blague qu'on se faisait avec les collègues : il ne faut surtout pas parler d'abus de biens sociaux ! me lance-t-il. C'était un sujet tabou. On savait que le patron se constituait un patrimoine immobilier de dingue. »

Éric Ferreira, l'ex-responsable opérationnel des Ardennes (2015-2017), a pris conscience de cela en analysant les comptes. « J'ai compris le mécanisme assez rapidement, soutient-il. Je devais faire, avec un contrôleur de gestion, le bilan financier des crèches de mon secteur. Et on voyait direct quand c'était un local de Durieux. Le loyer n'avait rien à voir. » Au-delà de l'aspect purement financier, d'autres cadres de terrain me racontent les incidences que de telles surévaluations seraient susceptibles d'avoir sur le fonctionnement des établissements. Ainsi, l'ancien directeur régional Clément Uribe : « Ce qui arrivait sur des fonciers à Paris, c'est que ces loyers trop chers grevaient le budget prévisionnel des structures. Et on nous demandait de trouver des solutions pour équilibrer la rentabilité des crèches. Forcément, ça veut dire faire des économies sur d'autres postes… » Pour dire les choses autrement : plus de loyers dans les SCI égalent moins de professionnels sur le terrain.

Ces accusations, les fondateurs de People&Baby les balaient d'un revers de main lors de nos échanges. Ils reconnaissent qu'à côté de leur salaire d'environ 12 000 euros brut mensuel chacun, ils ont bien une deuxième source de revenus provenant des dividendes de leurs sociétés immobilières. Mais, selon eux, il n'y a aucun sujet à chercher de ce côté-là, tout étant déclaré en bonne et due forme à l'administration fiscale. Ils m'ont d'ailleurs transmis leur dernier avis d'impôt établi en 2023 affichant un revenu fiscal de référence de 330 000 euros (pour trois parts) comprenant environ 130 000 euros de rente immobilière.

D'après leurs dires, un grand nombre des investissements réalisés l'ont été à l'insu de leur plein gré. « Il y a des biens qu'on a dû acheter lorsqu'on a repris un groupe de crèches qui avait de l'immobilier, détaille Christophe Durieux. D'autres, qui sont des biens dits de retour, qu'on devra rendre à certaines villes à la fin du marché. Et le reste, ce sont des opportunités qu'on a eues parce que le propriétaire souhaitait vendre et que dans ce cas, on profite d'un droit de préemption. Ça nous permet de sécuriser nos crèches… Et oui, ça a aussi un intérêt patrimonial. Nous, on en a marre de payer 600 loyers tous les mois. Heureusement, on en a quelques-uns qui ne sont pas donnés à une foncière ou à tartempion. »

Le couple Durieux-Broglin assure que l'ensemble de leurs loyers sont « contrôlés par un cabinet indépendant qui fait une expertise systématiquement. C'est le groupe Colomer, avec qui nous travaillons depuis une quinzaine d'années ». Comme preuve de leur bonne foi, ils m'ont fait parvenir une douzaine d'expertises (non signées par Colomer) assez succinctes. Un certain nombre font état de loyers supérieurs au prix du marché. D'autres, en revanche, présentent un loyer en vigueur supposément inférieur à la valeur locative du marché. « D'après nos calculs, les loyers de nos locaux sont, en moyenne, inférieurs de 13 % aux autres loyers payés par People », affirme Durieux.

Ce qui est surprenant, c'est que si je reprends l'exemple de la crèche du 16e arrondissement, Piccolo Saxo, les chiffres diffèrent de ceux présentés par le spécialiste d'actifs immobiliers à qui l'on a proposé le bien. Dans le dossier de vente, le bien est affiché avec un loyer annuel de 323 000 euros tandis que l'équipe de Jean Dunoyer* considère, on l'a vu, que sa valeur locative se situe plutôt autour de 200 000 euros. D'après l'expertise présentée par Christophe Durieux, le loyer en vigueur serait de 294 000 euros et la valeur locative de 276 000. Le loyer est bien supérieur au prix du marché, mais dans une moindre mesure.

Au cours de nos échanges, Christophe Durieux a reconnu, à demi-mot, qu'il arrive que le montant des loyers soit fixé en fonction d'autres critères que la valeur du marché. « Il faut quand même qu'on soit dans un financement cohérent, justifie-t-il. Si on est trop bas en loyer, la banque va nous dire que ça ne couvre pas suffisamment de crédit. Mais notre calcul, on le fait en fonction de la rentabilité pour l'exploitant People&Baby. On estime par exemple qu'il faut qu'on soit à la hauteur de notre rentabilité moyenne, 23 %. »

Le patron de People prétend même tout faire pour que les loyers qu'il fait payer au groupe soient les plus faibles possible. « Et si on peut baisser les loyers, on est contents. Si on trouve un loyer qui est moins cher que d'acheter, on va vers la location. En gros, on n'est pas une boîte immobilière. On s'en fout d'acheter. Ce n'est pas notre truc. Nous, ce qu'on veut, c'est de la marge pour People&Baby. »

Le hic, c'est que de la marge, People&Baby n'en a jamais. Et que, dans le même temps, le patrimoine immobilier du couple fondateur grossit chaque année.

Les patrons de People&Baby, conscients que ces pratiques sont contestables, auraient, selon plusieurs anciens salariés, d'ores et déjà préparé leur sortie, à l'étranger (ce que démentent les intéressés).

Il semblerait même que Christophe et Odile y consolident leur empire immobilier, en toute discrétion…

Partie 4

Le pacte des loups

Où l'on découvre que le « système »
a prospéré avec la complicité
des collectivités locales et de l'État…

Chapitre 37

« ALERTE MAJEURE PRESSE ! »

Christophe Durieux a compris qu'il pouvait tout perdre. À partir du premier trimestre 2023, sa dette file désormais à une vitesse incontrôlable. Les taux d'intérêt grimpent, mois après mois. La tempête médiatique dans laquelle People&Baby est plongé depuis l'affaire de Lyon ne cesse de prendre de l'ampleur. Le rapport de l'IGAS, commandé par le gouvernement, s'apprête à être publié. Des livres sont en préparation. C'est une course contre la montre semée d'embûches qui débute. Tandis qu'un des leaders de la petite enfance perd pied, le secteur fait bloc, comme on l'a vu dans le premier chapitre retraçant le fameux « pacte des loups » d'août 2023 conclu entre tous ces patrons, bien décidés à m'empêcher d'aller plus avant dans mes investigations.

Début janvier 2024, je passe à la deuxième phase de mon travail en ciblant les cadres et, plus précisément, les salariés des sièges sociaux. Le samedi 7 janvier, j'adresse une série de messages à une petite dizaine de commerciaux, directeurs régionaux, responsables des marchés publics, en utilisant le réseau professionnel LinkedIn. C'est une méthode particulièrement efficace qui permet d'identifier, avec une relative précision, des témoins clés, en analysant l'ensemble de leur parcours. Avec un peu d'expérience, vous pouvez repérer ceux qui ont des choses à dire et pourraient être disposés à parler à un journaliste.

Évidemment, cela n'a rien d'une science exacte. Il faut se préparer, à partir de cet instant, à ce que l'objet de votre enquête soit éventé.

Le lundi 9 janvier, dans l'après-midi, l'un de mes proches, totalement étranger à ce milieu, m'appelle : « Comment ça va, Victor ? Alors, comme ça, tu te lances sur les crèches ? » Je reste coi durant plusieurs secondes. Comment peut-il être au courant ? Mis à part ma femme et bien sûr mon éditrice, je n'en ai encore parlé à personne, ni à ma famille ni à mes amis les plus intimes. « J'ai appris que tu avais envoyé plusieurs messages sur LinkedIn ce week-end. On m'a même montré les captures d'écran », m'informe-t-il. Il me dit tenir ses informations d'un ami travaillant dans le domaine de l'intelligence économique. « Désormais, tout le secteur est au courant que tu bosses sur le sujet, me prévient-il encore. Et ils vont te suivre de près. En gros, l'un des pros que tu as contactés a prévenu illico sa direction générale, qui a prévenu la fédération des crèches privées, qui a prévenu l'ensemble des grosses entreprises du réseau… »

« Pensez à enregistrer le numéro de Victor Castanet »

C'est toujours un tournant dans une enquête. Vous savez que, dès lors, certains risquent de contacter les sources potentielles afin de les dissuader de parler. Une sorte de plan « vigimédia » se met en place. Mais sonner le tocsin peut avoir un effet inverse à celui recherché. À partir du moment où tout un secteur est informé de votre enquête, ceux qui avaient imaginé un jour témoigner ont désormais un interlocuteur tout désigné. C'est précisément ce qui s'est passé. Des salariés du secteur m'ont contacté afin de m'apporter leur concours. Ils m'ont même permis de suivre certains échanges de la fédération à propos de mon enquête. J'apprends ainsi que, dans la matinée du lundi 9 janvier 2023, Elsa Hervy, la patronne de la FFEC, a envoyé un mail à une vingtaine d'adhérents issus de La Maison Bleue, Babilou, Les Petits Chaperons Rouges, Rigolos comme la vie, Les Petites Canailles, Léa et Léo, Sogecrèche, Optimome, Cap enfants et compagnie. En voici quelques extraits :

> Objet : Alerte MAJEURE Presse : Prise de contact Victor Castanet (*Les Fossoyeurs*)
>
> Re-Bonjour,
> L'un d'entre vous vient d'être averti par une de ses directrices…
> Contact LinkedIn ce week-end.
>
> Transmis par Victor Castanet (…)

Après avoir retranscrit l'une de mes sollicitations envoyées durant le week-end, Elsa Hervy met en garde ses adhérents :

> Il n'est pas inutile d'envisager de rappeler à vos équipes dans le cadre des consignes de l'année 2023 que les contacts des journalistes sont à remonter à vos services dédiés ou à vous-même.
> Évidemment, NE CITEZ PAS CASTANET. Si le secteur est son prochain sujet, il est désormais en recherche de tout courriel démontrant votre inquiétude qu'il présentera comme étant votre mauvaise foi.

En clair, la FFEC suit désormais de près mes investigations. Un exemple parmi d'autres, le 11 mars 2023. C'est de nouveau Elsa Hervy qui monte au front :

> Bonjour à tous,
>
> Depuis ce matin 2 contacts de Victor Castanet auprès du monde des crèches.
>
> À une ex de People&Baby, il a envoyé le mail suivant : (...) J'ai RDV tél avec Louis Verdier (ancien DG France La Maison Bleue) à 15 h 30 aujourd'hui qui a lui aussi été appelé et m'a prévenue.
>
> ACTION CA[1] : Si pas déjà fait, pensez SVP à enregistrer le numéro de téléphone de Victor Castanet que nous connaissons (...) afin de ne pas vous retrouver piégé par un appel et de ne répondre que si et lorsque vous le souhaiterez.

Quelques mois plus tard, le 1er décembre 2023, je téléphone à Damien Tondelli, le cofondateur des Petites Canailles, un opérateur de taille moyenne accueillant près de 1 000 enfants par jour. Mon appel ne concerne pas son groupe en particulier. Il me semble nécessaire d'obtenir l'éclairage de dirigeants qui ne font pas partie des mastodontes, de leur donner la parole, d'écouter ce qu'ils ont à dire. J'ai également appris que son groupe avait, récemment, vécu une mauvaise expérience avec la centrale d'achats créée par People&Baby.

Nous n'avons pas encore abordé ce point, mais Christophe Durieux a décidé de monter, en 2017, sa propre plateforme d'achats, Everykid. Après avoir acheté des produits en grande quantité, il les revend aux structures de son réseau, aux parents et à d'autres gestionnaires, en réalisant une marge. Celui qui a si mauvaise réputation auprès

1. Conseil d'administration de la fédération.

des fournisseurs a décidé d'en devenir un. Aujourd'hui, cette plateforme propose plus de 3 500 références : des couches, des jouets, du linge, de la vaisselle, des biberons ou encore des fournitures de bureau.

Entre 2020 et 2022, Les Petites Canailles s'y sont fournies en lait Everymilk. Mais, selon mes informations, l'aventure s'est très mal terminée. Le gestionnaire de crèches aurait reçu des boîtes de lait… périmé. Après que ce dernier s'est plaint, People&Baby aurait plaidé une erreur d'impression et proposé d'envoyer d'autres étiquettes comprenant de nouvelles dates limites de consommation. Refus immédiat des dirigeants des Petites Canailles, qui n'imaginent pas une seconde prendre un tel risque. Dans la foulée, décision est prise de stopper toute relation commerciale avec Everykid.

À la suite de mon appel avec Damien Tondelli, la patronne de la fédération envoie de nouveaux messages d'alerte à ses adhérents en leur indiquant que je m'intéresse à la centrale d'achats de People&Baby et que l'un de mes chapitres sera consacré aux dérives de la tarification horaire. Autant de points évoqués avec le patron des Petites Canailles. Si certains redoutent qu'une enquête sur People ne nuise à l'image de leur propre entreprise, d'autres sont bien plus offensifs. Un homme, en particulier, se montre particulièrement virulent.

Vous le connaissez déjà : il s'agit de Jean-Emmanuel Rodocanachi, le tempétueux fondateur des Petits Chaperons Rouges. Celui qui veut « encapsuler » la ministre, Aurore Bergé, afin d'éviter qu'elle ne dise des « conneries ». C'est également lui qui se félicite d'être capable de transformer les éléments de langage de la fédération en « vérités dans la bouche des politiques », grâce à son armée de communicants. C'est encore lui qui se vante d'avoir réussi à faire annuler un reportage de TF1…

Inquiet de l'avancée de mes recherches, Rodocanachi mène sa propre enquête dans l'espoir d'obtenir des informations sur le contenu de mon livre ainsi que sur les témoins qui pourraient y prendre part. Un jour, j'apprends qu'il fait appeler des figures du monde des crèches privées pour savoir si je les ai contactées. Un autre, je reçois des informations m'indiquant qu'il a missionné l'une de ses sociétés de conseil en stratégie de communication pour tenter d'obtenir des éléments sur mon enquête auprès de ma maison d'édition. Selon mes sources, il aurait été régulièrement informé par l'un des dirigeants de la BPI (Banque publique d'investissement), liée à la Caisse des dépôts, de mes différentes sollicitations. Ce dernier lui aurait rendu compte de la teneur de mes appels ainsi que des questions adressées à l'institution à propos de leur ancienne prise de participation dans People&Baby.

Jean-Emmanuel Rodocanachi, qui avait déjà menacé, on l'a vu, de poursuivre les auteurs des ouvrages parus en 2023, aurait été jusqu'à proposer à la fédération de porter plainte contre moi de manière préventive, avant même la publication de cette enquête. Évidemment, personne n'a validé cette idée, comprenant qu'il n'existe aucun fondement juridique sur lequel appuyer une telle action.

Mais pourquoi donc est-il si inquiet ? Pourquoi certains des membres les plus influents du secteur voient-ils mon enquête d'un si mauvais œil ? Je découvre, au fil de mes recherches, que Les Petits Chaperons Rouges, tout comme La Maison Bleue, ont un point commun avec People&Baby.

Qu'ils n'ont aucune envie de voir révélé au grand jour.

Chapitre 38

Le triomphe du low cost

Le tournant remonte à vingt ans.

Le monde de la petite enfance a été totalement bouleversé en 2004 par la politique volontariste de Christian Jacob, alors ministre de la Famille. Face au manque criant de berceaux, il a pris la décision de « booster » le secteur en instaurant des subventions de financement aux opérateurs privés ainsi qu'une déduction fiscale aux entreprises souhaitant proposer des places à leurs salariés. C'est à la même période qu'est né le principe de la délégation de service public (DSP), lorsqu'une mairie (ou une collectivité), on l'a vu, confie à un groupe privé la gestion d'une crèche municipale existante ou en projet, à la suite d'un appel d'offres, pour une durée moyenne d'environ cinq ans.

Un certain nombre de maires ont jugé judicieux de faire appel à des sociétés dont la petite enfance était le cœur de métier. Cela leur permettait également de réduire sensiblement les délais d'ouverture. Alors qu'une mairie, soumise au code des marchés publics, met entre trois et cinq ans pour créer une nouvelle structure, les gestionnaires privés sont capables d'être opérationnels en moins de six mois. Autre avantage non négligeable : la réalisation d'économies sur le budget communal.

Jacques Kossowski, maire de Courbevoie, dans le département cossu des Hauts-de-Seine, fait figure de pionnier. Dès 2005, il signe l'une des premières DSP de France avec les frères Carle, alors tous jeunes entrepreneurs.

D'autres mairies du 92 et des Yvelines suivent le mouvement : Colombe, Boulogne-Billancourt, Levallois-Perret, Rueil-Malmaison, Saint-Germain-en-Laye... Babilou enchaîne les contrats, croyant en la pertinence et la pérennité de ce « partenariat » public/privé d'un nouveau genre. En l'espace de cinq ans, le petit groupe qui monte obtient près d'une quarantaine de DSP, principalement en Île-de-France et dans l'est du pays.

L'opération semble gagnante pour tout le monde. Les mairies se déchargent de la gestion courante tout en continuant à assurer les inscriptions ainsi que le contrôle de la qualité, avec à la clé une baisse significative des dépenses municipales. Le tarif du berceau, dans ce fonctionnement, tourne alors autour des 7 000 euros annuels, tandis qu'en gestion directe il leur fallait bien souvent dépenser plus de 10 000 euros, du fait notamment de ce mal endémique propre à la fonction publique, l'absentéisme.

Babilou, bien que ses prix soient inférieurs à ceux négociés avec les entreprises, y trouve aussi son compte. Le gestionnaire ne paie pas de loyer et les investissements immobiliers sont pris en charge par la municipalité, ce qui lui permet de se déployer sans s'endetter. Enfin, les parents eux-mêmes paraissent satisfaits de cette nouvelle formule.

Les choses changent radicalement à partir de 2010, année charnière pour le secteur. Les concurrents de Babilou – La Maison Bleue, Les Petits Chaperons Rouges et People&Baby – avaient, en 2004, opté pour une tout autre stratégie de développement, préférant les crèches d'entreprises (plus lucratives) aux DSP. Mais ils se sont vite rendu compte que ce marché n'était pas encore mature et qu'il nécessitait des investissements bien trop lourds pour des entreprises si jeunes. Dès 2008, ils opèrent un virage à 360 degrés en se tournant, à leur tour, vers les communes. Cette dynamique entraîne, quasi instantanément, une baisse des tarifs, concurrence oblige.

« Le management estime être capable de réduire les frais de personnel »

Ce premier mouvement aurait pu être bénéfique. C'est l'inverse qui se produit. À partir de 2010, les premières DSP de Babilou arrivent à échéance. L'opérateur voit débarquer une meute de loups aux abords de son parc de crèches. People&Baby est le premier à lancer les hostilités. Le coup de griffe sera pour Courbevoie ! Le groupe semble prêt à tout pour ravir ce territoire à son concurrent, notamment à baisser ses prix.

Courbevoie tombe effectivement dans l'escarcelle de People&Baby, Babilou refusant de s'aligner sur des tarifs qu'il juge inatteignables. Bien d'autres citadelles connaissent le même sort les années suivantes, récupérées au forceps par l'un ou l'autre des trois rivaux : Les Lutins et Mandarine, situés à Nogent-sur-Marne, sont raflés par Les Petits Chaperons Rouges en 2012 ; Les Koalas de Colombes et Les Doudous de l'Alma, à Gennevilliers, passent entre les mains de La Maison Bleue en 2013 et 2014 ; Le Petit Prince de Saint-Nom-la-Bretèche atterrit chez People&Baby en 2015…

Cette guerre des prix se lit dans les écrits de KPMG, en l'occurrence les audits réalisés par le cabinet de conseil sur People&Baby, La Maison Bleue et Babilou. Chacun de ces rapports, dont j'ai obtenu copie, comporte des centaines de pages ultra-confidentielles relatives aux stratégies d'entreprise, au nombre de berceaux, au profil des établissements, à la rentabilité ou encore au développement de ces différents opérateurs. Dans le document consacré à People&Baby, réalisé en avril 2015, on apprend que « fin 2014, People&Baby exploite 55 crèches sous délégation de service public ». Il y est écrit, noir sur blanc, que « la diminution du CA (chiffre d'affaires) moyen 2014 par berceau pour la cohorte DSP 2013 s'explique par des faibles prix de commercialisation décidés par la direction régionale pour développer le portefeuille ». La stratégie est limpide : conquérir des parts de marché en cassant les tarifs. Et pas qu'un peu…

A priori, si le privé réduit ses marges et permet aux communes d'économiser de l'argent public, c'est plutôt une bonne nouvelle. Mais les choses ne se passent pas ainsi. Car en réalité, en dessous d'un certain prix, il n'existe que deux options : soit le gestionnaire voit sa rentabilité diminuer au risque de mettre en péril son avenir ; soit il baisse la qualité de ses prestations : c'est ce qu'on appelle le low cost.

C'est un peu le syndrome Ryanair. La compagnie low cost permet de traverser l'Europe pour quelques dizaines d'euros, mais les avions sont souvent bondés, les sièges proposent le confort minimum, il y a moins de personnel, les retards sont plus fréquents… Et ne vous attendez pas à déguster un bon petit plat équilibré. La nourriture, évidemment en supplément, se résume le plus souvent à du snacking.

Il ne s'agit pas d'affirmer que La Maison Bleue et Les Petits Chaperons Rouges ont instauré les mêmes pratiques que People&Baby vis-à-vis des fournisseurs ou encore s'agissant de la gestion des repas. Mais de noter que ces trois groupes ont pris part à cette guerre des prix et développé, pour ce faire, des politiques low cost. Dans la partie « Business plan 2017-2022 » du rapport d'audit de La Maison Bleue, voici ce qui est par exemple noté :

> Le management estime être capable de réduire les frais de personnel (de l'ordre de 10 %) des DSP remportées par le groupe, l'année suivant leur obtention (...). Le management considère que les équipes des crèches reprises sont systématiquement surdimensionnées.

Et voilà comment la guerre des prix déclenchée aux alentours de 2010 dans le secteur de la petite enfance a entraîné une diminution du nombre de professionnelles dans de nombreuses crèches. Or moins de personnel signifie des conditions de travail et une qualité d'accueil des bébés dégradées.

Cette politique est confirmée par plusieurs anciens directeurs régionaux de La Maison Bleue ayant officié à cette époque. Des documents internes (mails, reportings financiers, analyse des effectifs, rapports de contrôles PMI, etc.) qu'ils m'ont transmis attestent d'une stratégie générale de baisse des effectifs et de suroccupation des crèches entraînant des violations des règles d'encadrement en vigueur. D'autres sources, fins connaisseurs du dossier, estiment qu'en 2022 il manquait près de 400 ETP au groupe La Maison Bleue, soit une professionnelle par crèche. Sollicitée à l'issue de mon enquête, la direction générale, par la voix de sa nouvelle PDG nommée en octobre 2022, Claire Laot, nie avoir eu connaissance de telles consignes tout en affirmant que des efforts ont été réalisés depuis son arrivée. « En octobre, les budgets étaient déjà faits. Mais je les ai changés. La mesure principale que j'ai prise, on a appelé ça le "*new deal* RH".

J'ai renforcé les postes de direction en embauchant 100 ETP pour environ 4 millions d'euros de masse salariale supplémentaire. »

Un acteur a, on l'a compris dans les premières pages de ce livre, refusé de s'inscrire dans cette dynamique du low cost : Babilou. Dans l'audit de KPMG, réalisé en 2011, il est indiqué que « la stratégie de croissance du groupe est principalement axée sur le développement du parc de crèches en propre considérées comme plus pérennes que les DSP ». De fait, depuis 2011, Babilou a abandonné 90 % des quarante DSP qu'il avait obtenues les années précédentes, tandis que ses trois principaux concurrents doublaient ou triplaient leur flotte. Ces informations achèvent de me convaincre qu'il me faut rencontrer les fondateurs du groupe, les frères Carle. Mais ces figures emblématiques du secteur vont-elles accepter de me voir et a fortiori de s'exprimer publiquement, au risque de se mettre à dos les membres les plus influents de leur fédération ? Il y a de fortes chances que mes tentatives d'approche restent vaines.

Mais après tout, je n'ai rien à perdre.

Chapitre 39

La confession des patrons

J'ai envoyé un texto comme on lance une bouteille à la mer.

Les frères Carle y répondront-ils ? Au fil de mon enquête, j'ai découvert que le groupe avait acté des stratégies de développement très marquées, investissant fortement dans le segment des crèches d'entreprises (plus de 1 500 clients) jusqu'à devenir la référence des sociétés du CAC 40 – L'Oréal, Crédit agricole, Société générale, LVMH, Axa… –, plus disposées à accepter des tarifs de commercialisation permettant de répondre aux standards de qualité proposés par Babilou ainsi qu'à ses exigences de rentabilité.

Quelques jours après ma prise de contact, je reçois cette réponse, succincte mais encourageante : « OK pour nous ! Retrouvons-nous dans un café ? Neuilly, ça vous irait ? Nous viendrons tous les deux. »

Le lundi suivant, en fin de matinée, je me rends dans une brasserie des beaux quartiers. Alors que je viens de m'asseoir, j'aperçois par la fenêtre les deux frères, pris dans une discussion visiblement animée, débarquer en trottinette électrique. En les découvrant ainsi, je ne peux m'empêcher de penser à l'anecdote de Christophe Durieux qui les compare aux Dalton. Dans les faits, Édouard et Rodolphe Carle affichent des personnalités très tranchées. Rodolphe, l'homme à l'origine de Babilou – chino clair, pull à col rond –, est dans l'observation, l'analyse. Cet ancien de l'Essec a défini le modèle économique de l'entreprise et dessiné sa stratégie de développement. Il peut délivrer n'importe quelle expertise financière avec une appréciation extrêmement fine. Les chiffres du secteur, il les connaît sur le bout des doigts. Édouard, le plus jeune des deux, longiligne, dégingandé, barbe fournie, une veste de motard sur les épaules et des bracelets aux poignets, a un côté chien fou. C'est lui qui a pensé puis accompagné la mise en place des process qualité du groupe.

Les deux frères font aujourd'hui partie du classement *Challenges* des 500 plus grosses fortunes de France, avec un patrimoine évalué par le magazine en juillet 2024 à 450 millions d'euros.

« Si on décide de témoigner, c'est pour pointer les véritables responsabilités »

Durant le premier quart d'heure, nous nous jaugeons. Manifestement, ils ont d'abord besoin de savoir si mon but est de cogner aveuglément sur le privé. Je tente de les rassurer, en leur expliquant que je m'intéresse aux défaillances structurelles du secteur de la petite enfance, en particulier les dysfonctionnements liés aux modes de financement, les failles de la réglementation ou encore les dérives du low cost. Édouard, avec un sourire amusé, prend la main, au bout de quelques minutes. « Sincèrement, votre enquête, ça fait quinze ans qu'on l'attend ! m'avoue-t-il. Quinze ans qu'on bataille pour la qualité, qu'on gueule contre certaines dérives, qu'on tente d'alerter les politiques, qu'on essaie de faire bouger les choses. Mais il ne se passe rien ! Il a beau y avoir des drames, des bouquins, des émissions télé, des commissions d'enquête... Personne ne veut creuser les vrais sujets. »

Je m'attendais à tout sauf à ça : deux patrons face à un journaliste d'investigation, lui confiant attendre sa venue depuis des années ; deux figures de l'univers de la petite enfance, à la tête du leader européen du secteur, comptabilisant plus de 1 150 structures pour un chiffre d'affaires de plus de 900 millions d'euros. Or ce sont deux hommes en colère que j'ai face à moi. Il y a peut-être, dans leur groupe aussi, des sujets dérangeants que je n'ai pas su dénicher. Mais leur irritation est factuelle, raisonnée. « Cela nous rend dingues de voir nos collaborateurs entachés par les comportements de certains, d'être mis dans ce panier des "Big Four" alors qu'on a choisi des stratégies de développement totalement opposées, lâche Rodolphe. On s'est défoncés avec Édouard pour bâtir des standards de qualité élevés, au détriment parfois de notre développement, en refusant des marchés. Personnellement, cela me fait mal quand l'un de mes enfants est moqué à l'école parce qu'il porte mon nom et que Babilou est pris dans une tempête médiatique de manière injuste. Mais au-delà de ça, si on décide de témoigner, c'est pour pointer les véritables responsabilités. Clairement, ça ne plaira pas à tout le monde. Mais on assume. »

Nous échangeons durant de nombreuses heures. Ce secteur, personne ne le connaît aussi bien qu'eux ; ils ont contribué à son développement depuis vingt ans, étant notamment à l'origine de la délégation de service public, de la création de la fédération ou encore de la mise en place du premier réseau de crèches « partenaires ». Les frères Carle me donnent leur accord pour être enregistrés ; ils me transmettent par la suite la plupart des documents que je leur demande : dossiers d'appels d'offres, rapports d'analyse des propositions, etc.

Le développement du low cost est sûrement ce qui les met le plus hors d'eux. Édouard Carle se souvient : « Ce qu'il s'est passé, c'est que lors de nos premières DSP, les mairies comparaient nos tarifs avec leurs dépenses en régie municipale. Elles étaient donc bien contentes d'économiser 3 000 euros par berceau, tout en assurant un bon niveau de qualité. Et puis, en 2010, elles se sont retrouvées avec trois ou quatre offres de mecs prêts à tout pour récupérer le morceau. Et la comparaison avec la gestion municipale est tombée à l'eau. C'est passé de 10 000 à 7 000 puis à 4 000, en un instant. » Rodolphe prend le relais en m'indiquant les règles que son groupe s'est fixées, dès le départ. « On a un principe de base, c'est qu'on ne répond jamais à un appel d'offres pour une crèche existante, explique-t-il. Que ce soit une structure en régie municipale, une crèche associative ou une DSP gérée par l'un de nos concurrents. On considère que notre boulot, c'est de créer de nouveaux établissements, de nouvelles places de crèches. Et pas d'en piquer aux autres. » Son frère le coupe : « Et puis surtout, on ne veut pas reprendre des professionnelles qui ne nous ont pas choisis ! Il faut se rendre compte à quel point ça peut être violent pour une auxiliaire de puériculture d'être ballottée d'un groupe à l'autre, tous les cinq ans, avec des process et des philosophies qui changent. Lorsque l'on crée des DSP, on recrute nos équipes. On les choisit et elles nous choisissent. Elles viennent chercher un projet et de la stabilité. »

Il me paraît important, avant d'aller plus dans le détail, de confirmer avec ces témoins de première main que la nouvelle dynamique a bien démarré aux alentours de 2010. « Je dirai même que ça a commencé un peu avant, vers 2007-2008, corrige Rodolphe Carle. Mais c'est vrai que la guerre des prix à proprement parler, elle a véritablement débuté au moment des renouvellements de nos premières DSP. La toute première DSP de France à avoir changé d'opérateur, c'est Courbevoie. Je m'en souviens très bien. C'est là qu'on a compris que le marché allait se retourner. La mairie nous avait annoncé que People&Baby avait fait une offre environ deux fois inférieure à la nôtre. On n'avait pas voulu suivre. Pour nous, c'était tout bonnement impossible, à ce prix. »

Je leur demande alors s'ils savent comment leurs concurrents font pour proposer des tarifs de commercialisation aussi faibles. « C'est pas très compliqué, sourit Rodolphe Carle. Ils baissent la masse salariale, tout simplement. C'est 80 % de vos coûts. En supprimant trois postes, vous réduisez instantanément la facture de 100 000 balles. » Prenons un cas concret. À Nogent-sur-Marne, Babilou s'est vu confier par la mairie, en 2007, deux crèches de 60 berceaux, Le Jardin des Lutins et Mandarine. En 2012, au moment du renouvellement du marché, le groupe Les Petits Chaperons Rouges récupère le marché en proposant un prix par berceau bien inférieur. Sur l'ensemble des cinq années du marché, la différence s'élève à plus de 1,9 million d'euros. Si l'on divise ce prix par cinq ans puis par 120 places, cela représente une baisse de tarif de commercialisation de 3 160 euros par berceau, soit une division par deux. À la suite de cette décision de la mairie, Rodolphe Carle a un échange musclé avec Jean-Emmanuel Rodocanachi, à qui il explique qu'avec un tel tarif, il ne peut que détériorer la qualité d'accueil. La rupture entre les deux leaders du secteur est consommée.

Elle n'a fait que s'accentuer avec le temps.

« Le low cost, c'est un cercle vicieux sans fin »

Je me procure le rapport d'activité annuel de ces deux crèches, transmis en 2019 par le groupe Les Petits Chaperons

Rouges à la mairie de Nogent-sur-Marne. Dans ce document, il est indiqué que les frais de personnel (taxes comprises) s'élevaient alors pour l'établissement Les Lutins à 595 000 euros. Ce chiffre obtenu, je m'empresse de demander aux frères Carle leur rapport financier 2011 (dernière année de gestion) pour le même établissement. À la ligne « frais de personnel », il est indiqué 754 000 euros. Pour la même crèche, gérant le même nombre de bébés, les dépenses en personnel ont diminué de 159 000 euros, huit ans plus tard.

« Si l'on veut être parfaitement justes, nuance Rodolphe Carle, il faut prendre en considération à la fois la réduction des charges patronales qui ont eu lieu sur cette période et, à l'inverse, l'augmentation du SMIC. Mais en gros, ils ont coupé 120 000 à 130 000 euros de frais de personnel… Vous me comprenez maintenant lorsque je vous disais que le low cost était une catastrophe ? »

Comment le nouveau gestionnaire est-il parvenu à faire de telles économies ? Dans son reporting financier, Babilou affiche 22,6 postes en 2011. Le rapport d'activité de LPCR de 2019 annonce de son côté 20,5 ETP (équivalents temps plein). Il y a donc eu une réduction de deux postes, en accord avec la mairie de Nogent. Ce n'est pas tout. Sachant qu'un ETP coûte environ 33 000 euros, ces deux postes supprimés ne suffisent pas à expliquer la baisse de 120 000 euros évoquée par les frères Carle. Il y a une autre technique très simple pour réduire la masse salariale : le non-remplacement d'une partie des absences. « La question du remplacement est absolument cruciale, renchérit Rodolphe Carle. Lorsqu'une professionnelle démissionne en mars et que le gestionnaire attend trois mois pour la remplacer en expliquant que le secteur vit une crise du recrutement, qui est réelle par ailleurs, eh bien il a économisé trois mois de salaire. »

Le premier palier du low cost, c'est donc la réduction des tarifs des berceaux. Le deuxième, c'est, on l'a compris, des coupes sévères au niveau des frais de personnels. Quelle est la suite logique ? Une dégradation des conditions de travail et donc des taux de turnover qui, littéralement, explosent. Dans le rapport financier de 2019, LPCR admet avoir dû faire face à 16 fins de CDI sur la structure Les Lutins (« 5 démissions, 1 fin de période d'essai à l'initiative de l'employeur, 2 fins de période d'essai à l'initiative du salarié, 5 licenciements pour faute grave, 2 licenciements pour inaptitude et 1 mutation »).

16 postes sur 20,5 ETP, cela fait un taux de turnover de 78 % ! Vous voulez connaître le taux de turnover de Babilou, huit ans plus tôt ? Autour de… 20 %. « Lorsque vous avez 2 ETP en moins pour le même nombre d'enfants et que vous ne remplacez pas toutes les absences, vous dégradez automatiquement l'accueil des bébés, avance Rodolphe Carle. Et vous essorez vos équipes. Donc elles se barrent. Ça crée du turnover, ce qui aggrave encore d'un cran la qualité de l'accueil et les conditions de travail. Le low cost, c'est un cercle vicieux sans fin. »

Après avoir obtenu ces différents éléments, j'ai pris contact avec la direction générale des Petits Chaperons Rouges afin d'obtenir leur version des faits. C'est le fondateur, en personne, qui me rappelle pour convenir d'une date. Nous nous retrouvons au début du mois de juin 2024 au siège de la société, en banlieue parisienne. Jean-Emmanuel Rodocanachi organise une visite expresse des lieux avant de répondre à mes questions, accompagné de sa responsable des marchés publics. Le ton est cordial. Il n'est plus question d'attaquer cet ouvrage en amont de sa publication – « Vous allez me vexer parce qu'attaquer une enquête avant qu'elle ne soit parue, ça n'a aucun sens. Tout le monde sait que c'est voué à l'échec », m'a même lancé, bravache, le patron des Petits Chaperons Rouges.

Rentrons dans le vif du sujet : le low cost ! Pour Rodocanachi, à l'inverse des frères Carle, cela n'existe pas. Il n'y a pas de low cost dans le secteur de la petite enfance, pas de problème de prix bas. D'ailleurs, ce dernier soutient qu'il est erroné de parler de prix par berceau s'agissant des marchés conclus avec les mairies. « On n'est pas sur un marché public avec un prix de vente. On parle d'un budget de fonctionnement global avec un reste à charge pour la collectivité. On ne résonne pas en termes de prix par berceau. Donc déjà, si quelqu'un vous dit : "C'est 6 000 euros le berceau", ça ne veut rien dire. » Pourtant, ce prix par berceau est bien affiché dans la plupart des analyses des offres que j'ai pu me procurer ainsi que dans les documents KPMG détaillant les chiffres et les stratégies des principaux opérateurs du secteur.

Au-delà de la remise en cause de cette notion, le principal argument de Jean-Emmanuel Rodocanachi est de dire qu'il n'est pas possible de définir un tarif acceptable pour ces marchés publics car il existe autant de situations spécifiques qu'il y a de crèches. « Il y a une trentaine d'items qui peuvent entrer en ligne de compte et qui vont impacter le fonctionnement d'une structure. Si vous êtes dans une crèche de 25 ou 60 places, le coût du berceau ne sera pas le même. Il y a des choses qui s'amortissent. Il y a des cahiers des charges où l'on peut vous demander de prendre à vos frais l'entretien des espaces verts, des toitures. » La responsable des marchés publics poursuit : « Il faut prendre en compte l'amplitude horaire, le nombre de semaines d'ouverture, si on est sur des repas livrés ou pas, la taille du local, le nombre de sections, etc. On ne peut donc pas comparer deux structures. Ça n'aurait pas de sens. »

Je leur propose alors qu'on se concentre sur une seule crèche – Le Jardin des Lutins, à Nogent –, en comparant les chiffres de Babilou de 2011 à ceux des Petits Chaperons Rouges en 2019. Après leur avoir exposé les éléments en ma possession, je perçois chez eux une légère fébrilité. « Alors, on a autant de contre-exemples où les prix n'ont pas baissé... Mais sur ce cas précis, je pense qu'on peut vous expliquer pourquoi la ville a changé d'opérateur : parce qu'elle s'était rendu compte que le délégataire précédent avait gagné non pas 4 ou 5 % de marge, mais plutôt 20 %. Ils se sont dit, là, sur cette DSP, c'est indécent ! 110 000 euros de bénéfice sur une crèche, vous imaginez ? Ça, chez Babilou, ils ont dû oublier de vous le dire. Je comprends qu'ils aient été frustrés parce qu'ils ont perdu une vache à lait ! »

À la suite de notre rendez-vous, le patron de LPCR me transmet une série de documents pour appuyer sa position. L'un d'eux, consacré au Jardin des Lutins, compare les chiffres de 2010 du gestionnaire sortant à l'année 2012 des Petits Chaperons Rouges. Ces données lui permettent de mettre en avant des frais de siège qu'ils estiment « raisonnables », de 29 000 euros contre 131 000 pour Babilou, ainsi qu'un bénéfice, lui aussi affiché comme « raisonnable », de 12 000 euros contre 110 000 euros pour son prédécesseur.

Le problème, c'est que les chiffres transmis ne sont tout simplement pas pertinents. Après analyse, je me rends compte que LPCR a repris le marché en septembre 2012 et que les chiffres transmis correspondent à un seul trimestre, et non à une année entière. Peut-être pensait-il que je n'aurais pas les moyens de contrôler ses déclarations. Découvrant le pot aux roses, je téléphone aussitôt à Jean-Emmanuel Rodocanachi pour en avoir le cœur net. Il marque un silence. « Je ne sais pas... à vérifier. Je vais demander aux équipes. Est-ce que les chiffres ont été annualisés ou pas ? Je ne sais plus, m'assure-t-il, un brin gêné, avant d'exploser d'un rire sonore. On parle de 2010. C'était il y a bien longtemps. »

Dans son rapport de 2018, LPCR affiche des frais de siège de 70 000 euros et un résultat de près de 90 000 euros (bien loin des 12 000 euros annoncés en 2012. Faut-il en conclure, comme l'expliquait Rodocanachi à propos de son concurrent, que LPCR affiche en 2018 un bénéfice déraisonnable ? Le patron des Petits Chaperons s'est fait prendre à son propre piège.

Son bénéfice est proche de celui de son prédécesseur alors même que les dotations de la mairie ont fondu. Factuellement, la baisse de la masse salariale est venue en compensation.

Cette stratégie du low cost, qui a entraîné une diminution des effectifs, indigne le cofondateur de Babilou : « Ils ont abîmé notre métier, s'émeut Édouard Carle. Non seulement, ils ont dégoûté les pros qui étaient en place, mais, encore plus inquiétant, ils sont en train de dégoûter la future génération, les jeunes de seize, dix-sept ans. Allez sur TikTok et tapez "crèches". Vous restez une minute, vous avez compris. Toutes les semaines, il y a des professionnelles qui racontent la dégradation de leurs conditions de travail, le turnover, le fait qu'elles se retrouvent à deux pour gérer quinze enfants. Du coup, sur Parcoursup, le nombre de candidats pour la filière petite enfance a baissé de 30 % en quatre ans. »

Jamais de grands patrons – qui ne sont certes pas des philanthropes – n'avaient osé afficher publiquement leur hostilité à la politique de réduction des coûts développée par certains de leurs principaux concurrents. Grâce à leur témoignage, mais aussi aux documents financiers de première main que j'ai récupérés, j'ai pu lever un coin du voile sur des pratiques inconnues du grand public.

Mais, si les frères Carle pointent la responsabilité de leurs concurrents dans cette dérive, ils ont bien conscience que certaines municipalités, elles aussi, y ont contribué.

Jusqu'aux lieux les plus prestigieux…

Chapitre 40

Même la crèche de Matignon...

Vive le moins-disant !

Partout en France, des communes, petites ou grandes, de gauche ou de droite, font le choix du moins cher. Les raisons sont multiples : comme nous le racontait Édouard Carle, elles ont eu à affronter une baisse de leurs recettes, couplée à une hausse de leurs champs de compétences. Et le fait de réaliser des économies est un élément palpable qu'il est possible de mettre en avant auprès de son équipe, de ses administrés ou de son opposition.

Sans compter le fait que certains services municipaux n'ont pas l'expertise suffisante pour réaliser un cahier des charges pointu. Il est arrivé que des communes se retrouvent piégées par les modalités de leur propre appel d'offres, contraintes de prendre un gestionnaire dont elles ne voulaient pas. Nous verrons que l'inverse arrive aussi : des mairies qui trafiquent leur système de notation pour permettre à l'offre la moins onéreuse de l'emporter.

Cela dit, il existe autant d'approches que de municipalités. Il y a d'abord ces maires qui, plus ou moins naïvement, jugent possible de faire aussi bien avec moins. Reprenons l'exemple de Nogent-sur-Marne. Je me suis procuré un enregistrement éloquent, relatant les débats du conseil municipal du 31 août 2012, saisi de l'éventuel renouvellement des deux DSP créées par Babilou.

Le maire UMP (Jacques J. P. Martin) : Alors maintenant, la DSP ! Ce qu'il faut, c'est ne pas nous lire tout le dossier.

Opposante : Ah bah si quand même, ha ha !

Le maire : Non, non, non !

Adjointe au maire : Il faut savoir que les deux délégations, Mandarine et Jardin des Lutins, arriveront à échéance le 31 août 2012. Donc il était nécessaire de repasser un appel d'offres. Il y a trois sociétés qui nous ont renvoyé des dossiers. Babilou qui était le gestionnaire, People&Baby et Les Petits Chaperons Rouges… Ils ont été tous les trois retenus. Suite à ça, nous avons engagé des négociations avec ces sociétés.

Le maire : Ce n'est pas utile d'aller trop dans le détail. Au final, nous avons retenu…

Adjointe au maire : Oui. Suite à ça, ont été retenus Les Petits Chaperons Rouges.

Opposante : La question, c'est pourquoi ?

Adjointe au maire : Alors, pourquoi ? Bah, deux choses. Eh ben déjà, au niveau financier. C'est la première chose. Et aussi, au niveau du taux de satisfaction de… euh… de remplissage…

Le maire : … de fréquentation.

Adjointe au maire : Voilà ! Donc il y avait ces deux points-là. Et surtout, bah c'était l'aspect financier qui a été déterminant. Il y a un écart de 1 906 000 euros.

Le maire : Monsieur Geib ?

Élu d'opposition PS (William Geib) : Lors de l'examen des offres, j'avais posé une question concernant la raison pour laquelle le personnel était si peu payé, pourquoi il y avait une telle différence de salaires. Avec le risque qu'il y ait peut-être un turnover beaucoup plus important.

Le maire : La présentation était mal faite, ce qui fait qu'on pouvait penser ce que vous dites.

Adjointe au maire : La ventilation n'était pas présentée de la même manière entre les groupes. Notamment les taxes sur les salaires.

Le maire : La différence, elle est surtout sur le taux d'occupation. Cette société prend des risques avec un TO supérieur à Babilou qui pourtant travaillait bien. Seulement Babilou – c'est un résumé, bien sûr – a grossi, racheté un certain nombre de sociétés, et a donc des charges de structures importantes qu'il reporte sur ses délégataires… Et puis, le projet pédagogique des Petits Chaperons Rouges est bien ficelé.

On le constate, dès le renouvellement de ces DSP, des élus d'opposition avaient clairement pointé les risques d'un tel choix. Ces inquiétudes se sont révélées prémonitoires…

D'autres maires vont plus loin, mettant en avant leur choix dans leur communication. C'est le cas d'Aix-en-Provence, la seule ville de cette envergure à avoir choisi (dès 2009) de déléguer la gestion de l'ensemble de ses structures dédiées à la petite enfance, jusqu'à créer ce qui est encore aujourd'hui le plus gros contrat de DSP de France.

Les Petits Chaperons Rouges ont sauté sur cette occasion unique qui permettait au groupe d'augmenter son parc de berceaux de DSP de près d'un tiers. La direction générale a fait une offre qui ne se refuse pas, et Rodocanachi a remporté le marché haut la main. Il ne l'a plus lâché.

Il se trouve que l'une des toutes premières lanceuses d'alerte de cette enquête a été employée par l'une des crèches confiées par la mairie d'Aix-en-Provence à LPCR. Le 11 février 2022, voici ce qu'elle m'écrit :

> Bonjour,
>
> Je suis salariée en tant qu'auxiliaire de puériculture dans une crèche gérée par une société privée (Les Petits Chaperons Rouges) dans le cadre d'une délégation de service public. Votre investigation dans le milieu des EHPAD a fait écho à ce que l'on vit mes collègues et moi dans notre exercice professionnel :
>
> Rationnement des repas (enfants de 6 mois à 3/4 ans)
> Turnover
> Problème de recrutement
> La PMI qui prévient à l'avance pour ses contrôles
> La société qui prévient à l'avance pour ses audits
> Politique de remplissage et de chiffre…
> Les similitudes sont troublantes
> Voilà ! On voulait avec l'équipe vous faire part de notre ressenti et peut-être le relayer pour une éventuelle investigation qui pourrait faire bouger les choses… enfin !
>
> Merci d'avoir pris le temps de nous lire,
>
> Une équipe de crèche

J'ai pris attache avec cette professionnelle quelques mois plus tard avant de me rendre sur place, en mars 2023. Cette femme, désireuse de rester anonyme et que nous appellerons Samantha*, travaillait depuis 2008 au sein de la crèche en question, avant même l'arrivée de LPCR donc. Le jour de notre rencontre, Samantha* m'accueille avec trois de ses collègues dans un appartement situé au cinquième étage d'une tour défraîchie de la banlieue aixoise.

L'une d'elles me tend d'emblée un exemplaire d'*Aix Mag*, le magazine d'information de la ville, daté de mars-avril 2023. Elle l'ouvre à la page 29. En bas à droite, ce titre : « Crèches : 650 000 euros de gagnés. » Dans le corps de l'article, il est indiqué qu'« il y a aussi des dépenses de fonctionnement qui baissent. Dans le cadre du renouvellement de la DSP, le nouveau contrat conclu avec Les Petits Chaperons Rouges a permis à la ville d'économiser 650 000 euros, et ce malgré la hausse du niveau de service ».

« On a un système de surbooking, comme dans les avions... »

« Que voulez-vous que l'on fasse ? m'interpelle Samantha*. La ville pense, sincèrement, que l'on peut faire mieux avec moins ? Ça existe où ? Dans quel secteur, on fait mieux avec moins ? On n'est pas économistes mais on est sur le terrain. On voit bien ce qu'il se passe. »

Ces quatre professionnelles me racontent, avec beaucoup de détails, les conséquences concrètes de cette stratégie low cost, tant au niveau de la nourriture – « On doit désormais commander 5 % de repas en moins par rapport au nombre d'enfants inscrits » – que de l'occupation – « On a un système de surbooking, comme dans les avions, on inscrit des enfants en plus de notre capacité » –, des ratios d'encadrement – « Chez les grands, on doit gérer normalement huit enfants, et ça arrive qu'on en ait neuf ou dix, c'était inconcevable avant » – ou du profil de certaines professionnelles – « Comme on a du mal à recruter, ils ont embauché une fille de dix-huit ans, après un mois de stage, vous imaginez le délire ? ».

Voyons maintenant ce que disent les chiffres. Ce marché d'une vingtaine de DSP a été reconduit une première fois en 2016 par la maire, Maryse Joissains-Masini, avec une diminution des prix de plusieurs centaines de milliers d'euros. Puis une seconde fois, en 2023, avec une nouvelle remise de 650 000 euros, saluée par celle qui lui a succédé entre-temps, Sophie Joissains – qui n'est autre que sa fille. Pour être précis, LPCR a dû revoir à la baisse ses prétentions à la suite d'un nouveau discount proposé par… La Maison Bleue. Au bout du compte, chaque berceau est désormais facturé 3 515 euros par an. Rappelons-nous qu'en 2004, des communes comme Rueil-Malmaison signaient à des prix deux fois supérieurs.

Les rapports d'activité annuels transmis par LPCR à la mairie d'Aix-en-Provence sont particulièrement instructifs. En analysant ces documents, on peut faire le même constat qu'à Nogent-sur-Marne ou Courbevoie : en l'espace d'une dizaine d'années, le nombre de professionnels de crèche a baissé de près de 10 %, passant de 368,6 ETP en 2011 à 337,7 en 2022, alors que le nombre d'heures de présence d'enfants est resté sensiblement le même. Avec d'inévitables conséquences sur les conditions de travail… Nous commençons à connaître la musique lancinante du low cost.

Cette analyse, Jean-Emmanuel Rodocanachi, le fondateur de LPCR, la conteste fermement. Il est bien obligé de reconnaître que la dotation de la ville a baissé (de plus de 15 %) entre 2009 et 2022, mais il assure que le budget de fonctionnement global de cet ensemble d'une vingtaine d'établissements a, lui, augmenté, passant de 12 millions à près de 17 millions d'euros. Son groupe aurait compensé le « désengagement » d'Aix-en-Provence en commercialisant une partie de plus en plus conséquente de ces places en berceaux d'entreprise (plus rentables) et en améliorant considérablement son taux d'occupation (ce qui vient confirmer les témoignages des salariées de cette DSP, marquées par la pression du TO). Rodocanachi tient également à souligner que son groupe a investi plus de 6 millions d'euros entre 2009 et 2023 en entretien, travaux, jouets, mobilier, et qu'il a accepté de baisser sa marge de 3 % à 2 %.

Venons-en maintenant à un autre procédé, utilisé par certains maires : jouer sur le système de notation.

Direction Montluçon, dans l'Allier, où les fondateurs de Babilou ont créé l'une de leurs premières DSP, en 2007, avant de la perdre au profit de l'un de leurs principaux rivaux, neuf ans plus tard.

J'ai pu prendre connaissance du rapport d'analyse des offres rédigé par la commune en 2016. Pour cette structure de 35 places (dont 28 berceaux réservés par la ville), Babilou proposait une offre « solution de base » à 7 100 euros et une variante à 6 500 euros. People&Baby est deux fois moins cher : 3 142 euros pour la « solution de base » ; 2 847 euros pour la variante. Et la mairie de Montluçon, évidemment, a choisi la moins chère des quatre, celle à moins de 3 000 euros… Mais ce qui frappe surtout, c'est la manière dont les candidats ont été notés. Il est indiqué que les critères financiers représentent 40 % de la note globale contre 60 % pour la qualité. Jusqu'ici, tout va bien. Babilou, qui perd sur la partie prix, pourrait espérer l'emporter sur la partie « technique ».

« Un certain nombre de mairies se sont retrouvées prises au piège »

C'était sans compter le système de notation tout à fait singulier des services municipaux de Montluçon. Ces derniers attribuent deux points sur deux (sur un total de 60 points) à People&Baby, qui propose un staff de 10 ETP. À Babilou, qui en propose trois de plus (12,8 ETP),

Montluçon ne donne qu'un point. Attribuer une moins bonne note à un gestionnaire qui propose plus de postes, c'est pour le moins étonnant. À l'époque, la directrice régionale de Babilou, dépitée, a transféré ce rapport d'analyse aux avocats du groupe, expliquant dans son mail, expédié en novembre 2016, que « la note technique est une véritable injustice... ».

Près de huit ans plus tard, Rodolphe Carle livre à ce sujet une anecdote révélatrice. « On est sous Delanoë, en 2010 dans mes souvenirs, raconte-t-il. Je me rends à un oral d'appel d'offres à la Mairie de Paris pour une crèche de 60 berceaux dans le 15e arrondissement. Le responsable du marché me dit : "Vos concurrents me proposent de faire la même chose avec deux postes en moins." Je lui explique que si on est légèrement au-dessus des ratios d'encadrement en vigueur, c'est pour compenser les absences. Et que si on supprime deux postes, on cassera régulièrement les ratios. C'est mathématique. Je sors même une feuille et je fais les calculs devant lui. Vous savez ce qu'il m'a répondu ? "Si vos concurrents sont plus performants que vous, ce n'est pas mon problème !" Cet oral, ça a été la goutte d'eau. J'ai appelé Édouard et je lui ai dit : "On arrête les DSP ! C'est terminé !" »

Le triomphe du low cost a des implications très concrètes. On l'a vu, un certain nombre de dysfonctionnements repérés chez People&Baby ont frappé des structures en délégation de service public, à Dreux, Dijon ou encore Bordeaux.

Rodolphe Carle, conscient de la responsabilité des mairies dans cette dynamique du « moins pour tous, tous pour moins », leur trouve toutefois des circonstances atténuantes. « Un certain nombre de mairies se sont retrouvées prises au piège, avance-t-il. À partir de 2008, elles ont vu débarquer trois gros acteurs proposant des prix deux fois inférieurs aux nôtres, elles se sont dit, et on peut les comprendre : "Babilou nous a arnaqués. Le bon prix, c'est 3 000 ou 4 000 euros et pas 7 000 ou 8 000." Elles nous l'ont dit d'ailleurs. Et puis quelques années plus tard, elles ont été nombreuses à nous rappeler, en nous expliquant que ça n'allait pas et que ça serait bien si on pouvait participer au prochain appel d'offres. Mais, entre-temps, les économies réalisées, elles les avaient investies ailleurs. Et donc elles ne pouvaient pas revenir en arrière. Il n'y avait plus l'argent. »

Le moment est venu de pousser la porte des collectivités locales. François Lansiart est une figure des services municipaux d'Île-de-France, il a été successivement en poste à la direction générale des services de Saint-Germain-en-Laye, Rosny, Roissy et Rueil-Malmaison. Autant dire qu'il maîtrise son sujet. C'est lui qui, bien souvent, était en charge des délégations de service public et notamment du « marché » de la petite enfance. Il accepte de me rencontrer dans un café, à quelques pas de la place de l'Opéra. D'emblée, il insiste sur un point capital à ses yeux : le budget petite enfance est l'un des plus onéreux. « Pour un maire, rien ne coûte plus cher qu'une crèche, résume-t-il. Donc c'est vrai qu'il y a la tentation de faire des économies dessus. Il y a un choix politique à faire : est-ce qu'on met de l'argent dans les crèches, alors que ça nous coûte une fortune ? Ou, est-ce qu'on réduit parce que notre population vieillit et qu'on ne veut pas augmenter les impôts ? Et donc, pour éviter d'avoir à faire ce choix, si jamais on peut avoir autant de places, voire plus, mais qu'elles nous coûtent moins cher qu'avant, c'est Noël ! » Jusqu'à cautionner des offres anormalement basses, donc ? « C'est vrai que mon équipe et moi-même, nous nous sommes posé la question, reconnaît-il. Parce qu'il y avait une différence de prix importante et qu'on n'arrivait pas à expliquer comment ils y parvenaient. Mais on a fait une analyse juridique et on a considéré qu'on ne pouvait pas rejeter l'offre. »

Je m'empresse de lui demander si, selon lui, il y a un tarif de commercialisation en dessous duquel il estime difficile de proposer une prestation de qualité. « Je dirai qu'en dessous de 5 000 euros par berceau, il y a une interrogation, estime-t-il. C'est deux fois moins que ce que je sais faire en régie municipale. Donc même en augmentant sensiblement leur taux d'occupation, je ne sais pas comment ils font… »

Cette dynamique du low cost ne concerne pas que les villes ou les collectivités, mais aussi des ministères ou de grandes entreprises publiques. La RATP, par exemple. En novembre 2023, le réseau de transport, dirigé depuis novembre 2022 par l'ancien Premier ministre Jean Castex, lance une consultation pour un marché d'une centaine de berceaux. L'appel d'offres précise que le critère financier représente 60 % de la note finale contre 40 % pour les « critères qualitatifs » ; autrement dit, le prix compte plus que le reste… Même constat pour le ministre de l'Économie, des Finances et de la Souveraineté industrielle qui en mars 2024 lance une consultation où le critère prix compte pour 70 %.

Mais j'ai découvert un cas encore plus emblématique : la crèche de… Matignon.

Une structure d'environ 25 berceaux est réservée aux équipes du Premier ministre. Elle a été confiée, via une DSP, à un opérateur privé, en l'occurrence Les Petits Chaperons Rouges. À l'été 2022, un nouvel appel d'offres est lancé. Babilou décide de candidater, sans trop y croire. Son offre est finalement rejetée et le gestionnaire en place renouvelé. J'ai pu récupérer la « notification de rejet » ainsi que l'analyse qui l'accompagne. Ce qui est sous-tendu dans cette décision est édifiant.

Comme à Montluçon, les services du Premier ministre attribuent une meilleure note dans la catégorie « moyens humains » aux Petits Chaperons Rouges, alors même que Babilou propose 1 ETP de plus, soit un encadrement 10 % supérieur (12,42 ETP contre 11,50 ETP). Autre élément troublant : si les services de Matignon expliquent, dans ce document, que le prix ne représente que 30 % de la note finale, ils inventent, dans le même temps, un mode de calcul qui fausse totalement la donne. Le voici : « note obtenue = 30 x montant de l'offre la moins chère / montant de l'offre notée. » Là encore, il faut traduire ! Concrètement, cela signifie que si, comme Babilou, un opérateur propose un tarif deux fois supérieur à la moins chère, il n'a quasiment aucune chance de se rattraper avec les critères « qualité ». Au passage, on a la confirmation que le mètre étalon de ce marché est bien l'offre la plus basse. Voilà le meilleur moyen de favoriser le low cost. Avec la complicité de Matignon… Le 4 juillet 2022, soit deux semaines après la tragédie de Lyon, les services d'Élisabeth Borne, qui venait de succéder à… Jean Castex, ont fait le choix du moins-disant et du moins cher, optant pour la proposition offrant le moins d'effectifs à un prix par berceau compris entre 4 500 et 3 000 euros, en fonction du taux d'occupation.

Rappelons que certaines entreprises clientes de People&Baby se retrouvent à devoir réserver des berceaux à plus de 25 000 euros par an, que la plupart des entreprises, telles que L'Oréal ou Axa, négocient des tarifs autour de 15 000 euros, qu'une mairie dépense plus de 10 000 euros en régie directe ou encore que les premières DSP étaient facturées autour de 7 000 euros… Et que les services du Premier ministre sont désormais prêts à descendre jusqu'à… 3 000 euros !

Ne dit-on pas que l'exemple vient du haut ?

Chapitre 41

Hors de contrôle

Y a-t-il un pilote dans l'avion de la petite enfance ?

Au-delà des dérives constatées chez certains gestionnaires de crèches privées, au premier rang desquels se situe incontestablement People&Baby, la responsabilité de l'État est clairement engagée.

Comment un groupe de cette envergure a-t-il pu développer, depuis deux décennies, les pratiques décrites dans cet ouvrage ? Il n'est pas anodin de souligner que ce scandale, comme celui des Ehpad, se déroule dans ce qu'on appelle le monde du *care*. À bien des égards, les travailleuses y ressemblent aux ouvriers d'hier. Elles exercent des métiers peu qualifiés, mal rémunérés, non valorisés, qui, progressivement, se voient embarqués dans des logiques d'industrialisation. Les auxiliaires de puériculture comme les auxiliaires de vie sont les forçats de notre époque.

Il existe, néanmoins, deux différences notables entre le monde ouvrier de l'âge industriel et le milieu du *care* de notre époque dominée par le tertiaire. D'abord, celles qui prennent soin des plus fragiles sont des femmes. Par ailleurs, c'est un univers peu syndiqué. Ces professionnelles ne constituent pas une force susceptible de tenir tête à de grandes organisations.

« L'administration, elle n'en a absolument rien à faire »

Et si, en plus, l'État n'assume pas son rôle de contrôle…

Cet état d'impuissance généralisée est entretenu par certains opérateurs. Dans un audit réalisé par KPMG en 2021, on découvre ainsi que La Maison Bleue, à l'inverse des Petits Chaperons Rouges et de Babilou, s'est refusé à fusionner son réseau de crèches en une seule entité juridique. Ce groupe, qui emploie plusieurs milliers de salariés, est donc totalement morcelé, découpé en centaines de SARL. Quels sont les avantages de cette (dés)organisation ? En plus de bénéficier d'allégements de charges patronales (en principe réservées aux petites entreprises), La Maison Bleue, en restant en dessous du seuil des 50 salariés, n'a pas l'obligation de mettre en place une représentation du personnel structurée. Du coup, pas de comité social et économique (CSE), pas de négociations annuelles obligatoires, pas de véritable dialogue social. En résumé, un personnel incapable de porter la moindre réclamation et un groupe qui a les mains libres pour augmenter sa « productivité ». Dans l'audit de 2021, la direction générale en fait d'ailleurs un argument de vente, se félicitant qu'« hors salaire minimum, l'augmentation annuelle des salaires (soit) d'environ 1 % » entre 2018 et 2021. Le gestionnaire de crèches, non content de réduire ses effectifs, est parvenu pour augmenter ses marges à faire ce qu'on pourrait appeler de la déflation salariale, c'est-à-dire qu'il a fait évoluer les salaires de ses collaborateurs moins rapidement que l'inflation, leur faisant ainsi perdre du pouvoir d'achat.

Lors de mon entretien avec Claire Laot, la PDG du groupe, j'évoque cette désorganisation savamment entretenue depuis vingt ans. Cette dernière, embarrassée, reconnaît une situation anormale. « Vous avez tout à fait raison de le souligner, admet-elle. C'est effectivement ce qui nous manque aujourd'hui : une structuration sociale qui nous permette d'avoir un dialogue avec les salariés. Il faut mettre en place une unité économique et sociale. Aujourd'hui, je reconnais qu'il n'y en a pas. Mais je suis en train d'y travailler. »

Les atteintes sont parfois bien plus graves, sans que cela entraîne davantage de réactions de la part des instances de contrôle. On le sait, People&Baby avait, durant le covid, placé au chômage partiel l'ensemble de ses salariés tout en continuant à faire travailler des centaines de cadres (ce que conteste, on l'a vu, le couple fondateur). Plusieurs d'entre eux, scandalisés par ces agissements, se sont alors tournés vers l'administration dans l'espoir d'obtenir de l'aide. En vain.

C'est le cas de l'ancienne responsable de l'administration des ventes, Ariana Siscou*. Celle qui a finalement décidé d'attaquer son ancien employeur aux prud'hommes assure avoir, au préalable, multiplié les alertes auprès de l'Inspection du travail. « L'administration, elle n'en a absolument rien à faire, déplore-t-elle. J'ai appelé, fait des mails, envoyé des recommandés… À force de les harceler, j'ai réussi à avoir un inspecteur du 8e arrondissement de Paris. On m'a demandé de témoigner en mon nom pour qu'ils puissent agir, ce que j'ai fait. Et puis, rien… Je les ai encore relancés en avril 2021, ils ne m'ont jamais répondu. »

Tout au long de ces deux années et demie d'enquête, des dizaines de salariés m'ont fait part de leur incompréhension devant l'inertie des pouvoirs publics, ne saisissant pas si ces défaillances pouvaient s'expliquer par la faiblesse des moyens de contrôle ou par un manque de volonté politique. Les services départementaux de PMI, qui ont la lourde tâche d'inspecter les structures d'accueil du jeune enfant, sont particulièrement pointés du doigt. Ces contrôles sont plus réguliers que ceux réalisés dans un secteur comme celui des Ehpad. Une crèche est inspectée tous les deux ou trois ans environ alors qu'une maison de retraite, avant 2022, faisait l'objet d'une vérification approfondie tous les vingt ans en moyenne.

Alors, qu'est-ce qui cloche ?

Un témoin essentiel entre en scène. Cet homme, que nous appellerons Eugène Fabre*, car lui aussi entend rester dans l'ombre, a pris l'initiative de me contacter. Avocat, spécialiste du contentieux des autorisations, il forme depuis plus de six ans des agents de la PMI à l'inspection-contrôle. Il me dépeint, inquiet, une dégradation continue du niveau de ses « élèves ». « J'ai constaté, ces dernières années, un changement des profils des agents, il y a de moins en moins d'inspecteurs expérimentés, notamment de médecins », constate-t-il. Selon lui, ce serait « le résultat d'une volonté politique ». « Aujourd'hui, reprend-il, le cadre de la PMI, c'est l'éducateur de jeune enfant. Ce n'est pas un juriste, pas un soignant, pas un crack en économie. La plupart des personnes que j'ai en face de moi ne sont pas capables de lire un bilan financier, de comprendre les mécanismes à l'œuvre. »

« Il faut quasiment qu'il y ait un mort »

Au-delà de cette perte de compétence, Eugène Fabre* décrit une organisation fonctionnant en vase clos. « Les départements ne se parlent pas entre eux, m'indique-t-il. Ça a l'air dingue mais c'est comme ça : il n'y a aucune action coordonnée. Si la PMI du Var, par exemple, constate des dysfonctionnements d'un groupe en particulier, elle ne prévient pas ses homologues du Finistère. Rien ne permet de centraliser les informations. Les PMI ne communiquent pas non plus avec les autres instances de contrôle, comme la CAF. Chacun reste dans son couloir de nage. » Logiques d'industrialisation vs mille-feuille administratif : la supériorité est, sans conteste, du côté du privé. D'autant que selon les territoires, les disparités sont fortes. Les gestionnaires de crèches savent pertinemment quel département a développé une philosophie de contrôle poussée, quel autre manque de bras.

Mais selon les dires de ce formateur, le principal obstacle est à chercher du côté des élus locaux. « J'ai rapidement pris conscience que j'avais beau donner les moyens d'agir aux agents en les formant juridiquement, j'étais en train de pisser dans un violon, s'agace-t-il. Parce que c'est l'élu local qui décide. L'inspectrice de la PMI, elle fait remonter les difficultés à sa hiérarchie, qui fait remonter auprès de l'élu, et c'est lui qui tranche. C'est lui qui prend la décision d'appeler le préfet pour faire fermer une structure, par exemple. Et croyez-moi, c'est rare. Il faut quasiment qu'il y ait un mort… »

Eugène Fabre* m'affirme que, régulièrement, des contrôleurs lui font part d'incidents avec leur hiérarchie, de décisions bloquées, voire de menaces de sanctions. Il se souvient, dans le département des Landes, d'un agent qui avait fait un « article 40 » (cette disposition du code de procédure pénale oblige tout fonctionnaire constatant un délit à en saisir la justice). D'après son récit, l'inspecteur de la PMI avait mis au jour une « défaillance majeure impliquant la responsabilité d'un gestionnaire de crèche ». « Sa hiérarchie lui a fait comprendre, assure-t-il, que s'il persistait dans sa demande, il allait avoir des problèmes. Il a gentiment reculé. Les agents, ils ont une trouille bleue des élus. »

Ce témoin me donne une autre information, confirmée par deux autres sources. Dans le département des Hauts-de-Seine (92), les inspecteurs de la PMI auraient découvert, dans les années précédant le covid, des dysfonctionnements d'ampleur impliquant plusieurs établissements de La Maison Bleue. « Ils avaient repéré que les noms de membres du personnel apparaissaient sur l'organigramme de plusieurs crèches, révèle-t-il. On ne peut pas être dans deux endroits à la fois… Ils avaient également mis au jour un système d'optimisation des coûts, notamment au niveau du nombre de repas. » Une accusation fermement contestée par l'actuel PDG de La Maison Bleue.

Les pratiques dénoncées par ce formateur auraient poussé la PMI à réclamer la fermeture de plusieurs établissements. « Ils étaient particulièrement inquiets. Mais il ne s'est rien passé, s'indigne mon témoin. Et il n'y a pas eu de fermeture. Pourquoi ? Parce que les élus ont besoin de places en crèche et savent pertinemment qu'il n'y a plus de pognon côté public. Alors ils vous font comprendre qu'il ne faut pas emmerder le privé. »

Une obstruction systématique qui, selon lui, impacterait fortement le moral des troupes. « Aujourd'hui, les inspecteurs, ils en ont ras le bol, jure-t-il. Parce que leurs décisions ne sont pas suivies d'effets. Et la plupart d'entre eux finissent par partir. »

En parallèle des services départementaux de la PMI qui se chargent de l'inspection de terrain (encadrement, état des locaux, etc.), les CAF jouent un rôle clé. Elles assurent un contrôle financier en vérifiant la réalité des prestations effectuées par rapport aux déclarations des gestionnaires bénéficiant d'aides publiques. Malheureusement, là encore, des témoins de premier plan dénoncent une impuissance coupable, qu'il s'agisse de s'assurer de la bonne utilisation des subventions d'investissement (travaux) ou de celle des financements PSU (occupation du berceau).

Commençons par le point de départ : n'importe quel opérateur peut obtenir de la CAF des aides à l'investissement comprises entre 7 000 et 17 000 euros par place créée. Souvenez-vous, un ex-membre du comité de direction de People&Baby affirmait que la direction générale du groupe avait mis en place un système pour optimiser l'encaissement de subventions.

« Je pourrais aller en prison à raconter des trucs comme ça »

Ces techniques m'ont été confirmées par une source on ne peut plus crédible, et pour cause : cet homme fait partie de ceux qui étaient chargés de les mettre en œuvre ! Cet ancien responsable travaux chez People&Baby, désireux de rester anonyme, que nous appellerons Yves Ruché*, était en poste jusqu'en 2023. Il a accepté le principe d'un premier échange téléphonique, en attendant une rencontre physique. « La CAF peut vous donner jusqu'à 80 % du montant de vos travaux, explique-t-il. Si vous lui annoncez 500 000 euros de travaux, elle va vous donner 400 000 euros. Après, à vous de challenger votre entreprise en lui disant : “Si tu peux faire avec moins, ce serait bien.” Et le delta, vous le gardez… »

Cet ancien cadre People me fait une révélation étonnante. « En gros, me dit-il, il fallait envoyer un devis à la CAF en détaillant les travaux que les entreprises de rénovation allaient réaliser. Mais la vérité, c'est que c'est moi qui les faisais, les devis. Ce n'étaient pas les boîtes de BTP… Vous comprenez le délire ? On faisait nos propres devis pour demander ensuite à la CAF 200 000, 300 000 euros ou plus. »

Ma source en vient au « système Durieux ». « Christophe Durieux avait un problème de trésorerie, rappelle-t-il. Donc ce qu'il voulait, c'est qu'on demande des avances à la CAF. On touchait l'argent et on attendait parfois des mois avant de lancer quoi que ce soit… Comment je faisais les devis ? J'appelais la directrice de la crèche en question en lui demandant ce qu'il y avait à faire. Et je disais : "Le sol ? On va compter 50 000 euros. La peinture ? Allez, va pour 35 000 euros." Je prenais des ratios que je trouvais sur Internet et je pondais un devis. »

Il prend alors une longue pause, avant de me lâcher, comme pris de remords : « Je pourrais aller en prison à raconter des trucs comme ça. Parce que j'ai participé à sa connerie… »

Quelques jours après cet appel, pris de panique, il annule notre rencontre.

Entre-temps, il m'a malgré tout transmis des informations capitales. Notamment celle-ci : « Pour réaliser ces devis, on utilisait une société estampillée Work Perfect et la CAF n'y voyait que du feu. C'est soi-disant une boîte de travaux, mais en réalité, c'est une coquille vide. C'est trois salariés qui ne savent même pas changer une ampoule. »

Direction Internet, plus précisément sur Infogreffe.fr, un site qui recense les informations essentielles sur les entreprises. Quelques clics et je découvre que Work Perfect, créée en février 2021, est bel et bien spécialisée en travaux de rénovation. Petit détail, elle appartient à la « Holding Odile et Christophe » et a pour dirigeant… Christophe Durieux. Interrogé sur l'existence de cette société, le patron de People ne voit pas le problème. « C'est normal : c'est nos peintres intégrés. Oui, Work Perfect fait des devis. Mais on est au coût réel, assure-t-il. On fait faire des économies de fou chez People. Ça a été un succès. On a économisé, je crois, 40 % de frais de travaux et de peinture. Ce qu'on veut intégrer maintenant, ce sont les gens de la clim. Parce que ça coûte une fortune, la maintenance de la clim. Tout l'intérêt, c'est d'aller faire des économies d'échelle pour People&Baby, mais on n'a jamais fait de marge sur l'argent donné par la CAF, mais alors vraiment jamais. Vous savez que c'est hyper contrôlé. »

L'ex responsable des travaux de People&Baby est d'un tout autre avis. Si Yves Ruché* affirme regretter d'avoir pris part à ce système, il pointe aussi la négligence des autorités de contrôle. « À la CAF, juge-t-il, leur logique, elle est toute bête. Ils font un ratio à la con en prenant en compte les m^2 et le nombre de berceaux et bim… 200 000 euros ! Nous, on faisait en sorte de toujours prendre le maximum. Mais si les contrôleurs étaient venus sur place, ils se seraient vite rendu compte du problème. Ils nous auraient dit : "Oh les gars, il n'y en a pas pour 200 000 de travaux, là, mais plutôt pour 60 000…" Ce n'était pas très compliqué à vérifier. » Entre Christophe Durieux et mes sources, j'ai donc deux sons de cloche radicalement différents.

Plus grave, d'après plusieurs sources de première importance, des dirigeants de CAF (structures de droit privé), des administrateurs de la CNAF (organisme public) ainsi que certains membres de cabinets ministériels seraient au courant, depuis longtemps déjà, des dysfonctionnements de ce système de subventions publiques.

Un ancien directeur régional Sud-Est de La Maison Bleue, qui préfère rester anonyme, fait partie des nombreux témoins à s'en être aperçu. « Il y a un sujet important qui concerne la sincérité des déclarations de La Maison Bleue auprès des autorités de contrôle. La CNAF niveau national est au courant, prétend-il. C'est elle qui a demandé à la CAF locale de nous contrôler sur cette problématique. Il y a des crèches où l'on déclarait au-delà de 100 % de taux d'occupation, ce qui est mathématiquement impossible. Je ne suis pas au siège, mais à la suite d'une de ces inspections dans une crèche de Nice, j'ai pu constater que ce qui avait été déclaré par le siège ne correspondait pas à la réalité. Les chiffres ne tenaient pas la route et la CAF l'a bien compris. »

Ces révélations suggèrent qu'au plus haut niveau, il est notoire que certains grands groupes privés du secteur de la petite enfance captent de l'argent public de manière irrégulière, sans pour autant réagir.

Un ancien haut fonctionnaire particulièrement capé a accepté, pour la première fois, de confirmer ces faits. Cet homme, aujourd'hui retraité, c'est Luc Grard. Pendant plus de trente ans, il a dirigé des caisses d'allocations familiales. D'abord celle des Pyrénées-Atlantiques, de 1988 à 2014, puis celle du Nord, jusqu'en 2022. D'emblée, il me rapporte un incident révélateur, qu'il situe en 2019. « L'un de mes collaborateurs, à la suite d'un contrôle, s'était rendu compte d'un certain nombre de pratiques mises en place par People&Baby concernant le remplissage, commence-t-il. On avait fait une inspection sur place, dans plusieurs établissements de la région, et sur pièce. Et on avait percé une mécanique qui nous semblait absolument déplacée, voire frauduleuse : cela concernait le nombre d'enfants déclarés par le groupe et donc les taux de facturation. »

Luc Grard, fort des preuves rassemblées par son administration, fait remonter le dossier à ses supérieurs, à Paris. Ces derniers n'interviennent pas. « On l'a envoyé par mail via des fichiers sécurisés à la direction des politiques familiales de la CNAF, assure-t-il. On a eu un accusé de réception. On nous a dit qu'ils allaient se pencher dessus, nous tenir au courant. Et à ma connaissance, quand je suis parti en 2022, ce dossier, malgré quelques relances, n'a jamais eu de suite. »

Traditionnelle inertie administrative, ou bien trop d'interférences ?

Chapitre 42

Complexités françaises

Mettre la poussière sous le tapis : la méthode a beau être éculée, elle reste en vogue.

Depuis plus de vingt ans, l'ensemble des acteurs – professionnelles de terrain, gestionnaires, collectivités – s'alarment des dommages collatéraux provoqués par la PSU (prestation de service unique) qui vient financer l'occupation des berceaux, en complément du règlement des familles. Ils reprochent unanimement à la CNAF d'avoir fait passer les crèches du service public au… self-service, de se focaliser sur les attentes des parents en occultant les besoins des enfants, de transformer les directrices en gestionnaires et les bébés en codes-barres.

Les crises se succèdent, les alertes remontent de toute part, mais l'administration fait la sourde oreille, se contentant de répondre aux injonctions de Bercy, désireux avant tout d'optimiser les dépenses publiques. La CNAF préfère pointer du doigt la responsabilité des gestionnaires privés, en occultant la sienne. Ses dirigeants semblent incapables de repenser un système qui, au fil des ans, est devenu toujours plus sophistiqué et par la même occasion « indétricotable ».

Dans l'espoir de faire bouger les choses, deux personnalités de l'intérieur ont accepté, à ma demande, d'intervenir publiquement. Il s'agit de deux poids lourds de l'administration : Luc Grard, donc, ex-directeur de la plus grande CAF de France, et Frédérique Leprince, un témoin encore plus central puisque c'est elle qui est à l'origine de la fameuse PSU.

Frédérique Leprince, membre du cabinet de Simone Veil, alors ministre aux Affaires sociales (1993-1995), a ensuite été nommée sous-directrice de la CNAF, responsable de la branche famille. Avec d'autres, elle a été chargée, au début des années 2000, de repenser le secteur de la petite enfance. « Le nom de PSU, c'était mon idée, débute-t-elle. Ça faisait référence au Parti socialiste unifié de Michel Rocard. On réfléchissait à un nom, et comme le projet, c'était d'unifier les crèches et les haltes-garderies, j'ai dit : "Tiens, si ça fait PSU, c'est plutôt drôle !" Ça, je ne l'ai jamais raconté au conseil d'administration, ni à personne ! »

Voilà pour l'anecdote. On en vient à l'essentiel.

Frédérique Leprince insiste d'emblée sur un point : la mise en place, en 2002, de la PSU, qui depuis structure le fonctionnement de la petite enfance, n'a aucun lien avec l'arrivée des opérateurs privés, deux ans plus tard. D'après ses dires, ses trois objectifs principaux étaient d'instaurer un financement unique pour l'ensemble des modes de garde (multi-accueils, crèches, micro-crèches, haltes-garderies), de moduler les tarifs payés par les familles en fonction de leurs ressources et de s'adapter aux nouveaux rythmes de travail des parents en proposant des accueils occasionnels et d'urgence.

À en croire Luc Grard, cette refonte visait avant tout à rationaliser l'utilisation des fonds publics. « On sortait d'une période où il y avait eu plusieurs rapports de l'IGAS et de la Cour des comptes qui critiquaient la politique petite enfance en estimant qu'au sein du réseau des CAF il y avait un certain nombre de dépenses mal maîtrisées, explique-t-il. Cette PSU à l'heure, c'est une façon de rassurer Bercy. »

Cette tarification horaire, Frédérique Leprince est la première à le reconnaître, c'est un peu le péché originel : « Ce calcul à l'heure n'était pas opportun, parce qu'à la suite de ça, il y a eu des gestionnaires qui se sont mis à choisir les parents qui allaient bien remplir. Il y a une pression très forte qui s'est installée sur les professionnelles... Au-delà du raisonnable. Et la gestion du taux d'occupation a pris un poids considérable. »

« Ce n'était pas positif du point de vue de la qualité de l'accueil »

Elle dit avoir perçu les effets négatifs de sa réforme... un an après sa mise en place. « Dès 2003, on avait des remontées de terrain, dit-elle. Des directeurs de CAF m'appelaient en me disant : "Frédérique, qu'est-ce que tu as fait là ! Ça ne va pas du tout, on ne s'en sort pas, sur le terrain, ça dysfonctionne." En même temps que ça a poussé le secteur vers un objectif de performance, ça a augmenté les charges administratives côté CAF et côté gestionnaire. Il fallait désormais qu'ils enregistrent les heures d'arrivée et de départ des enfants. Et on a compris que ça abîmait fortement la relation entre les pros et les parents. Ça n'allait clairement pas. »

Luc Grard fait partie des directeurs de CAF qui se sont frontalement opposés à ce projet. « On était plusieurs hauts fonctionnaires à penser que ce n'était pas positif du point de vue de la qualité de l'accueil, témoigne-t-il. On considérait que la vocation d'une crèche était de proposer un accueil stable aux enfants. Et à l'époque, ce qu'on avait critiqué, c'est qu'on basculait plutôt vers les attentes des parents que vers les besoins des enfants. On avait d'ailleurs rencontré des psychologues spécialistes de la petite enfance qui étaient, eux aussi, très inquiets de voir qu'on allait accueillir à la fois des enfants pour des semaines complètes et d'autres qui venaient pour des périodes beaucoup plus fractionnées. »

Face à ce début de fronde, la sous-directrice de la CNAF décide de réunir un groupe de travail pour réfléchir à des solutions d'assouplissement. Principale préconisation ? La mise en place de systèmes au forfait (journée, demi-journée). Malheureusement, ni les cabinets ministériels ni les administrateurs de la CNAF n'adoptent cette recommandation, estimant que le système horaire est le meilleur moyen de rationaliser l'utilisation de l'argent public tout en répondant aux besoins des parents. C'est factuellement exact : cela permet, en effet, d'affiner l'occupation des crèches à l'heure près en offrant la possibilité de satisfaire toutes les demandes. Comme celle d'une mère célibataire qui aurait besoin de faire garder son bébé deux heures au moment du déjeuner ou celle d'un couple à la recherche d'une solution pour les vacances.

Cette modularité, ce côté self-service, c'est précisément ce que dénoncent les professionnelles de terrain. Avec ce système, l'équipe d'une crèche lambda n'accueille plus seulement les vingt bébés inscrits à l'année, elle se voit contrainte de combler la plupart des absences pour optimiser au maximum le taux d'occupation. De vingt visages, vous passez facilement à quarante, la moitié étant composée de petits pensionnaires de passage. Combien de professionnelles m'ont confié avoir désormais le sentiment de gérer un hall de gare, voyant leurs journées entrecoupées d'arrivées et de départs… La crèche n'est plus pensée en fonction des rythmes de l'enfant, c'est une zone de passage qui doit se plier aux desiderata des parents et aux demandes d'optimisation de l'administration.

La situation s'aggrave en 2014, à la suite de la réforme de cette fameuse PSU. La CNAF, au lieu de supprimer la tarification à l'heure, prend le sens inverse en accentuant ses effets néfastes. Se rendant compte que les crèches ne sont pas assez remplies, elle invente le concept déjà évoqué de « taux de facturation », le cauchemar du secteur. Prenons un exemple très concret. Un jeune couple a inscrit son bébé de six mois dans une crèche avec un contrat de 5 jours par semaine, de 9 heures à 18 heures Si un vendredi la mère récupère son enfant à 16 heures, les dotations versées par la CAF diminuent. Si le couple, sur un coup de tête, décide de partir en vacances du jeudi au dimanche, la crèche perd deux journées de facturation. Pourtant, les professionnelles, elles, sont toujours là, les charges fixes ne bougent pas. La CAF, en axant ses calculs sur le taux de remplissage, heure par heure, oblige les gestionnaires à combler chaque absence.

« Je claque la porte parce que j'en ai ras le bol de faire le flic à l'entrée de la crèche »

L'une des principales accusations formulées à l'encontre des gestionnaires de crèches privées est le fait d'optimiser leur taux d'occupation, de vouloir à tout prix remplir leurs crèches. Mais, en disant cela, on ne dit que la moitié des choses. Cette demande d'optimisation provient de l'administration française. Pour s'en convaincre, il suffit de parcourir la circulaire envoyée, en 2014, à tous les gestionnaires de crèches de France. L'un des principaux objectifs de cette réforme est indiqué noir sur blanc : « La PSU encourage la pratique du multi-accueil et optimise les taux d'occupation en répondant au plus près des besoins formulés par les familles. »

Pour dire les choses autrement, cette réforme a permis d'accueillir plus d'enfants dans les crèches françaises sans forcément créer de nouvelles places. Pour tout le secteur, ces nouvelles règles ont constitué un bouleversement, pour ne pas dire un effondrement. Du jour au lendemain, les crèches françaises ont changé de visage. Il a fallu s'équiper en badgeuses, noter scrupuleusement les heures d'arrivée et de départ de chaque bébé, surveiller les parents, boucher les trous en permanence, obliger les équipes à fonctionner en flux tendus… La CNAF a plongé le secteur de la petite enfance dans l'ère du chiffre, en négligeant les critères de qualité.

Lorsque j'aborde cette thématique avec les frères Carle, fondateurs de Babilou, je sais toucher un point sensible. Édouard Carle m'affirme avoir constaté une démobilisation massive de ses troupes. « J'ai perdu certaines de mes meilleures directrices à cause de cette réforme, déplore-t-il. Elles ont quitté le secteur, dégoûtées. Elles m'ont dit : "Je claque la porte parce que j'en ai ras le bol de faire le flic à l'entrée de la crèche." Vous vous rendez compte, il y a des CAF, comme celle de Lyon, qui nous ont demandé de facturer au quart d'heure près ! » Son frère Rodolphe partage le même constat : « Selon moi, tance-t-il, les deux drames de notre secteur, c'est le développement du low cost, qui a poussé un certain nombre de gestionnaires à baisser leurs effectifs, et la réforme de la PSU de 2014, qui nous a obligés à compenser chaque absence en jonglant avec les enfants. C'est un système qui ne tient absolument pas compte de la réalité du métier des professionnelles de terrain. »

« Le remplissage, c'est désormais la seule grille de lecture de l'administration »

Le cofondateur du leader européen des crèches privées propose un comparatif saisissant entre la situation française et le fonctionnement de son groupe en Allemagne. « Je gérais notre filiale allemande, entre 2014 et 2018, durant la période d'application de la réforme, explique Rodolphe Carle. J'ai pu voir la différence entre les deux pays : en France, on a dû mettre des badgeuses, recruter du monde pour gérer cette nouvelle complexité, dépenser des millions d'euros pour gérer cette usine à gaz. En Allemagne, la situation n'a rien à voir. Lors des comités de direction, nous ne sommes pas pollués par ces sujets, l'essentiel des ordres du jour concerne la pédagogie, les projets sociaux, les innovations éducatives… L'administratif est hyper simple : des forfaits facturés aux familles avec une subvention de fonctionnement unique payée si les normes d'encadrement sont respectées. La vérification est faite chaque mois, grâce à des applications. C'est limpide, beaucoup plus facile pour l'administration comme pour les gestionnaires. Et surtout beaucoup plus sain pour les enfants et les équipes. »

Les groupes privés sont loin d'être les seuls à se plaindre de ce mode de financement développé par la CNAF. L'administration a réussi la prouesse de se mettre à dos l'ensemble du secteur, en particulier les opérateurs municipaux, dont un certain nombre ont refusé de l'appliquer pendant plusieurs années avant de s'y soumettre, contraints et forcés.

Je me suis rendu à Bordeaux pour rencontrer l'une de ses plus ferventes opposantes, la maire-adjointe du maire écologiste, Pierre Hurmic, en charge de la petite enfance, Fannie Le Boulanger. Cette ancienne juriste, qui a revu de fond en comble la politique petite enfance de la ville en musclant les cahiers des charges des appels d'offres et en doublant les prix des berceaux, a, elle aussi, le low cost, tout comme la PSU, dans le collimateur. « La CNAF a une part de responsabilité immense dans la crise actuelle, estime-t-elle. Le ver était dans le fruit dès le départ, et cela s'est encore aggravé avec la réforme de 2014. Le remplissage, c'est désormais la seule grille de lecture de l'administration. »

L'élue bordelaise a notamment du mal à admettre que ses crèches soient contrôlées avec les mêmes critères que celles d'un opérateur privé. « C'est quand même aberrant de se dire qu'une gestion de service public va être jugée de la même façon qu'une vraie gestion lucrative, déplore-t-elle. On se retrouve à devoir rendre des comptes dans les financements PSU, à être jugés sur notre performance, sur notre taux d'occupation, notre présentéisme financier. Il faut sortir de cette vision purement financière, de la tarification à l'heure et revenir à un système au forfait. »

Même l'objectif premier de ce mode de financement – la rationalisation de la dépense publique – n'est pas atteint. En effet, la CNAF a considéré que le meilleur moyen de bien dépenser l'argent du contribuable était de maximiser le taux de remplissage des berceaux. Mais pour répondre aux attentes de l'administration et obtenir toujours plus d'argent, un certain nombre d'opérateurs ont tout simplement « hacké » le système en déclarant de fausses heures de présence de bébés. Une opération perdant-perdant.

Sauf pour quelques-uns, qui ont su nager dans ce marigot où politiques et lobbyistes barbotent allègrement.

Chapitre 43

LES MAUVAISES FRÉQUENTATIONS

Avant de clore cette enquête, il faut revenir au pacte de non-agression que la ministre des Solidarités et des Familles, Aurore Bergé, semble avoir passé avec Elsa Hervy, la déléguée générale de la FFEC, en août 2023.

D'un côté, les adhérents de la fédération avaient pour consigne de la jouer profil bas et de ne surtout pas critiquer publiquement la politique pour la petite enfance du gouvernement. De l'autre, Aurore Bergé acceptait de faire preuve de mansuétude vis-à-vis des principaux acteurs privés.

J'apprends dans les mois suivants que, durant la courte ère Bergé au ministère des Solidarités et des Familles (juillet 2023-janvier 2024), s'est joué un plus mauvais film encore. Je découvre qu'un certain nombre de membres de son cabinet ont été contraints de quitter leurs fonctions. L'un de ces ex-collaborateurs échaudés, dont je ne peux citer ni le nom ni la fonction – nous l'appellerons Étienne Firmin*–, a accepté de me parler et d'être enregistré. Ce, malgré le caractère explosif de ses révélations. Il me transmet des documents inédits en appui de ses propos : textos de la ministre, mails internes, documents de travail annotés par Aurore Bergé… Autant d'éléments qui ont largement circulé au sein du cabinet, tant le malaise était grand.

Pour commencer, Étienne Firmin* me décrit une ambiance de travail toxique, à l'opposé de ce qu'il avait connu sous la direction de Jean-Christophe Combe. « Tous les jours, il y avait des collaborateurs qui pleuraient, qui racontaient qu'on ne les avait jamais traités de cette manière. Je vous parle de personnes expérimentées, qui ont l'habitude des cabinets ministériels. Tout le monde était halluciné. »

Il se montre plus précis : « Des conseillers se font violemment rabrouer lors de réunions pour des motifs futiles : un texte mal orthographié, des documents pas imprimés en nombre suffisant, décrit-il. Mais c'est souvent plus sournois. Aurore a une façon non professionnelle de manager ses équipes. Elle est dans une logique de punition et de rabaissement. Elle peut, par exemple, arrêter de vous adresser la parole pendant plusieurs semaines parce qu'un point l'a contrariée. Vous exclure d'une réunion de travail que vous avez organisée. Ou vous humilier en public. Ça relève souvent de la cour d'école, du chantage émotionnel, affectif. Ce n'est pas sain. »

En moins de six mois, la jeune femme se met à dos la moitié de ses collaborateurs et assiste au départ de cinq d'entre eux. Cette hémorragie est d'ailleurs évoquée, quelques mois après notre entrevue, en avril 2024, par *Le Canard enchaîné*. Plusieurs témoins dénoncent dans l'hebdomadaire satirique des « humiliations », « un fonctionnement clanique », « une communication d'une grande cruauté ». La mise en cause dénonce, de son côté, des « allégations mensongères » qui « portent atteinte à son honneur ». Au-delà de ces problématiques managériales qui auraient fortement impacté le moral des troupes, Étienne Firmin* explique sa démission comme celle de certains de ses collègues par un autre motif : l'attitude trouble de leur ministre vis-à-vis d'un lobby privé.

« C'est surtout une copine. Elle sera très aidante avec moi »

Le premier signal d'alerte a lieu quelques jours seulement après la passation de pouvoir. Le 1er août 2023, les membres du cabinet reçoivent un mail inattendu de la porte-parole des crèches privées. Alors qu'ils sortent tout juste d'une passe d'armes violente avec Elsa Hervy, cette dernière leur annonce qu'elle vient de répondre aux questions d'un journaliste des *Échos* en disant tout le bien qu'elle pense de la nouvelle venue. Voici un extrait du mail en question :

> Il m'a demandé si, comme d'autres personnes, j'étais inquiète de l'arrivée d'Aurore Bergé.
>
> Je lui ai répondu NON car :
>
> Elle avait déjà fait le choix de la continuité en conservant le cabinet compétent sur ces sujets majeurs.
>
> J'ai précisé espérer que la Ministre qui semble être très énergique et volontaire sera une chance pour le secteur et que son énergie permettra d'être un catalyseur pour faire atterrir opérationnellement ces sujets majeurs.

La directrice de cabinet transfère aussitôt le message à Aurore Bergé en l'assortissant de ce commentaire explicite : « Bon, elle s'assagit, Elsa. Je crois qu'on a bien fait de remonter au créneau quand elle vrillait. »

La ministre apporte, quelques jours plus tard, une réponse aussi surprenante que l'était le message de la porte-parole de la FFEC :

C'est surtout une copine.
Elle sera très aidante avec moi.

« Une copine » ? « Très aidante » ? Les membres du cabinet sont soufflés. Qu'entend par là leur nouvelle patronne ? Pour quelles raisons Elsa Hervy serait-elle « aidante », alors que sous le mandat de Jean-Christophe Combe elle était une redoutable lobbyiste, crainte par l'administration et le ministre lui-même. S'ils ne savent pas encore à quelle sauce ils vont être mangés, les conseillers ministériels pressentent que l'ambiance au sein du ministère va radicalement changer. « Là, on s'est dit : merde ! témoigne Étienne Firmin*. Fort heureusement, la plupart des décisions structurantes avaient déjà été actées avant son arrivée. Donc on savait qu'Aurore ne pourrait pas faire n'importe quoi. Mais on comprend qu'en termes de gestion quotidienne, de rapports avec la fédération, de mélange des genres, ça va être compliqué… »

Lors de ma rencontre avec Aurore Bergé, le 26 juin 2024, celle qui est devenue entre-temps ministre déléguée à l'Égalité entre les femmes et les hommes, nie, de manière surprenante, être à l'origine de ce message. « Je ne fais jamais de mail, donc ça m'étonnerait. Mes équipes peuvent en témoigner. On échange matin, midi et soir sur Telegram mais jamais par mail. » Son directeur de la communication ainsi que le directeur adjoint du cabinet, sollicités par leur ministre, approuvent d'un signe de la tête. Je présente alors le courriel en question. « Honnêtement, je n'ai jamais envoyé un mail de cette adresse, poursuit-elle. Mon mail pro n'est même pas sur mon téléphone. Je ne l'utilise pas. Vous pouvez demander à mes secrétaires particulières. Les seuls mails que j'ai envoyés, c'est depuis ma boîte perso, Gmail. » Je lui pose une nouvelle fois la question. « Ce qui est certain, c'est que le terme de copine est de toute façon très excessif. Puisque je n'ai jamais pris même un café avec elle de ma vie, affirme la ministre. Je l'ai croisée il y a quelques années dans un passé militant puisqu'elle avait eu des fonctions à l'époque à l'UMP, auprès de Frédéric Lefebvre. Et moi, j'avais des fonctions chez les jeunes UMP. Et après on s'est perdues de vue pendant des années et on s'est recroisées au moment où moi j'ai pris mes fonctions au ministère des Solidarités et des Familles. Mais nous ne sommes pas copines… »

L'étroitesse des liens tissés entre la ministre et la représentante des crèches privées, les membres du cabinet en prennent véritablement la mesure au moment de la publication de *Babyzness* et du *Prix du berceau*, un mois plus tard.

Étienne Firmin* découvre à cette période, éberlué, que les deux femmes échangent quotidiennement en direct, sans que ses collègues et lui en soient tenus informés. Selon lui, le duo est allé jusqu'à mettre en place, main dans la main, un plan de gestion de crise. « Je comprends qu'elles communiquent ensemble sur Telegram, dit-il. Et qu'elles s'accordent à propos de la manière de gérer la sortie des bouquins, sur le séquençage même des interventions de chacune. Aurore dit à Elsa comment se préparer. Et inversement. Vous imaginez la situation ? On se retrouve avec une ministre qui nous parle mal, voire ne nous parle pas du tout, et qui, dans le même temps, discute de manière étroite avec la lobbyiste du secteur qu'on est censés encadrer… » Un SMS d'Elsa Hervy, le 7 septembre, jour de la matinale de BFM, transmis à un membre du cabinet, est sans ambiguïté : « C'est ta ministre qui m'a dit qu'elle sortait jeudi matin et que ce serait pertinent qu'on préempte les occupations de plateaux ensuite. Donc j'obéis ! (oui, ça te change !) » La représentante de la fédération, qui s'était montrée si hostile à l'égard de Jean-Christophe Combe, répond désormais au doigt et à l'œil aux exigences de sa remplaçante. Non seulement elle apparaît sur les plateaux quand cette dernière le lui demande, mais en plus, à chaque intervention, elle ne manque pas d'apporter son soutien à ses annonces !

Questionnée sur ce point, la ministre Bergé s'agace. « Des conversations privées n'ont pas à être retranscrites, il me semble. Ce serait illégal ! tonne-t-elle. Mais dans tous les cas, je n'ai pas à commenter des échanges que d'autres ont eus. Et puis, je n'avais besoin ni d'être soutenue ni d'être défendue en vérité. Je n'étais pas mise en cause dans cette crise. »

Fin octobre 2023, Elsa Hervy va jusqu'à publier un communiqué officiel au nom de la fédération des crèches privées pour féliciter la ministre et le lui transfère accompagné de ce message : « Comme promis ! C'est en cours de diffusion ! Et j'ai fait une prédiffusion individualisée au Medef. » La destinataire, pas peu fière, l'enverra à son tour à une partie de ses équipes, assorti de ce commentaire : « Mes meilleurs alliés ! » Ces derniers s'échangent, dans les jours suivants, le message de leur patronne en l'accompagnant d'émoticônes d'effroi…

« Non seulement il y a eu une entente, mais je pense que cette entente, elle s'est nouée bien plus tôt », affirme Étienne Firmin*. Selon lui, Aurore Bergé n'est pas étrangère au départ de son prédécesseur. De surcroît, la déléguée générale de la fédération y aurait activement contribué. « Dans les dernières semaines de son mandat, elle a multiplié les attaques contre lui pour contribuer à maximiser les chances qu'il soit remplacé. » Étienne Firmin* m'assure notamment qu'Elsa Hervy aurait agi en coulisses afin que le Medef s'abstienne de voter la Convention d'objectifs et de gestion 2023-2027 (qui structure le secteur) portée par Jean-Christophe Combe. Rien d'illégal, mais cela montre les jeux d'influence à l'œuvre.

Elle aurait par ailleurs diffusé des informations erronées au moment des émeutes consécutives à la mort du jeune Nahel, en juillet 2023. « Au moment de l'affaire Nahel, la FFEC a fait un communiqué très choquant, me dit Étienne Firmin*. Il était indiqué que l'Éducation nationale avait invité les écoles à fermer. Et qu'aucune recommandation de ce genre n'avait été passée par notre ministère à destination des crèches, les laissant ainsi se débrouiller toutes seules. C'était une pure fake news : il n'y a jamais eu aucune consigne de fermeture générale émise par le ministère de l'Éducation nationale. Tout cela visait à faire croire que Combe ne tenait pas sa barque. Pour moi, ça participe de cette opération de sabotage. »

Selon cet ex-conseiller, que ce soit avant sa nomination ou pendant l'ère Bergé, la porte-parole de la FFEC aurait œuvré pour porter et soutenir sa « copine ». De son côté, la ministre n'aurait pas seulement contribué à préserver l'image du secteur privé, elle se serait également montrée particulièrement attentive aux demandes politiques formulées par la fédération. Étienne Firmin* me livre deux exemples concrets illustrant, selon lui, cette confusion. On se souvient qu'Aurore Bergé avait annoncé que les groupes privés « ne toucheraient pas un euro » des 200 millions débloqués par le gouvernement pour revaloriser les salaires du secteur s'ils ne mettaient pas au niveau leurs conventions collectives.

Les choses se sont, en réalité, passées bien différemment. Fin septembre 2023, un « projet d'accord de méthode » est mis en place par le cabinet de la ministre après d'intenses échanges avec les partenaires sociaux. Ce document détaille les fameuses contreparties que les gestionnaires de crèches seraient disposés à mettre en place. Le projet en question, présenté à la patronne, revient assorti d'un commentaire qui ulcère une partie de son équipe.

« En gros, on listait les engagements validés par les partenaires sociaux. Et le document est revenu avec une seule annotation en première page : “Qu’en pense la FFEC ?” », affirme Étienne Firmin*.

« Elle a plutôt intérêt à la jouer collectif »

Mais, après tout, il ne paraît pas choquant qu’une ministre souhaite connaître l’avis d’une fédération qui ne compte pas moins de 1 100 adhérents employant près de 30 000 salariés. « Vous rigolez ? s’exclame l’ex-conseiller. On est sur un secteur dans lequel on a huit branches professionnelles, or la FFEC n’est présente que dans une seule de ces branches (les services à la personne). Et ce n’est qu’une des trois organisations patronales représentatives dans cette branche. On est donc sur 1/3 de la moitié des organisations (patronales/syndicales) de 1/8 du secteur. Mais le seul point qui intéressait la ministre, c’était le sentiment de la FFEC. »

Second exemple évoqué par ma source : en octobre 2023, dans le cadre de la préparation du projet de loi « plein emploi » lançant le service public de la petite enfance, l’administration est tenue de revoir les procédures de cessions d’autorisations des crèches. La FFEC se montre proactive car le texte pourrait avoir de lourdes conséquences pour l’ensemble des gestionnaires ; elle réclame le minimum de contraintes. L’administration, quant à elle, veut s’assurer que les autorisations d’exploitation ne se retrouvent pas entre les mains de n’importe qui. « On considérait que l’autorisation ne devait pas être automatiquement transmise au nouveau propriétaire de la crèche, qu’il fallait poser un certain nombre de conditions, se rappelle Étienne Firmin*. Elsa Hervy a fait le forcing pour que ce soit l'acheteur de crèche qui soit tenu de répondre à ces obligations. Et non le vendeur. C'est son boulot, après tout. Le problème, c'est que la ministre est intervenue de manière insistante pour qu'on aille dans le sens de la "fédé". C'était un sujet très technique qu'elle ne maîtrisait pas et on a eu le sentiment que c'est Elsa qui parlait à travers Aurore. »

Avant de clore nos échanges, je demande à Étienne Firmin* s'il est au courant d'un autre incident symptomatique de ces jeux d'influence : l'annulation de la participation d'Aurore Bergé à un reportage de TF1, programmé le 14 septembre 2023 – fait évoqué au début de cet ouvrage. « Je me souviens que ce jour-là, Elsa avait été particulièrement pénible, me répond-il. Elle avait appelé la terre entière en expliquant que c'était une très mauvaise idée que la ministre aille sur TF1 la veille de la convocation… Il a finalement été décidé d'annuler son intervention. Aurore a considéré qu'elle n'avait rien de nouveau à dire, après ses passages sur BFM et sur CNews notamment. »

Il se trouve que j'ai obtenu de nouveaux éléments venant éclairer cet épisode médiatique. Voici comment les choses se seraient passées : un journaliste de TF1, après avoir obtenu la confirmation d'Aurore Bergé, contacte la porte-parole de la FFEC afin de lui donner la possibilité de s'exprimer au sein du même reportage. Cette dernière informe aussitôt ses principaux adhérents afin de savoir ce qu'elle doit faire. Jean-Emmanuel Rodocanachi, le patron des Petits Chaperons Rouges, est l'un des premiers à réagir. Comme à son habitude, il n'y va pas par quatre chemins. « Appelle le cab pour comprendre pourquoi ils font cela, aurait-il recommandé. Et dis-leur que ça n'augure rien de bon car nous aussi nous pouvons convoquer la presse, et ce d'autant qu'avec son annonce d'une professionnelle pour cinq enfants on doute fort qu'elle ait le feu vert du gouvernement pour engager 2 milliards de masse salariale annuelle en plus… Bref, elle a plutôt intérêt à la jouer collectif. »

Si cet acteur majeur de la FFEC se montre menaçant, sa porte-parole ne joue évidemment pas cette carte. Elle téléphone à la ministre pour lui faire comprendre que cette participation risque d'être perçue par les opérateurs privés comme une manière de mettre de l'huile sur le feu. Bergé l'écoute attentivement mais ne change pas d'avis pour autant. « Je ne pense pas l'avoir convaincue, c'est le 20 heures de TF1 », écrit Mme Hervy à son conseil d'administration, après avoir raccroché. D'après mes informations, Jean-Emmanuel Rodocanachi aurait alors contacté son lobbyiste préféré, Taddeo, en lui demandant d'intervenir. Il faut dire que l'agence se félicite sur son site d'avoir « un accès fluide et rapide à tous les niveaux de l'exécutif, au Parlement et auprès des élus locaux ».

Quelques semaines plus tard, plusieurs de mes sources m'apprennent que le patron des Petits Chaperons Rouges, manquant de prudence, se serait vanté d'avoir fait annuler la participation d'Aurore Bergé au JT de TF1 grâce à l'appui d'une proche de Taddeo qui aurait la capacité de murmurer à l'oreille des ministres.

Cet intermédiaire auquel fait référence Rodocanachi, j'ai réussi à l'identifier. Nous l'avons déjà croisée ; elle s'appelle Céline Montaner-Blancho et connaît parfaitement Aurore Bergé pour avoir participé à sa campagne législative de 2017. En août 2023, cette dernière l'a nommée cheffe de son cabinet. Mais ce n'est pas tout : il se trouve que quelques semaines avant cette prise de poste Mme Montaner travaillait chez… Taddeo. Céline Montaner-Blancho occupait jusqu'en juillet 2023 un poste de directrice au sein de l'entreprise missionnée par le patron des Petits Chaperons Rouges pour gérer sa communication. Au moment où elle était encore en poste, son employeur se préparait à parer à la crise médiatique qui risquait d'éclabousser le secteur des crèches privées. La communicante s'est ensuite retrouvée de l'autre côté du miroir, en rejoignant la ministre qui allait gérer cette crise.

Comment se fait-il que la nomination de Céline Montaner-Blancho n'ait pas suscité d'interrogations ? Peut-être parce que, contrairement à celui de directeur de cabinet, le poste de cheffe de cabinet n'est pas censé être politique. Comme l'explique Étienne Firmin* : « Normalement, à ce poste, vous organisez la vie interne du cabinet, les agendas, les chauffeurs, etc. Vous êtes une sorte de super-secrétaire. Mais Céline ne faisait rien de tout cela, d'ailleurs elle s'est tout de suite présentée comme étant la conseillère spéciale d'Aurore. Et on savait qu'elles avaient des relations bilatérales très régulières. »

En janvier 2024, à la suite d'un remaniement ministériel, Aurore Bergé est nommée ministre déléguée chargée de l'Égalité entre les femmes et les hommes et de la Lutte contre les discriminations. Céline Montaner-Blancho, qui est l'une des rares à la suivre, reprend son poste de cheffe de cabinet/conseillère spéciale. Cette dernière, contactée, n'a pas souhaité me rencontrer. Je lui ai donc transmis par mail une série de questions auxquelles elle a répondu succinctement. Est-ce que des responsables de Taddeo lui ont demandé des informations ou transmis des demandes à la suite de sa nomination ? « Non. » Tout juste reconnaît-elle, dans une autre réponse, avoir continué à échanger, après sa nomination, avec les dirigeants de Taddeo, « à titre amical ». Dans son mail, elle précise que ses clients en affaires publiques ont été déclarés auprès de la Haute Autorité pour la transparence de la vie publique, lors de son arrivée au ministère. En quoi consistait son rôle de « conseillère spéciale » ? « À accompagner la ministre dans le choix des messages portés dans les médias », résume-t-elle.

En moins de six mois, l'étoile filante Bergé a eu le temps de faire des annonces fracassantes mais aussi de suivre à la lettre les demandes d'un lobby privé. Lors de la « convocation » du 15 septembre 2023, la ministre s'était engagée à « organiser une nouvelle rencontre dans ce format dans deux mois afin de faire le point sur les avancées et les engagements pris devant elle ». Ce point d'étape n'a jamais eu lieu.

Et le navire People&Baby a continué de dériver, dans l'indifférence générale.

Jusqu'à heurter de plein fouet un iceberg nommé Alcentra.

Chapitre 44

Tout a une fin

Le revirement est spectaculaire.

Au mois de septembre 2023, surprise, Alcentra se désiste de son instance contre le groupe People&Baby ; la procédure prend fin aussi soudainement qu'elle avait commencé. Malgré la violence des échanges, un accord semble avoir été trouvé entre les deux parties, hors des prétoires. En réalité, c'est un répit de courte durée.

On se souvient que Christophe Durieux s'était mis à la recherche d'un banquier d'affaires, début 2023, afin de se faire accompagner dans son processus de refinancement, actant que son prêteur était en passe de le lâcher et que l'argent venait à manquer. En juin 2023, le patron de People décroche un rendez-vous avec l'une des figures de proue de ce milieu très fermé, Centerview, grâce à l'entremise de Stéphane Fouks, le tout-puissant vice-président de Havas, la société qui gère la communication de Durieux.

Le patron de la branche parisienne de cette référence des fusions-acquisitions, Matthieu Pigasse, est un proche de Fouks. Pigasse est un inclassable, un touche-à-tout, aussi à l'aise dans la haute finance que dans les médias, actionnaire du *Monde*, de *Télérama*, propriétaire de Radio

Nova, cofondateur de la société de production Mediawan, avec Xavier Niel et Pierre-Antoine Capton, fan de rock, ex-anar proche de la gauche… On peut imaginer que ce banquier qui se prétend « punk », ancien conseiller de Dominique Strauss-Kahn, qui a fait ses classes en conseillant des pays d'Amérique latine en crise pour la restructuration de leur dette, a pu être séduit par le narratif de Durieux tout comme par le challenge à relever. Après tout, pour un homme qui se vante de bousculer l'establishment, soutenir « le premier gestionnaire indépendant de crèches de France » face à l'américain Franklin Templeton, l'un des plus gros fonds d'investissement au monde, peut relever d'une épopée chevaleresque.

Pigasse ignore encore que Durieux a peu à voir avec Don Quichotte…

Le patron de People&Baby a, lui, parfaitement conscience de l'aura de son Sancho Pança cinq étoiles. Dès que l'occasion se présente, il se plaît à dégainer sa carte maîtresse, histoire de faire comprendre qu'il est bien entouré. Dans la procédure l'opposant à Alcentra, il est allé jusqu'à écrire que « Matthieu Pigasse suiv(ait) "le dossier en direct" en "travaill(ant) à la solution globale aux intérêts de tous" ».

Entre juin et décembre 2023, Centerview s'emploie effectivement à trouver une solution à même de satisfaire les deux parties – une gageure. Les attentes du prêteur sont connues : le fonds, ne supportant plus de se faire balader, veut de toute urgence être remboursé du maximum de sa créance. Toutes les options sont sur la table : son remplacement par un autre prêteur, l'arrivée d'un actionnaire, le démantèlement du groupe afin de le vendre à la découpe aux plus offrants…

Christophe Durieux, lui, croit encore à la possibilité de conserver le périmètre de son empire en accueillant un nouvel investisseur encore plus prodigue que le fonds britannique. Il n'a aucune envie de se séparer des pépites qu'il vient de s'offrir, en particulier à Singapour et aux Émirats arabes unis. Malgré ses multiples défauts de paiement, le fondateur de People&Baby se permet de poser une condition sine qua non à son banquier : le dossier ne doit en aucun cas se retrouver entre les mains de ses rivaux français. Céder tout ou partie de son groupe à Rodocanachi, Forestier ou, pire encore, aux frères Carle, serait pour lui plus qu'une défaite : une humiliation.

Centerview, s'adaptant à ce cahier des charges contraignant, se met donc à sonder des fonds et internationaux extérieurs au secteur. Ils déclinent les uns après les autres. Soit parce qu'ils sont effarés par le niveau d'endettement du groupe, soit parce qu'ils ne souhaitent pas associer leur image à celle du « mouton noir ». Dans ces hautes sphères de la finance, votre réputation vous précède toujours. Et rien de plus mal perçu que les mauvais payeurs.

De son côté, Christophe Durieux ne reste pas les bras croisés, ce n'est pas le genre de la maison. Et par ailleurs, la situation ne s'y prête guère. Contrairement à ce que le fondateur de People affirme publiquement, son entreprise traverse une période de très fortes turbulences. L'état de la trésorerie est alarmant : les bailleurs sont de plus en plus nombreux à affronter des impayés ; les fournisseurs multiplient les assignations ; la valse des chiffres est tout simplement vertigineuse.

Ne reculant devant rien, l'entrepreneur intrépide qui, rappelons-le, a su habilement jouer avec l'argent public (covid, déclarations CAF…), appelle l'État à la rescousse. Il prend notamment attache avec le Comité interministériel de restructuration industrielle (CIRI), dont la mission est d'« aider les entreprises en difficulté à élaborer et mettre en œuvre des solutions permettant d'assurer leur pérennité ». Dans le même temps, Durieux demande à voir les directeurs de plusieurs CAF d'Île-de-France (Essonne, Hauts-de-Seine,

Val-d'Oise). La CAF du 92 est l'une des rares à l'avoir sérieusement redressé à la suite de contrôles. D'après mes informations, le gestionnaire de crèches y aurait encore une ardoise se comptant en millions d'euros. Face aux dirigeants de la CAF des Hauts-de-Seine, le chef d'entreprise réclame un échéancier, voire une réduction de sa dette, mettant en balance l'avenir des crèches qu'il détient dans le département. La menace est prise au sérieux : des centaines de berceaux et d'emplois sont en jeu. J'apprends que la CAF s'est sentie, sur ce sujet, bien seule, elle aurait apprécié un soutien de sa direction nationale. « On a contacté la CNAF pour savoir comment réagir, ils nous ont répondu que c'était à nous de gérer le problème en convoquant notre conseil d'administration », affirme une source interne.

La dernière semaine de novembre 2023, une réunion nationale rassemble les directeurs départementaux des CAF, il s'agit de plancher sur l'épineuse question People&Baby. Dans l'assistance, ils sont de plus en plus nombreux à douter de la sincérité de Durieux, tout comme de sa solidité financière. Ils redoutent une banqueroute, qui serait une catastrophe pour le secteur. À la même période, sans que l'administration en soit informée, People&Baby passe effectivement à deux doigts du crash. La société n'a plus suffisamment d'argent sur ses comptes pour honorer les salaires de novembre. C'est la panique à bord : Durieux, passé maître dans l'art de la dérobade, sait pertinemment qu'il est inenvisageable d'avoir le moindre retard dans le paiement de ses collaborateurs ; ce serait le début de la fin. Il s'en sort in extremis en faisant réaliser un prêt intergroupe de 3 millions d'euros depuis sa filiale émiratie, la seule à générer suffisamment de cash. Alcentra accepte également de mettre au pot en échange de l'obtention d'une action de préférence qui pourrait lui donner des droits de vote supplémentaires.

Au sein de la direction générale, plusieurs figures historiques commencent à s'inquiéter sérieusement pour l'avenir de l'entreprise, voyant le mur de la dette se rapprocher à vitesse grand V. Mais Durieux garde le cap, regonfle le moral des troupes comme il sait si bien le faire, expliquant que tout cela est passager et que c'est précisément dans ces périodes de gros temps qu'il faut se serrer les coudes. Son état-major, reboosté, se répète comme un mantra que leur capitaine s'en est toujours sorti. Et qu'il n'est jamais aussi flamboyant qu'en pleine tempête.

« Bien sûr qu'Aurore Bergé est intervenue... »

Quelques dirigeants d'Alcentra, dans la plus grande discrétion, passent des coups de fil à des spécialistes du secteur de la petite enfance afin d'obtenir des renseignements. Ils veulent en savoir plus sur la réglementation française, la situation politique et médiatique. L'air de rien, ils posent des questions sur la pérennité du modèle des crèches privées français, le fonctionnement de la gouvernance Durieux ainsi que sur les prix de cession en vigueur.

Au niveau politique aussi, les choses bougent. William Martinet, député LFI des Yvelines, l'un des rares parlementaires à suivre de près le secteur de la petite enfance, profite de la publication des deux ouvrages consacrés au sujet pour déposer, mi-septembre 2023 (après une première demande formulée en avril, à la suite de la remise du rapport IGAS), un projet de résolution tendant à la création d'une commission d'enquête parlementaire sur les crèches privées. Évoquant le scandale Orpéa, il dit craindre que ne se reproduisent, dans le secteur de la petite enfance, « les mêmes dérives (liées à) la financiarisation ».

D'après mes informations, la ministre des Solidarités et des Familles, Aurore Bergé, se mobilise afin que cette commission ne puisse pas voir le jour, préconisant par exemple, dès la fin septembre 2023, la création d'une simple mission flash sur la petite enfance. L'extrême sensibilité du sujet tout comme les rapports de force politiques contrecarrent ses plans. Le 29 novembre 2023, les députés votent (de peu) le principe d'une commission d'enquête parlementaire. Le groupe macroniste Renaissance, le Modem ainsi que Les Républicains s'y sont opposés.

On pourrait penser que le député Martinet a gagné son pari. Et que le travail de lobbying de la FFEC a échoué. Ce serait sous-estimer la puissance du duo Elsa Hervy-Aurore Bergé, qui s'appuie sur une connaissance extrêmement fine des rouages de l'Assemblée. En quelques coups bien sentis, les deux « copines » vont faire, tout en finesse, échec et mat. Elsa Hervy est d'abord parvenue, par l'entremise du député LR Thibault Bazin (très à l'écoute de la fédération), à faire passer, en commission des affaires sociales, un amendement visant à « élargir le périmètre de la commission d'enquête à l'ensemble des crèches, quel que soit leur statut juridique ». Lors de la réunion constitutive de la commission d'enquête, le 13 décembre 2023, un second coup de canif finit d'entamer la « dangerosité » de cette dernière. À la surprise générale, est nommé au poste de président… le député Bazin. Celui de rapporteur est, dans le même élan, confié à la macroniste Sarah Tanzilli, députée Renaissance du Rhône. Des choix qui provoquent la colère des représentants du secteur. Le Syndicat national des professionnelles de la petite enfance publie d'ailleurs aussitôt un communiqué au vitriol : « Comment peut-on mettre aux deux postes clés deux députés qui ont voté CONTRE cette commission d'enquête ? Qu'y a-t-il à cacher pour que le parti de la majorité associé au parti d'opposition le plus favorable au secteur privé lucratif bafoue l'intérêt des professionnelles de la petite enfance ? »

Étienne Firmin*, l'ancien conseiller de la ministre, ne dit pas autre chose. « Bien sûr qu'Aurore Bergé est intervenue, prétend-il. Elle était déjà intervenue pour la mise en place de la mission flash afin de contrer l'idée d'une commission d'enquête. » Une accusation que conteste vigoureusement l'intéressée.

Quelques semaines plus tard, le 10 janvier 2024, une information essentielle passe totalement sous les radars : la commission européenne annonce dans son journal officiel avoir approuvé l'acquisition du contrôle conjoint du groupe People&Baby par le fonds britannique Alcentra, lui-même contrôlé, on l'a dit, par l'américain Franklin Templeton. Rapidement, un comité stratégique est mis en place réunissant les différentes forces en présence. Christophe Durieux en prend la présidence. Philippe Tapié, ancien DG du groupe d'Ehpad Maisons de Famille, est désigné comme représentant du fonds britannique.

Au-delà de la gestion opérationnelle, ce nouveau deal permet surtout à Alcentra d'avoir les mains libres dans le processus de refinancement du groupe People&Baby. Désormais, Christophe Durieux n'a plus les moyens de dicter ses conditions. Matthieu Pigasse et ses équipes, qui ont été chargés d'encadrer les procédures, découvrent de nouveaux cadavres dans les placards de l'entreprise : les fournisseurs non payés ; une récente condamnation à plusieurs millions d'euros au profit de l'assureur Allianz ; le patrimoine immobilier colossal constitué par Odile et Christophe, et on en passe…

Ils ont désormais compris qui était vraiment Durieux. Ils ne le lâchent pas pour autant mais se mettent, à pas feutrés, à s'approcher de ses rivaux de toujours afin d'ouvrir le jeu. Un processus de vente est officiellement lancé au début de l'année 2024.

« On veut être les meilleurs ! »

Au sein du groupe, la cohabitation Durieux-Alcentra est épouvantable. Les discussions tournent bien souvent au vinaigre. Durieux ne supporte pas de partager son pouvoir, quand les prêteurs, eux, vivent de plus en plus mal ses sautes d'humeur. Un soir, après avoir obtenu l'accord de leur board, ils vont jusqu'à proposer à Durieux près de 20 millions d'euros sonnants et trébuchants en échange de son départ immédiat. Le montant a beau être faramineux, vous commencez à connaître l'homme…

Il refuse tout net.

Parallèlement à cette prise de contrôle, la commission d'enquête enchaîne les auditions : anciens ministres de la Famille, gestionnaires de crèches, journalistes, fonds d'investissement, inspecteurs de l'IGAS, syndicats, directeur de la CNAF, membres de la DGCCRF, associations de parents, représentants de régions, de départements, de communes… Pourtant, les sujets ne sont que survolés. Comment pourrait-il en être autrement ? Le champ d'investigation est immense, les députés présents lors des auditions trop peu nombreux – une dizaine, en général –, le temps d'enquête effectif circonscrit à quatre mois. Pour s'en convaincre, il suffit de lire les conclusions de la rapporteure Sarah Tanzilli, présentées à la fin du mois de mai 2024. L'une de ses propositions phares vise à transformer les circuits de financement en supprimant le mécanisme de réservation par les employeurs (Cifam) au profit d'un système qui ferait des municipalités les interlocutrices uniques des familles. Cette recommandation démontre une méconnaissance profonde du drame du low cost. Dans ce rapport, la politique du « moins pour tous, tous pour moins » appliquée par tant de mairies et de collectivités locales est totalement passée sous silence.

Cette commission d'enquête, sans révélations majeures, a néanmoins offert quelques scènes d'anthologie, en particulier une master class de Christophe et Odile qui, lors de leur audition, fin mars 2024, ont littéralement baladé les députés une heure et demie durant.

Lorsque ces derniers les interrogent sur l'existence de SCI personnelles reliées à leur groupe, Odile Broglin répond qu'ils « ont parfois été obligés d'acheter des locaux pour éviter d'être expulsés ». Christophe Durieux assure, de son côté, que cela représente seulement 6 % des loyers payés par People. Aucun parlementaire ne leur pose cette question basique : qui fixe leurs montants ? S'agissant de la politique de People&Baby en matière de délégations de service public, Durieux botte en touche en laissant entendre qu'il n'est pas du genre à casser les prix, bien au contraire : « Une quarantaine de délégataires nous ont dit : vous êtes trop chers ! C'est ça, la majeure partie de nos pertes de DSP. Parce qu'on fixe un prix qui nous permet de maintenir notre niveau de qualité. On veut être les meilleurs ! »

Même chose concernant les activités de broker du groupe. Le couple fondateur affirme que lorsqu'ils commercialisent le berceau d'une crèche partenaire, ils touchent une commission moyenne de 3 000 euros. Et, dans tous les cas, jamais plus de 5 000 euros. En réalité, d'après des documents internes qui m'ont été transmis, cette simple mise en relation a bien été souvent facturée plus de 8 000 euros (c'est-à-dire qu'elle double le prix d'une place). Faut-il rappeler que le couple témoigne sous serment…

Un mois après cette audition, le nouvel actionnaire de People&Baby, fatigué des contre-vérités, des passes d'armes quotidiennes, d'une cogestion impossible, décide de mettre son plan B à exécution. Le lundi 22 avril 2024, les « *Men in Black* » tiennent leur revanche. Les représentants d'Alcentra débarquent en force au siège de l'avenue

Hoche, en compagnie de leurs conseils et d'un huissier. Une assemblée générale est convoquée sur-le-champ.

Christophe Durieux ne comprend pas ce qui lui arrive. Son pire cauchemar est en train de se dérouler sous ses yeux hébétés : le fondateur est débarqué de son propre groupe, sans qu'il puisse rien faire. Son émotion est palpable. D'après plusieurs témoins, son fils vient lui prêter main-forte afin de récupérer quelques cartons. Durieux est KO debout. À 18 heures, il envoie un dernier mail à ses équipes afin de les remercier, tout en leur livrant sa version des faits. En voici quelques extraits :

> En 2004, ma compagne, Odile, qui exerçait le métier de puéricultrice, et moi-même, avons créé la première crèche People&Baby en France (...). Nous avons construit ensemble une entreprise qui a des valeurs fortes, qui se bat pour remplir ses missions du mieux possible, et qui progresse. Nous sommes aujourd'hui le seul groupe de crèches français indépendant parmi les leaders du secteur.
>
> Comme vous le savez, pour financer notre développement et rendre possibles nos projets pédagogiques, nous avons fait appel depuis 2018 au fonds d'investissement Alcentra. Depuis plusieurs mois, et contrairement au projet initial de refinancement, Alcentra a pris des décisions qui ont eu pour conséquence d'assécher la trésorerie de l'entreprise.
>
> Ce matin, Alcentra a convoqué une Assemblée générale pour prendre le contrôle opérationnel de l'entreprise et nommer un nouveau président. Il s'agit d'une tentative de déstabilisation sans précédent. Ces méthodes sont violentes et nous démontrerons qu'elles sont illégales.

C'est fini. Ou presque.

Car avec Christophe Durieux, l'histoire n'est jamais vraiment terminée.

Chapitre 45

Qui perd gagne !

Personne ne l'avait jamais vu aussi abattu.

Christophe Durieux a quitté l'avenue Hoche en expliquant à des membres de son état-major qu'on lui avait volé son entreprise et qu'il allait s'efforcer de rebondir… En fait, il lui faut à peine le temps d'un trajet entre le siège social de son groupe et son hôtel particulier du 17e arrondissement de Paris pour se requinquer !

Dans les heures suivantes, le fondateur de People&Baby contacte l'Agence France-Presse (AFP) pour révéler publiquement cette prise de contrôle subite. Il explique avoir été victime d'un « putsch » de la part d'un fonds d'investissement étranger qui prévoirait de démanteler son entreprise afin d'en tirer le maximum d'argent. Trois jours plus tard, *Le Monde* fait état de ce « putsch » et donne la parole à Durieux. Ce dernier raconte qu'Alcentra a brusquement changé d'état d'esprit fin 2022 après avoir été racheté par l'américain Franklin Templeton. « Ils ont alors soudainement refusé de décaisser la dernière tranche prévue de 12,9 millions d'euros au prétexte que nous avions dépassé notre ratio d'endettement de 0,1 %, explique-t-il. Alors que nous avions déjà engagé cet argent. Ils n'ont pas respecté nos accords. »

Le désormais ex-président de People&Baby fait part de sa vive inquiétude pour les enfants dont son groupe (dont il est toujours actionnaire à 99,9 %) a la responsabilité. Son bras droit, Raphaël Mailly, reste aux commandes, tout comme les directeurs juridique et financier, ainsi que la DRH qui était à la manœuvre pendant le covid. Durieux dit enfin espérer que « Bercy interviendra pour suspendre cette prise de contrôle par un fonds étranger d'une entreprise stratégique ».

Ce mythe du petit groupe indépendant qui a tout fait pour se soustraire aux puissances financières menaçant son indépendance, le couple Durieux-Broglin l'a entretenu jusqu'au bout, se donnant une nouvelle fois le beau rôle. Certes, dans cette histoire, l'État a une part de responsabilité indéniable. Ses contrôles n'ont pas permis de déceler les nombreuses dérives révélées dans cet ouvrage. Et lorsque l'administration (via les CAF et le Comité interministériel de restructuration industrielle) a découvert que le gestionnaire allait droit dans le mur, elle a laissé faire. Elle a ainsi pris le risque de voir une société accueillant de très jeunes enfants, financée en majorité par des fonds publics, récupérée par un fonds de dettes qui est autant spécialiste des crèches que votre conseiller bancaire…

Que va devenir People&Baby ? C'est la question à 1 milliard d'euros. Il y a le récit livré publiquement, dans le but de rassurer/endormir tout le monde. Et il y a les coulisses.

D'après mes informations, dans les heures précédant son éviction, Christophe Durieux a enjoint à l'un des responsables des finances du groupe de réaliser une série de virements pour un total de près de 3 millions d'euros. Une partie de cet argent aurait servi à régler des honoraires d'avocats. Une autre à assurer le règlement des loyers des locaux abritant certaines de ses crèches. D'après le patron de People, ces virements étaient tout à fait justifiés. Ils visaient à régler 2 millions de loyers en retard et d'anciennes notes d'avocats.

En détectant ces mouvements financiers d'ampleur, les représentants d'Alcentra ont failli s'étrangler, éprouvant une énième fois le sentiment d'avoir été roulés dans la farine. Ils ont immédiatement entamé des démarches juridiques afin de faire reconnaître le caractère illégal de ces opérations.

Informé de ces derniers rebondissements, William Martinet, à l'origine de la commission d'enquête, a à la fois proposé un contre-rapport ciblant le secteur privé lucratif et saisi la procureure de la République de Paris. Le député LFI estime dans son courrier que les fondateurs de People&Baby pourraient avoir commis des abus de biens sociaux en décidant, juste avant la prise de contrôle d'Alcentra, « le versement intégral des loyers dus aux SCI, au détriment d'autres créanciers alors que le versement des salaires n'est pas assuré à moyen terme ». Le parlementaire ignore que ces montages immobiliers pourraient dissimuler un système bien plus vaste.

Au-delà de ces affaires de gros sous, la nouvelle direction craindrait pour sa sécurité. Philippe Tapié, le nouveau président de People&Baby, aurait été menacé de manière particulièrement violente et exige désormais d'être protégé par un garde du corps, Christophe Durieux contestant y être pour quoi que ce soit.

Les manœuvres du fondateur du groupe n'ont pas pour autant stoppé le processus de vente, bien au contraire. À partir d'avril 2024, les choses s'accélèrent subitement : Centerview annonce aux acquéreurs potentiels qu'ils doivent déposer une première offre pour la dernière semaine de mai et que les deals seront conclus au plus vite, si possible avant la rentrée de septembre. Pourquoi un tel empressement ? D'abord parce que la dette augmente chaque mois de manière significative. Au début de l'été 2024, elle avoisinait les 650 millions d'euros, intérêts compris. Alcentra, même en prenant le contrôle opérationnel du groupe, n'a pas accès à des fonds suffisants pour se rembourser. Sa seule solution est de vendre à la découpe, pays par pays, en espérant y trouver son compte.

« À un moment donné, ça va péter en France. Je vais devoir tout abandonner »

Le fonds britannique craint également qu'une action en justice de Durieux ne puisse à moyen terme bloquer certaines opérations de vente. J'apprends par ailleurs que l'équipe de Matthieu Pigasse et les représentants de Centerview ont été informés que mon enquête, qu'ils savent largement consacrée à People&Baby, serait publiée le 18 septembre 2024. Ils pressentent qu'il vaudrait mieux se débarrasser de la patate chaude avant que certaines pratiques ne soient révélées au grand jour, au risque de perdre la plupart des candidats au rachat. Les honoraires de Pigasse et de ses équipes sont majoritairement constitués de *success fee*, c'est-à-dire un pourcentage du prix des transactions. Pour être payés, il faut donc vendre.

Au printemps 2024, des documents financiers présentant les chiffres clés du groupe sont envoyés aux principaux acteurs français du marché des crèches ainsi qu'à des fonds ayant fait part de leur intérêt. L'opérateur de crèches britannique Busy Bees ainsi que la société d'investissement américaine Cerberus (qui vient de racheter le réseau de banques HSBC France) sont sur les rangs. En parallèle, d'autres banquiers d'affaires de la place parisienne, spécialistes des fusions-acquisitions, prennent attache avec La Maison Bleue, Babilou et Les Petits Chaperons Rouges afin de les accompagner dans ces process. Documents à l'appui, ils décryptent pour eux les chiffres de People&Baby et listent les synergies possibles en cas d'absorption. Dans l'un de ces rapports, réalisé avant la prise de contrôle d'Alcentra, figurent des éléments éclairants. Il est notamment indiqué que Christophe Durieux, s'il ne parvient pas à conserver l'entièreté de son groupe, souhaiterait a minima garder la filiale des Émirats arabes unis qui serait la plus rentable de son empire. Autre précision, loin d'être anecdotique : le fondateur de People&Baby aurait l'intention d'abandonner derrière lui les potentiels litiges juridiques. Il laisse à ses successeurs le soin de les régler.

Ces deux informations viennent confirmer les propos de Michel Meunier*, ex-membre du comité de direction de People&Baby, selon qui son patron, dès l'été 2022, avait annoncé à une partie de son état-major avoir préparé la suite. « Durieux, m'a relaté Meunier*, vous savez ce qu'il a balancé en plein Codir ? “À un moment donné, ça va péter en France. Je vais devoir tout abandonner. Mais de toute façon, je continuerai avec les Émirats arabes unis.” »

Tout cela est vertigineux. Est-ce par ego, par manque de stratégie, en raison d'une mauvaise gestion, ou tout cela à la fois, que Christophe Durieux a tout perdu, en se faisant avaler par plus gros que lui ? Ou alors avait-il tout prévu, de sa chute à son rebond ? Une chose est certaine, les deux fondateurs de People&Baby se sont mis à l'abri du besoin en se constituant, en France, un parc immobilier évalué entre 100 et 150 millions d'euros. Ce n'est pas tout. En décortiquant durant des mois l'ensemble de la galaxie de sociétés reliées au couple, j'ai mis au jour certains montages surprenants.

En décembre 2019, le duo a notamment créé la « holding Christophe & Odile » afin de regrouper quatre de leurs SCI (Odile et Christophe, SCI 9 Hoche, SCI Les

Tulipes, SCI Les Optimists) dont les parts sont alors évaluées à un peu plus de 26 millions d'euros. En parcourant les statuts de cette holding, on constate qu'il n'y a pas deux mais trois actionnaires : le couple ainsi que la société Happy Baby. Cette dernière n'apparaît pas dans les bases de données d'Infogreffe ou de Pappers. Logique, elle n'est pas domiciliée en France mais… au Luxembourg. Un pays plus arrangeant fiscalement. La holding détient également 100 % des parts d'Everykid, la centrale d'achat créée par les dirigeants de People en 2017. Une part conséquente des revenus du couple Durieux, issue des loyers de leurs SCI ou du commerce du lait Everymilk, des couches et de l'ensemble des produits de la petite enfance facturés à People&Baby, est donc reliée à une société luxembourgeoise. Selon mes informations, Happy Baby leur aurait permis de s'offrir des biens luxueux, notamment des voitures et un hélicoptère. A priori rien d'illégal, mais des pratiques d'optimisation très rentables.

En parallèle, les propriétaires de People&Baby auraient investi des millions d'euros à l'étranger dans l'acquisition de biens haut de gamme.

Mes investigations m'ont conduit (au moins sur le papier) jusqu'à une petite île des Antilles françaises, située en pleine mer des Caraïbes : Saint-Barthélemy. Comme Gstaad ou Monaco, Saint-Barth fait partie des lieux de villégiature préférés des happy few du monde entier. Johnny et Laeticia Hallyday en avaient fait leur refuge, Bill Gates, le fondateur de Microsoft, y amarre régulièrement son méga-yacht, quand l'oligarque russe Roman Abramovitch y organisait des fêtes inoubliables.

D'après des documents en ma possession, le couple fondateur de People&Baby a créé, en 2019, une société destinée à l'acquisition d'une propriété sur l'île de tous les superlatifs. Pas n'importe laquelle : la Villa Lital, située au creux de l'Anse des Cayes, à équidistance des commerces de Gustavia et des beach clubs de Saint-Jean. Il y a des demeures d'exception, à Saint-Barth. Mais avec la Villa Lital, on touche au sublime. Cette demeure, qui s'étend sur plus de 2 000 m², propose sept chambres spacieuses, chacune reliée à une salle de bains privative, une majestueuse piscine, d'innombrables espaces pour faire salon, et une vue à couper le souffle. Au moment de sa mise en vente, la propriété est proposée à 13 millions d'euros, ce qui ne refroidit pas Christophe et Odile.

Finalement, la vente n'aboutit pas et le couple se rabat vers un bien plus « modeste », à 5 millions d'euros. Pour s'offrir une telle résidence secondaire, il faut avoir gagné au loto, être une star de la NBA ou… « le premier gestionnaire indépendant de crèches français ». D'après mes calculs, cet investissement équivaut à 235 années de salaires d'une auxiliaire de puériculture.

C'est loin d'être le seul bien que la famille Durieux possède à l'étranger. D'après mes informations, ils sont les heureux propriétaires d'une villa à Bali (Indonésie), d'un luxueux appartement à Dubaï ou encore d'une propriété en Grèce.

Lors de ma rencontre avec le couple fondateur de People&Baby, le 20 juin 2024, nous évoquons ce sujet qu'ils savent particulièrement sensible. « Ce sont des investissements qui sont privés. Cela n'a rien à voir avec People&Baby, m'assure Christophe Durieux, passablement agacé. C'est vraiment caricatural. Saint-Barth, c'est un investissement locatif qui a été réalisé avec un emprunt auprès d'une banque française. Qu'est-ce qu'il y a dans les Caraïbes ? Aujourd'hui, il n'y a que ça : des Français qui placent et des Américains qui louent. » La location rapporterait, selon les propres déclarations du patron de People&Baby, près de 300 000 euros par an, permettant de rembourser les 24 000 euros d'échéances mensuelles du crédit.

Qu'en est-il de Bali ? « C'est un bien que l'on a depuis quinze ans. Donc rien à voir avec People&Baby. Pareil, c'est loué 100 % du temps, toute l'année. Parce que la météo là-bas permet d'avoir quasiment tout le temps des Australiens. Vous savez, vous avez 6 000 Français qui ont des villas à Bali… Et comme on a pas mal d'activités dans la petite enfance à titre perso dans cette région… » Odile Broglin poursuit : « On paie la scolarité des enfants à Bali… », avant que son mari ne l'arrête. « Non, mais on ne va pas justifier tout ce qu'on fait là-bas. »

Même réponse pour la Grèce et Dubaï. « À Dubaï aussi on loue l'appartement que l'on possède. D'ailleurs, entre nous, on ne peut même pas l'occuper. L'hiver dernier, quand j'ai dû aller deux fois à Dubaï pour le boulot, je me suis retrouvé à l'hôtel. J'étais pas content… Vous savez, tout ça est déclaré en France. Mais comme il y a beaucoup de frais et de crédit, ça ne rapporte pas grand-chose. »

Mes échanges avec Christophe et Odile ont duré plus de six heures, étalées sur deux rendez-vous. Si le ton est cordial au départ, progressivement les choses se gâtent. Christophe Durieux s'agace que je ne m'intéresse pas « au chalet de 800 m^2 » de l'un de ses concurrents ou « à la propriété à 15 millions d'euros » d'un autre, situé au Cap-Ferret, dont le financement serait, selon ses dires, trouble. Il cite une société immobilière appartenant à mes parents afin de me faire comprendre qu'il s'est renseigné sur moi, dit craindre pour sa santé psychologique et celle de sa femme à la suite de la publication de cet ouvrage, me reproche de faire du sensationnalisme en évoquant le drame de Lyon, me menace d'une action en justice (ce qui est d'ailleurs son droit le plus strict) avant de m'accuser de me positionner du côté des puissances financières en m'attaquant à une société familiale et indépendante. « Vous faites le jeu de ces fonds d'investissement qui vont tuer la dernière boîte française. Sous couvert qu'on ne paie pas les fournisseurs, qu'on paie mal nos salariés ou je ne sais quoi. C'est quand même une instrumentalisation… On n'est pas au niveau d'Orpéa. On est micro-baby, nous. On est tout petits, déclare-t-il. Vous vous attaquez à l'entreprise familiale qui fait zéro cash et qui a des SCI en dessous des prix du marché. Moi, je dis : comment ça va être crédible, et je réfléchis à ce qu'on va pouvoir répondre à la sortie. C'est normal. »

Durant la même discussion, Christophe Durieux m'affirme qu'il compte bien récupérer, dans les mois qui viennent, son groupe des mains d'Alcentra et que ce dernier serait aujourd'hui valorisé par les équipes de son banquier, Matthieu Pigasse, près d'un milliard d'euros. Pas si mal pour une petite société familiale…

Ce monde de l'hyperluxe dans lequel la famille Durieux semble baigner, malgré leurs dénégations, plusieurs cadres de People&Baby ont eu l'occasion de l'entrapercevoir. Certains m'ont raconté les visioconférences organisées avec leur patron, tout sourires, répondant depuis l'intérieur enveloppant de leur villa balinaise (Indonésie) ou de leur loft dubaïote (Émirats arabes unis). D'autres m'ont vivement invité à jeter un œil au compte Instagram du fils de Christophe et Odile, m'indiquant que son contenu avait fini de les convaincre de quitter People.

Les stories (publiques) de ce dernier vous font voyager de Saint-Tropez à Dubaï, d'Ios (Grèce) à Bali, du Cap-Ferret à Ibiza. À chaque destination, le même programme : plages paradisiaques, virées en hélicoptère, piscines à débordement, restaurants huppés, yachts luxueux… À Saint-Barth, on retrouve le fils Durieux entouré d'une bande de copains réunis pour ses dix-huit ans autour d'une piscine majestueuse, clope au bec, une coupe à la main. Tandis que je fais défiler ces centaines de stories colorées, enchanteresses, presque irréelles, me reviennent d'autres images, beaucoup moins idylliques : les maltraitances au sein de la crèche Baby City, les chauffages d'appoint cachés derrière le mobilier, les cassures dans les courbes de poids, le drame de Lyon, le low cost, les arnaques au chômage partiel, les fausses déclarations d'heures de présence de bébés, les économies réalisées sur les repas…

Au moment de mettre un point final à cette enquête, je ne peux m'empêcher de penser aux innombrables fournisseurs qui ont eu à souffrir d'impayés, à ce retraité en pleurs faisant le pied de grue devant le bâtiment de l'avenue Hoche, aux cadres du siège plongés dans un état de crise permanent, aux professionnelles de terrain éreintées, à Zohra* qui, fin avril, m'indiquait avoir été mise en examen pour diffamation, à toutes ces mères rongées par la culpabilité, à Sofiane*, Sacha, Norah, Neal, Hélias, Louise et tant d'autres bébés qui ont eu à souffrir de ces mécanismes d'optimisation.

Ce système dépasse largement le cas de People&Baby, qui n'en est que le symptôme le plus caricatural. Il embrasse les autorités de contrôle, renvoie à l'aveuglement ministériel, à l'entêtement de l'administration, à la responsabilité de tant de communes qui ont fait le jeu du moins-disant…

Ce livre a été écrit pour mettre un terme à ces pratiques. Et faire en sorte qu'elles ne se reproduisent plus.

Remerciements

Aucune enquête n'a la même histoire. Il n'empêche qu'entre *Les Fossoyeurs* et *Les Ogres*, il n'est pas difficile de trouver un dénominateur commun : les femmes. Dans les deux cas, ce sont elles qui sont en première ligne. Les auxiliaires de vie qui prennent soin de nos aînés dans les Ehpad sont pour l'immense majorité (95 %) des femmes. Les auxiliaires de puériculture qui ont la lourde tâche de veiller sur nos bébés sont, là encore, quasiment exclusivement des femmes (99 %). Au cours de ces six années passées à naviguer dans le monde du *care*, j'ai pu constater l'engagement et l'humanité dont elles font preuve quotidiennement, malgré des conditions de travail difficiles et des salaires très faibles. Sûrement ne serait-il pas inutile de nous interroger collectivement sur cet état de fait. Afin de réfléchir à une meilleure manière de valoriser ces métiers essentiels (formation, augmentations salariales, nouvelles obligations en matière de représentation du personnel, actionnariat salarié, etc.) et de faire grimper le pourcentage d'hommes occupant ces postes. Ce serait, sans nul doute, un rééquilibrage profitable à tous. Mes premiers remerciements vont à ces millions de femmes qui, chaque jour, remplissent une mission indispensable à nos sociétés : la prise en charge des plus vulnérables d'entre nous.

Non seulement les femmes font preuve d'une plus grande empathie vis-à-vis des plus fragiles, mais, bien souvent, ce sont elles qui croisent le fer. C'est une travailleuse qui a été la première à m'alerter en février 2022. C'est Zohra*, la mère de Sofiane*, qui a pris la décision de porter plainte contre des salariées de People&Baby avant de lancer un collectif de familles quelques mois plus tard. Ce sont des mères que j'ai rencontrées la plupart du temps. Non pas que les pères soient absents. Bien souvent, ils se tiennent aux côtés de leur femme et suivent de près les dossiers. Mais leur niveau d'investissement n'est pas comparable. Je veux ici saluer le courage de ces mères qui n'ont reculé devant aucune pression (médiatique, judiciaire, familiale, etc.) pour mener ce combat collectif, au nom de leur bébé et, plus largement, au bénéfice de tous les enfants. Dans un seul but : éviter que d'autres incidents ne se reproduisent. Je pense notamment à Zohra*, Johanna Guilbert, Émilie Grégoire, Marion Duval, Linda Haddad, Salimata Koïta Ben Aïdj, Hélène Tared, Floriane. Je n'oublie pas le rôle des pères : Yassine Bouachra, Bilal*, Steeve Grégoire ou encore Alexandre Schmitzberger. Toutes ces familles m'ont fait l'honneur de m'accorder leur confiance en me communiquant des informations sur leurs enfants, les êtres qui leur sont le plus chers. Je m'efforce de m'en montrer digne.

Il me faut, évidemment, remercier les autres protagonistes essentiels de cette enquête, sans qui rien ne serait possible, toutes les sources qui ont accepté de me transmettre des documents et/ou des témoignages afin de faire bouger les choses. Ces témoins qui, pour la plupart, ont fait partie du système qu'ils dénoncent aujourd'hui, méritent d'être salués. Ils auraient pu choisir de passer leur chemin lorsque je les ai contactés, se dire que tout cela était derrière eux, qu'ils n'avaient rien à gagner mais beaucoup à perdre. Pourtant, ils ont accepté d'agir, s'engageant sur la voie la plus juste à leurs yeux. Si, demain, les pratiques dénoncées dans cet ouvrage prennent fin, si des mesures législatives ou réglementaires sont adoptées afin d'améliorer le fonctionnement du secteur de la petite enfance, ce sera, en grande partie, grâce à eux. Merci à Anna Cauchy (ex-directrice People&Baby), Alice Régnier (ex-directrice coordinatrice People&Baby), Janik Busin (excommerciale People&Baby), Clément Uribe (ex-directeur régional People&Baby), Chloé Beaulieu (ex-responsable développement Crèches pour tous), Marie Defrance (ex-coordinatrice petite enfance People&Baby), Éric Ferreira (ex-responsable opérationnel People&Baby), Vincent Peltier (ex-contrôleur de gestion People&Baby), Yves Auboyer (ex-responsable développement Everykid), Frédéric Heuze (ex-chargé santé, sécurité et conditions de travail People&Baby), Jean-Yves Fontaine (ex-DG d'Elior France), Luc Grard (ex-DG CAF du Nord), Frédérique Leprince (ex-sous-directrice CNAF) et à tant d'autres dont je ne peux citer les noms. S'il m'arrive fréquemment de croiser au cours de mes investigations des personnages peu recommandables, je reste marqué par le nombre de personnes de tous âges et de toutes catégories sociales, prêtes à s'engager pour améliorer les choses.

Pendant et surtout après cet intense travail d'investigation, j'ai pu compter, une nouvelle fois, sur une équipe de choc pour m'épauler. Et je pèse mes mots. Cette *dream team* rassemble les meilleurs dans leurs domaines respectifs. Gérard Davet et Fabrice Lhomme, journalistes au *Monde*, figures de l'investigation, ont, une fois n'est pas coutume, mis entre parenthèses l'écriture de leur prochain livre pour éditer mon manuscrit. Ils ont fait un travail indispensable de coupe, de transition, de reformulation pour permettre à mon récit de toucher le plus grand nombre. Ils l'ont assurément rendu plus fluide et plus percutant. Mon éditrice, Anavril Wollman, a prolongé leur mission, en rentrant plus avant dans les détails. Un livre est un livre : même dans le cas d'un travail d'investigation, nous sommes là pour raconter une histoire. Christophe Bigot, la référence du droit de la presse, qui a dans ses bureaux des bibliothèques entières d'ouvrages qu'il a su intelligemment protéger, a réalisé un minutieux et indispensable travail de réécriture juridique afin de minimiser les risques pesant sur les témoins, la maison d'édition et moi-même. La fée, Sandie Rigolt, qui avait grandement contribué à l'impact des *Fossoyeurs*, s'est à nouveau penchée sur le cas des *Ogres* pour le faire vivre médiatiquement de la manière la plus pertinente possible. Sophie de Closets, l'éditrice des *Fossoyeurs*, devenue patronne de Flammarion, a de nouveau joué un rôle clé. Elle a cru en ce sujet dès le départ, m'a donné les moyens de m'y consacrer à plein temps pendant deux ans et demi, m'a offert un accompagnement que peu de maisons d'édition sont capables de consacrer à un auteur, et a fait en sorte que l'on ne se trompe jamais d'objectifs. Je n'oublie pas Claire Cellier et ses équipes qui ont passé des centaines d'heures à écouter mes interviews et à les retranscrire, Marie Dos Santos qui a su trouver la couverture parfaite, Grégoire Kopp qui a la lourde responsabilité de faire résonner les thématiques abordées dans ce livre au-delà de la sphère médiatique, ainsi que Carole Saudejaud qui accompagne avec brio les projets d'adaptation de mes enquêtes.

Je veux terminer en remerciant mes proches, le cœur battant de mon quotidien. Merci en tout premier lieu à ma femme, Pauline Loquès, de m'avoir permis de me consacrer corps et âme à cette nouvelle enquête tout en me montrant à voir d'autres horizons, artistiques, fictionnels, poétiques. J'aime que nous nous enrichissions l'un l'autre. Merci à nos merveilleux enfants, Izia et Sacha, pour leur joie de vivre communicative, leur insouciance, leur drôlerie et leur fougue. Merci à mes parents, Mathilde et Jean-Noël, qui ont préféré me garder auprès d'eux lorsque j'étais bébé et qu'ils travaillaient sur les quais de Seine, plutôt que de me mettre à la crèche, et qui continuent de veiller sur moi à trente-sept ans passés. Merci à mes frères et sœur, Julien, Adrien, Max et Océane. Merci à mes amis chéris.

À la fin des *Fossoyeurs*, j'avais laissé mon adresse mail afin de donner la possibilité à ceux qui le souhaitaient de poursuivre cette aventure collective. Les milliers de courriers reçus constituent pour moi un socle de travail précieux. Ils ont notamment permis à cette enquête de voir le jour. Plus que jamais, je la vis comme un pont entre les lecteurs et moi-même. D'autres combats trouveront, peut-être, leur origine dans vos messages. Voici où me joindre victorcastanet@hotmail.com.

Table

Prologue 7

Partie 1

LES LOUPS NE SE MANGENT PAS ENTRE EUX

Chapitre 1. Les rois du monde 17
Chapitre 2. Aurore Bergé, ministre de… la com 25
Chapitre 3. Le mouton noir 33
Chapitre 4. Une bien aimable « convocation » 35
Chapitre 5. La taupe 43
Chapitre 6. Les faux comptes font les faux avis 53

Partie 2

DANS LA GUEULE DU LOUP

Chapitre 7. « Non, papa, pas la crèche ! » 61
Chapitre 8. « Vous venez chercher la crapule ? » 65
Chapitre 9. « Retirez tout de suite vos enfants ! » 77
Chapitre 10. Coups et blessures 85
Chapitre 11. Le combat d'une mère 95
Chapitre 12. Des séquelles à vie ? 103
Chapitre 13. L'enfer du décor 109
Chapitre 14. Les secrets du drame de Lyon 117
Chapitre 15. Avalanche de plaintes 127

Partie 3

UN APPÉTIT DE LOUP

Chapitre 16. « J'étais sous l'emprise de M. Durieux » 139
Chapitre 17. Le Bernard Tapie des crèches 145

Chapitre 18. « On ne change pas pour un petit pipi » 157
Chapitre 19. « Il fallait que je parle… » 165
Chapitre 20. « J'ai tenu une semaine » 175
Chapitre 21. L'absentéisme, ça rapporte 183
Chapitre 22. Le manuel de la parfaite commerciale 195
Chapitre 23. Le jackpot de l'argent public 205
Chapitre 24. La grenouille et le bœuf 209
Chapitre 25. Les dindons de la farce 217
Chapitre 26. Les parents au banc des accusés 231
Chapitre 27. Des bailleurs en pleurs 237
Chapitre 28. La carpe et le lapin 245
Chapitre 29. Le méchant génie 253
Chapitre 30. Merci le covid 261
Chapitre 31. « On nous demandait de tricher sur la présence des enfants » 273
Chapitre 32. Carotte marocaine et bâton français 281
Chapitre 33. Les pompes funèbres mènent à tout 287
Chapitre 34. Le mystère Durieux 297
Chapitre 35. Le choc des titans 307
Chapitre 36. Le puzzle prend forme 313

Partie 4
LE PACTE DES LOUPS

Chapitre 37. « Alerte majeure presse ! » 325
Chapitre 38. Le triomphe du low cost 331
Chapitre 39. La confession des patrons 337
Chapitre 40. Même la crèche de Matignon… 347
Chapitre 41. Hors de contrôle 359
Chapitre 42. Complexités françaises 369
Chapitre 43. Les mauvaises fréquentations 377
Chapitre 44. Tout a une fin 389
Chapitre 45. Qui perd gagne ! 399

Remerciements 409

NORD COMPO
multimédia

Composition et mise en pages
Nord Compo à Villeneuve-d'Ascq

CET OUVRAGE
A ÉTÉ ACHEVÉ D'IMPRIMER
SUR ROTO-PAGE
PAR L'IMPRIMERIE FLOCH
À MAYENNE EN AOÛT 2024

N° d'édition : 596771-0. N° d'impression : 105403
Dépôt légal : septembre 2024
Imprimé en France